彩笔昔曾干气象
——绝句之旅

李元洛 著

人民文学出版社

图书在版编目(CIP)数据

彩笔昔曾干气象:绝句之旅/李元洛著. —北京:人民文学出版社,2015
ISBN 978-7-02-010971-5

Ⅰ.①彩… Ⅱ.①李… Ⅲ.①绝句—诗歌欣赏—中国 Ⅳ.①I207.22

中国版本图书馆 CIP 数据核字(2015)第 109136 号

责任编辑　廉　萍
装帧设计　柳　泉
责任校对　刘佳佳
责任印制　史　帅

出版发行　人民文学出版社
社　　址　北京市朝内大街 166 号
邮政编码　100705
网　　址　http://www.rw-cn.com

印　　刷　三河市鑫金马印装有限公司
经　　销　全国新华书店等

字　　数　298 千字
开　　本　880 毫米×1230 毫米　1/32
印　　张　13.375　插页 2
印　　数　1—6000
版　　次　2016 年 10 月北京第 1 版
印　　次　2016 年 10 月第 1 次印刷

书　　号　978-7-02-010971-5
定　　价　42.00 元

如有印装质量问题,请与本社图书销售中心调换。电话:010-65233595

文章不写半句空(代序)

王开林

一位优秀的作家,性情真诚则未必学养深厚,学养深厚则未必胸襟广阔,胸襟广阔则未必气质高华,古典精神和现代意识双剑合璧,则尤其难能可贵。"四美具,二难并",这样的优秀作家在熙熙为名、攘攘为利的中国当代文坛,早已寥若晨星,屈指可数。我从文二十余年,有幸认识其中一位,他就是李元洛先生。李先生具足雅士之情、才子之笔、哲人之思和豪侠之气,他的文章给我们打开了现实功利之外的另一扇门,在那扇门外,是盛唐隆宋大元绝胜的人文景观。《万遍千回梦里惊——唐诗之旅》《曾是惊鸿照影来——宋词之旅》《风袖翩翩吹瘦马——元曲之旅》以及《彩笔昔曾干气象——绝句之旅》[①],四部皇皇大著,将千年的美丽、千年的雄奇、千年的忧伤、千年的苦痛和盘托出,对此谁又能视而不

[①] 作者注:《唐诗之旅》《宋词之旅》《元曲之旅》三书,中国青年出版社2013年新版印行。

见,无动于衷?

李元洛先生独具手眼,另辟蹊径,他的散文将古典诗词与现代生活熔于一炉,将读万卷书和行万里路合为一事,给散文这种极其古老的文体注入了新鲜的生命活力,不仅能使人产生真实的感动,而且能从中获得深刻的启迪。同时,李元洛先生以"唐诗""宋词""元曲"作为散文创作的题材,并穷十载之功,完成上述散文的专题集,这在现当代散文史上,实乃前无他人后尚无来者的创举,值得有心的作者心摹手追,有识的论者记录在案。细细寻绎,他的散文至少具备以下四个方面的特质:

其一是身临其境的现场感。今人读古典诗词,多多少少都会感到隔膜,主要是情境上的隔膜、思想上的隔膜和文字上的隔膜。李元洛先生破此屏蔽的高招是溯流而上,去寻觅原始诗境的活水源头。他欲追蹑李白的诗踪,则必登庐山观其瀑;他欲访求杜甫的旧迹,则必赴平江谒其墓;他欲解开陆游的心结,则必入沈园勘其景;他欲领悟杜牧、徐凝的诗意,则必至扬州赏其月;他欲体验苏东坡的流放生涯,则必往海南儋州拜其庐。现场感能消除层层隔膜,在作者的强力牵引下,读者亦能身临其境,仿佛穿越了横亘千古的时空隧道,与古人做一对一的心灵交流。

其二是强烈的忧患意识。沃尔特·本雅明曾对知识分子有过一语形象的描绘:"眼镜架在鼻子上,秋天装在心里。"李元洛先生不仅借古人之酒杯浇自己之块垒,而且对人类的命运满怀忧思,他的着眼点终归会落到现实上来。

"'水可载舟,亦可覆舟'。地球存在极限,这是人类在二十世纪最重要的发现,如果对大自然不深怀爱慕敬畏之心,必将领受它的报复与惩罚。地球是人类唯一的家园,人类如果不保护生态平衡和我们赖以生存的环境,不合理利用并努力保护水资源,'泰坦尼克'号可以成为冰海的沉船,地球这艘'诺亚方舟',也可能会提前全船覆没。众人本是同林鸟,大限来时各自飞。人啊人,届时你飞向何处啊?有何处可飞?"(《唐诗之旅·华夏之水 炎黄之血》)

李元洛先生具有欧洲"绿党"所具有的环保意识,他对人类诗意栖居于大地之上的愿望之强烈,可想而知。子孙不肖,难道非要将屈原吟咏过的、李白赞美过的、杜甫称叹过的、苏东坡激赏过的大好河山糟蹋得一片狼藉,开发得了无风月,才志得意满吗?作者立足于古典精神之上,其现代知识分子的批判意识仿佛一柄利剑,而不是一把钝刀。

其三是视野开阔,学养深厚。李元洛先生的散文纵论古今,横议现实,无梗阻,无枯涩,无胶滞,无含混,无穷蹙,真能跨幽明之隔,通古今之邮。其主题涉及方方面面,议政则国族黎元,论史则存亡兴废,探理则曲直是非,言情则悲欢离合,谈艺则琴棋书画,赏景则雪月风花,大凡唐诗、宋词和元曲所侧重的主题,在李元洛先生的散文中都有清晰的投影。唯其视野开阔,学养深厚,旁征博引,议论风生,文章包含了海量信息,读者面对一席知识的盛宴,还怕没有好胃口和大肚量?尝一脔而知鼎味,下面的这节文字一定能使你大快朵颐:

"眼睛是灵魂的窗户,从中可以窥见人的心灵,它也可以传达人隐蔽的情意,所以眼睛的语言称为'目语'。中国晋代的大画家顾恺之画人像,常常几年不点眼睛,他的理论是:'四体妍蚩,本无关于妙处,传神写照,尽在阿堵之中。'而英国小说家夏洛蒂·勃朗特在她的名著《简·爱》中也说过:'灵魂在眼睛中有一个解释者——时常是无意的,但却是真实的解释者。'李清照的'眼波才动被人猜',表现的正是'写眼睛'的艺术,使读者数百年后仍觉得纸上有人……"(《宋词之旅·巾帼之歌》)

二三百字的篇幅不算长,知识的含金量却非常大。读这样知性十足的散文,我们是不容易产生审美厌倦的。

其四是语言富有质感。美国大诗人佛罗斯特曾说:"一首完美的诗,应该是感情找到了思想,思想又找到了文字。……始于喜悦,终于智慧。"说到底,一篇好的散文也应如此,一篇与古典诗词拥抱的散文更应如此,单有饱满的激情还不行,单有深刻的思想还不够,首先它们必须附丽于卓尔不凡的文字,才能展现其神采风华。李元洛先生的作品硬语盘空,铿锵有力,以质感取胜。

"从古到今,官运亨通而文章不朽的究竟曾有几人?如果李白供奉翰林后从此青云直上,如果杜甫献三大礼赋后一朝飞升,他们后来的作品怎么能笔落惊风雨,诗成泣鬼神?对于一个民族,值得顶礼的不是帝王的陵寝,将相的门第,官员的高位,富豪的财宝,而是千秋盛业的文化和光照百代的文学星斗。……一千年后,和李贺同时的帝王将相达官贵人富商巨贾都到哪里去了?一抔黄土,蔓草荒烟,长满霉苔的名字只能到尘封的史册中去翻寻,往日的炙手可热气焰熏天,顶多只剩下墓前零落的石人石马的冰凉冷寂。而李贺,他扩大了唐诗的疆土,成为自己的国土的无冕之王,他的洗净俗调炫奇翻新的诗

歌,至今仍活在众生的心中和代代相传的记忆里。"(《唐诗之旅·骏马的悲歌》)

"杨广当太子时,为了杨家的天下和自身的登基,还算有所作为,在扬州胡天胡地时,也并非没有自知之明,他常照镜对萧后说:'我这颗好头颅,不知会被谁砍掉?'而好舞文弄墨的他所作的《索酒歌》,似乎也一诗成谶:'官木阴浓燕子飞,兴衰自古漫成悲。他日迷楼成好景,宫中吐焰变红辉。'他在扬州所建的'迷楼',后来在兵乱中果然可怜一炬,顿成焦土,那熊熊的火焰是为他送葬的挽歌。明知会杀身亡国,但却仍然在荒淫奢侈腐败沉沦的道路上一条道走到黑,高度集权毫无监督腐化堕落就免不了败亡。这,也算是'不以人的意志为转移'吧?"(《绝句之旅·烟花三月下扬州》)

这三段文字非常洗练,雅气之中潜藏劲气,如同引满的弓弦,让人感觉到它内在的张力。有张即有弛,幽默无疑是文学语言最佳的润滑剂,对于较为凝重的大块文章而言,它的作用尤其突出。读过"四旅"之后,细心的读者将不难发现,书中酸甜苦辣诸味的幽默一应俱全,而我最看重那含泪的笑:

"烟票可买的烟只有一种,即上海出品的'勇士牌',一角三分钱一包,人都饿成奄奄一息的'病夫'了,却可以抽气冲斗牛的'勇士'。烟云吞吐毕竟聊胜于无,不知是故作多情的自嘲,还是事有巧合的反讽?饥饿填满了每一个白天和长夜,辘辘的饥肠饿成了瘦瘦的鸡肠。"(《唐诗之旅·青海青》)

李元洛先生的散文引人入胜的妙处很多,总之不离一个"实"字,实有其才华,实有其识见,实有其风骨,实有其良知,真可谓

"文章不写半句空"。读这样的散文,你或许会忍不住由衷地赞叹:只有它们才般配得上那些千古流芳、至今余香在口的经典诗词!

我生也晚,李元洛先生长我二十八岁,平生风义兼师友,多年以来,我们切磋文字,议论古今,臧否人事,深相契合。当四部皇皇大著即将付梓之际,李先生嘱我作一短序。论文坛资历,我固然愧不敢当,论多年交谊,我则不遑多让,何况这既是李先生的厚爱,无疑也是我的光荣。

好书最能养目,也最能养心,愿读者朋友们的慧眼和慧心有福!

二〇〇四年盛夏于长沙梦泽园
二〇一三年岁末略加修订

目　录

文章不写半句空（代序） ……………………………… 王开林 001

才如江海命如丝 ………………………………………………001

他的名字，像一团火，温暖了我青年时代在边塞饥寒交迫的岁月。

辋川山水 ………………………………………………………015

斤竹岭上，四顾苍茫。我们的阔论高谈随风而散，也没有人前来倾听和审定，因为欲知诗意如何，最权威的答案，只能且听王维的分解。

头白好归来 ……………………………………………………024

自从离开四川，终其一生，李白都没有回过故乡。射出的响箭没有回到出发的弓弦，辞枝的绿叶没有回到生身的泥土，远游的大鹏没有回到振羽而起的窝巢，浩荡的东去大江没有回到它的发源之地。

随君直到夜郎西 ………………………………………………041

在梅风垭隧道的南口，有一副联语赫然入目："从今不畏黔山险；此后何愁蜀道难。"这是写给今人的，不也是写给李白的吗？

洛阳行 ·············053
生命之树早已过了开花的季节，生命之河已经奔流到了不舍昼夜的下游，一偿数十年的夙愿，我终于有幸拜望了我的生身之地。

六朝旧事随流水 ·············074
伫立在南京城古老的城墙之上，我问近处的石头城，石头城默然不语，我问远处的大江，大江虽滔滔东去，却仍把千秋往事说到如今。

烟花三月下扬州 ·············088
二十四桥已经隐身于历史的烟雾与疑云深处去了，无可追寻，何必追寻？值得庆幸的是，杜牧的名诗却未曾遗失一个字，至今仍流传并芬芳在众生的嘴唇，而"二十四桥"呢，至今也仍美丽在杜牧的诗里，如梦如幻在读者的心中。

南湖春夜 ·············104
水光接天，我们纵一苇之所如，高谈快论。而风吹湖上，波唇浪舌在船边说些什么呢？是在向我们叙说千年前的往事吗？

岳阳楼上对君山 ·············112
自然之美是天恩，艺术之美是人惠。我曾经徘徊在岳阳楼畔，伫立于洞庭湖边，手捧锦绣华章，面对浩茫湖水，将李白之诗与洞庭君山两相对读，读作者的诗魂，读湖山的神魄。

江南绝唱 ·············122
历史以快板与慢板交错前行，已历时千年有余的岁月，这里已再无杜甫的遗迹可寻了，也没有多少人知道这一隅湘山楚水,曾经迎候过一位伟大的走投无路的诗人,和他那满载风雨和忧患的孤舟,只有被水浸湿的地名"南湖巷""南湖港"和"南湖路",还可让知情者与有心人临风怀古。

钟声永恒 ···················130

虽然石近钟楼,但石头冥顽不灵,它能听见并听懂那清心警世的钟声吗?"

秋草独寻人去后 ···················137

我手抚井栏,凝望井水而怀想当年。井旁有一木桶,上系绳索。短短的绳索,能否吊得起井中沉淀了两千多年的长长岁月?清清的水镜,能否再照映当年的那位凿井之人?

晓汲清湘燃楚竹 ···················146

水湄沙渚上有二三小小的渔船,泊在那里做梦,好像还没有从唐朝醒来,柳宗元是不是在其中的一条船上呢?在朝阳岩仰天俯水,思接千载,我总不免要忽发痴想。

秋之颂 ···················155

这时,刘禹锡已属五十六岁的向老之年,生命已经进入了一般人叹老嗟卑的秋天,但他的生命之树上并没有黄叶飘零,如同一株经霜愈烈的枫树,燃烧的是熊熊的火焰,如同一只凌空而舞的白鹤,唱的是唳于九霄的排云之歌,好友白居易称之为"诗豪",确实当之无愧。

璧玉与珍珠 ···················164

我在生命的秋日读杜牧的两首美秋之诗,就是在心灵的烛台上燃点两炷永远不灭的火焰。

浮生半日古松州 ···················171

那是一个被羌笛吹得其声远扬的名字,那是一个被蕃剑磨得其光铿亮的名字，那是一个被大唐的旌旗拂拭得分外警醒的名字，那是一个被刀与剑、血与火淬砺得分外悲壮的名字。

千年如在觅诗魂 ····················182
环目四顾，寂寂无人，只有青山仍青着从唐代以来就青着的青色，溪涧仍溪着从唐代以来就溪着的溪声。

相逢一笑 ·························193
王安石是北斗灿灿，苏轼是河汉耿耿，他们互相辉耀而又彼此欣赏。

凌寒独自开 ······················211
王安石第二次罢相后退居金陵，这是他人生的最后十年，犹如一面不肯倒下的逆风的旗，一轮不免凄然却分外壮美的落日。

兹游奇绝冠平生 ··················224
时间虽然已经是二十一世纪，但由桄榔庵至东坡书院，一路上见到的多是头裹花巾的黎族妇女，吱呀作响悠然怀古的牛车，坐在牛背上口吹葱叶的牧童，仿佛是苏轼海南诗卷中一帧帧并未过时的插图。

"八咏楼"之歌 ···················240
先天的禀赋与后天的熏陶，少女时代的李清照的诗才就像春天的早霞，清新明丽在东方始明的天边了。

天日昭昭 ·························253
早在孩提时代，岳飞的英名就像一记洪钟，敲响在我混沌初开的心头了，这钟声至今也未消歇。

沈园悲歌 ·························265

我在柳岸池旁久久地徘徊寻觅，绿柳丹枫今日仍在临水自鉴，但不论是在岸上或是在水中，却再也看不到唐琬翩若惊鸿的身影，只有陆游的歌声不绝如缕，穿过八百年的悠悠岁月隐隐传来，将我的心弦弹响并敲痛。

咫尺应须论万里 ································· 277

在他的"万花川谷"里，他的诗是永远开不败的花朵，时至今日，我们都还可以一亲花苞上那晶莹的露珠，那鲜艳的色泽与浓郁的清香。

书院清池 ································· 296

似一匹软缎的清池，水面上本来绿得一无所有，但池的对称两角，却有两丛夏荷绣出几枚青钱数枝碧玉和几盏红莲花。

武夷山水记 ································· 301

武夷山匆匆一日，半日分给了青山，半日分给了碧水。山水已经亿万斯年了，它们以逸待劳，而人生不满百年，劳生草草，我还能旧地重来吗？

国家不幸诗家幸 ································· 310

有谁，能从历史的帘幕深深深几许中走出来，告诉我们元好问曾经寄居和创作在哪里呢？在登封市郊的宾馆里，在宾馆会议室的散文创作研讨会上，我常常凝望窗外峻极于天的嵩山，追想元好问的遗踪往事，默诵他的诗篇。遗踪不在，诗仍在而且长在。

一代才人的悲歌 ································· 318

张继的钟声依然从唐朝穿山渡水而来，将我的心弦敲叩，三百多年前金圣叹的魂魄，却不知流落何方。

盛世悲音 ··· 331

  墓地别无它物,只有野花蔓蔓,荒草离离。冰冷的墓碑凄凉了我的望眼,而墓中人那不朽的诗句啊,却永远燃烧在我的心间。

剑气与箫声 ··· 350

  这位杰出的思想家与文学家,横空出世在历史的晨昏线上,站在送旧迎新的新旧时代之交,回眸以往,"才"无旁贷地充当了中国古代诗人才华横溢的殿军,书写了中国古代诗史辉煌的最后一页;瞻望未来,"责"无他让地担当了近代思想启蒙者的先锋,预言了虽然朦胧却已遥遥在望的新世纪的曙光。

千秋不死的英魂毅魄 ··· 369

  他愤世嫉俗,也笃于友谊;他忧国忧民,也友于兄弟;他感时伤世而常常金刚怒目,但也情深一往而不时菩萨低眉。

巾帼英豪 ··· 386

  在世纪之交大动荡大变革以铁与血为二原色的宏伟背景上,鉴湖女侠横空出世,如平地一声永不消逝的沉雷,如出鞘的一支永不生锈的宝剑,如浩渺天穹一颗永不暗淡的星辰。

时间之歌 ··· 397

  青春时代仿佛如同昨日,转瞬之间我已到了向老之年。一生与文字结缘的我,在夕阳西下之中,将古代那些与时间有关的诗作一一重温。

后记 ··· 412

才如江海命如丝

一

　　天才诗人王昌龄是京兆长安人,其郡望有山东琅玡与河东太原二说,歌唱在距今已千有余年的盛唐。我的籍贯却是湖南长沙,生活于当代,只能引颈遥望他的背影。不能和他携手同行,杯酒言欢并言诗了,然而,一提到他的名字,除了敬慕与哀怜,我还感到分外亲近。

　　他的名字,像一团火,温暖了我青年时代在边塞饥寒交迫的岁月。犹记六十年代伊始,我大学毕业后从京城远放君不见之青海头,故乡与亲人在南方,风雪与寂寞在塞外。身在边塞心忆江南,于天寒地冻之中想念那潇湘水云,洞庭渔唱。难以忍受的饥饿与怀乡,填满了度日如年的每一个日子。这时,王昌龄的边塞诗不时从唐朝远来,敲叩我的门扉与心扉,邀我一道去巡边跃马,高歌豪唱。"荷叶罗裙一色裁,芙蓉向脸两边开。乱入池中看不见,闻歌始觉有人来。"他的清新旖旎的《采莲曲》呢,也温馨了我这个南方人的梦境。我曾写有一篇题为《巧思与创新》的读诗札记，发表于六十年代之初的《四川文学》，编辑是一面不识直到"文革"结束后才有缘万人丛中一握手的陈朝红兄。那虽非我的处女之篇，却也是我年方弱冠的少作，我当时和王昌龄在诗中隔千载时空而促膝交谈的情景，文章刊出后的欢欣鼓舞之情，以及陡然而增的与逆境抗争的力量，数十年后蓦然回首，还恍如昨日。

早在少年时代，我就从《唐诗三百首》中初识王昌龄的大名了。"闺中少妇不知愁，春日凝妆上翠楼。忽见陌头杨柳色，悔教夫婿觅封侯。"(《闺怨》)那闺中少妇的幽怨，也曾造访过我懵懵懂懂不识愁滋味的少年之心。很早也读到过王昌龄、王之涣与高适"旗亭画壁"的故事。当年在长安的酒楼，一群梨园弟子和女伎聚会时演唱歌曲。唐代的绝句是可以入乐歌唱的，不像现在的某些新诗，不要说被之管弦引吭而歌了，就是读起来也诘屈聱牙，毫无节律与音韵之美，等而下之的更如一塌糊涂的泥潭，还自以为妙不可言玄不可测。当时三位诗人互赌胜负，看谁的作品演唱的频率最高，结果王昌龄被唱次数最多。伶人们知道作者在场，喜出望外，便请他们"俯就筵席"而"饮醉竟日"。这一诗酒风流的文坛佳话，最早由中唐的薛用弱记载于《集异记》，然后在文人的笔下众生的唇间不断再版。少年的我也不禁异想天开：如果我其时也躬逢其盛，不仅可以像现在年少的"追星族"(他们追的多是歌星、影星与球星)，一饱瞻仰星斗级名诗人的眼福，也可一饱诗与音乐结成美好姻缘的耳福，而且还可请他们签名或题词留念，假若保存至今，那岂不是顶级珍贵文物而价值连城吗？

及至年岁已长后和王昌龄相近相亲，才知道他是盛唐诗坛有数的重量级人物,当时及后世对他的评价与褒扬,都是实至而名归。不像当代文坛,"绝唱""经典""大师""划时代""里程碑"之类显赫的名头,轻易颁与同时代的作者,如同市场上降价批发的积压商品。殷璠与王昌龄同时,是盛唐诗歌在理论上的代表,他编选盛唐诗选《河岳英灵集》,虽然一时看走或看花了眼,竟然没有选录杜甫的作品,这不能不说是身为选家的重大失误甚至"失职",但他选入的,毕竟大体如他所说是盛唐诗的精英,是东晋以后几百年内振起颓势的"中兴高作"。入选作品最多的是王昌龄,共十六首,居诸家之首,而王维与李白名下,分别也只有十五首与十三首。初唐四杰的习惯排名是"王杨卢骆",连李白都屈居王昌龄之后,如果他看到这个选本,白眼向天的他,会不会像心高气傲的杨炯一样,说什么"愧在卢前"而"耻居王后"呢?如果这个选本还属于同时代,那么,后于王昌龄一百余年的司空图评价前人,人物早已退场,尘埃早已落定,就应该没有任何文本以外的政治因素人事关系的牵扯与瓜葛了,他在《与王驾评诗书》中说:"陈、杜滥觞之余,沈、宋始兴之后,杰出于江宁,宏肆于李、杜,极矣。"这一评断,该是符合"公平、公正、公开"的现代评判三原则的吧?李白与杜甫如果是峻极于天的双峰,王昌龄虽然整体海拔略低,但也是他们之前的巍然峻岭。至于绝句这一诗歌样式,从草创至于成熟的发展过程中,王昌龄则做出了与李白同样重要的贡献,他现存诗一百八十余首,绝句就多达八十首,连诗圣杜甫也只得逊让三分。我总以为,如果简而言之,作家大体可以分为"一般、优秀、杰出、伟大"四级,古今中外的作家均可以由礼仪小姐引导就位,或自行对号入座,而王昌龄被司空图评为"杰出",可谓先得我心。唐代之后以至晚清,对王昌龄更是名副其实的"好评如潮",而非像现在的许多评论文章一样,作品本来平庸却捧上云霄。例如明、清两代,就常将王昌龄与李白相提并论,如"七言绝句,几与太白比肩,当时乐府采录,无出其右"(明·胡震亨《唐音癸签》),"唐……七言绝,如太白、龙标,皆千秋绝技"(明·胡应麟《诗薮》),"七言绝句,古今推李白、王昌龄。李俊爽,王含蓄,两人辞、调、意俱不同,各有至处"(清·叶燮《原诗》),至于"神品""品居神妙""连城之璧""千秋绝调"之类的嘉语美辞,更是络绎不绝,绚丽如夜空庆贺的烟火。

还有一个头衔的论定,也是一个饶有兴味的问题。"琉璃堂",原是王昌龄等人在南京时聚会吟咏之处,在王昌龄之后一百多年的晚唐,流行一本说诗杂著《琉璃堂墨客图》,此书今已失传,残本存于明抄本《吟窗杂录》之中。书中称王昌龄为"诗天子"。这一称号流传后世,南宋诗人刘克庄在《后村诗话新集》中就说:"唐人《琉璃堂图》以昌龄为天子,其尊之如此。"清代宋荦在《漫堂说诗》中,也赞美"太白、龙标,绝伦逸群,龙标更有'诗天子'之号"。不过,元代的辛文房在《唐才子传》里,却有一字之改,他说"昌龄工诗,缜密而思清,时称'诗家夫子王江宁'"。到底是"天子"还是"夫子"呢?在封建时代,"天子"是天之骄子,人间至尊,"夫子"只是对男子的敬称,也用作对老师的称呼。以王昌龄的天才绝代,在诗坛而非官场的地位与影响,以及有关称谓记载的先后,我认为当以"天子"为是。王昌龄在诗歌创作特别是其中的绝句领地上南面而王,君临天下,如同出自《诗经》的"万寿无疆"一语,竟被后世专用于帝王,难道只有封建帝王才可称为"天子",难道"天子"一词只能由帝王一己得而私之吗？

二

王昌龄确实是天纵英才而才如江海，我们且观赏并倾听江海的澎湃。

盛唐的边塞诗派，虽然前后有王翰、王之涣、崔颢、常建、张谓、刘湾等实力派诗人加盟，有李白、杜甫这样的超一流高手前来客串，连药罐整日不离手的病夫李贺，也兴致勃勃地前来扬威耀武，锦上添花，写出"黑云压城城欲摧，甲光向日金鳞开"（《雁门太守行》）那样的名诗杰句，但高适、岑参、王昌龄、李颀毕竟是边塞诗派的主将或者说掌门人。

王昌龄年轻时经山西而宁夏，由宁夏而六盘山下的萧关，出关复入关，一游甘肃的"陇右"与河西的"塞垣"。他现存以边塞为题材的作品共二十一首，那些出色的边塞之诗，既是得江山之助，出于西北边塞实地游历的心灵体验，也是因为他手中握有一支如椽的彩笔。他的《从军行》七首，他的《出塞》二首，他的《塞上曲》与《塞下曲》，在今天这个日趋商品化功利化的"为钱"而"唯钱"的社会，究竟其值若何？怎样标价？究竟要多少黄金与白银才能购得呢？如他的《出塞》二首之一：

秦时明月汉时关，万里长征人未还。
但使龙城飞将在，不教胡马度阴山！

王昌龄即使只有这一首前人称为唐人七绝压卷之作的绝句,也足可以笑傲昔日威风八面的王侯和今日腰缠万贯的大款了。台湾名诗人洛夫说李白:"去黄河左岸洗笔／右岸磨剑／让笔锋与剑气／去刻一部辉煌的盛唐。"(《李白传奇》)余光中在《寻李白》中也写道:"从开元到天宝／从洛阳到咸阳／冠盖满途车骑的嚣闹／不及千年后你的一首／水晶绝句轻叩我额头／唿地一弹挑起的回音。"他们说的是李白和他的绝句,王昌龄不也是如此吗?和他同时代的帝王将相达官贵人公子王孙富商巨贾都到哪里去了?而他的杰出诗篇却长留于天地之间,传唱人口,泽被后世,像一支永不熄灭的火炬,在历代传承民族优秀文化的莘莘学子芸芸众生手中,辗转传递。

能在年轻时即高扬边塞诗派的旌旗而自成一军,在寸土寸金的古代文学史上占有一席之地,留下自己的诗名与英名,本已经谈何容易了,王昌龄还不肯就此罢手,他还十分关心妇女的命运,在宫愁与闺怨这一众多诗人前来跑马圈地的领域里,以不世之才,开创了属于自己的天地。历代的帝王,无论他们中有的人如何被今日某些作家写手编剧导演胡吹乱捧为"英明之主"和"千古一帝",但至少在大张肉欲方面,都一无例外地是好色之徒与无耻之辈,他们的后宫,不知囚禁了多少美色,蹂躏了多少青春。唐王朝亦复如此而且处于"领先地位"。杜甫在《观公孙大娘弟子舞剑器行》一诗中就说"先帝侍女八千人",白居易《长恨歌》中有道是"后宫佳丽三千人"。他们大约还是为尊者讳吧,唐太宗时,李百药上疏《请放宫人封事》,其中有"无用宫人,动有数万"之语,《新唐书》则记载"开元、天宝宫中,宫嫔大率至四万",而唐明皇李隆基除了三宫六院,其见于史书的皇后妃嫔就有二十余人之多,所以宋人洪迈在《容斋随笔》中,论定唐代是汉代以来妃妾宫女最多的时代。这,也应是唐代宫怨诗繁荣的一个原因吧?前述王昌龄的名作《闺怨》,就是以少胜多令人思之不尽之作,而他的《春宫曲》《西宫春怨》《长信秋词》五首,也是以对封建制度下妇女悲剧命运的深刻同情,以艺术表现上的精妙卓越,成为同类作品的佼佼者。如《长信秋词》之三:

奉帚平明秋殿开,且将团扇共徘徊。
玉颜不及寒鸦色,犹带昭阳日影来。

汉成帝时,赵飞燕姐妹得宠,班婕妤如秋扇之见弃而冷落于长信宫。《长信秋词》这一组诗,拟托班婕妤在冷宫中的独处生涯,表现了包括唐代在内的历代广大宫女的心灵历程与悲剧命运,客观上揭露了封建帝王的罪恶。晚唐诗人孟迟也有一首《长信宫》:"君恩已尽欲何归?犹有残香在舞衣。自恨身轻不如燕,春来还绕玉帘飞。"虽是同题目同题材之作,且不论仅就"君恩"与"自恨"二词,即可见识见与寄寓之低下,也不说对王昌龄之作有模仿之嫌,即在诗的韵味上也有直白浅近与含蓄深远的不同,真可谓小同而大异,后来而未能居上。檐间的燕雀,能追赶振羽长天的鸿鹄的飞翔吗?

三

这种不仅才高八斗而且才如江海的绝世才子,按照科举之路，他先中进士又举博学宏词科，照说也应该不会命途多舛的了，何况又是生活在所谓"大唐盛世"。殊不知他踏上仕途的开始，也就是他迁谪沦落的起点。

王昌龄曾先后任秘书省校书郎与汜水县尉一类的卑官小吏，是所谓"从九品"，与李贺后来的"从九品奉礼郎"是同一级别，大约相当于今日有人誉之为"芝麻官"的科级或副处级干部。他任汜水县尉几年之后，开元二十七年（739）即被贬岭南，目的地是位于今日湖南南部之桂阳。次年因玄宗大赦天下，他才得以北归，约在天宝元年（742）至天宝八载（749）任"江宁丞"。祸不单行，福无双至，"昨从金陵邑，远谪沅溪滨"，天宝八载，他又从昔日的江宁今日的南京远贬为"龙标尉"。龙标，即今日湖南南部怀化市东南六十里之黔城镇，不久前改为洪江市。古籍中称龙标之地"溪山阻绝，非人迹所能履"，可见龙标当时是何等险恶蛮荒，远在当时的文明之外。

这是较第一次有过之而无不及的恶贬。那些当权而又决人生死者，对他是必欲置之死地而后快的了。罪名呢？现在已不得而知。殷璠的《河岳英灵集》隐约其词："晚节不矜细行，谤议沸腾，再历遐荒，使知音者叹息。""不矜细行"，用今天的语言来说就是不拘小节，实际上乃是言行不符合封建名教所框定的道德规范。天才，往往是与现实格格不入的，像王昌龄这种诗国的天才，性格豪放不羁，酷爱自主与自由，要他循规蹈矩谨言慎行，对时局与当道不发表颇具个性别有锋芒的意见，恐怕无法做到。王昌龄所生活的时代，唐玄宗已逐渐腐化昏聩，奸相李林甫执政当权，杨国忠炙手可热，对外开边启衅，对上大献神仙之术，许多正直之士被放逐，有的甚至横遭杀害，而王昌龄在诗文中往往还要指斥时弊，直陈己见，脱略世务，白眼王侯，这，怎么会不"谤议沸腾"呢？李白和他是同一重量级的天才，又是比他年轻四岁当年在巴陵一见如故的好友，杜甫不也曾说李白"世人皆欲杀，吾意独怜才"吗？

英雄所见略同，英才所遇也略同。坎坷不遇流落江南的李白，不久就听到了王昌龄贬谪的消息，他物伤其类，写了一首情深意切的《闻王昌龄左迁龙标遥有此寄》：

杨花落尽子规啼，闻道龙标过五溪。
我寄愁心与明月，随君直到夜郎西！

惺惺相惜，天才更相惜。李白与王昌龄一生大约只见过两次，但倾盖如故。第一次是王昌龄从岭南北返，路经岳阳，正好李白蛰居湖北安陆而南游湘楚，他们在巴陵郡真诚地互道"久仰"，而一杯美酒喜相逢。王昌龄曾作《巴陵送李十二》一诗给李白："摇曳巴陵洲渚分，清江传语便风闻。山长不见秋城色，日暮蒹葭空水云。"那一年的洞庭波兮木叶下的秋天，铭记了两位大诗人之间的真情挚谊，别绪离愁。首次相见复相别，李白应该有诗回赠，但李白之诗散失颇多，在现存的《李太白全集》中已无法寻觅。后来王昌龄在任江宁丞时，曾一度去过京城长安，并和李白第二次握手。李白曾有《同王昌龄送族弟襄归桂阳二首》，而更为情深一往韵味悠长的，则是他近五十岁时寄给再贬龙标之王昌龄的这首诗了。关山难越，谁悲失路之人？李白这一份雪中送炭的拳拳之情啊，也不知王昌龄收到没有，如果收到，他其时的感受又当如何

才如江海命如丝

呢？他是否立即心血如沸地写下唱和之篇？在古代诗人中，王昌龄的作品也是散失极多的一位，上述我的种种猜测揣想，在他仅存的一百八十多首诗作里，可惜已寻不到半点消息。

夜郎族与古夜郎国，始见于战国至汉代。夜郎国本是西南地区一个小国家的名称，地域包括贵州西部及北部，以及云南东北、四川西部及广西北部一部分地区。据《史记·西南夷列传》，滇王与夜郎侯各为一方之主，竟然对汉朝使节提出"汉与我孰大"的问题，"夜郎自大"的成语也由是而流传至今。晋、唐两代，又曾以夜郎作为郡名，晋代之夜郎郡设在云、贵两省境内，而唐天宝元年（742）则改湘西地区之珍州为夜郎郡，见之于《旧唐书·地理志》："珍州……天宝元年改为夜郎郡。"此外，贞观年间夜郎也曾作县名，新旧《唐书》都曾多次记载夜郎县设于湖南西部的沅陵一带，其地也是夜郎各族杂居之地。如《旧唐书》："贞观八年，分辰州龙标县置巫州。其年，设夜郎、郎溪、思征三县。……天授二年，改为沅州，分夜郎、渭溪县。"中唐的刘禹锡贬为朗州（今湖南省常德市）司马，他在《楚望赋》的小序中，也曾经说"吾既谪于武陵，其地故郢之裔，邑与夜郎错"，其意就是常德与名为"夜郎"的沅陵县相接。因为"龙标"在沅陵之南而略偏西，所以李白才说"随君直到夜郎西"。某权威电视台一位资深主持人在荧屏上讲到这首诗时，不明历史与地理和此诗之具体所指，竟然将此诗中的夜郎说成是地在贵州的夜郎，殊不知贵州的古夜郎，乃李白自己十年后的贬谪之地。身在唐代而学识渊博的李白，尽管因好酒贪杯而醉眼蒙眬，尽管因浪漫不羁而想入非非，但他却不会犯今日主持人这种地理上指鹿为马的错误。

四

山不在高,有仙则名;水不在深,有龙则灵。僻处于南荒之地的龙标之所以写进中国文学史的图册,就是因为它迎候了王昌龄的大驾光临。

王昌龄其时远去龙标,没有汽车与火车,更没有飞机,只能劳其筋骨地跋山涉水,行行复行行。天宝八载(749)初秋,他从金陵出发,溯江而上,由岳阳过洞庭湖而于秋末到达武陵。俗云:龙游浅水遭虾戏,虎落平阳被犬欺。在过去的历次政治运动中,许多人对落难者不是落井下石,众口交攻,就是白眼相看,如避瘟疫。唐代也许是人心尚古而文网未张吧,王昌龄在武陵郡受到田太守、袁县丞和泸溪司马等人的热情款待,使他这个戴罪之人分外感动。次年春日,他从武陵出发前往龙标,袁县丞远送他至武陵溪口——今常德市城西河洑山下,目送他扬帆远去。我曾邀昔日的学生今日在常德工作的潘钧辉引路,特地前往追怀凭吊,碧水悠悠,注到心头的千年往事也悠悠。王昌龄在《留别武陵袁丞》诗中说:"从此武陵溪,孤舟二千里。"在此前所作的《答武陵田太守》一诗中,他也曾经写道:"仗剑行千里,微躯敢一言:曾为大梁客,不负信陵恩!"今日读来,我感到人间的正义与良知并没有完全泯灭,世上也并非尽是趋炎附势与助纣为虐之徒,田太守他们对于王昌龄的款待,宛如风雪途中送上的一盆炭火,温暖了他几乎冻僵的身心,而一代才人在坎坷沦落之时,仍以古代的豪侠之士自许,希望将来有以为报,这也远非那些见利忘义过河拆桥者可比。不过,联想到王昌龄以后更苦难的遭逢与悲惨结局,真不能不令人为之扼腕叹息!

除了边塞诗与宫怨闺怨诗写得异彩怒发,王昌龄的送别诗也是一枝出墙的红杏。"寒雨连江夜入吴,平明送客楚山孤。洛阳亲友如相问,一片冰心在玉壶。"他任江宁丞时写于江苏镇江的《芙蓉楼送辛渐》,是人所熟知的了,至今洪江市潕水与沅水汇流处的山冈上,仍矗立有一座"芙蓉楼",当地人一厢情愿,说王昌龄就是于此送别辛渐。王昌龄有知,感于地方父老的一片盛情,也许会含笑默认吧?二十世纪八十年代之初,我曾和香港友人黄维樑教授一登斯楼,对山城而怀古,临潕水而长歌,我们的呼唤随风远去,青山依旧,绿水长流,却始终听不到王昌龄的回应。不过,他的另外两首出色的送别诗,确实至今仍悠扬在此处的蛮烟瘴雨之中,传扬在许多读者的唇间心上:

流水通波接武冈,送君不觉有离伤。
青山一道同云雨,明月何曾是两乡?
——《送柴侍御》

醉别江楼橘柚香,江风引雨入舟凉。
忆君遥在潇湘月,愁听清猿梦里长!
——《送魏二》

诗人送朋友去武冈(今湖南武冈市)而"不觉有离伤",写得十分旷达,使我想起他作于龙标的另一首诗:"沅溪夏晚足凉风,春酒相携就竹丛。莫道弦歌愁远谪,青山明月不曾空。"(《龙标野宴》)他不是没有"愁",而是有太多太沉重的忧愁,"愁听清猿梦里长"就透露了他的深愁苦恨;他不是没有"离伤",而是有太多太深长的离愁别意,"离尊不用起愁颜"(《别皇甫五》),"莫将孤月对猿愁"(《卢溪别人》),写来就是别恨满纸。他只是常常借自然风光来排遣愁情,又屡屡故作旷达之辞而已。一位天才秀发的诗人,只是因为独立特行,有自己不同流俗的个性,便屈居下僚,而且一贬再贬,三十年仕途,二十年迁谪,盛年时在南荒之地虚掷黄金般的岁月,而贪鄙谄媚蝇营狗苟之徒,却居庙堂之高,掌权衡之重。这,怎么能不令人千载之下仍为之愤懑不平而仰天长叹呢?

安禄山的叛军占领了长安,唐肃宗李亨于天宝十五载即位于甘肃灵武,照例大赦天下,王昌龄因此得以离开困居了七八年的龙标。"往返惟琴书一肩,令苍头拾败叶自爨",这就是湖南地方志的记载。他辗转道途,在路经亳州(今安徽省亳县)时,竟被拥兵自重愎戾残暴的军阀闾丘晓所杀。其龄不昌,未到六十之寿。奇才天忌,奇才也遭人忌,诗人横祸,文坛奇冤,文笔斗不过刀斧,诗家天子敌不过世上阎罗,闾丘晓扼杀了诗人的生命,也毁灭了更多的绝非凡品的诗篇。不过,有所谓"天网恢恢,疏而不漏",后来河南节度使张镐命闾丘晓驰援被围困的张巡,闾丘晓竟迟迟不进,张镐以贻误军机的罪名将其正法。闾丘晓临刑前求告说:"有亲,乞贷余命。"张镐的回答是:"王昌龄之亲欲与谁养?"(《新唐书·文苑传》)算是告慰了王昌龄的在天之灵。

在所谓大唐盛世甚至在有唐一代的诗人中,王昌龄的结局是最为悲惨的了。归根结底,他的悲剧固然是所遇非人,而且所遇是身披人皮的豺狼,但更是由于封建极权制度所致。"丹顿裴伦是我师,才如江海命如丝",(丹顿裴伦即但丁与拜伦——引者注)这是陈独秀与苏曼殊唱和的《本事诗》十首之四中的警句,柳亚子编《苏曼殊全集》时误为苏曼殊之作,而德国大诗人歌德也曾说过:"天才的命运注定是悲剧。"天才往往是背时无运的,现实总是要残酷地压制异类,扼杀天才,缺少的是对才人俊彦应有的宽容、珍惜、尊重与敬意。那种一般的才俊之士乃至天纵奇才的悲剧与悲歌,不是被许多人演了又演唱了又唱吗?我们站在新世纪的地平线上眺望未来,往者不可谏,来者犹可追,抚今追昔,为了今日与明天,不是也应该怆然回首黯然回眸那历史的残阳如血吗?

辋川山水

今日的城市似乎无论大小,都有向四周扩张之势。大城市固然有勃勃的雄心,豪情万丈地四向开疆拓地,肩摩踵接的高楼大厦,将沥青马路围困成无数曲折而无水的河流;小城市也有勃勃的野心,在经济发展的浪潮中,纷纷奋力去攻陷周边的山林与田野。出身贵族或平民的各种车辆,忙忙如过江之鲫。办公楼与宿舍楼触目即是的防盗窗里,囚禁的是城市的子民,还有他们凭窗望远的眼睛。从山野移民而来在马路两旁和分车带上岗的行道树上,听不到一声亮丽的鸟鸣。车声隆隆,人声嚣嚣,市声汹汹,许多现代人虽然不愿离开生活便利的都市,但他们也不时冲出尘网,或垂钓或远足,暂时遁入那远离尘嚣与机心的田园与山林。

从少年时代起,我就曾不止一次地展卷把读王维的山水诗了,尤其是年岁已长之后,更常常从车水马龙熙熙攘攘的尘世,隐身于自己一隅清净的书房,在王维的诗句中神游,顿觉尘俗顿消,心肺如洗。蓝田日暖玉生烟,什么时候,我才能从自己身居的闹市,远赴陕西的蓝田,蓝田的辋川,去寻觅王维的辋川别业旧迹和他遗落在那里的诗篇,与他做时隔千年的心灵对话呢?

在盛唐的诗坛,王维是一位少见的既擅长绘事又精于音乐的多面手,其多才多艺,大约只有宋代的苏轼可以和他一较短长。如此高才,而且二十一岁就中了进士,但他的仕途并不顺达,深谙官场与世事的险恶,加之他有去俗绝尘的好静的天性,以及自由适意的生命精神,中年以后他一直亦官亦隐,先是隐居于嵩山与终南山,后来隐居于长安东南不远的蓝田县的辋川,时在安史之乱以前。江山之助,才人之笔,终于让他开创了盛唐的山水田园诗派,也得以与李白、杜甫鼎足而立,天下三分,李白美名"诗仙",杜甫雅号"诗圣",而王维则誉称"诗佛"。他的吟山咏水深含佛理禅机的佳篇隽句,至今仍然可以"养目"——让我们的眼睛饱餐时已千年却永恒如在的山川秀色,也可以"养心"——抚慰我们奔竞于红尘而疲惫不堪甚至伤痕累累的心灵。

几年前的一个高秋之日,良缘终于从天而降。我因撰写《唐诗之旅》一书,远去昔日的长安今日的西安,而大学时代的同窗好友丁文庆则从宁夏南来相会。醉眠秋共被而携手日同行,于是我们携带有关的考古刊物,按图索骥,一游王维的辋川。

王维当年去辋川,大约不是骑马就是骑驴,而我们则是乘坐现代的汽车,四轮生风,几经辗转,由西安而抵达蓝田县东南之峣山口。辋川四面环山,川口两山夹峙,清清的溪水一路奔跑而来,像是王维派来的使者,到山口欢迎我们进去一探千年前的诗的秘密。山中的溪水与渠水当年形同车辋,故有"辋川"之名。初唐诗人宋之问,那时就在辋川依山傍水,营建庄园,名曰"蓝田山庄","宦游非吏隐,心事好幽偏。考室先依地,为农且用天。辋川朝伐木,蓝水暮浇田。独与秦山老,相欢春酒前",有他的《蓝田山庄》

一诗为证。半个世纪之后,王维得到宋之问的山庄旧居,开始了他在辋川的半隐生涯。王维有《辋川集》二十首,集前的序言曾说"余别业在辋川山谷",并点明有"孟城坳"等二十个景点,他与秀才诗友裴迪一一"各赋绝句"。台湾名诗人洛夫虽身未能至,却也写过《致王维》一诗,其中有妙句是"秋,便这样／随着尚温的夕阳／闪身进入了你的山庄",而今也是秋日,我和文庆前来寻幽探胜,当然首先要去敲叩宋之问的蓝田山庄王维之辋川别业的那古老的门环。

进入辋川谷口之后,行经川水北面山坡上的阎村,复从阎村南行东折约五里,便到了今天地名为"官上"的孟城坳。这里南北两山环峙,山上柏翠松青,山坡梯田层叠,将"坳"——即山间平地抱在怀中。然而,现在这里只有北方习见的乡野民居,泥途巷陌,任你如何举目四顾,都已找不到王维的别业的门户了,哪怕是一只生锈的门环。不必去找的,是他长留在我们心上的思之即来的诗,那是《辋川集》第一首的《孟城坳》:

新家孟城口,古木余衰柳。
来者复为谁?空悲昔人有。

裴迪曾对《辋川集》逐首唱和,他的《孟城坳》诗有"结庐古城下,时登古城上。古城非畴昔,今人自来往"之句。"古城"又名"思乡城",公元四一七年南朝宋武帝刘裕征关中时修筑,城旁广植杨柳,故又名"柳城"。王维到此隐居之时,距刘裕已三百年,虽然城垣尚在,但城池已洼陷荒废,古城柳老不飞绵,而往昔年轻的树木也都已年高德劭。"来者复为谁？空悲昔人有"，新旧对照，抚今追昔，王维自然想到"昔人"宋之问和更远的"昔人"宋武帝及随征将士。来者之视今，犹今人之视昔，这种悲人且以自悲的人生感慨，是对生命匆忙而时间永恒的深长感喟，是对人的普遍性的悲剧的形而上思索，所参悟的是天地不言、苦空无常的人生哲理。以前有些论者总是说诗人表现了"消极"情绪，这种看法，未免有违人性人情。时隔千年，我和文庆旧地新来，王维其诗虽存，其人已渺，也早已成了遥远的"昔人"，我们不也别是一番滋味在心头吗？

所喜的是，王维并非沉浸在悲思之中不能超脱，他返归心源而得其自在，将灵魂人格与自然造化融为一体，为我们留下了许多肯定当下生命和表现美的顿悟的传世名篇，洋溢庄禅理谛读来令人身世两忘的千古绝唱。阎村之西，濒临辋水有一半圆形台地，人道是"茱萸沜"遗址，从台地往西南经何家村，有一片树深林密的连山断崖，现行的《陕西名胜古迹》一书，说这里即是王维诗所咏之"鹿柴"。柴同"砦"，"砦"是"寨"的异体字，意为"防卫所用的木栅"。裴迪的同题诗中有"日夕见寒山，便为独往客。不知深林事，但有麛麖迹"，可证当年此地曾经养鹿，而且周遭用栅栏阻隔围护。王维的《鹿柴》一诗，完全超然于裴迪诗的就实写实之上，创造的是一种空灵幽远不染纤尘的艺术境界：

空山不见人，但闻人语响。
返景入深林，复照青苔上。

丁文庆是诗人，虽然写的是新诗，但对古典诗也深有会心。

我们在《鹿柴》诗所写的实地流连,他说:"这首诗主要写'幽'与'静'的境界。以有声之人语反衬深山之静寂,以夕照之光亮反衬深林之幽暗。幽远并非幽闭,静寂也并非寂灭,人生的境界和需求是多种多样的,清幽静谧的境界,正是奔波于红尘的旅人精神休憩之地,如同历经风浪的船帆,要栖息于波平浪静的港湾。"

我深以文庆所说的为是。人生不仅应欣赏金戈铁马,也可喜爱月下花前,不仅应赞美横槊赋诗,也可倾心深山鸟语。王维年轻时就曾慷慨赋诗,"暮云空碛时驱马,秋日平原好射雕"的《出塞作》,"叠鼓遥翻瀚海波,鸣笳乱动天山月"的《燕支行》,就是写于二十一岁的弱冠之年。后来他以一介书生与文吏的身份,也曾自告奋勇地加入过边塞诗的行列,如他任监察御史出使边塞,就写了不少意气飞扬沉雄壮美的边塞诗,如"大漠孤烟直,长河落日圆"的《使至塞上》,如"一身转战三千里,一剑曾当百万师"的《老将行》。至于唐代风行一时的游侠诗与送别诗,王维也曾前来一试身手,如"一身能擘两雕弧,虏骑千重只似无。偏坐金鞍调白羽,纷纷射杀五单于"的《少年行》,而"渭城朝雨浥轻尘,客舍青青柳色新。劝君更尽一杯酒,西出阳关无故人"的《渭城曲》,更是唱落了历代无数离人的热泪。但是,王维留存至今的诗作约四百余首,而山水田园诗占了四分之一以上,他的最重要的成就,还是六朝开创于前而他集大成于后的山水田园诗。如同今日的名牌产品各具商标,他的此类诗作,是以"清迥绝尘"为其标志。我们由官上东行至支家湾,复至白家坪,一路观赏山光水色,在王维音画兼美的诗句中穿行,一路也实地对王维的诗篇作即兴的研讨与对话。

白家坪附近的飞云山下有一小坪,传说也是王维故居辋川山庄的所在地。原来的山庄已渺不可寻,早已交给了历史的疑烟重云,但一株有七围之大百尺之高的千年银杏却坚持在那里,向远方来客诉说沧海桑田,为王维的《文杏馆》一诗作无声的旁证:

文杏裁为梁,香茅结为宇。
不知栋里云,去作人间雨。

云雨千年之后,我们经文杏馆旧地往北去斤竹岭。这个山岭,是斤竹的家乡。斤竹即"篁竹"。如同汗血马是马中的骏马,篁竹则是竹中的良材。"瞻彼淇奥,绿竹青青",竹,在《诗经》中就风姿摇曳了。"竹生空野外,梢云耸百寻。无人赏高节,徒自抱贞心。耻染湘妃泪,羞入上宫琴。谁能制长笛,当为吐龙吟",自从梁代刘孝先的竹诗在竹与君子之间架起一道诗的彩虹之后,古代文人无不爱竹而多所吟咏,王维更是如此。在《辋川集》中,王维已有"檀栾映空曲,青翠漾涟漪。暗入商山路,樵人不可知"的《斤竹岭》,但他还有更为出色的《竹里馆》。以竹名馆,应该是斤竹岭一带的竹中馆舍吧?时当秋日,山隈水浒那一丛丛一束束碧玉般的翠竹,撑起的是欲上人衣的绿荫与清凉。原来的竹里馆到哪里去了呢?还有那令人遐想的"辛夷坞"?辛夷属于"香草美人"中的香草,外形与芙蓉相似,故又名木芙蓉。在屈原的《九歌·湘夫人》中,早就有"辛夷楣兮药房"之句。王维对芙蓉也特别钟爱,在《辋川集》中,芙蓉就曾三次出场,红萼绿枝,相映成趣,自由自在于尘嚣之外。不辨遗踪何处寻,山间风来,远祖在唐朝的新生代翠竹们虽窃窃私语,交头接耳,但对于我们的问题却始终没有回答,我和文庆就只得向它们吟诵《竹里馆》与《辛夷坞》那两首诗中妙品,幽远如辋川之水,精美如不夜之珠:

独坐幽篁里,弹琴复长啸。
深林人不知,明月来相照。

木末芙蓉花,山中发红萼。
涧户寂无人,纷纷开且落。

我对文庆说:"王维的《竹里馆》,使我想起李白的《敬亭山》。李白写的是山和他的默契相通,而王维写的是明月和他的心心相印,这就是天人相知物我两忘的境界吧!"文庆答道:"早年的王维也是颇有济世之志的,并非不食人间烟火,也不是郑板桥所说的根本不关心民生疾苦,他在《不遇咏》中就曾说过'今人作人多自私,我心不说君应知。济人然后拂衣去,肯作徒尔一男儿'啊!"我接过文庆的话头:"提携王维的贤相张九龄遭到贬斥,奸相李林甫当权,政治的黑暗使他灰心,济世之志日消,退隐之心日炽。虽然不必从他的山水诗中去穿凿附会什么微言大义,但山水是他的精神家园,生命的感兴与诗美的体验水乳交融,臻于化境,绝非一般作手之模山范水而已。"

斤竹岭上,四顾苍茫。我们的阔论高谈随风而散,也没有人前来倾听和审定,因为欲知诗意如何,最权威的答案,只能且听王维的分解。但不论我们如何左寻右觅,却再也看不到曾经在这里弹奏的王维的一根琴弦,不论我们怎样侧耳倾听,也再听不到他带有山西口音的一声长啸了。

除了《辋川集》二十首之外,王维咏辋川或写于辋川的诗作,有的题目即已标明,如《辋川闲居赠裴秀才迪》《归辋川作》《辋川闲居》以及《积雨辋川庄作》等篇,在这些五律与七律里,其名句"渡头余落日,墟里上孤烟""漠漠水田飞白鹭,阴阴夏木啭黄鹂",早已使历代的读者口颊生香了。还有一些动人的篇章形迹可疑,我也怀疑它们与辋川关系暧昧,如"松风吹解带,山月照弹琴。君问穷通理,渔歌入浦深"的《酬张少府》,如"山中相送罢,日暮掩柴扉。春草明年绿,王孙归不归"的《山中送别》,还有那首迷我迷你迷倒众生的《山中》:"荆溪白石出,天寒红叶稀。山路元无雨,空翠湿人衣。"但是,有一组诗却是没有疑义的,那是一组总共七首的六言绝句,题作《田园乐》,又题为《辋川六言》,其中一首不仅诗中有画,而且画中有诗,至今仍然照亮我们的眼睛:

桃红复含宿雨,绿柳更带春烟。
花落家僮未扫,鸟啼山客犹眠。

在中国古典诗歌史上,五七言是主将,旌旗所指,军容浩荡,六言绝句几乎是一支废置的偏师,绝少用武之地,而王维的上述佳作可谓凤毛麟角。有如一支幽美的箫笛,三百多年之后,它在王安石《题西太一宫壁》诗中得到了遥远的回声:

柳叶鸣蜩绿暗,荷花落日红酣。

三十六陂春水,白头想见江南。

前人称王安石此诗是"绝代销魂"之作,又认为此诗与王维上述之作同是"六言冠冕"。王维有知,他该会不觉前贤畏后生而击节叹赏吧?

北宋的秦观在《书辋川图后》一文中,曾记叙他观看王维手绘的《辋川图》,"恍若与摩诘入辋川"而游,所患的"肠疾"也霍然而愈。这种医疗效果真是不可思议,何况我们今日实地来游?在辋川流连竟日,不觉日落渡头,已快到日暮掩柴扉的时分,连王维都早已告别辋川了,我们也不可以久留。辋川虽好,但聊以寄身的俗世在山外喊我们回去,远方的城市在红尘深处喊我们回去,从王维的诗句中匆匆出来,我和文庆只好向辋川挥一挥手,他向朔方我向潇湘,去自投啊重投,那市声汹汹、人声嚣嚣、车声隆隆的天罗地网。

头 白 好 归 来

一

跋涉了半个多世纪的长途,在生命和节候都已是仲秋的时节,一个天蓝如海的日子,二〇〇五年十月,第一届中国诗人节在马鞍山市召开,应邀忝列的我终于和熟透了的阳光一起,到达李白诗酒人生的终点。

安徽省马鞍山市的当涂县。当涂县南二十余里南北朝齐代诗人谢朓的青山。青山脚下荷池曲沼松青柏翠的李白墓园。墓园之北如同一个浑圆句号的墓冢。墓冢前矗立的"唐名贤李太白之墓"的石碑告诉我,这就是一千二百多年前中国的伟大诗人李白最后的安息之所。临来匆匆,人地生疏,不及准备纸烛,未免感到愧疚,不过,当我在墓碑前低首皈心的那一刻,袅袅的香烟便在我心的祭台上升起了。

李白的身世虽然如谜,有人说他生于中亚的碎叶城,五岁随父亲李客回到四川彰明县清廉乡定居,有人说其母在清廉乡家居,因梦太白金星入怀而生下了他。但可以确定的是,至少在二十五岁出川之前的整整二十年中,他都是在家乡求师、苦读、学剑、漫游。不过,那一切都只像一场盛大演出之前的彩排,也许连彩排都说不上,只是一些热身的准备活动而已。开元全盛之日,那是一个封建王朝如日中天的时代,那是一个青春勃发活力旺盛的时代,那是一个文人奋笔武人挥戈的有为的时代,李白当然不愿蛰伏于蜀中的盆地,如没有远志的檐间之燕雀,他渴望像高翔的大鹏,乘风搏击于宇内的长天。

开元十四年(726),二十五岁的青年李白终于开始了他出川的壮游,怀抱济苍生安社稷而实现自己人生价值的梦想。年轻人本多豪情壮志,心雄万夫而怀绝世之才的李白,更是人中之龙,非狭小的溪河更非方寸的池塘所可拘束,只有浩荡汪洋的江海才能让其戏水,助其飞腾。他始居湖北安陆之时,在《代寿山答孟少府移文书》中就说自己"申管晏之谈,谋帝王之术,奋其智能,愿为辅弼,使寰区大定,海县清一。事君之道成,荣亲之义毕,然后与陶朱留侯,浮五湖,戏沧洲,不足为难矣"。两三年后,他在《上安州裴长史书》中较详细地叙述了自己的经历与家世,他说"以为士生则桑弧蓬矢,射乎四方,故知大丈夫必有四方之志,乃仗剑去国,辞亲远游"。开弓没有回头箭,他这支惊世之箭四面开弓之后,三十多年中不仅没有射中他理想的红心,反而到处碰壁,最后不是折戟沉沙,而是折箭沉泥,埋没于青山脚下的蒿莱之中。

李白离开家乡的告别辞是《峨眉山月歌》,那也是他众多咏月名作的第一首,有如一场盛大月光晚会的序幕:

峨眉山月半轮秋,影入平羌江水流。
夜发清溪向三峡,思君不见下渝州。

秋日的峨眉山月,是故园的象征,乡情的寄托,永远的回想,诗思的源泉。"我在巴东三峡时,西看明月忆峨眉。月出峨眉照沧海,与人万里长相随。"(《峨眉山月歌送蜀僧晏入中京》)自此以后,他多次在诗中提到峨眉山月,那是他对故乡永远的怀恋和记忆。他出峡之后,面对浩浩的江汉平原和茫茫的云梦大泽,熟悉的故地在身后,陌生的新天在眼前,一场人生的角逐与征战拉开了序幕。他出场的开幕词便是那首情景交汇的《渡荆门送别》:

渡远荆门外,来从楚国游。
山随平野尽,江入大荒流。
月下飞天镜,云生结海楼。
仍怜故乡水,万里送行舟。

无论是告别还是开幕,他对故乡都满怀游子的依恋之情,以后他在许多诗作中,也都仍然抒写了故乡的殷切之想。早年蛰居安陆时期写的名篇《静夜思》不必说了,一千多年后,流寓台湾的名诗人洛夫有家归未得,早在二十世纪五十年代之初就写了《床前明月光》一诗,开篇就是李白旧调的新唱:"不是霜啊／乡愁竟在我们的血肉中旋成年轮／在千百次的月落处。"而晚年他流寓安徽宣城时所作的《宣城见杜鹃花》,也再一次寄寓了自己的乡关之思:

蜀国曾闻子规鸟，宣城还见杜鹃花。
一叫一回肠一断，三春三月忆三巴。

真是如谣如谚，如泣如诉。李白这时因为此生不可能再回故乡而肝肠寸断，我们今日读来也不免为之黯然神伤，尤其是在墓园面对诗人的墓冢。墓石已冷诗犹热啊，伫立在李白的墓碑之前，如果不是怕把已小寐千年的他惊醒，我真想绕墓三匝，叩石而问：当年你为什么从未回乡呢？

自从离开四川，终其一生，李白都没有回过故乡。射出的响箭没有回到出发的弓弦，辞枝的绿叶没有回到生身的泥土，远游的大鹏没有回到振羽而起的窝巢，浩荡的东去大江没有回到它的发源之地。为什么魂牵梦萦却始终没有回乡？是因为关山修阻交通不便吗？是因为父母和妹妹先后去世家乡已没有至亲之人吗？是因为壮志未酬事业无成而无面见江东父老吗？同时代的诗人中，最推崇和关爱李白的莫过于杜甫了，他前前后后共写了十四首诗给李白。流落秦川时听说李白长流夜郎，他写了感情深至的《梦李白二首》，"死别已吞声，生别常恻恻"啊，"浮云终日行，游子久不至"啊，"冠盖满京华，斯人独憔悴"啊，及至他漂泊西南天地间，流寓到李白的故乡，不是在成都便是在绵州，他还写了怀念李白的最后一首诗《不见》：

不见李生久，佯狂真可哀。
世人皆欲杀，吾意独怜才。
敏捷诗千首，飘零酒一杯。

匡山读书处,头白好归来!

绵州彰明的大匡山,今日江油市大康镇境内滴翠坪的"大明寺",就是李白年少时读书十年之地。大匡山一名戴天山,李白于此读书时就曾写过《访戴天山道士不遇》一诗:

犬吠水声中,桃花带雨浓。
树深时见鹿,溪午不闻钟。
野竹分青霭,飞泉挂碧峰。
无人知所去,愁倚两三松。

而杜甫呢,渴盼李白头白好归来啊,他与他自天宝四载(745)在山东兖州分袂,人生不相见,动如参与商,已整整十有五年,如今他羁旅在李白的故乡,见风物而思故人,自然更平添一番刻骨铭心的忆念,也渴望李白回乡和他重聚,如同昔日同游燕赵齐鲁那样,"醉眠秋共被"而"携手日同行"。

李白墓上青草离离,我的心上哀思缕缕。没有电话,没有电报,没有传真,没有特快专递,没有电子邮件,杜甫只好以诗寄意,但此时李白已是劫后余生,霜欺两鬓,步履蹒跚,行将抵达他生命的终点了。他是否收到过杜甫的诗?究竟听到过杜甫远方的呼唤没有?至今都是一个无法破解的疑问,我只知道李白始终没有回过故乡。道阻且长,亲人故去,这些固然都是原因,最重要的恐怕还是志在四方与天下的李白,未能实现自己曾公开宣告的理想,十分看重人格尊严的他,自觉愧对故乡,也无颜见蜀中父老吧?《全唐诗》中歌咏蜀道之诗数以百计,中唐雍陶《蜀道倦行因有所感》诗,结句说的就是"蹇步不惟伤旅思,此中兼见宦途情",即所谓失意者蜀道难,得意者蜀道易。李白《蜀道难》之主旨虽众说纷纭,但表现了李白坎坷蹭蹬之中对故乡的怀想,殆无疑义,而中唐姚合《送李余及第归蜀》一诗,对李白失意而不思归的心理,早已慨乎言之:"李白蜀道难,羞为无成归。"有家归未得,李白曾经歌吟"但使主人能醉客,不知何处是他乡",然而,不论主人能否醉客,李白把他乡都认作了故乡,且将他乡作为了自己的长眠之地。

中唐诗人张碧对李白十分倾倒,因为李白字"太白",他居然也亦步亦趋,字名"太碧",不过他毕竟姓张而非姓李,李冠无法张戴。我自认是李白的后代,虽然谱系难寻前缘不免暧昧,但我从小就热爱李白其人其诗,前半生且以诗歌评论与诗歌理论为业,后来的散文创作也大都与诗有关,而且我行不更名,坐不改姓,也从无笔名,因为与生俱来的就是大姓为"李"!因此,我常常不无自豪地痴想:我的血管里奔流的该是李白未冷的热血!何况李白自己也言传身教,当年他沦落当涂,当涂县令李阳冰为"赵郡李"而非李白原来自称的"陇西李",他们同姓而非同族,而且他比李阳冰大十多岁,然而他竟尊李阳冰为"族叔",我今日尊李白为先人,他难道会不欣然同意吗?在先贤与先人的坟前,在秋日的金阳之下,我和明亮的阳光一起信誓旦旦:我一定要远赴四川昔日的彰明今日的江油,远去诗人的故里,在一千三百年后代他还乡!

二

该是李白在天之灵的庇佑吧,刚发的誓愿忽然得偿,多年的梦想一朝成真。二〇〇六年四月，四川省政府主办、绵阳市政府承办、江油市政府协办的国际李白文化旅游节、"李白文化论坛"在江油市举行，我收到了邀约之函。阳春召我以烟景，大块假我以文章，载驰载驱，我真是青春作伴好还乡了。

一出成都，我们的轻车便在一平如砥的高速车道上射向江油。成渝高速。成广高速。成绵高速。台湾诗人余光中有诗题曰《与李白同游高速公路》，李白既然可以和余光中在台湾的高速公路上飙车，怎么会不来故乡的高速公路上驰骋呢？车入江油市境，宽阔的公路仍然坦坦荡荡，任你的四轮去轮底生风，进入市区呢，江油早派出六车道的"李白大道"守候在边境，欢迎远道而来的客人。未老莫还乡，还乡须断肠吗？李白的高龄不仅是名副其实的"千岁"，而且有一千三百岁了，仍不还乡吗？不要再长叹"大道如青天，我独不得出"了，故乡的大道真正宽阔如青天，它会送你去见识外面的世界多精彩，让你去乘长风破万里浪。不要担心五花马和千金裘都已叫儿子牵出拿去换成美酒了，李白啊，如果你要还乡，还用得着你骑乘那早已老态龙钟的五花马吗？喷气机绝云而至。如果你不愿乘坐洋产的"宝马"或"奔驰"，各色各样的国产小车还不是由你随意指定，在成都双流机场等候你的光临？

江油，是一座整洁美丽的城。白天，树木撑开蔽城的绿荫；夜晚，地上的灯光让天上的星光失色。它是全国优秀旅游城市、全国卫生城市、全国生态示范城市，这些名称李白其时当然闻所未闻。江油更是一座诗意盎然的城，他绝对想不到江油现在许多街道和店铺都因他为名，如太白路、青莲路、月圆路，如桃李园、夜光杯、满店香，也绝对想不到江油街上有专门为脚踏三轮车修的专道,那些如过江之鲫的三轮车,顶上都有落花与芝盖齐飞的黄色流苏布盖,两侧的有机玻璃窗上,刻录的一律是他的大作,而在市民文化广场,那些两两并行的玻璃立柱上书写的也全是他的作品,白天被阳光照亮,晚上被灯光点亮,市民与游客不仅可以在此休闲,怡然自乐,而且可以于此成诵,口颊生香。广场之侧,就是太白公园和与公园相接相通的李白纪念馆,昌明河在馆侧与园内曲曲而流,汨汨而过,它讲述的也不外是李白的遗踪往事,以千年来不知疲倦的水声啊波声。

我们的下榻之处,就在李白纪念馆内那躲在竹篁深处的明月村宾馆。纪念馆的收藏十分丰富,从明清至今与李白有关的名人字画多达数千件,如果能征集到一幅李白的真迹高挂墙头,当然那就更是价值连城了。纪念馆和公园内通幽的是小桥曲径,照眼的是楼阁亭台,入耳的是鸟鸣嘤嘤水声潺潺,而更令我兴奋的是,我竟然三次和李白不期而遇。

纪念馆大门两侧的门柱上,对联分别是"酌酒花间磨针石上;倚剑天外挂弓扶桑"和"古今尊国士;中外仰诗人"。我们穿联而进,从"太白故里"的粉白照壁往左拐弯,穿过"归来阁"的门洞,只见少年李白早已站立在"青莲池"中的石礅之上。

他一袭白衣,双手负于身后,修眉朗目,遥望前方,唐代的风正吹得他衣袂飘飞。少年英彦,风神俊逸啊,真是"帅呆了""酷毙了"。这就是在大匡山读书时的李白吗?我急忙趋前,临池而立,隔水向他递过去一声初见的问候。我来时正是春末,荷叶如钱小小,桂叶似玉青青,待到夏日满池的荷花盛开,秋日满树的桂花开盛,那就该是他青春而香远益清的魂魄了。那几天里,我每次从池边走过,总不免回头张望,生恐遗漏他对我的隔水的叮咛,那在我听来十分亲切悦耳的川音。

与纪念馆毗连的太白公园内,昌明河穿园过境。靠岸的一艘龙舟之上,唐玄宗在杨贵妃和高力士的簇拥下,正在向前方张望。杨柳岸边,由两名太监左右搀扶,人到中年而酒意未醒的李白正步履踉跄地向龙舟走近。

此情此景,元诗人陈颢的绝句《太白醉归图》早就写过:"偶向长安市上沽,春风十里倩人扶。金銮殿上文章客,不减高阳旧酒徒。"然而,作为湘人,我更欣赏明代籍贯湖南茶陵的诗人李东阳,他的七绝《太白扶醉图》,既写李白的豪情,也认李白为他的同宗先人,真是深得我心:

半拥宫袍拂锦鞯,有谁扶醉敢朝天?
玉堂记得风流事,知是吾宗李谪仙!

"李白一斗诗百篇,长安市上酒家眠。天子呼来不上船,自称臣是酒中仙",杜甫在《饮中八仙歌》中为其他七位"瘾君子"画像,每人只有两句最多三句,但对李白却单独破格多至四句,成为歌咏诗仙兼酒仙之傲骨与醉态的经典。现在我眼前李白身旁的一块山石上,铭刻的正是如上四句,那是杜甫诗句和民间传说的现代再版,并且是在李白的故乡出版发行。不过,"不上船"一般解释为李白不登上来接他的船,而在宋释惠洪编纂的《冷斋夜话》中,惠洪却说:"句法欲老健有英气,当间用方俗言为妙,如奇男子行人群中,自然有脱颖不可干之韵。老杜《八仙》诗序李白曰:'天子呼来不上船',方俗言也。所谓襟纽是也。"这位浮屠离唐代不远,对"船"的方言俗义的别解应该可信。此外,明代张鼎思《琅琊代醉编》也说过"襟纽为衣船"。赏名花对妃子的唐玄宗叫李白去上岗,大约是赋《清平调》什么的,李白此时酒酣耳热,半醉半醒,衣襟也敞开不扣,这样似乎更能表现他白眼王侯桀骜不驯的个性吧?但最终的解释权毕竟只属于诗人自己,杜甫去向不明,一时无从问讯,我真想上前将李白拍醒,牵衣一问:"不上船"究竟做何解释呢?但我欲言又止,因为我闻到的是浓烈的酒香和轻微的鼾声。

纪念馆的正轴线上,面朝大门,有一座庄严宏伟的"太白堂"。正面廊柱上的联语系今人集自李白之诗:"观空天地间我寄愁心与明月;迥出江山上君随流水弄春晖。"背面的则是前人的旧撰:"先生萍踪浪迹历吴楚燕赵不归来,亦关世运;学士锦心绣口继屈宋马扬而崛起,洵属仙才。"另一副则是当代古典文学专家唐圭璋、孙望和程千帆所集之联:"口吐天上文迹作人间客;笔落惊风雨诗成泣鬼神。"上联,是晚唐诗人皮日休《七爱诗》第五首《李翰林》诗中之句,下联,则是杜甫《寄李十二白二十韵》诗中对李白的著名评赞。踏着这些华妙铿锵联语的音韵步入堂中,我立即和李白第三次照面了:只见铜铸的诗人趺坐在厅堂的正中,长髯垂胸,白发飞霜,左手紧握书卷置于膝间,右手连长袖一起搁置在其侧的方形石墩之上,身后的长剑已经入鞘。嬉笑悲歌怒骂,诗仙剑侠酒狂,诗人和他的暮年一起终于栖定在他故乡的这座厅堂里。他手中紧握的书卷我无法打开,那是他生命倒计时之际托付给李阳冰的文稿吗?他背后的长剑虽然已经入鞘,抽刀断水水更流,举杯销愁愁更愁,我怀疑月白风清之夜,四顾无人,回首生平而心潮难平的他,说不定会猛然起立,振袖而舞,铿锵一声将剑拔出鞘来。我趋前久久地顶礼,心中轰响的是晚唐诗人郑谷《读〈李白集〉》的绝句,那是咏叹李白的诗作中最到位最传神的一首:

何事文星与酒星,一时钟在李先生。
高吟大醉三千首,留著人间伴月明。

白天,在纪念馆与公园里四处游览,这种人文之美复兼水木之胜的馆舍园林,国中绝不多见,也算是没有愧对李白了。入夜,在明月村宾馆,我和久闻初见而同住一室的古典诗文专家林东海,东海的同事兼弟子宋红,以及东道主林稚鸿做长夜之谈,谈的当然三句不离李白。思接千载之际,正是明月窥窗之时,逸兴遄飞,恍兮惚兮。忽然电话铃声轰然大作,我们始而懔然一惊,继之欣然以喜,该是李白从唐朝打来长途电话,告诉我们准备还乡吧?接听之余,方知是稚鸿的女公子丁颖,有其父必有其女,继承了其父衣钵的她现在也是纪念馆的负责人,她叮嘱我们不要聊李白聊到不知东方之既白,因为明天还要去青莲乡瞻仰他的故居,寻觅他遗失在那里的传说和足印。

三

车出江油城,往北驰行约三十里,便是李白的故里、中国诗歌伟大而不朽的摇篮——青莲乡。涪江中泻而左旋,盘江迂回而右抱。盘江古称廉水,涪江昔名清溪,故唐时此间称清廉乡,因李白自号"青莲居士",在《答湖州迦叶司马问白是何人》一诗开篇即自称"青莲居士谪仙人",故宋代改其名曰青莲乡。

隔一条公路与太白碑林广场相对,即是"青莲古镇"。虽说是古镇,除气氛安详民风古朴以及一座李白衣冠冢之外,已经没有多少遗存的古迹,但班班可考的历代县志,为李白故里出示的却是权威性的证明。如果你想知道唐代青莲镇的旧颜古貌,那就只有等李白归来时一一追寻指认了。古镇之南公路对面有"粉竹楼",那是李白的胞妹李月圆的居所,我们当然要替诗人前往凭吊。黄橙色的门楼之上,竖行的"粉竹楼"三字历经风霜,其下有长方形与圆形的三眼门洞,右侧的门联是"月圆微音不远;谪仙何时归来"。进得门来,只见月圆端坐在茂林修竹之中,双眉微蹙,低头不语。一千多年了,她仍然在想念一去就杳如黄鹤的兄长吗?我想起刚才在山门左侧看到的联语,取自李白少作《题江油尉厅》一诗:"日斜孤吏过,帘卷乱峰青。"稚鸿告诉我们,他原以为李白写的是在游历中结识的那位江油尉,但守楼的老者告诉他,诗中的主人公就是月圆的未婚夫,其言凿凿,好像他是当年现场的见证人。据说月圆未婚即已去世,但她和李白洗笔的古井至今犹存,其墓也在近侧的天宝山麓。我们在叹息中随守楼老者登上粉竹楼,这木楼已非唐时旧物,而系清代于原地重建,即使如此,它也仍然颇为资深,每走一步,吱吱嘎嘎,楼道间便仿佛响起千年前的回声。倚楼的红袖到哪里去了呢?月圆当年不就是天天在楼头凝望天际的归舟吗?

月圆早逝,如同一个情节单纯的故事的凄美结局,李白的诞生,却好似荡气回肠之大剧奇幻的开场。稚鸿兴致勃勃地带我和东海穿行于乡村公路和田间小道之上,引领我们去观赏"江油八景"之一的"漫坡晚渡"。漫坡渡原名"蛮婆渡",因为这里原是多民族杂居之处,少数民族妇女于涪江渡口撑船摆渡,故名"蛮婆渡"。后来因邑人嫌此名不雅,而取其谐音易名为"漫坡渡"。据说李白母亲当年提着一篮衣物到渡口浣洗,忽然有一条金鲤跃入篮中,回家烹而食之,不久即有身孕,临产之夜,其母又梦见太白金星入怀,于是几声啼哭,宣告的竟是一位伟大诗人的诞生,李白也因此名白,字太白。我们在江边徘徊,当年的河水已远逝不在了,而渡口仍在,传说长留。清代籍贯河南虞城而曾任彰明督学、四川学政的葛峻起,早就作有《宿漫坡渡闻子规》一诗:

骑鲸人去渺难期,古渡滩头有所思。
蜀魄似怜人寂寞,声声啼上最高枝!

东海说:"历史上一些帝王的诞生,常常有人编造种种荒诞不经之说,那是为愚民而造神,至于李白诞生的故事,我们是宁可信其有,不可信其无啊!"我和稚鸿点头称是,只闻江水滔滔,似乎仍在叙说千年前那奇幻的故事,而几羽白鹭正从江面掠过,也仿佛仍在那美丽的传说中穿行。

"漫坡晚渡"的不远之处,太白碑林广场右侧,一条溪水潺潺湲湲,两侧有绿树的浓荫掩映,其上有古朴的石桥横卧,那就是流淌在李白的童年中的"磨针溪"了。相传李白看到一位老婆婆在石上磨她的铁杵,李白问她磨它做什么,她说"磨针",李白表示疑惑,她的回答却是"只在功夫深,铁杵磨成绣花针。"李白由此顿悟而刻苦攻读。稚鸿著有《李白与江油》一书,对李白其人其诗深有会心,他说:"雏凤清声。'危楼高百尺,手可摘星辰。不敢高声语,恐惊天上人'。《上楼诗》就是李白的少作。未见于《李太白全集》的《萤火》一诗,有道是'雨打灯难灭,风吹色更明。若飞天上去,定作月边星',见于英国教授瞿理斯一八九八年出版的《汉诗英译》一书,瞿理斯还注明是李白十岁的即景之作。虽不明他征引的来源,但此诗尽比喻之能,极想象之美,可见少年李白才华秀发啊!"宋红是中年学者,她不免有感而言说:"仅有学力成不了诗人,但做一个杰出的诗人,不仅绝对需要先天的天才,也需要辅以后天的学力,李白不就正是如此吗?"

磨针溪畔,旁听他们的阔论高谈,我不禁神魂飞越。磨针溪啊磨针溪,流走的是千年的时光,流不走的是晶亮的水光和青翠的山光,流不走的是少年李白的诗句。儿时的童话,仍然摊开在磨溪边等待他来再读,而天宝山麓他的故居"陇西院"呢,遥远的故园旧梦,也在等待他来重温。

李白故居原在青莲镇对面的一座小山之麓,因为天宝年间李白应唐玄宗之诏入长安而供奉翰林,乡人便将此山命名为"天宝山"。故居初建于唐,在漫漫岁月的风沙中与绵绵的刀兵水火里屡毁屡建,宋代淳化五年(994)重建后名为"陇西院",因为李白自称祖籍陇西,而现在我们所瞻仰的则是乾隆五十六年(1791)的遗构了。从山脚上行数十步,黄橙色的门墙便前来照亮我们的眉睫。雕花绣书的"陇西院"三字高高在上,中间的门联是:"弟妹墓犹存莫谓仙人空浪迹;艺文志可考由来此地是故居",左侧是"太华直接青莲宅;天宝遥看粉竹楼",右侧是"旧是谪仙栖隐处;恍闻昔日读书声"。我们在山门前合影，算是临时回了一趟盛唐，遗憾的是李白没有归来，不然我们就要将他簇拥在中间而做他的扈从了。山门之后的照壁上，书写的是出自稚鸿手笔的《陇西院记》。故居正面为介绍李白生平的"蜀风堂"，左侧为陈列展品的"序伦堂"。右侧则是李白由少年至青年的居住读书之所，那是两进一天井的平房，黑瓦粉墙，青石铺地。堂屋的右边是父母的住室、会客室与棋室，左边则分别是李白的卧室与书房。书房靠墙的屏风上，书写着李白的老师赵蕤讲述"纵横术"与"王霸之策"的《长短经》。宝剑休闲于墙，仍在等待它的主人来中庭起舞，笔砚投闲于案，仍在等待它们的主人回来挥毫落纸如云烟，而书卷则赋闲于架，似乎也仍在等待它们的主人来展卷诵读而声动金石。我们在李白的故居流连凭吊，不禁豪气陡生，有一番长谈短论，如果李白此时远道而来，不知家中来的是什么不速之客，他也许会先伫立在大门边侧耳倾听。

东海也许是由李白的书房而想到他的少年苦读，他说："黄河流域文化的主体是儒家文化，主张入世和社会责任，强调共性，富于现实感；长江流域文化主要是老庄文化，强调个人生命的价值和个性的张扬，富于浪漫色彩。出生于四川的李白，是天上星也是地上英，他将二者结合为一，既遍观百家，学究天人，又饱经沧桑，久历世事，终于成为中国诗歌史上伟大的王者！"

稚鸿昨日陪我们参加了"国际李白文化旅游节"的开幕式，人山人海，盛况无前，并游览了气势磅礴的铭刻众多李白之诗的太白碑林，登临了天宝山顶上出重霄下临无地高达三十余米的太白楼。他与李白同为蜀人，又是李白研究专家，自然不免乡情诗情与豪情一起汹涌于胸臆,他说:"中国诗歌史如果要推出三位'伟大级'的诗人,其中之一非李白莫属。岂止是中国诗史,大而至于中国审美文化史,'绣口一吐就半个盛唐'的李白,占据的也是重要的篇章。唐代的帝王将相多是历史的匆匆过客,而布衣李白却进入了不朽与永恒!"

原本就是诗家,加之来到诗歌的故乡,东海不禁诗兴大发,也顾不得"李"门弄斧,便接过稚鸿的话头,朗吟自己的即兴之作《青莲乡访李白故里》:"为访仙踪到大匡,依稀故里青莲场。半肩书剑轻离蜀,一世飘零未返乡。往昔国中抛骏骨,于今宇内育华章。侯王宅第生幽草,千载文林喜凤翔!"

可怜头白未归来,唯见长江流皓月。我心中念念不忘的,仍是李白什么时候回乡的问题。他不是早在《行路难》中表示过"行路难,归去来"吗?唐末诗人杜光庭曾隐居于江油窦圌山,与李白读书的大匡山遥遥相望,他的《李白读书台》也曾经写道"山中犹有读书台,风扫晴岚画嶂开。华月冰壶依旧在,青莲居士几时来?"我对三位同行复同行的友人说道:"李白青年时代离蜀,在《别匡山》一诗中说'莫怪无心恋清境,已将书剑许明时'。但开元天宝虽是史家所称的'盛世',却非李白所想象与期望的'明时',封建极权制度这种既无民主也无法制的体制,虽然也擢用了一些贤才,然而在培养了众多庸才与奴才之时,还是扼杀了许多奇才与英士,李白即是其中之一,真是所谓'抚谈士两言,毕竟荆州犹俗眼;惜夜郎一去,后来才子共寒心'。不过,虽说是寂寞身后事,但毕竟已有千秋万岁名,今日桑梓尊荣,神州共诵,四海飞声,他真应该赋一曲归去来兮啊!"

时已夕阳西斜,李白故居虽令人不舍,我们却不可以久留。天宝山前不远的"太白祠",人道是李白的出生之地,我去年在他生命的终点凭吊,今日不能不去他生命的源头朝拜。"太白祠"林荫密密,红墙蜿蜒,庭院深深,最后一进由两株年高德劭的金桂守护的,便是主堂"诗神殿"。殿中祭奉的是李白,两侧供奉的是自屈原以来影响过李白的前辈诗人,和深受李白影响的苏轼等诗人后辈,那种阵营是当然超豪华级的了。殿外坪中有一口古钟,不明其履历身世,游人可以用其侧吊置的粗大木杵撞击,并可许以自己的心愿。"回来吧,回来哟,浪迹天涯的游子",宋红在一侧热眼旁观,我和东海、稚鸿三人行则合力抱起木杵,钟声清扬啊心声飞扬,清扬的钟声和飞扬的心声飞向大江之东,飞向青山之麓,飞向不久前我曾心香以祭的地方……

随君直到夜郎西

一

春日迟迟,在杨花尚未落尽而子规仍在啼鸣的四月,我应贵州省遵义市文联的邀请,忝列"歌颂崇遵高速公路建设者采风活动",初识地无三尺平的贵州的峻岭崇山,也终于敲响了古夜郎之国那李白曾经敲叩过的门环。

我最早知道小小夜郎的大名,是在有两千多年履历的历史名城长沙,在我遥远的少年时代。早在战国时期至西汉河平年间,"夜郎"之名就已著称于史了,从《史记》到《汉书》,夜郎之名都曾经闪亮登场。史籍记载说,汉朝的使者到了云南,滇王提出"汉与我孰大"这一问题,文雅一点而言就是"坐井观天",俗一些呢,就是"蚂蚁打哈欠,好大的口气"。使者转道至夜郎国,大约因为西南地区的君长虽多,但却以夜郎最大,全国精兵有十余万之数,夜郎王不免也"自我中心"起来,竟然也向他提出同样属于小儿科的问题。汉王朝当然自居泱泱上国,于是就有了"夜郎自大"的成语，让夜郎留下了时近两千年的资深笑柄。时至今日，对某些不自量力目空一切者，仍然可以让其在这一典故之下对号入座，发挥这一历史故实的现代效应。

夜郎古国今何在？在中国正统史家的笔下，对这一所谓化外南夷的小国的史迹，虽然曾经有所记载，却一律语焉不详，加之年深月久，时过境迁，有关夜郎国的往迹遗踪，更是恍如隔烟雾。战国初期，居于牂牁江边的百濮部落兴起，占领牂牁的北部领土，国号"夜郎"，以后东侵西伐，逐渐坐大。战国时期的大夜郎国，既是原始部落联盟，又与巴蜀并列，是我国西南地区的三大奴隶制政权之一，幅员拥有今日贵州大部，广西西北部，云南东北部和四川东南部。从汉高祖至汉武帝初年，汉王朝鞭长莫及，西南夷也割据一方，后来才逐渐臣服。《史记·西南夷列传》与《汉书》都提到，"西南夷君长以百数，独夜郎、滇受王印"，滇王之印一九八五年已从云南晋宁石寨山六号墓中发掘而出，而夜郎王之印至今仍然不肯出来一见天日。时至唐代，夜郎国当然早已不复存在，但有三处地方都先后以夜郎作为县名，其中就有今日湖南西部的沅陵，和今日贵州北部的桐梓。

李白的故乡是四川，对比邻的贵州当然绝不陌生，何况他饱读诗书，夜郎种种更是早已造访过他年轻时的记忆。但是，他的诗中最早提及夜郎，却迟至天宝八年（749），他那时已是五十岁的知天命之年。前一年的秋天，年长于他的好友曾有两面之缘的王昌龄，因为遭人排挤诬陷而从江宁丞贬为龙标尉。"龙标"，即后来湖南省怀化市之黔城古镇，地在时名"夜郎"的沅陵县境之南而略偏西，现在易名为洪江市。流落漫游于江南的李白听到这一消息，写了一首千古绝唱《闻王昌龄左迁龙标遥有此寄》：

> 杨花落尽子规啼，闻道龙标过五溪。
> 我寄愁心与明月，随君直到夜郎西！

王昌龄被贬是天宝七载的秋日，此前一年，"白久在庐霍"(《题嵩山逸人元丹丘山居》)，李白早就西游庐霍即今日安徽西南一带去了。那时交通不便，音讯难通，等到他次年春末回到长江下游一带——也许就是扬州，此诗的另一版本，首句之"杨花落尽"就作"扬州花落"——才听到老友的这一不幸消息。"随君"的另一版本是"随风"，不论是"随君"抑或"随风"，李白借他素所喜爱的明月表达的，都是对落难友人怀念与担忧相交织的一往深情。

今日，许多人以为王昌龄的贬谪之地是贵州夜郎，那是"不求甚解"。然而，应该为李白所始料不及的是，好几年之后，他竟然也步王昌龄的后尘，不过他却比王昌龄贬得更远，他的流放之地是正宗的"夜郎"，位于贵州的古夜郎之故地，同是天涯沦落人，那是他赠王昌龄诗"夜郎西"之更西了。

二

"崇遵公路"，即贵州省崇溪河至遵义的高速公路，地处云贵高原北部山岭地区，贯穿大娄山脉，起点在重庆市与贵州省交界处的崇溪河，终点位于遵义市郊的忠庄铺，穿越的正是昔日夜郎的重地。在可与蜀道比难比险的黔道，高速公路逢山开路，遇水搭桥,随山形的起伏逶迤。山间的众多桥墩,有时将路面举上青天,有时又将道路接回深谷,如喑呜叱咤的壮士,以它的拔山盖世的气概与臂力。隧道多而且长,隧道深深深几许?有的竟长达八华里以上,那真是深入群山莫测高深的心腹了。在原来的川黔公路上走走停停,目睹建设者们的艰苦生活与艰辛劳动,顶礼他们的伟业丰功,我不免忽发痴想,"炉火照天地,红星乱紫烟。赧郎明月夜,歌曲动寒川"(《秋浦歌》),安徽省贵池县西之秋浦,是唐代银与铜的产地之一,此诗是李白对冶炼工人的礼赞,在古典诗歌中似乎是绝无仅有。李白素有歌颂"工人阶级"的"光辉传统",如果他再来夜郎故地,有天下闻名的茅台酒助他诗兴,百篇斗酒,不知他会写出什么新的不朽的诗篇?

建设者们巍巍然如高山的英雄业绩,已经使我敬慕而不免自惭了,李白流放夜郎的千年往事,也令实地初游的我不禁临风怀想。今日娄山关之北的桐梓县,就是唐代的夜郎故地,唐代夜郎城的遗址,就在桐梓县北八十里之新站区的夜郎镇。车出遵义,一路向北,滚滚的车轮追赶着高速公路不断延伸的路面与不时崛起的桥墩,也追赶着天上西下的日轮。越过娄山关之后,在残阳如血的时分,我们终于到达桐梓县城,住进县人民政府的招待所桐梓宾馆。

宾馆外的广场上,白石台阶簇拥着一尊汉白玉雕像。当地参与接待的作家邹德斌向我和诗人出身的小说家聂鑫森介绍说,那就是流放夜郎的李白,他听说你们不远千里而来,已经伫候多时了。时近黄昏,我们急忙步上台阶,趋前顶礼。只见底座正面刻有《闻王昌龄左迁龙标遥有此寄》一诗,其上的李白虽然形容消瘦,但风神依旧俊朗而飘逸,他双眉微蹙,遥望远方,一手执着一卷诗书,一手负于身后。诗人神情有些憔悴,自不必多说,安史之乱中,他本来隐居于庐山屏风叠,由于应诏起兵的永王璘派谋士韦子春再三礼请他下山入幕,他报国之心并未因遭遇坎坷而冷却,加之并没有实际从政的经验,哪知政争的丑恶可怕与宦海的风波险谲,所以在皇家内部的残酷斗争中,一不小心就介入了"动乱"而成为"叛乱分子",两次被捕入狱,他本来名满天下,这就更成了轰动全国的大案要案。幸亏郭子仪、张镐、宋若思等权要的营救,才免于一死,从江西流放于三千里之外的夜郎,本来是"戏万乘若僚友"的人中之龙,一下子成了待罪的阶下之囚。如今的三峡,早已成了旅游的热门线路,坐在游轮上阅读两岸风光,当然不亦快哉,但于当年的李白,却是"苦难的历程"。"巫山夹青天,巴水流若兹。巴水忽可尽,青天无到时。三朝上黄牛,三暮行太迟。三朝又三暮,不觉鬓成丝。"他的《上三峡》,就说尽了他行程的困苦和内心的痛苦,怎么还能叫他像年轻或得意时一样意兴飞扬呢?我们眼前的他,目光冷峻而热切,也许是隔着万里云山,眺望远在江南的妻室儿女吧?他手中所执是什么书卷呢?千首诗轻万户侯,那该是他自己托付给千秋万载的诗稿。他知不知道自己的诗章,会远远高过将相的爵位帝王的冠冕,像永不生锈的阳光永不暗淡的星光呢?晚风吹来,他的衣袂似乎在临风飘动,心怀许多猜想,我真想上前牵衣一问。

有疑而问的却是德斌,他的问话与李白的流放有关:"你们说,李白究竟到没到过夜郎?现在一般的中国文学史和李白的研究者,大都是说他没有到过夜郎,而是在巫山一带得到赦令被放还了。"

北宋的曾巩,在《李太白文集后序》中首倡"未至"之说,所谓"长流夜郎,遂贬洞庭,上峡江,至巫山,以赦得释"。以后,宋代的薛仲邕明代的杨慎,都沿用此说,而注李的专家清人王琦的《李太白年谱》,更承袭此说而加以发挥,当代有关李白的著作包括郭沫若的《李白与杜甫》,都无不剿袭前人成见。但是,在众喙一词中也有不同的声音,明清时代一些贵州籍的学者和到过贵州的学者,他们则认为李白已经到过夜郎,见之于清人程恩泽《程侍郎遗集》、黎庶昌《拙尊园丛稿》以及张澍《续黔书·李白至夜郎辨》。八十年代末,与"未至"说相对,一些专家学者纷纷著文,从不同角度诸多方面重申并发挥前人的"确至"之说,甚至考定李白在夜郎住了两个春天。经德斌相问,我说:

"从唐代的律令而言,流放罪分为三等,又有'常流'与'加役流'之分。流二千里居作一年,流二千五百里居作二年,流三千里居作三年。'常流'可用铜相赎,'加役流'则不可。李白从永王东巡,犯了'十恶不赦'中的首恶'谋反罪',本应'斩立决'或'杀无赦',改为死罪降流,即仅次于死刑的'加役流',也就是'流三千里,居役三年'。他长流夜郎的起点是今日江西的九江,九江取道长江经重庆地区南下夜郎,全程正是三千里以上。"

小说家聂鑫森,是南方的短篇小说高手,但以前却是诗家,他的话颇有根底:"李白许多诗,都反之复之地提到他流放的时间是三年。《田园言怀》说'贾谊三年谪',《赠别郑判官》说'三年吟泽畔,鬓颓几时回',《放后遇恩不沾》说'独弃长沙国,三年未许回',《忆秋浦桃花旧游时窜夜郎》说'三载夜郎回,于兹炼金骨',《江上赠窦长史》也说'万里南迁夜郎国,三年归及长风沙',这些与唐律都如合符契。"

"关键是他流放之始是哪一年,又是哪年遇赦获释的。"我说,"李白流放夜郎的首途时间应是乾元元年(758)仲春,时年约五十八岁,'三年'刑满之时,当为上元二年(761)仲春。但唐肃宗李亨改乾元三年(760)为上元元年,于年初发布改元上元赦文,无附加条件地大赦天下,他即位后先后发布十一道赦文,而只此一次与李白直接有关。李白虽离'居作三年'的刑满释放之期还有十个月,但这个'利好消息'让他也得以提前获释。"

"他的《流夜郎半道承恩放还》一诗,说'去国愁夜郎,投身窜荒谷。半道雪屯蒙,旷如鸟出笼',其中的'半道',有学者认为是流放刑期的中途遇赦,而非有些人所谓的流放行程的中途。"鑫森说。

"李白有《窜夜郎于乌江留别宗十六璟》一诗,现在贵州境内的乌江,唐宋时并不称乌江,而是称涪陵江、延江、巴江,所以有人考证李诗中的乌江是江西的浔阳江。"我说,"但是,诗中说'惭君湍波苦,千里远从之。白帝晓猿断,黄牛过客迟,遥瞻明月峡,西去益相思,''明月峡'在今四川巴县,为重庆市所辖,可见妻弟宗璟送他千里以上,已到渝州境内。近年有学者考证,乌江即'巫江',即四川涪陵市一带的长江,离夜郎只有数百里了。明人曹学佺《万县西太白祠堂记》,还记载涪陵有渡曰'李渡',是太白遗迹。"我补充说。

"啊,原来如此,我虽生长于桐梓,但以前却偏向于李白没有到过这里。"德斌说,"我以前为李白写过一篇散文,题为《痴等千年酒尚温》,看来我还得重新写过哩!"

在愈来愈浓的夜色里,汉白玉的李白雕像显得更白,似乎是在以他的独白傲对四周的浓黑。"夜郎万里道,西上令人老","我窜三巴九千里,夜郎迁客带霜寒",蛮烟瘴雨,露重霜浓,孤零零,影单单,他会更加想念他的妻室宗氏吧?《南流夜郎寄内》,是他在夜郎的哪一个相思之夜写成的呢?时隔千年,我仿佛听见他仍在低首长吟:

夜郎天外怨离居,明月楼中音信疏。
北雁春归看欲尽,南来不得豫章书!

我对鑫森和德斌说:"诗的开始,就点明了作者身在夜郎,而不是什么流放途中的巫山。月圆月缺,他有很久没有收到过来自南昌的夫人的音信了。如果人还在三峡途中,按地理位置而言,三峡是南昌的西北方,不可能说'南来'而只能说'西去',照顾平仄和谐,也可写成'西来'或'西行'。而贵州不仅广义上属于南方,桐梓更在南昌之西而偏南,他之'不得豫章书'正是在'南来'的夜郎这里啊!"

在桐梓宾馆外的广场,坐在雕像基座边的台阶之上,我们在夜郎故地夜话李白,同行的小说家阿成、野莽、刘恪闻讯也来"加盟"。不觉聊得地上的灯花灿烂天上的星花也灿烂,而夜郎之夜也越来越夜了。明日清晨,采风团还要北上,还要专程造访李白流放的夜郎镇,我们只好起身归去。李白一直在侧旁听我们的高谈阔论,他的看法如何呢?我在夜色中回头张望,夜色深深啊岁月也深深,他的表情已看不分明。

三

出桐梓县往北,崇遵高速公路数不尽的长长隧道将我们吞进又吐出,看不尽的山间大桥让我们惊呼复长叹。"凉风垭隧道"长达四千余米,而原来的盘山公路上下山有七十多道弯,高速公路建成后,就可以钻地穿行,凌空飞越,峻岭变通途了。这个隧道出口处的联语,颇有巧思与深意,有道是:"七十多道弯,弯成历史;四千余米洞,洞穿未来。"我不禁想到李白当年弃舟登岸,由川入黔,是细雨骑驴吗?是西风瘦马吗?该是何等的落寞与凄凉!而今,他如果旧地重来,大道如青天,就有最现代的高速公路可供他驰驱,可让他大抒豪情了。我们此行的终点,是崇遵高速公路最北端连接重庆地区的梅风垭,在梅风垭隧道的南口,有一副联语赫然入目:"从今不畏黔山险;此后何愁蜀道难。"这是写给今人的,不也是写给李白的吗?

在黔北的如海苍山中奔驰,在人迹稀少的山弯岭隈,居然不时闪过"小香港旅舍""大世界网吧"之类的店招,口气不可谓小,但绝不可以往昔的"夜郎自大"视之。新世纪的风也吹到深山之中,外面的世界好精彩,深山也萌发了与山外乃至国际接轨的雄心。尤其叫人难忘的,有关李白来夜郎的故事,不仅仍鲜活在民谣和传说里,而且体现在当地百姓的世俗生活之中。深山中的"太白酒家""太白遗风"的布幌,就曾经照亮了我的眼睛,而在"松坎"那个北在黔之最北的小镇上,"夜郎桑拿浴室"的店招,也让我恍然惊觉,这里该正是李白当年经过的夜郎故地,只是当时没有现代的"桑拿",只有那清清泉水,殷勤地濯洗他的满腹烦忧和千里远来的风尘。

李白流放的夜郎,就是珍州夜郎县,即今日贵州省桐梓县西北八十华里的新站区的夜郎镇,现行中国地图上唯一以"夜郎"命名的地方。它是唐代夜郎县的县治旧地,也是唐代夜郎城的遗址。明代杨升庵《丹铅录》曾记载说,有人告诉他在那里见到过唐末废县时所立的夜郎城碑。唐宋之时,此地为川黔交通要道,明初驿道改出松坎,遂沦落为农村集镇。我们在新站稍作逗留,川黔铁路上的"新站",现在名为"太白车站",附近有太白故宅、太白听莺处等遗迹,而至今犹在的"怀白亭",亭内有署名"李白题"的刻有李白五首诗作的两块诗碑。由新站西行不久,临河的山坡台地上一座山间小镇便扑入我们的眼帘,那就是显赫在历史中闪光在传说里也长驻于我的心头的夜郎镇了。德斌说他以前来过多次,当时古镇很是古色古香,一面是一楼一底的木房,一面是临河而建的吊脚楼,呈折尺形鱼脊状的街道宽仅数尺,以青石板与鹅卵石铺就,长长的檐廊冬日为行人遮风蔽雪,夏天为过客送来一巷清凉。不料十年前突发大火,古镇不敌祝融。现在重建的,和其他现代风格街镇已经不分彼此了。水火不容,大火烧得了古镇烧不了河水,我见到的傍镇而流的夜郎河,仍然清澈见底,水面虽宽不过十余米,但却有近百米的宽阔河床,水底躺着的都是如拳如斗的白花花的卵石。河两岸的青坡翠岭遍种李树,那是夜郎人对李白的入土生根的深长怀想,而早春时节漫山遍野燃霞织锦的豪华的李花啊,又像是夜郎这位苗家村姑丰盛的嫁妆。水波荡荡,水声潺潺,是她在边走边唱,唱的却是我不明词意的山间歌谣,那清丽幽远的山谣啊,该是李白当年听过的吧?

临流怀想。在观赏过河畔镇边镌有"太白泉"三字的摩崖石刻之后,时近中午,我们去街上的"太白酒楼"用餐。酒楼背倚风景清幽的华尖山,面对绕街曲折而流的夜郎河水。茅台美酒飘香,当我们发扬太白遗风遥想千年而举杯欢饮之际,豪放且善饮的野莽说:"要是李太白此时青衫一袭,也登上楼来,那我们真会满堂皆惊而满座尽欢啊!"

"《遵义府志》上录有一首五绝《题楼山石笋》,作者李白,后收入当今学者童养年所编之《全唐诗续补遗》。"我说,"全诗是'石笋如卓笔,悬之山之巅。谁为不平者?与之书青天',其妙思奇想和不平之气,应该是出自李白的胸臆与手笔。我怀疑'楼山'是'娄山'之误,可惜不能当面向李白求证了。"

鑫森插言道:"李白还有一首《流夜郎题葵叶》:'惭君能卫足,叹我远移根。白日如分照,还归守故园。'我怀疑也是写在这里。"

"夜郎在娄山关之北,这一带的山也名娄山,李白诗题中的'楼山',很可能就是'娄山'。"德斌说,"我现在越来越相信李白来过这里了。我们遵义的诗人李发模曾多次歌唱过李白,他说大乌江'曾为李白流放而悲愤',又说'假若李白再来,真不知他该抱哪轮明月'。真的,如果李白再来——"他没有说下去,眼瞳中燃烧的是年轻人的幻想和希望。

随君直到夜郎西。我终于在千年后追随李白到过夜郎了。我们要赶回遵义,告别夜郎镇,汽车在崇山峻岭中急驰,建设中的高速公路瞻之在前,忽焉在后。车过新站,高速公路上此站的联语是:"喜去寻夜郎故地;欣来悟太白诗情。"我不由得想起台湾诗人余光中的《与李白同游高速公路》一诗,他真是想入非非,虽说台湾与祖国大陆只隔"一湾浅浅的海峡",但来去要办许多繁难的手续,谈何容易?何况是李白,他的年龄、身份与各种证件都成问题,怎么会像余光中笔下所写,竟然于酒后在台湾的高速公路上飙车,差一点让巡警罚款并吊销驾照?"还是邀请他回夜郎来吧,他当年来时道路多苦辛,今天我们可以陪他同游这里宽阔漂亮的高速公路不亦快哉了!"我的话刚一脱口,同行的朋友们都欣然表示赞同,开山时翻山越岭的隆隆炮声啊,似乎也是在轰然答应。

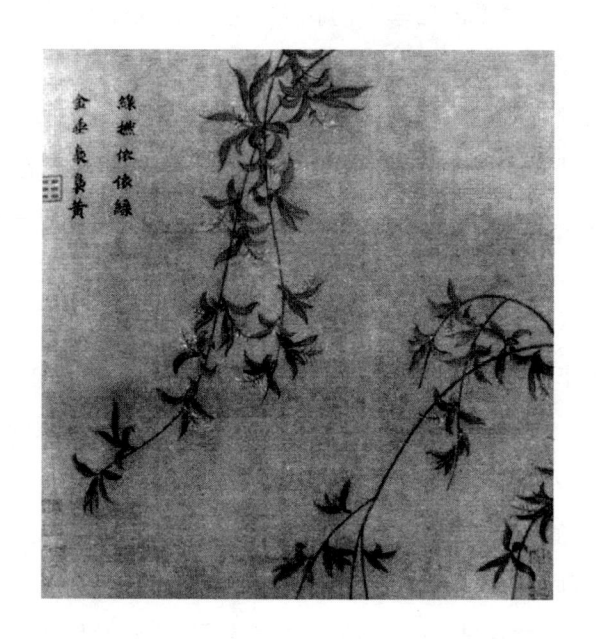

洛 阳 行

故 园 情

我的籍贯虽然是南方的湖南长沙,但地处北国的河南洛阳,那有五千年历史曾做了三千年文化中心的"十三朝古都"洛阳,却是我儿时的摇篮。

世上的芸芸众生,对他们的生身之地大都怀有与生俱来的眷恋之感和怀念之情,因为那是一条河流最早的源头,一株绿树最早的根系。小时候,偎在母亲膝下听她笑谈往事,依稀知道洛阳并非一般的城邑,而是城市中的名门望族,古城墙如同长长的臂膀,将洛阳和它久远的历史与沧桑一起抱在臂弯里。母亲还说我们住在西郊一所年深月久的宅院,靠近吴佩孚的练兵营房。庭院深深,周遭寂寂,年轻的她摇我入睡时,几次看到玻璃窗外站着身着盔甲手执戈矛的武士。母亲她言之凿凿,我听来心旌摇摇,对洛阳平添一种神秘的孺慕之感。及至年岁已长,才知道洛阳不仅是生我的故地,而且是中国诗歌的故乡。远古的《诗经》不用说了,《国风·周南》就曾和洛阳一带的麦浪同时歌吟;魏晋时代,孔融、陈琳等"建安七子"和嵇康、阮籍等"竹林七贤",以及潘岳、石崇等"金谷二十四友",热闹了洛阳当时的文苑与诗坛,何况还有"三曹"之一的曹植,他以洛水为墨汁写下了芬芳悱恻的《洛神赋》,而历时十年以水磨功夫磨成一篇《三都赋》的左思,则笑将"洛阳纸贵"这一成语,赠给后代文人去自吹与他吹。

最令人神往的是李唐时代。这倒不是因为唐初以长安为首都,将洛阳做行宫,自唐太宗李世民起,洛阳先后被称为"神都"或"东京"。我对于古今的任何帝王都缺乏好感与兴趣。"屠割天下,由于为君",我心仪东晋的鲍敬言,在公元四世纪,他就先知先觉地在《无君论》中认为君主极权制度是社会罪恶的总根源,而明末清初思想家唐甄《潜书》中的论断更加横扫千古,一针见血:"自秦以来,凡为帝王者,皆贼也。"今天已是科学、民主、法制奏响主旋律的二十一世纪,某些小说与电视剧,竟然还在百般美化历史上落后愚昧的时代和愚昧暴虐的君王,我们总不能爬行于古代的先驱之后而开历史的倒车吧?李唐时代的洛阳之所以令我神往,就是因为大诗人李白曾"八"游洛阳,怀才不遇命运坎坷的他,倒拥有一个某些现代人眼中颇为吉利的数字。其他作品暂且不论,仅仅那首《春夜洛城闻笛》,就让"李迷"如我大饱耳福了。而另一位大诗人杜甫,从幼年到中年曾经在这里几度流连,他和李白首次的历史性会见也在此地,借用现代名诗人徐志摩的名句,两颗巨星"交会时互放的光亮",照明了中国文学史的有关篇章,也照亮了我因年代久远而若明若暗的想象。我自小与文学特别是文学中的诗相近相亲,除了父亲对我的影响,冥冥之中是否也应拜诗城洛阳之赐呢?

　　我在十年前写的散文《故乡三叠》里,曾经将我的生身之地并与我的名字结下不解之缘的洛阳,称作第二故乡。但我数十年来却无缘前往拜访,直到不久之前,由于一个偶然的机缘前去郑州,复承河南大象出版社的美意,由该社的我的友人何宝民兄陪同前往,才了却几十年来心中藏之何日忘之的夙愿,圆了半生啊今日已是大半生的未圆之梦。

　　西出郑州,坦坦荡荡的高速公路如一支快箭射向天边,车经古战场荥阳,过杜甫的巩县与偃师,耳畔是箭矢破空的啸声与风声。还在远郊,洛阳便敞开她母亲胸怀般的宽阔原野迎接我,牡丹花会已经谢幕多日了,但公路两旁绿化带的花丛中,不时仍然有几枝坚持到最后的牡丹在等我。进城之前,我们先去城外的白马寺,寺内有两株年龄已一千五百年以上的古柏,在李白杜甫之前,它们就站立在那里了。我轻抚它们苍老的躯干,口中念念有词:我来看你们了,我来看你们了!在风中喃喃自语的古柏微俯身躯,像老人对一个自出远门就从未回家的孩子:等你已六十年了,半个世纪都已经过去,人生不满百年,你怎么才回来呢?

　　暮色由苍茫而苍老,我们终于和夕阳的余晖一起到达洛阳。沿中州大道穿城而过,住进西苑路口的友谊宾馆,与我儿时所栖的西郊比邻。夜幕早已从四面合围,满城的华灯早已张开笑靥,我迫不及待地独自走出大门,伫立在车如流水的街头,左顾右盼,明知是一厢情愿,甚至是痴心妄想,但却仍然企图寻觅我呱呱坠地的儿时,倾听李白那遥远渺茫的歌声:

谁家玉笛暗飞声？散入春风满洛城。

此夜曲中闻折柳，何人不起故园情！

——《春夜洛城闻笛》

开元十二年(724)，大丈夫必有四方之志的李白"仗剑去国，辞亲远游"，离开家乡四川而出三峡，下江陵，闯荡江湖，追求功业。他先是在湖北安陆入赘故相许圉师之家，娶其孙女为妻，从此"酒隐安陆，蹉跎十年"。其间与其后东奔西走，几度上书如韩荆州等封疆大吏，还初入长安，企图得到当朝的赏识，但始终坎坷不遇。他曾与好友元演首游洛阳，时在开元二十二年(734)春天，刚过而立之年不久。上述这首诗，是不是他初游洛阳时写成的呢？一个人对故乡思念最殷，大约一是在失意之时，一是在得意之际。失意时忆念故乡如同怀念母亲，得意时想的则往往是"衣锦而归故乡"了。在历经江湖的风波之后，李白晚年生平唯一一次参军就站错了队，因参加永王璘的部队而被唐肃宗流放夜郎。乾元二年(759)，他途经鄂州(今湖北武昌)，与友人史钦同游黄鹤楼，虽然命途多舛，却仍然心系家国，何况又闻笛声，更撩动乡关之思，于是写下了《与史郎中钦听黄鹤楼上吹笛》这首名诗，与二十多年前写的《春夜洛城闻笛》遥相呼应："一为迁客去长沙，西望长安不见家。黄鹤楼中吹玉笛，江城五月落梅花。"都是写闻笛而思故乡而怀故国，前者只有轻愁，毕竟日之方升，还有许多憧憬与希望，后者却多苦恨，因为夕阳早已西下，前面已是一片暮色苍茫了。

我在街头举目四望，前面有一个颇大的街心花园，盛开鲜花也盛开现代的流行音乐，许多市民正在乐声中灯光下翩翩起舞。

物非人更非，我到哪里才能寻到李白的那一支玉笛，拾起他的一句笛声呢？李白的"故园"是四川彰明县青莲乡，而初到洛阳的夜晚也让我难抑满怀故土之情，我慈爱的母亲不久前已经仙逝，我千里远来生身之地，有一半是为了表达我对母亲的纪念。巷尾街头，在何处才能寻觅到她年轻时的身影？月明星稀，在哪里还能听到哪怕是一声她哼咏的摇篮曲呢？

香 山 月

川人李白春夜在洛城闻笛，不禁怀念起自己的故里，晚年的白居易，则不仅在洛阳定居，而且真正将洛阳当成了自己的家乡，百年之后也不按一般的习俗归葬原籍，而是在龙门对面的香山上选择了自己的长眠之地。香山，这个名字读来本就令人齿颊生香了，何况其上的"白园"，更令人想起花开时节动京城时，那香远益清的牡丹花中的白牡丹。

洛阳，只是李白行色匆匆的人生中一个重要驿站，却是白居易辗徙漂泊生涯的最后港湾。他原籍太原，祖上迁居下邽（今陕西渭南），生于河南新郑，以上三处他都可以认为是自己的桑梓之地，但洛阳无论如何不是他的故乡。长庆四年（824），白居易从杭州刺史任上回到洛阳，买下履道坊故散骑常侍杨凭的宅园。大和三年（829），五十八岁的白居易以太子少傅的官职分司东都，以后的十八年中，他大部分时光都在香山度过。他以好友元稹送给他的一笔高额稿酬修缮香山寺，与寺院主持以及文朋诗友聚会，多次写诗赞美香山，自称"香山居士"，死时嘱葬于香山琵琶峰。洛阳市城区几经变迁，经考古发掘，履道坊在今洛阳市郊区安乐乡狮子桥村之东，焦枝铁路西侧，不久前在原址修复成"白居易故居"。我在洛阳匆匆两日，不及前去寻访，只能便道去龙门对面的香山脚下，轻轻敲叩白园的门环。

其实，白园门虽设而常开。它朝西俯临伊水，与龙门石窟隔水相呼，与南面的香山寺比邻而居。进得园门，便是翠竹绿柳、青松碧水的"青谷"，青石砌成的登山小道就像一位殷勤的向导，招呼并牵引我们拾级而上。阳光从树隙叶丛中筛下，翠竹摇金，山道两旁的高树上鸟鸣嘤嘤，就像这位向导一路致送的欢迎词。经过"乐天堂"，来到琵琶峰下，抬眼仰望，沿五十四级的台阶朝拜而上，墓前庄严的石阙便先来镇住你的眉睫。石阙中题"望阙"二字，两侧的联语半为实写半为想象："嵩烟半卷青绡幕；伊浪平铺绿绮裳"。石阙之后的平地，便是白居易墓。我急趋而前，墓前砖石碑楼上"唐白少傅公墓"六个大字赫然入目。墓周柏树森森、墓上青草离离。离离青草，是在复制白居易的少作名篇《赋得古草原送别》吗？柏树丛中众鸟和鸣，它们是在合诵白居易的诗句吗？白园门前冷落车马稀，远不及对面龙门石窟之游人如织，一些人是去欣赏石雕艺术，不少人却是去拜佛求神。顶礼诗人不如膜拜佛像，执着人间同时向往天国，在越来越世俗化与功利化、远诗神而亲财神的社会，这更是人之常情了。山下车水马龙，却又没有禁止鸣笛，山上本来是一方净土与静土，但传来的并非琅琅的书声与洋洋的诗声，而是隆隆的车轮声与嘟嘟的汽笛声，大煞四围的风景。我把燥热盈耳的嚣声抛在山下，向千年之外接来白居易咏香山的诗句，心头顿觉一片清凉：

老住香山初到夜,秋逢明月正圆时。
从今便是家山月,试问清光知不知?
——《初入香山院对月》

经年不到龙门寺,今夜何人知我情?
还向畅师房里宿,新秋月色旧滩声。
——《独宿香山寺三绝句》之一

两首诗都是写秋日的香山,香山的秋月。第一首作于"大和六年秋",诗人第一次于秋夜入住香山,面对高空明月,他是痴把他乡做故乡了,还老天真地询问明月懂不懂得他的心思,这真是如莎士比亚所说,"诗人都是傻子和疯子"。第二首诗前有小序说明"五年秋病后独宿香山寺",久病未来,一朝重到,更是长夜难眠,与新秋月色伊水滩声相近相亲。我在墓园徘徊,低吟白居易上述写香山的诗篇,想到现在有些论者对晚年白居易的作品颇有微词,真不免为他抱憾和叫屈,如果能够轻声唤醒霍然而起,我真想和他就地作竟日之谈。

有些论者对白居易晚年多有贬语,如"那极言直谏的拾遗风采逐渐消失在'乐天知命'的庸俗生活状态之中,由无私谏官一变而为'香山居士'与'醉吟先生'"等等。这,未免过于求全责备。一位旧时代的文人,生活在极权封建统治之下,本身又是体制内的政府官员,敢于写以《新乐府》《秦中吟》为代表的"讽喻诗",以至"权豪贵近相目变色","执政柄者扼腕","握军要者切齿",就已经十分难能可贵了,古往今来,有多少作家能有如此担当而为民请命呢?他中年时因为持不同政见曾在麟德殿与皇帝激烈辩论,甚至情词激动地冒犯龙颜:"陛下,你错了!"在场的人无不相顾失色。不要说杜甫,连最"傲"的李白都没有这种可称"大勇"的表现,而现当代秉有这种节操风骨的作家与官员又能有几人?中唐政局日益险恶,贵为帝王有时尚且朝不保夕,怎能要求遭受过三次贬谪打击而又年华老去的白居易永葆青春,"将革命进行到底"?他离任杭州时,将在杭三年的官俸留在州库,作为"公用缓急之需",即使到了老病交侵的垂暮之年,他仍然关心时艰民瘼,变卖家产开凿龙门伊水"八节险滩"与"九山峭石","七十三翁旦暮身,誓开险路作通津。夜舟过此无倾覆,朝胫从今免苦辛。十里叱滩变河汉,八寒阴狱化阳春。我虽身殁心长在,暗施慈悲与后人"(《开龙门八节石滩》),而且他还有今日许多知识分子甚至所谓"文化名人"所不具备的自省意识与忏悔精神,他总为百姓啼饥号寒而自己衣食无忧惭愧,他早年就曾说"丈夫贵兼济,岂独善一身?安得万里裘,盖裹周四垠;稳暖皆如我,天下无寒人"(《新制布裘》),而晚年在《新制绫袄成感而有咏》一诗中,仍然思己及人:"百姓多寒无可救,一身独暖亦何情?心中为念农桑苦,耳里如闻饥冻声。争得大裘长万丈,与君都盖洛阳城!"且不说今日的食民之禄的众多公仆,即使是所谓文化精英,是不是都能像白居易一样做到或者想到呢?

"去看下面的诗廊吧!"宝民一声呼唤,使我从往事千年的沉思冥想中回到阳光近午的当代。从墓地沿阶而下往右不远,即是依山而建的诗廊,上面尽是当代书画名家为白居易诗词所作的书画之碑刻。第一幅便是《琵琶行》,我不禁逸兴遄飞,当着宝民与路过的飞鸟高声背诵起来。得意忘形高歌低咏之际,只听得宝民说:要是白居易听见了,只怕会欣然起身,询问是谁在背诵他的作品吧?

金 谷 园

宝民是伴我寻根的朋友兼导游,他善解人意,让汽车在市内的中山大道和九州大道上穿行,并买来一张洛阳市地图交给我,让我手持这宽长不过两尺的地图,去丈量洛阳广阔的幅员,探测往昔数千年的岁月。

其实,洛阳虽有"九朝"或"十三朝"故都之称,又和北京、南京、西安一起被称为中国的"四大古都",但除了城东的白马寺与城南的龙门石窟和香山公园,许多曾经煊赫在史册中与诗文里的名胜,在世事沧桑与刀兵水火之中,仿佛约齐了似的大都失了踪,现在崛起的已是一座面目全非的现代新城。当然,即使失踪,也还是留下了若明若暗若浅若深的足印履痕,让有心人在荒烟蔓草中去寻踪觅迹;又如卷帙浩繁的史册,现在虽然只剩下了年代湮远的断简残篇,但也足以让后人去摩挲凭吊,发念天地之悠悠的抚今追昔之情。当年显赫一时"金谷园",不就是如此吗?

金谷园,是西晋大富豪、大官僚石崇营建的冠绝当时的别墅。金谷水自新安、洛阳东南流经此园,故名金谷,世称"金谷园"。石崇何许人也?他出身于富豪世家,是司徒石苞之子,今日所谓的"高干子弟"。他原籍渤海南皮(今河北南皮),生于青州(今山东临淄),因其父助晋武帝司马炎篡魏有功,加之他在平定吴国的战争中也颇有战绩,于是青云直上,历任征虏将军、荆州刺史、太仆、卫尉卿等要职高官。他搜刮民脂民膏，甚至劫掠过路客商，因此积财如山，贵而且富。世家贵戚王恺是司马炎的舅舅，在帝王的支持导演下，王恺与石崇争豪比奢，但王恺总还是居于下风，可见石崇之极欲穷奢，富甲天下。石崇与王恺虽"互"为而且"富"为敌国，但他们视珍宝如瓦砾，轻人命如草芥，却堪称伯仲之间，一丘之貉。石崇还附庸风雅，如同当代佞臣康生之爱好书画，某些贪官之吟诗作文，他与当时的名流潘岳、左思、陆机等二十三位文人学士结成诗社，号称"金谷二十四友"。他的文名虽远不及潘、陆等人，但以官位之高，就责无旁贷地担当起今日所谓的"主编"之职，编成《金谷诗集》并为之作序，尽管"序言"是否出于秘书之手，至今尚是疑问。

据石崇在《金谷诗集》序中记载，园内朱楼玉榭，楼阁亭台，不下数百处之多，而清泉茂林，奇花异木，也莫不毕备。金谷园极一时之盛，其所以有名，还与"绿珠"有关。据宋宜黄人乐史撰《绿珠传》所记，绿珠姓梁，西晋白州博白县（今广西壮族自治区博白县）人，"美且艳，善吹笛"。石崇出使交州时以三斛珍珠将其买回，在金谷园内新建一座豪华的高楼供其游赏。不过好景不长，"八王之乱"时，赵王司马伦专权，其同党孙秀派人索求绿珠，石崇断然拒绝——此人不仅乏善可陈，而且劣迹斑斑，但这一点似乎还表现了对绿珠的看重和做人的骨气，比马嵬驿时的唐明皇还是略胜一筹。孙秀当然也是地道的小人一个，便诬告石崇勾结淮南王司马允谋反，司马伦于是派兵来捕杀石崇。兵至楼下，石崇对绿珠说："我今为尔得罪。"绿珠含泪而答："当效死于君前。"言毕跳楼自杀。石崇爱美人而不爱身家，不仅自己一命呜呼，而且满门抄斩,母、兄、妻、子十五人均被杀。为了一个侍妾而祸及满门,这个石崇又实在自私得可以。后人感念绿珠之不幸与刚烈,就将此楼称为"绿珠楼",从唐代至清代,多情多感的诗人对这一题材吟咏不绝,作品足可以编成一部专集,如果叫我命名,就称之为《绿珠集》或《红颜薄命集》吧。

唐人许浑在绝句《金谷园》一开篇就说:"三惑沉身是此园,古藤荒草野禽喧。"古人认为酒、色、财惑乱人心,故统称"三惑",石崇嗜酒是不待多言的了,敛财也是他致命的重要原因。在洛阳东市临刑前,石崇说:"奴辈(指司马伦、孙秀等)利吾家财。"行刑人针锋相对:"知财致害,为什么不早把财产散掉?"石崇位高权重,在最高权力集团的斗争中,他难逃高处不胜寒的客观规律,这是他家破人亡的又一原因。石崇与潘岳等人谄事晋惠帝司马衷的皇后贾后,和权过人主的贵戚、贾后的从侄贾谧,而司马炎的第九个儿子是赵王伦,他用孙秀的诡计诛灭贾后与贾谧等后党,自行称帝,石崇包括潘岳等人自然就在劫难逃了。石崇好色,这当然也是他杀身之由。他本来已妻妾成群,还要将绿珠据为己有,无辜的绿珠就成了他亡身的导火线。以上种种都不必去管它了,令人同情的是绿珠,不然,历代的诗人为什么会对她咏叹不绝呢?咏寒山寺出名的张继,其《金谷园诗》也有"年年啼鸟怨东风"之句,直至清代,金谷园虽然早已湮没无存,诗人武攀龙的《金谷春晴》还在说:"名园渺渺水悠悠,柳色花香满陌头。不是东风吹不散,春光尚觅石家楼。"

在众多咏绿珠与金谷园的诗作中,我最欣赏的,是如下三首唐人之诗:

繁华事散逐香尘,流水无情草自春。
日暮东风怨啼鸟,落花犹似坠楼人。

——杜牧《金谷园》

大抵花颜最怕秋,南家歌歇北家愁。
从来几许如君貌,不肯如君坠玉楼。

——汪遵《绿珠》

洛阳佳丽与芳华,金谷园中见百花。
谁遣当时坠楼死,无人巧笑破孙家。

——李昌符《绿珠咏》

  绿珠,本来是民间的一位良家少女,有如南国山野间的花枝,本应该有自己的春天和生命,但却不幸被强行采摘而擅自移栽北方,在豪贵之家的花瓶中供养。据说石崇对她颇为偏爱,她的跳楼自尽,也许是为了回报石崇,人家毕竟是因为自己而招致杀身之祸,但更主要的恐怕是义无再辱,是为了守住人的尊严的最后一道防线与底线吧?莎士比亚说过:"弱者,你的名字是女人。"绿珠的短暂年华,谱写的不是一支欢乐颂而是一阕悲怆曲,这就是她获得时人与后人同情的原因。杜牧另有七律《金谷怀古》:"凄凉遗迹洛川东,浮世荣枯万古同。桃李香消金谷在,绮罗魂断玉楼空。往年人事伤心处,今日风光属梦中。徒想夜泉流客恨,夜泉流恨恨无穷。"诗写得不错,然而其七绝更是以少胜多,尤其是"落花"与"坠楼人"的巧妙联想与象征,更是言有尽而意无穷地表现了诗人的惋惜与追怀，纯然是一派唐诗的风华与格调。汪遵是晚唐诗人，工于七绝，以咏史诗著名，"晋臣荣盛更谁过，常向阶前舞翠娥。香散艳消如一梦，但留风月伴烟萝"，他的《金谷》一诗，显然不如《绿珠》之作，前者写的不过是"人生如梦"之人所共有与共知的感慨，后者则以他人的"不肯如君"，赞美了绿珠的坚强与刚烈，落笔便有了新意。李昌符是汪遵的同时代人，他的《绿珠咏》则从另一个角度和侧面着墨，说绿珠如果不死，当会使孙秀家破人亡，这种视角与笔墨，就别开生面而非蹈常袭故。史载，绿珠与石崇死后不久，司马伦部将王舆拥戴惠帝复位，杀死孙秀，司马伦父子及党羽多人也均被处死，这真是所谓"君看剃头者，人亦剃其头"！

洛阳市内有一条"金谷园路"，还有"金谷汽车站"，但此金谷非彼金谷。绿珠的《懊侬歌》说："织布涩难逢，令侬十指穿。黄牛细犊车，游戏出孟津。"金谷园的故址，在今洛阳老城东北五公里处的孟津县送庄乡凤凰台村周围。我们离开洛阳东返郑州时，驱车前去寻访，只见田园里麦苗如浪，高速公路上车流如水，再也寻不到金谷园的一点遗迹，当然更看不到绿珠坠楼的身影——如果她正凌空坠下，我们又正在事发现场，当会飞身上前捧住这一团落红——可是当时穿越时间隧道隐隐传来的，只有杜牧领唱的悱恻动人的歌声。

上　阳　宫

　　唐王朝的首都虽然是长安，但洛阳一直是唐代的陪都，其地位与待遇仅次于国都。武则天篡权登基改国号为"大周"之后，因为她残忍地杀害了唐高宗李治的王皇后与萧淑妃,内心惊恐不安,于是移都洛阳,甚至将洛阳称为"神都"。洛阳本来是历代许多帝王的都城,唐高宗和武则天又于此大兴土木,洛阳城规模之庞大,建筑之宏伟,于是可以与长安媲美。洛阳和长安,有如两颗硕大的明珠,在当时的中国甚至整个世界的城市建筑中,都闪耀着最为夺目的光彩。

在洛阳众多的宫殿楼台之中,我最早知道名字并时驰想象的就是"上阳宫"了。还是在少年时代,我就读过白居易的长诗《白发上阳人》,"上阳人,红颜暗老白发新",开篇一行就有如《悲怆奏鸣曲》的第一个乐句,一开始就来敲击我的心,那"红"与"白"、"老"与"新"的强烈对比,几十年来在我心中总是挥之不去。他的好友元稹的短制《行宫》,寥寥二十字,更使我一读难忘。少年的我不免痴想,什么时候,我能按迹寻踪,去那古老的行宫参观凭吊一番呢?及至年岁已长,方知早在为时八年的"安史之乱"中,洛阳城就已遭到严重破坏,"宫室焚烧,十不存一"。唐末及五代初年,朱温曾下令修葺与重建,但如同病入膏肓的老人,任何大补药与强心针,均已无法召回他的健康与青春。及至北宋时金人攻占洛阳,不是楚人而是金人一炬,可怜焦土,洛阳城内外以木结构为主的建筑,全部灰飞烟灭。上阳宫当然也荡然以尽,片瓦无存,但它终究还是幸运的,它毕竟还存留并长留在白居易与元稹等人不朽的诗句里。

我来洛阳,是为了发思古之幽情,抒兴亡之感慨,从古遗迹中探寻于当代有所借鉴的新意义,系心已久的上阳宫不能不去寻访。上阳宫本是唐高宗所建的宫殿,他晚年常在此听政,武则天帝号"武周"后又加扩建,以此为施政之处,最后亦病死于此。它的位置在宫城之西,今日洛阳市西南涧河入洛河处的瞿家屯、兴隆寨一带。当年上阳宫横跨涧河两岸,宫内殿堂楼阁,亭台园池,备极一时之盛,唐诗人王建的《上阳宫》就说"曾读列仙王母传,九天未胜此中游",即可见一斑。我的下榻之地西苑路友谊宾馆,与当时的上阳宫相距不远,甚至可以说呼吸可闻,于是我便和宝民就近前往探访。游目四顾,洛阳"海关"与"上海宫大厦"等高层建筑昂首于天,鳞次栉比的居民住宅匍匐于地,已见不到上阳宫的哪怕一角飞檐,也听不到檐角的一声早已喑哑的风铃了。只有涧河的流水依然汨汨,只有洛河的波浪仍旧滔滔,汨汨与滔滔,它们在说些什么呢?它们也许还在吟诵千年前元稹的《行宫》吧:

寥落古行宫,宫花寂寞红。
白头宫女在,闲坐说玄宗。

从唐高宗起,前后有六个皇帝移都洛阳,历时四十余年,唐玄宗李隆基在此也曾居住十年之久,元稹所写的白头宫女闲坐说玄宗的行宫就是上阳宫,即唐玄宗当年的驻地。唐代由盛而衰的关键,乃历时八年的"安史之乱",而安史之乱的发生,与最高统治者唐玄宗的由"英明"而"昏愦",由励精图治举贤任能而享乐腐败任用奸人密不可分。封建帝王大都是荒淫好色之徒,唐代皇帝共二十一人,统治全国近三百年之久,占有妃嫔宫女无数,至玄宗、敬宗、穆宗时更是变本加厉。宋代欧阳修撰《新唐书》,就说"开元、天宝宫中,宫嫔大率至四万",而李隆基在他还有所作为的前期,就曾任命一批"花鸟使"到民间采集美女,"后宫佳丽三千人"还嫌不足,他以五十六岁的一介老夫,竟在骊山温泉宫将儿子寿王瑁的二十岁的妃子杨玉环据为己有,"三千宠爱在一身"。由于杨贵妃受宠,许多宫人佳丽就被遣出而幽闭在其他场所,如同白居易《上阳白发人》诗前小序所说:"天宝五载以后,杨贵妃专宠,后宫人无复进幸矣。六宫有美色者,辄置别所,上阳是其一也。贞元中尚存焉。"人称时间是最铁面无私的公正的裁判者,也只有时间,才能让众生说出某些历史真相,因为主宰历史或随意粉饰改篡历史的权柄在握者,已无法对他人的自由与生命构成威胁,更无法封杀天下人的悠悠之口了。白居易所说的"贞元",是唐德宗李适的年号,距李隆基约有半个世纪,宫中幽禁的豆蔻年华,到那时早已白发如霜,而白居易与元稹写有关诗作之时,距李隆基更在半个世纪以上。白居易之作锋芒毕露,元稹之作绵里藏针,李唐王朝的后代接班人其时已经自顾不暇,而早已一瞑不视的李隆基更是莫可奈何了。

　　唐代写上阳宫的诗作不少,稍做统计,除以上所述之外,宋之问、张九龄、宗楚客、窦庠、刘长卿、王建、罗邺、刘沧等多位歌手,都来参加过这一主题的合唱,连大诗人李白在《上皇西巡南京歌》中,也有"柳色未饶秦地绿,花光不减上阳红"之句。在众多的写上阳宫的诗作中,元稹之作突围而出勇夺冠军,如果进行有关的评选,而且我又是评委,我当然会投它一票。元稹的《行宫》是众多相关诗作的翘楚,正如前人所说,寥寥二十字比得上同一作者六百余字的《连昌宫词》,王建的七言《宫词》多达一百首,也无法与这一首诗交换,而《长恨歌》一百二十句,读者不厌其长。微之《行宫》四句,读者不觉其短,文章之妙也"(明·瞿佑《归田诗话》)。我读《行宫》诗,惊异于寥寥二十字之中,"宫"字竟然重复了三次。一次是"古行宫"而以"寥落"冠之，一次是"宫花"而以"寂寞红"补足形容之，一次是"宫女"而以"白头"点染之。在古行宫与寂寞宫花的背景之下，与红花相映照的白头宫女"闲坐"而"说"天宝遗事，无限的沧桑感与历史感便尽在其中。

盛唐时代，前来中国经商的阿拉伯商人惊叹大唐的繁华富强，曾经感叹说："大唐是一座铁狮子，容纳一切，消融一切。"唐朝尤其是盛唐，当时曾处于世界的领先地位，然而，繁华的帷幕背后演出了多少宫廷与官场的罪恶？强盛的外表之下埋伏着多少衰败的隐患？"安史之乱"后，这座铁狮子就一蹶不振，终于连自己也消融掉了。那"上阳宫"呢？时任东都留守判官的中唐诗人窦庠，其《陪留守韩仆射巡内至上阳宫感兴》一诗说："愁烟漠漠草离离，太液钩沉处处疑。薄暮毁垣春雨里，残花犹发万年枝。"唐玄宗之后仅仅数十年，窦庠见到的上阳宫就是如此，千年之后我们旧地重游，当然就再也捡不到一片唐砖唐瓦了。白天，入耳的是大众是现代是奔驰是宝马的滚滚车轮之声，夜晚，入眼的是炫耀现代文明的电灯彩灯霓虹灯的熠熠斑斓色彩。市内的牡丹公园里，有一架颇具象征意义的巨大风车，风车啊风车，早已在风中车去了千年岁月。

天　津　桥

由汉魏至隋唐，在众生悠久的审美过程中，"洛阳八景"逐渐形成，加之唐代诗人柳宗元的锦心绣口，八景遂正式举行了命名礼。如同一个人孩提时代有乳名而长成后一定要赐以嘉名一样，"洛浦秋风"与"天津晓月"就分别成了八景之一的美称。

洛河也名洛水，陕西华山南麓是其最早的源头，它呼朋唤侣，一路东行，最后汇成一条颇有声势的河流抵达洛阳。这是中国的版图中与历史上的一条名河，古人也称为"温洛"。它的波峰浪谷里，曾经孕育和诞生过许多美妙的神话传说。远古的风吹来的消息告诉我们，伏羲氏之时，有龙马从黄河出现，背负"河图"，有神龟自洛水而出，背负"洛书"，伏羲根据它们画成八卦，就成了后来儒家《周易》与《洪范》两书的来源。又说伏羲氏之女宓妃，溺于洛水而成为洛水神女，曹植就曾梦见洛水神女和他心爱的甄妃，于是在洛河边徘徊，以洛水为墨汁写成了他悱恻芬芳的《洛神赋》，让今日的读者仍不免为之而时生丽思绮想。洛浦，即洛水之滨，当年桃李夹岸，绿柳成荫，尤其是金风消夏半月横秋之时，更是撩人诗兴。那些风中的传闻浪里的故事，已是事出有因查无实据的缥缈烟云，只有诗人们的吟唱啊，却不绝如缕地传扬到如今。

有河就有桥，河与桥就像恋人，永远绸缪在一起。洛河上最有名的桥就是"天津桥"，始建于隋炀帝大业元年（605），北对隋唐时皇城的正门也即端门，南通长约十里宽约百步的定鼎大街。人言洛水贯穿城中，跨河建桥，有天汉之象，故名"天津桥"，又说天子门前的渡口叫"天津"，其桥就谓之"天津桥"。不管如何，虽然隋与初唐之时还只是一座大船连以铁索的浮桥，它就已经赢得了"天津桥"的美名。唐贞观之时，浮桥改建为石桥，众生也称之为"洛阳桥"。长虹卧波本来已经很美了，在拂晓时月色的映照之下，四周的景物更是美丽迷人，所以"天津晓月"一词，便流传在水上风中和众生的心间唇上。如同曹子建之于洛水，天津桥与李白也有一段酒话与佳话："忆昔洛阳董糟丘，为余天津桥南造酒楼。

黄金白璧买歌笑，一醉累月轻王侯。"(《忆旧游寄谯郡元参军》)，是酒商董老板专门为李白在天津桥之南造了一座酒楼来招待他呢？还是此处本来就是一座董家酒楼，而向来牛气冲天的李白不免夸大其词？这些都无法去考究坐实了，但洛水是我生命的源头，天津桥名闻遐迩，千年后我来洛阳，当然要去洛浦寻源，也要去天津桥上凭栏眺望。

洛浦千秋。如今沿堤新建的洛浦公园，幅员宽广，设施现代，杨柳撑起一伞伞春日张开的绿荫，梧桐奏响一行行声在树间的秋声，是市民的休闲福地，也是洛阳城一帧美丽的插图。而天津桥呢？我来时就向几位河南老乡打听它的踪迹，答案都是不明下落。几经辗转探寻，才知今日城南洛河之上洛河公路桥之东不远处的水中，有一座半露于水面的单孔石桥，上有四角亭一座，就是隋唐时天津桥的遗址。上午从香山看望白居易回来，我们的汽车在洛阳桥上驰行，桥上据说不准停车，宝民请司机在桥中之东侧略停片刻，我如同"作案"般迅即冲下车去，俯身桥栏，向前方几十米处的天津桥旧址投去匆匆数瞥，算是向它打了一个初见面的招呼。别时容易见时难，一见面就要分别，我频频挥手也频频回首，而唐人咏天津桥的诗句早已纷至沓来，和桥下的流水一样汹涌在我的心头：

天津桥下冰初结，洛阳陌上人行绝。
榆柳萧疏楼阁闲，月明直见嵩山雪。
——孟郊《洛桥晚望》

津桥春水浸红霞，烟柳风丝拂岸斜。

翠辇不来金殿闭，宫莺衔出上阳花。

——雍陶《天津桥春望》

　　孟郊的诗，由实写而想象，借冰清玉洁的白雪与明月，表现了他远离红尘的高洁与高远的心胸。前三句由近及远由点及面地写眼前冬日的雪景，最后却一笔宕开拓远，创造了"月明直见嵩山雪"的壮阔高远的境界。来洛阳之前，我正好去朝拜了中岳嵩山，但时令不是冬日而是春夏之交，而车过洛阳桥也是风驰电掣，全然没有古人那份郊原信步的余裕与悠闲，所以在洛阳桥上究竟能不能遥望到远在数百里外的嵩山白雪，就只能且待下回分解了。孟郊于天津桥畔望见的是嵩山之雪，雍陶在天津桥上望见的又当如何呢？

　　唐高宗一生先后七幸洛阳，他在上元年间于天津桥北建造上阳宫。武则天一朝，除回长安小住两年之外，均在上阳宫度过。开元年间，唐玄宗五次来洛阳，每次居留都是一年以上。上阳宫全盛之日，正是唐王朝鼎盛之时，"安史之乱"后，唐朝的帝王不再东巡洛阳，国势如日下的江河，上阳宫也好似秋风中的落叶。"津桥春水浸红霞，烟柳风丝拂岸斜"，雍陶此诗"以乐景写哀，以哀景写乐，一倍增其哀乐"。自然界的春天年年如期而至，而人事的盛景却一去不复再来，在"翠辇不来金殿闭"之后，如同孟郊诗的结句别开新境一样，此诗也逼出"宫莺衔出上阳花"的结语，不着一字议论，但兴废仅在数十年之间，人事沧桑之感，百年世事之悲，便尽在其中而于言外可想。孟郊生当中唐，他表现的是出世之想，境界是高远的，雍陶时处末世，他抒写的是入世之思，境界是沉哀的。唐帝国原本金黄的帷幕早已暗淡无光，而且千疮百孔，不久之后就要颓然落幕了,雍陶笔下的宫莺衔出的是上阳花,衔出的不也是唐王朝行将闭幕的消息吗?唐代隋而立,结束了分裂的南北朝而一统天下,如日之方中,但曾几何时,它也走向了没落的尾声,雍陶在天津桥上看到的,正是一轮将落未落的夕阳。西方一位哲人说过:"许多胜利都会为胜利者带来杀身之祸,过去、现在、将来都是如此。"小至个人,大至家国,观今而鉴古,这不是很值得深长思之的吗?

生命之树早已过了开花的季节,生命之河已经奔流到了不舍昼夜的下游,一偿数十年的夙愿,我终于有幸拜望了我的生身之地。在洛阳城里漫步,亲近最初的泥土,在洛水之滨徘徊,朝拜最早的源头,在歌咏洛阳的绝句名篇中流连,温习中国最灿烂迷人的文化。是寻根?是圆梦?洛阳也终于认出了我这个离家远走久别不归的游子,赠给我一篇洋洋洒洒的《洛阳行》。

六朝旧事随流水

昔日金陵今日南京的六朝古都,从楚云湘雨之间,我以前曾多次不远千里前去游历,寻访往事遗踪,阅读时风新貌。最近一连几个秋日,我挑灯夜读,在唐人歌咏石头城的诗句中卧游与神游,"六朝旧事随流水"一语,蓦然涌现在我的心头。王安石晚年定居金陵,写有《桂枝香·金陵怀古》一词,这便是名词中的名句。白云千载,往事悠悠,抚今追昔,可堪重省?我已无法求得王安石授权应允,便径行挪用他的得意之句,为自己的这篇文章冠名。

一

一提到金陵,便不由人不想到秦淮河。

江苏句容县的大茅山和溧水县的东庐山,是秦淮河的发祥之地。两源分流,到江宁县的方山南麓相会,不分彼此地一同奔向南京。在通济门外,不知何故它们又分道扬"流",一支称为"外秦淮",经武定门、雨花门、中华门、水西门,向北投靠长江,一支名作"内秦淮",自东小关西经桃叶渡、夫子庙、文德桥、武定桥、镇淮桥、下浮桥而出水西门,也是以长江为自己的归宿。"内秦淮"曲曲弯弯,流经城内,清碧的水波与河房画舫中的脂粉,繁华了两岸的风月,繁荣了夹河的闹市。

就像一根青藤上缔结的绵绵瓜果,秦淮河畔有许多名胜,其中最有名的便是朱雀桥与乌衣巷。

在今日中华门内中华门尽头秦淮河水流经之处,远在一千多年前的晋咸康三年,曾在此设立朱雀航,又名朱雀桥。谢安贵为东晋宰相之时,复于朱雀桥上建造重楼,并于楼上安置了两只作装饰之用的铜雀,名为"朱雀观"。秦淮河经此由石头城去朝拜长江,宽阔的河面上浮航多达二十四个,可见朱雀桥当年行旅繁忙,而且堂皇富贵。乌衣巷呢?巷在文德桥南岸,与朱雀桥地不在远,三国时孙权的卫戍部队就驻扎在那里,兵士们身穿黑衣,名为"乌衣营",故驻地亦称"乌衣巷"。六朝时代,内秦淮两岸乃贵族名流的别墅所在地,是今日所谓"高级住宅区"和"黄金地段",而乌衣巷居住的更是豪门大族,晋室南渡后,卜居于此的开国元勋王导和指挥淝水之战的谢安,则是其中重量级的人物。

在中唐诗人刘禹锡远来咏叹之前,朱雀桥与乌衣巷虽然也有人提到,但那些作品均不甚有名。李白是绝代大手笔,也曾多次金陵来去,他目光如炬,除了大笔挥洒的《金陵三首》之外,具体的地方只写了"金陵城西楼""谢安墩""凤凰台""征虏亭"和"劳劳亭"之类。这位酒仙与诗仙,当然还少不了要写到"吴姬压酒劝客尝"的金陵酒肆。朱雀桥与乌衣巷在他的如椽之笔下却遗漏了,一直要等到后生晚辈的刘禹锡前来挥毫,以"乌衣巷"为题赋诗,它们才不仅名垂青史,也名垂诗史,不仅名留史册,也名留诗册:

朱雀桥边野草花,乌衣巷口夕阳斜。

旧时王谢堂前燕,飞入寻常百姓家。

——刘禹锡《乌衣巷》

刘禹锡生于唐大历七年(772),距晋代已有四五百年岁月,他这首诗,大约是在宝历年间为和州(治所在今安徽和县)刺史而一游金陵时所作。"朱雀桥"与"乌衣巷",当年是何等显赫繁华之地,沧海桑田,现在入目的只有野草闲花,斜阳落照。"朱雀桥边"与"野草花","乌衣巷口"与"夕阳斜",前两句诗各在本句之内构成了鲜明强烈的前后对比。昔日豪门世族的钟鸣鼎食之地,现在已变成了普通百姓的居息之处,王谢们早已不知去向,只有当年做客于雕梁画栋间的呢喃燕子,却年年如约归来。后两句以王谢旧居的变与燕子的不变构成对照,构思婉曲地表达了那种深沉的历史感与沧桑感,没有一句议论而感慨无穷,所达到的真是所谓"不着一字,尽得风流"的高难艺术境界,因而成为诗的"经典"。

"经典"作品的特征,一是要经得起长距离的时间考验,在时间的冰箱中取出来,仍然新鲜如刚从枝头摘下来的名贵水果;二是不但具有即时而且具有传后的影响力,也就是不仅传唱于当代,而且也传诵于后代,如同一树不老的浓荫,不仅覆盖当时,也泽被后世。如此看来,当今有的人编选当代的某些作品而隆重地命名为"经典",是不是过于急促而不免轻率?"经典"的冠冕,岂是不经时间的编织而是眼前当下即可草草颁发与批发的吗?今日当下的作品是否堪称经典,还是让后代或后后代的子孙们去评判吧。刘禹锡的这一作品当然早已进入经典之林了,北宋的周邦彦就曾檃括刘禹锡此诗和他的《石头城》诗,而作副题为"金陵"的《西河》词。词的下片是:"酒旗戏鼓甚处市?想依稀,王谢邻里。燕子不知何世,入寻常,巷陌人家,相对如说兴亡,斜阳里。"南宋的辛弃疾也激赏此词,他的《沁园春》词也说:"朱雀桥边,何人会道:野草斜阳春燕飞。"而元代的回族诗人萨都剌呢,对几百年前刘禹锡的怀古感慨亦表示认同,他没有经过刘禹锡的同意,却把先贤的诗情和语意,化用在自己的《满江红·金陵怀古》一词里:"空怅望,山川形胜,已非畴昔。王谢堂前双燕子,乌衣巷口曾相识。听夜深寂寞打孤城,春潮急。"以上诸家都为大匠,但他们的高歌低咏里,都有刘禹锡诗作虽然遥远但却亲近的回声。

多年前我往游秦淮河时,曾去寻访乌衣巷。在文德桥南一条曲折陋巷的墙角上,冷寂着一块蓝底白字的搪瓷路牌,其上的"乌衣巷"三字凄凉了我的望眼。昔日车马喧闹冠盖云集之地,今日已沦落为一条尽是低房矮屋的里弄,连袖珍型的汽车都难以通行,除了一家从刘禹锡诗而取名的"夕阳斜"酒店而外,且不要说一只王谢堂前的燕子,就连一片羽毛也都找不到了。

不久前旧地重游,发现乌衣巷已经旧貌换新颜。原来湫隘的小巷已经拓宽,竟然还涌现了一座颇具规模色彩富丽的"王谢故居",可见对历史文化的重视,已经今非昔比,这也是社会进步的一个标志吧?不过,将"王"与"谢"混为一居,似乎有些不伦不类,近似于"拉郎配",而所谓晋代"故居",也只是仿明仿清的建筑而已。历史虽然往往有惊人的相似之处,但它是不可重复的,也是不可复制的,它是一面千古不磨的明镜,让后人和后代去对镜自鉴自省。

乌衣巷畔的秦淮河，六朝时不仅是金陵的政治经济和文化中心，也是堆金砌玉软媚娇红的繁华之地。沿岸是贵族高门的别墅华屋，河边是名为河房的舞榭歌台，河中是载歌载舞的游船画舫，有如名牌产品的名牌商标，"秦淮风月""六朝金粉"，就是金陵内秦淮的历史标记。它的繁荣，虽然在隋唐之际毁于刀兵水火，但在唐代又逐渐恢复旧观，不少诗人也前来吟咏，而最负盛名的当属传唱至今的杜牧的《泊秦淮》：

烟笼寒水月笼沙，夜泊秦淮近酒家。
商女不知亡国恨，隔江犹唱后庭花！

南朝的陈后主陈叔宝是一个昏君，终日与嫔妃宠臣宴乐，并作《玉树后庭花》曲在宫中演唱，终至国亡身死，所以杜淹曾对唐太宗说，陈之《玉树后庭花》与齐之《伴侣曲》，都是"亡国之音"。杜牧乃晚唐诗人，如果说盛唐是如日中天，晚唐则已成斜阳落照。已经是国将不国了，然而，权贵们仍是贪图享乐，醉生梦死，不知末日之将至。杜牧即景抒情，表达对国家深沉的隐忧，表现了真正的文人应该具有的历史意识与忧患意识，全诗状难写之景如在目前，含不尽之意见于言外，堪称咏秦淮的绝唱，后来者当然只能遥望他的背影。

时至明清，秦淮河一带更是极一时之盛。六朝金粉早已随波而逝，代之而兴的是既一脉相承又别具面目的妓家脂粉。歌妓中有名盛一时的"秦淮八艳"，清人孔尚任《桃花扇》抒发南明亡国的感慨，就是借八艳之一的李香君与侯方域的故事以演义。逝者如斯夫,今日的秦淮河两岸又已是一番新的景象,酒楼商店鳞次栉比,娱乐场所踵接肩摩,河船画舫载的是新的脂粉,许多人在享受生活之时,奢华浮靡的颓败之风也在潜滋暗长。如织的游人,有谁还真正记得刘禹锡与杜牧别有深意的歌唱?

二

在金陵的文学地图上,"台城"的名望似乎并不需要高抬,就可以和秦淮河与乌衣巷分庭抗礼。

金陵的鸡鸣山,又名台城山,这大约是山南有建于六朝的台城之故吧?台城是金陵的城中之城,此处本是三国时建都于"建业"(即金陵)的吴的后苑。东晋南渡,将吴之后苑改建为晋之新宫,它就膨胀为宫城。梁武帝将建康宫城加筑为三重,幅员广达四十里,人口超过一百万,堪称中国第一大城,全世界也罕有其匹。当时东起覆舟山,西至都城,修筑了一条长达十里的长堤,目的虽是防止通玄武湖的长江之水浸淹都城,但也成了王公贵族们的游乐之处。梁武帝晚年有"侯景之乱",建康城几成废墟,台城也受到很大的破坏。但破坏不要紧,自有后来人,六朝末代的陈后主陈叔宝又卷土重来,大兴土木,在光明殿前建造结绮、临春与望仙三阁,高标入云的楼阁,饰以宝玉,间以珠翠。他继承并发扬了前代许多君王于此寻欢作乐的传统,与宠姬张丽华、孔贵嫔等人纸醉金迷于其中,台城端的成了名副其实的销金窟与温柔乡。

台城的得名,是因为它乃东晋及南朝省台(中央政府)所在地,循名责实,也可见此地在六朝中的核心地位。不过,隋文帝杨坚命晋王杨广率军灭陈之后，为了根除此间的王气，便下令将建康城夷为平地，宫殿也改作耕田，时至唐代，台城只剩下些断瓦残垣凄凉在斜阳落照之中，兀自追怀自己昔日的鼎盛繁华。多愁善感的诗人，特别是那些心忧家国的诗人到此，怎能不抚今追昔发为歌吟？如韦庄的《台城》：

江雨霏霏江草齐，六朝如梦鸟空啼。
无情最是台城柳，依旧烟笼十里堤。

韦庄是晚唐诗人与词人，目睹亲历了唐代如何在悲凉的晚风中落幕，上述这首诗，就是幕将落而未落时的作品。风景山河依旧，而世情人事已非，描绘长堤烟柳的葱茏蓬勃，正是反衬历代王朝的颓败灭亡，柳之"无情"，对照的正是诗人的"有意"：对历史遭变的回顾，对国家兴亡的反思。此诗中的"六朝如梦鸟空啼"，自是全诗特出的妙语与警句。然而，韦庄毕竟还只是泛指六朝的君王，罪过人人有份，他的前辈诗人刘禹锡，却早在杜牧之前，在《金陵五首》之三的《台城》中，就已经特别将陈后主"揪"出来"示众"了：

台城六代竞豪华，结绮临春事最奢。
万户千门成野草，只缘一曲后庭花！

六朝的君王本来都是醉生梦死，"竞"逐豪华而先后亡国，但六朝殿后的陈后主却不思吸取前朝的教训，竟然后来居上地"最奢"，赢得了六朝腐败的殿军并兼冠军，"后庭花"也成了荒淫奢靡而祸国殃民的代名词。杨坚夺取了北周政权,改国号为"隋"自称皇帝之后,即准备南下渡江牧马,征服南方,统一全国。然而卧榻之旁有人鼾睡的陈叔宝,却仍然一厢情愿地当他的"无忧天子",压榨盘剥百姓草民,大起楼堂馆所,经常带着帮闲大臣江总、孔苑之流登临游宴,整天沉湎歌舞酒色。开明盛世或太平治世,缺乏讽刺歌谣滋长的温床,一个王朝政治不清不明或腐败糜烂之时,民间的讽刺歌谣就会像春草般蓬勃。当时老百姓纷纷传唱晋代王献之写于秦淮河的《桃叶辞》:"桃叶复桃叶,渡江不用楫。但渡无所苦,我自迎接汝。"言在此而意在彼,人心的向背于斯可见。当陈后主建造齐云观时,一首民谣又在金陵城内外流传:"齐云观,寇来无际畔。"不管新来的统治者究竟如何,老百姓还是盼望着改朝换代,如此民心尽失,陈朝焉得不亡?

台城而今安在?今天在解放门东侧鸡鸣寺北修复了一段城墙,在一个细雨霏霏的早春,南京的诗人冯亦同君带我一道登临怀古。他家就在附近,对此间的形胜故实颇为熟悉,他指点江山,指划何者为明代城墙,何者为台城的城垣,而鸡鸣寺一带的高地,就是六朝的台城故地。在古城墙上,我放眼台城外玄武湖的苍茫烟水,台城内南京市的万家烟火,心中油然而生的,竟是陈子昂仰天俯地千古悠悠的怆然之情,何况下得城来,亦同君还要带我们去一睹我在湘楚久欲一观的"胭脂井",那更是兴亡的见证,历史的殷鉴,现实的警示。

"胭脂井",原名"景阳井",在今日玄武湖侧台城的景阳楼下。它本是南朝陈景阳宫中之井,当年除夕之夜,陈后主率满朝文武在皇宫中宴饮欢庆,他醉得昏天黑地,紧急军情报告都未开封而掷于床下。上有所好,下必甚焉,守卫采石矶的将士们痛饮之后,也都全军开赴了黑甜之乡。夜渡采石矶的隋军韩擒虎全歼守敌,次日元旦贺若弼率军乘雾渡江,占领京口而直指建康。当此非常之时也,陈后主竟用"井遁"之法,带着张丽华、孔贵嫔躲入华林园景阳楼畔的枯井之中,后被隋军搜出,陈后主投降,张丽华被杀,因而此井被后人称为"辱井"。井上原来有亭,翼然如盖,井周有红色的栏杆围护。我们来时,正值园林整修,又逢天雨泥泞,由湖湘而金陵,千里之遥已缩成咫尺了,却无由以达,只好站在高处眺望这口孤家寡人之井,如同阅读一段虽已隐入迷茫烟雾但却教训深远的历史。凭栏俯瞰,除了宋人范成大的《胭脂井三首》之外,元人陈孚的《胭脂井》更猛然袭上我的心头:

泪痕滴透绿苔香,回首宫中已夕阳。
万里河山天不管,只留一井属君王!

范成大说"昭光殿下起楼台,拼得山河付酒杯。春色已随金井去,月华空上石头来",但陈孚后来居上,他将"万里河山"之大与一井之"小"做强烈的对照,而且将"天"拟人化,表面上是写苍天不管万里河山而给陈后主唯留一井,实际上是鞭挞陈后主的荒淫误国。女人历来是所谓"祸水",张丽华据说被杨坚下令处死在青溪中桥,即今日南京朱雀路之四象桥,而后主陈叔宝却被赦免,安享太平俘虏的高级生活达十五年之久,死后还被杨坚封为"长城县公"。罪大恶极的人,死后竟然得此封赠,历史是在嘲讽呢,还是在制造黑色幽默?

三

你如果去今日南京城西清凉山的石头城,那由时间风化得斑斑驳驳的石头城墙,你如果懂得它的语言,在风中,在雨中,在夕阳残照之中,它都会向你诉说世事的沧桑风雨与历史的盛衰兴亡。

还是在遥远的中古时代,吴王夫差就在这里建造"冶城",他的对手范蠡,在长干里构筑"越城"。待到公元前二二三年,楚威王灭掉越国,威风所及,便在石头山上营造"金陵邑"——这就是今日南京又名"石头城"的最早的由来。时间如长江的流水滔滔东去,到汉献帝建安十六年(211),东吴谋士张纮建议孙权迁都建业,孙权在长江边的清凉山上建造"石头城"。此后的东晋、宋、齐、梁、陈,均建都于此,这就是历史上与诗史上都著有盛名的六朝,历时三百多年先后有四十个帝王你方唱罢我登场的六朝。

石头城利用清凉山的天然沙砾岩为城基,以高处的山岩做天然的城壁,而山凹之处则以砖石填补,与天然山壁相齐,周长近六华里。因为风吹雨打,加之江水和时间相约一起前来冲刷,所以山岩裸露而凸凹不平,故石头城又人称"鬼脸城"。

我来时正是早春时节,空中寒雨霏霏,城头草木萋萋,城墙壁立,城下正在整修道路修建公园,我们不知如何方可登临。石头城啊,南京城的起点,我无法飞身其上,去望天低吴楚,眼空无物了,只好和丁芒、徐明德等友人在城下徘徊仰望。这亲眼目睹许多朝代此起彼伏盛衰兴亡的见证者,你如果向它探询千秋往事,它还会向你提供数不清的实证与石证吗?放眼江天,原来本在城下的长江不知何时已经远走,近处只有秦淮如带,蓝天上飘游的却还是来自六朝的云。两千多年的历史巨册,在我眼前一页页翻过,挟带着风声雨声金戈铁马刀兵杀伐之声,而前人咏叹这千古名城的诗句,也一一注到心头,这之中最令我动心的,当然还是刘禹锡的《石头城》:

山围故国周遭在,潮打空城寂寞回。
淮水东边旧时月,夜深还过女墙来。

"安史之乱"后,大唐帝国江河日下,刘禹锡生当中唐,是不到半途便夭折的"永贞革新"的中坚力量。原来如日中天的唐王朝,不久之后就要步入晚唐而迎来自己的一轮落照了,刘禹锡无力回天,却有意回眸历史而观照现实。《石头城》,是他的《金陵五题》的第一首,《金陵五题》乃咏唱金陵的众多诗作的翘楚,而《石头城》更是这一组诗的领袖之篇。山,还是那些山,但它们围绕的歌舞繁华的六代故都已迭经变化,城,还是那座曾经笙歌彻夜之城,但如今却是一座已流水落花春去也的空城。六朝的前后杀伐破坏自不必说了,隋文帝杨坚开皇九年(589)灭陈而统一中原之后,竟然以为金陵有六朝建都于此,是因为王气太盛,为了杨氏江山的万寿无疆,竟然下令将金陵城邑不分宫室与民居,全都夷为平地。然而,从杨坚建立隋朝到其次子杨广谋害四个兄弟当上太子继承王位,直到杨广在扬州的兵变中被绞死,短命的国运也只不过维系了三十七年,何曾"万寿"?更遑论"无疆"!古人不见今时月,今月曾经照古人,诗人在描写了"山"与"故国"以及"潮"与"空城"之后,特笔写旧时的明月不知人事已换,还依旧照临石头城的城墙。如此以景结情,留给读者的是不尽的阅读期待和想象余地。刘禹锡的好友,大诗人白居易读到此诗,由衷地赞叹说:"我知后之诗人无复措辞矣!"最杰出的诗篇是只可有一不可有二的,后人常常只能遥望他们的文旌,追慕他们的身手。如北宋周邦彦的写金陵的《西河》词,通篇都是化用《石头城》《乌衣巷》的语言和诗意,而元人萨都剌的《念奴娇》,其"指点六朝形胜地,惟有青山如壁"和"伤心千古,秦淮一片明月",就都借用了刘禹锡诗作中的许多意象,他们大约连借条也没有开具一张,反正刘禹锡也无法向他们索取了。

四

我们在春寒料峭中造访石头城时,城下正在修建公园。正对着"鬼脸"的部分,新修的一方水池有如明镜,它是想让石头城对镜自鉴呢,还是想让今人对明镜也对石头城而自鉴?

从东吴到陈的六朝,东吴与东晋不去说了,其中的宋齐梁陈概称为我国历史上南北朝的"南朝",从公元四二〇年至五八九年共一百七十年。四朝均国祚不长,短的仅仅二十三年,如齐,长的也只有六十年而已,如宋。南朝的开国君王,也许有的还想励精图治,但其子孙却无一例外地荒淫无道,腐败堕落,不是昏君暴君,就是乱伦之衣冠禽兽。如宋代前废帝刘子业,将已出嫁的姑姑纳入后宫为妃,他自己的后宫女人数以万计,还与同母异父的姐姐山阴公主淫乱,并为她准备了三十个男宠。齐代萧宝卷在位仅仅两年,就把父亲留给他的文武大臣诛戮殆尽,雍州刺史萧衍(梁武帝)攻入京城,引兵入殿,是时宫门竟然大开,齐废帝还在酒酣耳热，笙歌作乐，不知死之将至。梁武帝信佛入迷，所谓"南朝四百八十寺，多少楼台烟雨中"，他"托身人上，忽下如草"，视百姓如草芥，最后侯景叛乱，他被困饿死于台城。他的属下有一个历任数郡太守的鱼弘，曾厚颜无耻地对人宣告他有"四尽"，即"水中鱼鳖尽，山中麋鹿尽，田中米谷尽，村中民庶尽"，不以为耻，反以为荣，完全丧失了羞耻之心，堪称当代贪官污吏的前辈楷模。至于陈朝的后主陈叔宝，更是荒淫腐败，当隋军准备渡江，边将上书告急，他居然做出如下"批示"："王气在此，齐兵三来，周师再来，无不摧败。今隋军前来，彼何为者也？"祸生肘腋，急在燃眉，他仍然张罗元旦大庆，结果除夕之夜就仓皇躲到景阳井中，晚上被隋军寻获吊出，以百姓之生灵涂炭自己为阶下之囚的方式庆祝了新年。着眼石头城而回首六朝的优秀诗作众多，如王安石的《金陵怀古四首》即是，但在他吟唱之前，李商隐早就一鸣惊人了，除了题为《南朝》的"地险悠悠天险长，金陵王气应瑶光。休夸此地分天下，只得徐妃半面妆"，他的《咏史》更是大笔如椽，力扫千军：

北湖南埭水漫漫，一片降旗百尺竿。
三百年间同晓梦，钟山何处有龙蟠？

金陵拥有江山天险。张敦颐《六朝事迹类编》记载："诸葛亮论金陵地形云：钟阜龙蟠，石城虎踞，真帝王之宅也。"这位迹近乎神的军师，眼光不会近视，他不仅大夸金陵的山川险要，在出使江东联吴抗魏时，也曾劝说孙权迁都于此。李商隐之诗，将写景与议论一炉而炼，把感性与理性融为一体。三百年的六朝更迭为一场春梦,金陵的钟山与石城哪里有什么虎踞龙蟠之胜呢?读者当会通过诗的表层结构,去探究寻味包孕在诗的意象之中的深层意蕴,而让想象的羽翼振翅而飞。

"虎踞龙蟠今胜昔,天翻地覆慨而慷",不过,后之视今,犹今之视昔。如果不以古为镜,以史为鉴,让浮华奢靡贪渎腐败之风沦肌浃髓,入于膏肓,成为不治之症,那杜牧早就在《阿房宫赋》中就曾叹息过了:"秦人不暇自哀而后人哀之,后人哀之而不鉴之,亦使后人而复哀后人也。"西方一位智者也曾经说过:"如果耳朵塞住了,警钟又有什么用呢?"国家的兴亡,不在于地灵而在于人杰,不在于地形险固而在于人心向背。六朝旧事随流水,今人故地重游,除了欣赏山水之胜,是否也要"耳"开一面,在赏心悦目之余也听取历史的规箴与警钟呢?伫立在南京城古老的城墙之上,我问近处的石头城,石头城默然不语,我问远处的大江,大江虽滔滔东去,却仍把千秋往事说到如今。

烟花三月下扬州

一千多年前，李白在武汉的长江边送别扬帆东下的友人，有道是"故人西辞黄鹤楼，烟花三月下扬州"，令人对扬州不胜向往。例如我，少年时私心中就和扬州订了一面之约，却直至数十年后的一个早春之日，才有了扬州之行，去践多年前青涩而今已经向老的单相思的约会。"船下广陵去，月明征虏亭。山花如绣颊，江火似流萤"（《夜下征虏亭》），李白后来也曾从南京去扬州，他是月明之夜在城外的长江边乘船而下，我从南京去扬州，则是和当地的文朋诗友黄世玮君驱车疾驰。在坦坦荡荡的高速公路上，豪华旅游车如脱弦之箭，穿过阳春的烟景现代的风光古老的传说，约一个小时就射到了扬州，有如我的扬州之旅的不亦快哉的前奏。

一

扬州，是一座历史名城。从公元前四八六年吴王夫差时代开始建城算起，已历经两千五百年的春花秋月。作为唐代东南方最大的商业城市与贸易港口,隋文帝时开始定名为扬州,但隋以前则称广陵或江都,前述的李白之诗题目就正是"送孟浩然之广陵"。南北走向的运河与东西走向的长江约会于此,扬州不仅是水运枢纽,商贸重镇,同时也是一座文化名都,曹丕的《至广陵马上作》与鲍照的《芜城赋》,就是文化名都最早的奠基石。在中国的文化版图上,扬州当仁不让地占有重要的一席之地,且不要说古往今来灿若繁星的诗文书画名家了,即以唐代而论,出生于扬州或与扬州有缘的诗人,从初唐的骆宾王、张若虚算起,到晚唐的温庭筠、韦庄等人,就可以组成一个数十人的级别很高的豪华文学阵营,或任何人都不敢小视的"扬州诗人代表团",其中文采风流而诗声远扬的一位,就是美名"小杜"的杜牧。

唐文宗大和七年(833),而立之年的杜牧应淮南节度使牛僧孺之聘,从安徽宣州来到扬州,在他的幕府中先做"推官"后任"掌书记"之职。节度使是方面大员,衙门公务繁冗,而"掌书记"大约相当于现在所谓的秘书长。按照前辈韩愈的说法,"凡文辞之事,皆出书记,非宏辨通敏兼人之才,莫宜居之",可见杜牧虽屈居幕僚,却才能出众。在唐代,观察、节度、刺史之类高官的治所,都有名列乐籍为官员们宴会时歌舞侑酒的官妓,而繁华的扬州更是一座酒绿灯红笙歌彻夜的都市,其娱乐场所大约像现在的城市里一样比比皆是。出身高门贵族的杜牧,本就有贵胄公子的习气,喜好歌舞声色,来到风月繁华的扬州,当然更是得其所哉,何况他远大的抱负杰出的才能无法施展实现,只能借酒浇愁。大和九年(835)他虽然升任监察御史而离去,为了探看患眼疾的胞弟杜颛,开成二年(837)春日他又文旌重来,一直流连到桂子香消的秋末。

今日许多人对杜牧在扬州的风流韵事,大都耳熟能详,对他颇有玫瑰色彩的诗篇也津津乐道,如《遣怀》:"落魄江湖载酒行,楚腰纤细掌中轻。十年一觉扬州梦,赢得青楼薄幸名。"如《赠别二首》:"娉娉袅袅十三余,豆蔻梢头二月初。春风十里扬州路,卷上珠帘总不如。""多情却似总无情,唯觉樽前笑不成。蜡烛有心还惜别,替人垂泪到天明。"虽然有一些自省自责,但还是不免于风流才子的轻薄;虽然仍有些自喜自得,但比起当今一些倡导"下半身写作"的所谓诗人,却仍然高贵得多,何况《赠别》的第二首写有情人的分离之苦,以及对恋情的珍重,更具有心理表现的深度和普遍人性的价值。

其实,扬州时期的杜牧,并非全是诗酒风流,作为有抱负有操守有才能的知识分子,他始终关心民瘼,忧心国事,历历见之于他的有关文字。当时藩镇割据,民生涂炭,朝廷不仅处置失当,而且吏治日益腐败,杜牧敢于冒天下之大不韪而直陈己见,尖锐地提出首要的不是"用兵"而是"修明政治"。其《罪言》一文,开篇就说:"国家大事,牧不当言,言之实有罪,故作《罪言》。"这,确实是需要良知与勇气,而这种勇者兼智者之文,充分表现了杜牧最可宝贵的一面:忧国忧民的情怀与经邦济世的抱负。对此,今日一般的读者甚至文人,都不很熟悉。至于他的扬州绝句,除以上所述之外,最出色的恐怕还要算那首《寄扬州韩绰判官》:

青山隐隐水迢迢,秋尽江南草未凋。
二十四桥明月夜,玉人何处教吹箫?

韩绰不知何许人也,应该是杜牧在扬州时的同事和朋友,韩绰死后,杜牧还写了一首《哭韩绰》,可见两人之交谊不浅。这首诗,应是杜牧在京城任监察御史时于秋日遥想江南扬州的美景,心血来潮一挥而就寄给韩绰的吧?"二十四桥"之所指,至今仍聚讼纷纭,一说扬州城内有二十四座桥,北宋沈括《梦溪笔谈》还一一记述了桥名与地理位置,一说仅指一座桥,即吴家砖桥,又名红药桥,曾有二十四位美人吹箫于上。不管如何,杜牧此诗描绘了扬州秋日与秋夜的美好风物,追忆了以前在扬州的美好时光,抒写了对友人的深长怀想,而"玉人"也义有多解,可指韩绰,亦可指桥上美人。自杜牧领唱之后,月明之夜的二十四桥更名闻遐迩,诗人们纷纷前来合唱。五代韦庄《过扬州》:"二十四桥空寂,绿杨摧折旧官河。"北宋做过扬州太守的韩琦,他的《望江南》也说:"二十四桥千步柳,春风十里上珠帘。"直至南宋时的姜夔,他在战乱之后写了一首《扬州慢》,其中不胜今昔之感:"春风十里,尽荠麦青青。二十四桥仍在,波心荡,冷月无声。念桥边红药,年年知为谁生?"而贺铸的《晚云高·太平时》,则将杜牧诗全部引入自己的词中:"秋尽江南草未凋,晚云高。青山隐隐水迢迢,接亭皋。　二十四桥明月夜,弭兰桡。玉人何处教吹箫?可怜宵。"他未经杜牧同意,就径自将杜诗与己词铸成了,不,调成了一杯别具风味的鸡尾酒。

　　现代作家郁达夫也曾一游扬州。他的《过扬州(次姜白石用"小红低唱我吹箫"韵)》说:"乱掷黄金买阿娇,穷来吴市再吹箫。箫声远渡江淮去,吹到扬州廿四桥。"姜夔当时说"二十四桥仍在",郁达夫也说"吹到扬州廿四桥",但此桥如今在哪里呢？黄世玮、张贻瑞夫妇带我游瘦西湖,新建的一座廿四桥漂亮在湖上,长二十四米,宽二点四米,白玉栏杆二十四根,两端台阶各为二十四级,处处与"廿四"相合,煞费苦心与匠心。不过,此桥已非彼桥了,就像仿制品不论如何精美,也无法乱真一样。唐代的"廿四桥"究竟桥归何处？车过唐城遗址,世玮指着不远处残留荷梗的一汪水面说,考古队在那里发掘出一座桥的许多桥墩,认定原来的廿四桥就在那里。我将信将疑,二十四桥已经隐身于历史的烟雾与疑云深处去了,无可追寻,何必追寻？值得庆幸的是,杜牧的名诗却未曾遗失一个字,至今仍流传并芬芳在众生的嘴唇,而"廿四桥"呢,至今也仍美丽在杜牧的诗里,如梦如幻在读者的心中。

二

根据地下遗址的发掘和地上文物的记载,扬州在唐代就已经富甲天下,成为江南的经济中心,有"扬一益二"("天府之国"的益州也只能屈居其次)之说。唐朝中叶,扬州人口有四十七万,而今日扬州市区的人口也不过五十万左右。唐代扬州城区的规模远胜于现在的市区。历经刀兵水火人事沧桑,原来的城区已几经变迁,如今只剩下几处"唐城遗址",让人凭吊昔日的繁华,于风中或月下。我在扬州城的大街小巷穿行,入眼的虽多是现代的文明,但许多坚持死守的历史遗迹也令人悠然怀古。尤其使我眼睛一亮的,在城南居然还有"徐凝门街""徐凝门路"和一座"徐凝门桥",原来是重视文化的扬州人为了纪念中唐诗人徐凝,不知何时就将一座城门命名为"徐凝门"。古老的城墙与城门呢，早已磨蚀坍塌在岁月的风沙之中，但"徐凝门桥"却仍横跨在古运河之上，而以徐凝命名的宽阔的柏油马路，则令人想见一位古代诗人的现代荣光。

在唐代的众多诗人中，浙江建德人氏的徐凝是终生布衣的一位。他无权无势，但《全唐诗》却收录他的作品一卷，可见他的创作全凭实力，而非诗外的功夫。在李白的名作《望庐山瀑布》之后，他居然还敢"太岁头上动土"，也写了一首《庐山瀑布》："虚空落泉千仞直，雷奔入江不暂息。今古长如白练飞，一条界破青山色。"苏东坡对此诗颇不以为然，他的《戏徐凝瀑布诗》说："帝遣银河一派垂，古来唯有谪仙词。飞流溅沫知多少，不与徐凝洗恶诗。"对苏公我素所仰慕，但他称徐凝之作为"恶诗"，未免贬损太过，我不敢也不愿随声附和。李白的大作，确实是咏庐山瀑布诗的冠军，但冠军之外还应有亚军、殿军和其他的优胜者。徐凝之诗，清人马位《秋窗随笔》说它化自东晋孙绰《天台山赋》之"瀑布飞流而界道"，但同是清代的诗人而兼诗论家的袁枚，却认为徐诗的三四两句"是佳语"。照我看来，徐凝此诗绝非"恶诗"，而且还应属于"好诗"之列。当然，他的最好的诗，还是那首使他的诗名与名城同在的《忆扬州》：

萧娘脸薄难胜泪，桃叶眉长易得愁。
天下三分明月夜，二分无赖是扬州！

有人说此诗是忆念扬州的恋人，有人说是怀念扬州的美好风光。义有多解,调动读者欣赏的积极性参与艺术的再创造,是好诗常具的标志。以后一解而言,诗人将扬州比喻为月下美丽的少女萧娘与桃叶,而美好的月色天下三分,扬州就占去了两分,扬州之美美当如何?如此以人喻景,以景喻人,极写妙赞扬州,使得扬州更加名声大噪,从此永恒在徐凝的诗里,扬州人怎么不会投之以木瓜,报之以琼瑶,而以诗人之名作为城门之名呢?

"无赖"本来是江淮之间的方言,徐凝诗用其褒义,乃"可爱"或"喜爱达于极点"之意,后人多所沿用。如晚唐段成式《折杨柳》诗,就曾说"长恨早梅无赖极,先将春色出前林",而辛弃疾《清平乐》更是说"最喜小儿无赖,溪头卧剥莲蓬"。"三分""二分"这极而言之颇富创意的诗的数学,徐凝自己也似乎颇为偏爱,在以后所作的《上阳红叶》诗中又再次运算:

洛下三分红叶秋,二分翻作上阳愁。
千声万片御沟上,一片出宫何处流?

运算的美学效果虽不及《忆扬州》一诗,但徐凝的诗的数学影响却及于后辈。宋初词人叶清臣《贺圣朝》说:"满斟绿醑留君住,莫匆匆归去。三分春色二分愁,更一分风雨。"曾批评过徐凝的苏东坡,也应该承认得到过徐凝的教益,不然,他的《水龙吟·次韵章质夫杨花词》,怎么会有"春色三分,二分尘土,一分流水。细看来,不是杨花,点点是,离人泪"的妙句?更有依样画葫芦的,元代诗人萨都剌有朋友名李溉之,济南人氏,居大明湖上,于水中雍土而为亭,亭名"天心水面"。萨都剌在《寄李溉之》诗中说:"天下三分秋月色,二分多在水心亭。"对于为大明湖唱赞歌的萨诗人,济南人似乎至今都没有什么特殊的表示,不像扬州人给予徐凝以纪念式的礼遇,而此诗也并不广为人知,这,大约主要是效颦而非独创之故吧?清代康熙年间扬州才女有芳名陈素素者,她不管徐凝是否授权就自称"二分明月女子",其诗词集也名为"二分明月集"。不知这一集子流传至今否,反正我还无缘一读。而有缘一睹的是,道光年间书画家钱泳为员氏园林题写了"二分明月楼"的匾额,园林旧址在今日广陵路九十一号宅内。广陵路街道古旧狭窄,我们驱车而过时,世玮为我指点一处巷弄墙头写的"二分明月楼"字样,惊鸿一瞥,真正只能算是萍水相逢了。

世俗的心理常常不免以名取文,今日等而下之的甚至是以权势地位或关系利害取文,这样就埋没了许多无名或名声不彰的有才华的作者,让一些无名者的优秀之作有明珠暗掷之叹。名家的每一出手都超过非名家吗?李白是唐代独步天下甚至是整个中国诗坛的超一流高手,徐凝在唐时大约只能算是三流诗人,但李白数游扬州,也写了一些咏唱扬州的诗,然而均不及徐凝之作。超一流写出的有时是二三流之诗,二三流诗人竟然也可以超水平发挥,写出一流的作品,并且幸而未被湮没,此中消息,值得深思。

三

烟花三月到扬州,入眼的不仅是古城的春光美景,重温的不仅是诗人的旖旎辞章风流文采,还有许多佚事逸诗,让你感喟人情的冷暖与历史的沧桑,生发许多古今相通的联想。

扬州城内有一条石塔路。在邗江招待所前面的石塔路中央,矗立着一座五层石塔,石色苍古,像一位年高德劭的老者,向熙来攘往的人流与风驰电掣的车流,喃喃地诉说着如烟的往事与历史的苍茫。原来名为慧照寺的惠昭寺,在唐代乾元年间改名木兰院,因为唐开成三年(838)得古佛舍利,于寺内建石塔以藏,木兰院复改名石塔寺。一千多年的雨打风吹,寺已无存,遗址上如今取而代之的是邗江招待所,但石塔犹在,一千多年的往事于当世已然茫茫,于它却仍然历历,见到的,听到的,均一一深藏在它的心中。我来石塔路徘徊,已寻不到惠昭寺木兰院的半截残砖一片碎瓦,我问石塔听没听说过诗人王播的故事,檐间的风铃丁当摇曳,可惜我听不懂那吴地的古老方言。

中唐诗人王播是山西太原人,少年时孤而且贫,成年后不得已寄居于木兰院内就读并就食,也就是随僧"上堂"——听到钟声后便随众僧人上法堂去吃粥饭,勉强解决"温饱问题"。久而久之,众僧人对于这个穷苦的白食者便心生厌恶,加之他们没有先见之明,于是未能慈悲为怀,便做了一个恶作剧,钟照敲,但却运用了"时间差"——饭后再行敲打。待到肠子饿得铁青的王播匆匆赶去,早已"粥"终人散。这是对人的基本尊严的近乎致命的打击,王播的自尊心当然大受损伤,尴尬不已,幸亏他还会写诗,就在壁上题了"上堂已了各西东,惭愧阇黎饭后钟"之句,虽然即时做了这种自我心理治疗,但已无地自容,只好匆匆拂袖而去。不料"书中自有千钟粟",王播后来中了进士,官运亨通,非朝中要员,即封疆大吏,而且在三十年后的长庆元年(821)还官拜宰相,长庆二年复领淮南节度使,出镇淮南,驻节扬州。旧地重来,他当然百感交集,并要赋诗抒怀了。《全唐诗》中他存诗三首,全是写于扬州,如《淮南游故居感旧酬西川李尚书德裕》一诗中,就有"壁间潜认偷光处,川上宁忘结网时"之句,虽然英雄不问出身,但也不胜今昔之感。他还有《题木兰院(一作惠照寺)二首》:

三十年前此院游,木兰花发院新修。
如今再到经行处,树老无花僧白头。

上堂已了各西东,惭愧阇黎饭后钟。
三十年来尘扑面,如今始得碧纱笼。

三十年前,王播尚是一个穷酸的读书人,说不定还面有菜色,谁也料不到龙潜于渊,今后会那样飞黄腾达。三十年后,青衫早已换成华衮,出将入相,旧地重来时已是中央大员,一方首长。"官吏来时,惊天动地",今日古风尚存,何况昔时?他去木兰院视察工作,进行调研,属下吏员与寺内僧人诚惶诚恐,不仅修葺寺院,而且还将他的题诗之壁用碧纱笼罩妥加保护,以示对领导及其翰墨手泽的敬重。王播不仅写了前述的第一首诗,还继续施工,补续两句,三十年前因故成为"烂尾楼"的工程终于宣告全面竣工。那"三十年来尘扑面,如今始得碧纱笼"二语,在这自庆自嘲之词中,包含了多少值得细细玩味追寻的人生感慨啊!

从王播的诗中,可见某些势利者的众生相,而没有发迹者的报复心。"势利",是人性的弱点,也是人性中最为卑劣的习性之一,在某些人身上还简直有如注册商标。这种人对待他人,唯以职位权势为重(如今更加上"金钱")。在权势与金钱面前点头哈腰,媚态可掬,对无权无财或一朝失势者,则狗眼看人低或马上变脸。他人权势的大小,财富的多寡,加之境况的顺逆,位置的进退,决定他脸上的寒暑与阴晴。这种世态的炎凉,人情的冷暖,王播当时就深有领教,有切"肠"之痛,我们今日许多读者大概也不乏类似的体验。"报复",是社会普遍习见的一种心理与行为,尤以权柄在握者与亡命之徒的报复最为可怕,因为这两种报复最具杀伤力。当年王播的身心应该说受到"势利"的重创,此一时也,彼一时也,尽管僧人们已经白头,但他如果要施行报复,像有些心理阴暗狠毒无所不用其极者那样,同样可以找到冠冕堂皇的借口。莎士比亚说:"宽恕别人所不能容忍的,这是一种高贵行为。"万人之上的王播能不计旧怨,可见此公还真算是宅心仁厚。

　　王播去后,时间又过了一百多年,北宋的宰相寇准镇守陕西,他和布衣诗友魏野游于他们以前曾游览题诗的寺院,寺壁上寇准之作也早已是碧纱笼罩,而并列的魏野之作则"尘灰满面"。侍游的一位官妓于心不忍,便用红袖拂去魏野诗作上的灰尘,魏野立成一绝《题僧寺》:

　　　　世情冷暖由分别,何必区区较异同。
　　　　若得常将红袖拂,也应胜似碧纱笼!

在野的魏野本已闲云野鹤，有的是出尘之想而非人世之思，他实际上也受到损害，一般人处于此情此景，绝对颇为难堪，然而他却以幽默出之，拈花一笑。正如泰戈尔《飞鸟集》所说："尘土受到损辱，却以他的花朵来报答。"于是，在王播的诗作之后，我们今天还可读到这样一首闪耀慧光又不无浪漫的好诗。

四

王播所抒写的，还是对个人遭际的感喟，虽然从中也可以看到某些人性与世态，但毕竟有如一泓池水，没有阔大的波澜，而李商隐等人对于隋炀帝与有关历史的咏叹，则好像千顷汪洋，激起我们观今宜鉴古无古不成今的历史与现实的诸多联想。

隋朝末年，祖君彦代李密所写的讨伐隋炀帝杨广的檄文，其中的名句是："罄南山之竹，书罪无穷；决东海之波，除恶难尽。"这一鉴定当然是为隋炀帝量身定做，但何尝不适合古往今来的一切昏君与暴君？杨广在称帝之前，曾两次奉父皇隋文帝杨坚之命镇守扬州，那时国基未固，他自己也尚未到达权力之巅，还来不及彻底而迅速地腐败堕落，及至达到唯我独尊没有任何制约的权力顶峰，其残暴与腐朽也随之到达峰顶。他当皇帝后三次从洛阳来扬州寻欢作乐，最后一次是大业十二年（616）七月，这一次有来无回，大业十四年即被叛将宇文化及所杀。因为他与扬州有如此密切的因缘，所以诗人们咏叹扬州历史时不写到这个角色，似乎就有点离题，而我从湘楚之地远去扬州，除了扬州的美好风物，也是想一睹这个暴君的丧身之地，一听古代诗人敲响的警钟与丧钟为谁而鸣。

颇具史识史见的李商隐,也擅长抒写历史题材。他的七律《隋宫》非常有名:"紫泉宫殿锁烟霞,欲取芜城作帝家。玉玺不缘归日角,锦帆应是到天涯。于今腐草无萤火,终古垂杨有暮鸦。地下若逢陈后主,岂宜重问后庭花!"隋炀帝当年曾当面责问一旦归为臣虏的陈后主,指斥其荒淫误国,而后来他自己却又步其后尘,这真是历史的强烈反讽,李商隐写来更是笔挟风霜。然而,他的《隋堤》(又作《隋宫》),似乎更是以少胜多,以短胜长:

乘兴南游不戒严,九重谁省谏书函?
春风举国裁宫锦,半作障泥半作帆!

隋炀帝从洛阳到扬州,共造船八万艘,背纤挽船者共八万人。为他的龙舟背纤牵挽的也有九千余人,称为"殿脚",每条船还用一千多名少女,手握镂花雕金的纤板,肩背彩缆,在新栽杨柳的纤道上向前而行,而尽举国之力织成的华丽贵重的宫锦,一半做了垂在马鞍下遮挡泥尘的"障泥",一半则做了直指天涯的"锦帆"。如此奢华靡费,荒淫腐化,又堵塞言路,一意孤行,天下还能长治久安吗?

隋炀帝下令开挖从河南到扬州的运河,其本意就是为了南巡享乐。当时征调三百六十多万河工服役,河开到徐州,已死一百五十万人,到全河贯通之时,已死二百五十万人,占全部河工人数的三分之二以上。沿途还建造宫殿四十余座,又四处选美(今日各种形式之"选美",虽性质与形式有异,但由来久矣)和搜刮民脂民膏,以供自己淫乐挥霍。第三次到扬州后更是变本加厉,乐不思"洛",直至变生肘腋,呜呼哀哉。中唐时湖南诗人胡曾擅长咏史,有咏史诗一百五十首,后代之历史演义如《三国演义》等常加引用,他的《汴水》有道是:

千里长河一旦开,亡隋波浪九天来。
锦帆未落干戈起,惆怅龙舟更不回。

晚唐诗人皮日休对胡曾的看法没有举双手赞成,他的《汴河怀古》发表了不同的"诗"见:"尽道隋亡为此河,至今千里赖通波。若无水殿龙舟事,共禹论功不较多。"不过,用一句现代的习惯用语,"历史是不能假设的",荒淫亡国的杨广终于未能寿终正寝,先葬于吴公台下,唐太宗贞观五年(631),移葬于雷塘,在今日距扬州市十余里之北郊,属邗江县槐泗乡。炀帝陵本应大名鼎鼎,但我们问了许多路人,都莫名所以,最后还是世玮请他的女婿驱车前往,才到达目的地。进入陵园,左右两侧各是一塘绿水,这大约就是"雷塘"的遗存吧?在横向的土质祭台之后,一个高大的土堆寂寞在春风之中,土堆前的石碣上书有"隋炀帝之陵"的字样。游人寥落,我寻觅到这里,没有任何仰望之情,像现在许多美化帝王的影片所做的那样,而是去追问历史,烛照当今。古代没有政党,朕即国家,但腐败在古代虽无党可亡,却有国可败,帝王自己有时也难免杀身之祸。杨广当太子时,为了杨家的天下和自身的登基,还算有所作为,在扬州胡天胡地时,也并非没有自知之明,他曾照镜对萧后说:"我这颗好头颅,不知道会被谁砍掉。"而好舞文弄墨的他所作的《索酒歌》,似乎也一诗成谶:"官木阴浓燕子飞,兴衰自古漫成悲。他日迷楼成好景,宫中吐焰变红辉。"他在扬州所建的"迷楼",后来在兵乱中果然可怜一炬,顿成焦土,那熊熊的火焰是为他送葬的挽歌。明知会杀身亡国,但却仍然在荒淫奢侈腐败沉沦的道路上一条道走到黑,高度集权毫无监督就必然腐化堕落免不了败亡。这,也算是"不以人的意志为转移"吧?在隋炀帝陵前,我叩问人世的变幻,历史的苍茫,心中飞来的,还有晚唐诗人罗隐《炀帝陵》那如同警钟的绝妙诗句:

入郭登桥出郭船,红楼日日柳年年。
君王忍把平陈业,只博雷塘数亩田!

烟花三月下扬州。南朝梁殷芸《殷芸小说》:"有客相从,各言所志:或愿为扬州刺史,或愿多赀财,或愿骑鹤上升。其一人曰:'腰缠十万贯,骑鹤下扬州。'欲兼三者。"至于孟浩然当年为什么远去扬州,我已经无法去向他问个究竟了,我至少没有上述古人那种为官为贾为仙的宏图大愿。世玮是读书种子,也是业余作家,古道热肠的他张罗安排了我的扬州之行。扬州匆匆两日,我饱览了早春的风景,寻觅了往昔的诗踪,初识了天上可爱的扬州明月,温习了地上可惊的沉重历史。中唐诗人张祜是北方人,但他却热爱南方的扬州,也没有殷芸所说的那些人的三愿,不过,他真是与众不同,而且百无禁忌,竟然事先就为身后设想,其《纵游淮南》诗说:"十里长街市井连,月明桥上看神仙。人生只合扬州死,禅智山光好墓田。"我可不愿效法这位虽然浪漫却出言无忌且无吉的张祜先生。匆匆地我走了,正如我匆匆地来,虽然依依不舍,但我还是向扬州挥一挥手,连声说再见吧再见,因为我还要回长沙去写《烟花三月下扬州》这篇文章,何况我还有许多人生的预约还有待去一一兑现。

南 湖 春 夜

　　岳阳城南的南湖,我与她相识在整整三十年前。我见南湖多妩媚,料南湖见我应如是,从最初的惊艳到相知相亲,其间也有好几年岁月。当时我在湖畔的一所高等学校,即昨日的岳阳师范专科学校今日的湖南理工学院教书,宿舍就在南湖之旁,朝夕相对,呼吸相闻。深夜门户紧闭时,喋喋的波声总是常来打湿我的梦境,而黎明时窗棂乍启,蔚蓝的湖光则和金灿的阳光一起乘虚而入,提醒我生命又开始了新的一天。二十多年前一别之后,彼此各在天之一涯,我虽然也曾几度前去造访,但每次都是匆匆来去,旧梦还来不及重温,新梦就已经凉了。暮春三月,江南草长,不久前,我陪远来的香港友人黄维樑博士去湖南理工学院讲学,下榻在湖畔新建的南湖宾馆。白天观赏湖光,眺望现代化的脚步在远近扬起的红尘,晚上举杯邀月,在李白清超绝俗的诗句中神游,度过了几个难忘的南湖春夜。

　　南湖是洞庭湖旁的一个子湖。早在亿万斯年以前,洞庭湖就浩浩汤汤在今日的岳阳城之西了。在杜甫的吟咏以前,在春秋战国的杀伐以前,磅磅礴礴的水气与云气就蒸腾着云梦大泽,南连湘江北通汉水的洞庭湖方圆九百里,就是古代云梦大泽的一部分版图。在唐宋的鼎盛时期,洞庭湖的面积还广达六千三百平方公里,远胜于今日两千六百九十一平方公里的湖泊面积,"八百里洞庭"的英名与盛名,也于兹流传至今。有如一位富可敌国而又慷慨大方的富豪,随手撒落的都是闪光的珍宝,如同一位德高望重而又瓜瓞绵绵的老者,身边膝下簇拥着许多儿孙,洞庭湖水大气粗,在一片汪洋之外,所到之处还养育了许多子湖孙泊,好像众多的碧玉与珍珠。与洞庭湖相通而明媚在岳阳城南的这一汪碧水,她最早流溢着乳香的名字叫作"雍湢",后来又名叫"湢湖",因为湖在岳阳城之南,所以"南湖"又成了她通用的芳名。开元四年(716),贬于岳阳的张说修建了岳阳楼,他的《湢湖山寺》就挽留了唐代南湖的云影波光:"云间东岭千重出,树里南湖一片明。"清代岳州才子吴敏树,他的《湢湖寺》也思接千载:"湖在唐朝树里明。"至于李白的绝句,那就更是咏叹南湖的千古绝唱了。

岳阳虽是名都重镇,但三十年前的南湖还是一泓明净清幽,似乎还没有从李白的诗中醒来。大概是其孔有三而名为"三眼桥",一座建于明代的麻石之桥凌空于南湖的最窄之处,有如一首流行歌曲的名字"牵手",它伸出两条先是小路后是简易公路的手臂,把山野与城邑牵连在一起。湖的四周,除了山丘间疏落的农居,就是树丛里流行的鸟语,现代文明似乎还来不及前来入侵,而让从远古至当今从未迁移过的山丘,继续守卫那一汪碧蓝与宁静。那时新建的岳阳师范专科学校,就在桥南的荒山野岭间初辟草莱。当时湖上没有游船,只能在湖边游目,我和友人曾在三眼桥的立柱石狮旁留影,将目光抛向长天远水,去捕捉云影波光。

南 湖 春 夜

在明月照人来的晚上，我们当然也曾携手湖边对着镜光水月，一同吟诵李白的诗章，逸兴遄飞，凝望李白的诗句与月光一起在南湖的波心荡漾。

李白那时已经到了生命的暮年，但南湖却赠他以青春的诗句。李白曾多次光临岳阳，说是"光临"，真正是光辉临照，而非虚美之词。如果没有屈原之赋、范公之文、李杜之诗，岳阳城即使再多大厦高楼商场宾馆，那与其他的现代城市究竟有多少区别？怎能像今天一样遐迩闻名，成为民族文化的金库，文化品位的标尺与象征？李白与岳阳的初识，大约是他隐居湖北安陆而漫游江湘的那一回了，那次他曾和诗坛的另一位顶尖高手王昌龄初逢，时在开元二十七年（739）。年长李白三岁的王昌龄已经四十一岁，他们在巴陵相聚，在洞庭湖边相别，王昌龄曾有《巴陵送李十二》一诗相赠：

摇曳巴陵洲渚分，清江传语便风闻。
山长不见秋城色，日暮蒹葭空水云。

待到李白最后一次旧地重游，却已是上元元年（760）从流放夜郎途中遇赦归来。豪气干云的朝阳已经成为遥远的回忆，天生我才必有用的午日早已西斜，生命只剩下一轮怀才不遇而且为时已晚的落照。这时，触犯宦官李辅国而受到诬陷贬为岭南尉的族叔李晔，因故贬为岳州司马的贾至，均不期而至，相遇在李白的生命的斜阳里。他们与李白同游洞庭，互相唱和。李白本来就有一肚子的牢骚不平，何况又在酒精的鼓舞煽动之下？他在《陪侍郎叔游洞庭醉后三首》中不禁"醉后发清狂"，竟然发出了要铲平君山的呼喊：

划却君山好,平铺湘水流。

巴陵无限酒,醉杀洞庭秋!

真是怨气冲天酒气也冲天。不过,幸亏这虽然是李白心血早已来潮,但却是酒兴的一时勃发,否则真要将君山从湖上铲去,不但他同时所咏叹的"淡扫明湖开玉镜,丹青画出是君山"会不知去向,查无实据,也会要连累许多后辈诗人,使他们无法触景生情而生发出那么多奇思妙想,如刘禹锡的"遥望洞庭山翠色,白银盘里一青螺",如雍陶的"疑是水仙梳洗处,一螺青黛镜中心",如方干的"元是昆仑山顶石,海风吹落洞庭湖"。不仅如此,其严重影响还会波及今日岳阳颇为兴盛的旅游事业,因为少了一个游客纷至沓来的重要景点。白天是现实的,夜晚是想象的,当月光抚慰了他的愤意与愁情,而他的心境在良辰美景之中归于平复的时候,他的有关绝句也会像月光一样清新俊逸而轻柔远扬,这就是《陪族叔刑部侍郎晔及中书贾舍人至游洞庭五首》,其中的第二首专写南湖:

南湖秋水夜无烟,耐可乘流直上天。

且就洞庭赊月色,将船买酒白云边。

敏捷诗千首,飘零酒一杯。李白流传至今的诗约有千首,而对月与酒情有独钟,其中四分之一的作品写到月亮,三百多首诗与酒有关。酒使他忘忧,酒让他逃世,酒也令他追寻。而月呢?月使他驰骋自由的幻想,月让他有另一个心灵的天地,月也令他超越痛苦污浊的尘世而向光明高远的境界飞升。他的芬芳着酒香月色的南湖之诗,不也正是这样的吗?

数年前的秋日,台湾名诗人余光中有湖南之行,我和一些朋友曾陪他夜游南湖,去水中捞取李白的诗句。今春重来,则是和维樑与陈婕、余三定与朱平珍伉俪以及杨孟芳等友人联袂了。在落日弥留的时分,在追随李白将船买酒之前,我们先在南湖之畔的南湖广场漫步。这里原来远处郊外,冷落寒凉,而今摇身一变,仿佛一位朴素的村姑化成了衣袂飘飘的仙女,成了一座炫人眼目的广场。我们载驰载驱从长沙进入岳阳时,十车并驰的岳阳大道便向我们的车轮炫耀它的豪情与宽广了,我想如果李白重来,他当不会再浩叹"大道如青天,我独不得出"。而南湖广场呢?至少我在湖南境内还没有见到过这样气派豪华的广场,它一平如砥地摊开在南湖之旁,四周环绕银白的灯柱,当夕阳下班之后,接踵而来的夜便将广场装扮成一座水晶宫殿。那冲霄直上的喷泉纯然是豪放派的作风,使人想到豪气干云的壮士,而婉约在另一侧的别样喷泉呢,则低回婉转,雾鬟云鬓,使人不由忆及"风吹仙袂飘飘举,犹似霓裳羽衣舞"。周末之夜,常由不同的单位轮流举行"周周乐"文化娱乐活动,那时,广场则更是市民休闲的福地,旅客游赏的乐园了。在广场徘徊,我将同一问题递给外来的维樑和半个主人的孟芳:"如果李白再来,他会有什么感想呢?"

"李白的感受如何我不知道。但如果杜甫再来,他肯定会'白日放歌须纵酒',再也不会'凭轩涕泗流'了。"维樑说。

孟芳接过维樑的话头:"若是李白再来,还用得着到天上赊月买酒吗?见到这种疑是银河落九天的仙境,他早已酩酊大醉了。"

听过他们的回答,我虽有同感,却不免有些担心。湖上不知何时架设了索道缆车,还未正式开张即因少人问津而告停业,据说予以拆除也颇费周章和资本,所以多辆缆车数根钢索至今仍然休克在半空,继续大煞四周的风景,如果李白见了,不懂现代科技的他不知会提出什么疑问?南湖宾馆包括一群建筑,虽是近水楼台,但几座楼厅内外居然看不到一首李白歌咏岳阳与洞庭的诗。而南湖广场有那么多优良的硬件设施,却没有一座李白的雕塑,也没有请一位书法名家,将李白咏南湖的诗篇龙飞凤舞在广场之上,以提高广场的文化品位,显示独此一家,并无分"场"——此广场不同于天下任何其他的广场。李白素来傲岸不谐,虽然时间已过去千有余年,但他的脾性恐怕还是江山易改,本性难移,如果他唐衫一袭飘然而来,见到后代儿孙对他的疏慢失礼,会不会拂袖而去呢?

大家随后从船坞登舟,去湖上寻觅和重温李白的诗句。湖边有几束聚光灯掀开夜幕,将明亮的光柱钻向黝黑的夜空,它们是想去追踪李白乘流上天的背影吗?船到湖心,月上中天,举目环望,我们才惊觉李白当年见到的景色,至少已经遗失了一半。南湖的面积已远不如当年浩阔,任你怎么幻想或狂想,也无法再乘流直上青天。湖边靠近城厢的部分,那弯弯的大理石堤岸上镶嵌了许多银色的圆灯,当夜色将圆灯点亮,它们便赠给南湖一弯亮丽的珍珠项链。湖岸高处,依次是流光溢彩的南湖宾馆,亮金耀银的南湖广场,和霓虹灯管彩色灯泡装饰屋檐墙脊的酒楼茶肆。而南湖面临乡野的部分,还是由几抹浸入夜色中的山影,守望着半湖月色和半湖幽寂。我们的船荡近山边,除了树丛深处的山坳里有几盏孤灯仍在守夜之外,就只有地老天荒的蛙声阁阁虫声唧唧了,青蛙与草虫是这里世世代代的原住民,它们大概是不知有汉无论魏晋吧?这时,李白的明月早已圆在当空,把它的清辉装满我们一船,我们在机帆船而不是李白乘坐的一叶扁舟上扣舷而歌,分别长吟高唱李白的南湖之诗,苏轼的明月之词。旅美台湾诗人彭邦桢也心仪李白,与我曾有文字之缘一面之雅,其名作《月之故乡》经大陆多位作曲家谱曲而广为传唱。这位老诗人于我们来岳阳之前不幸去世,"天上一个月亮,水里一个月亮。天上的月亮在水里,水里的月亮在天上……",由陈婕与平珍领起,我们一起合唱这首名诗与名歌,也算是因月生情,聊表纪念。月光下,歌声中,我们还有一番湖上的夜谈与对话。

"南湖真美!东湖是武汉的,西湖是杭州的,而南湖是岳阳的,南湖是湖南的南湖!"刚刚从南国的红尘闹市中远来的维樑,似乎被月光与湖水迷醉了,他口中的"南湖"与"湖南"也颠之倒之起来。

"南湖之夜,半岸是现代,流金耀眼,宛如海市蜃楼,使人有人世之思;半岸是古典,宁静幽远,好似王维的绝句,令人有出尘之想。不知你们喜欢南湖的哪一半?"三定在湖畔的湖南理工学院担当方面之任,朝于斯而夕于斯,谈起南湖之夜,他当然别有会心。

我悠然回首,不免怀旧:"我已年华向老,而南湖却永远年轻。我最珍爱的,还是三十年前那个初识的南湖!"

当代的岳阳,也许是得江山与人文之助,在商风劲吹之时,文风依然旺盛,作家众多而被美称为"岳家军",而乡土诗人孟芳就是其中出色的一位。他忽发奇想,不脱诗人本色:"可惜今晚没有携李太白的诗集来,不然夹一片南湖的月光带回去,不仅会照亮我的心房,也会照亮我的书房啊!"

水光接天,我们纵一苇之所如,高谈快论。而风吹湖上,波唇浪舌在船边说些什么呢?是在向我们叙说千年前的往事吗?一千二百多年以前,暮年的李白告别南湖沿大江东下之后,就再没有回来。他如果旧地重来,就不要再说"划却君山好"了,我们会陪同他,水浅之时,就乘汽车经横跨洞庭湖上的亚洲内陆第一长桥洞庭湖大桥前去君山,水深时呢,则可在岳阳楼下乘快艇疾驶,三十里水程即发即至,真正是扁舟破浪,不亦快哉。他如果重来旧地,也不要在南湖辛辛苦苦地将船划到白云边去买酒了,今日岳阳有的是好酒,本地产的名牌就叫"屈原酒",即使他渴如长鲸饮百川,何劳他自己破费,他是诗国巨星,有的是"追星族"为他"埋单"。至于月色,也不必去赊了。我们会在月明之夜为他举行一个月光晚会,我也会约已去远方的友人旧地再来,去湖畔桥边拾起遗落已久的青春岁月,听我在晚会上当面向他诵读,诵读这篇新写成的《南湖春夜》。

岳阳楼上对君山

　　岳阳楼之西侧,东洞庭湖的波心,耸立着一座名山。亿万斯年以来,它就秀丽奇幻在过路的风声寄宿的鸟声骤至的雨声和永恒的涛声中了。本来无名无姓,据说秦始皇南巡,阻风于洞庭此山,他就称之为"洞庭山",而世人却不予理会,径自以"湘山"与"君山"名之。而"君山"的名号最为流行,这大约是源自《楚辞》所写的湘君湘夫人的传说吧?北魏郦道元《水经注·湘水》追记说:"是山湘君之所游处,故曰君山矣。"

　　在我生命的旅程中,岳阳楼畔曾有我居停数年的驿站。风晨月夕,我曾无数次地与君山隔湖相望,也曾多次渡水相寻,但却始终没有片言只字记及与它的山情水谊。因为唐代的诗人,不论是暂居巴陵,或者匆匆作客,都免不了在岳阳楼上引颈西望,和君山眉来眼去。那些眉目传情的绝妙辞章,今日已经成为传诵不衰的经典。我只能袖手而旁观,从旁欣赏他们如何向君山传情达意,怎样先后在同一题材上各显身手。

一

首先登场的是初盛唐之交的张说,时在开元三年(715)。

张说祖籍河东(今山西永济),因迁于河南洛阳故又称洛阳人,与原籍长沙出生洛阳的我,算是半个同乡。他官高丞相,封燕国公,朝廷重要文件多出其手,与许国公苏颋并称为"燕许大手笔"。贬官岳阳三四年间,作诗百余首,自编为《岳阳集》,诗风凄婉而不乏情韵,与他以前写得很多的应制奉和的官样文章大不相同。元人辛文房在《唐才子传》中早就说他岳阳之作曾"得江山之助",从中可见个人遭际、自然环境与诗文创作的关系。他早期居庙堂之高的作品读者不多,处江湖之远来岳阳后的诗作却可圈可点者不少,尤其是《送梁六自洞庭山作》,更使人神清意远:

> 巴陵一望洞庭秋,日见孤峰水上浮。
> 闻道神仙不可接,心随湖水共悠悠。

英国美学家布洛认为:审美距离产生美感。唐诗人似乎早已深谙此道,他们写君山多非状实地来游,而是远距离取景抒情,张说就是如此。在同辈兄弟中排行第六的潭州(今湖南长沙)刺史梁知微是他的友人,经岳阳去长安入朝,时当秋日,张说作此诗相送。在洞庭秋色一望无边的阔大背景上,四面环水的孤立而孤独的君山,便兀立在远眺者的望眼之中,这在构图上是平面加立体。君山自古就号称"神仙窟宅",盛产山珍也盛产神话传说。据说王母娘娘的银簪就失手掉落湖中,黄帝也在那里建台铸鼎,鼎成之后便成仙飞升。山浮水上,而水下据说有金堂华屋数百间,是神仙们的安居工程。神仙们爱好音乐,是音乐的"发烧友",经常举行演奏会,"四时闻金石丝竹之声,彻于山顶"(东晋·王嘉:《拾遗记》)。如果好事者要去山上水中寻根究底,恐怕只能是乌有子虚,顶多是事出有因,查无实据,那样一来诗意也就荡然无存了。聪明的张说用"闻道神仙不可接"一语宕开,而结句的"湖水"与首句的"洞庭"首尾环合,不仅使全诗构成了一个完美的艺术整体,而且心潮与湖潮一同澎湃,送别友人之情,心系君山之意,便都尽在不言中了。

君山离岳阳城三十华里,湖阔浪高,古代舟楫不便,不像现在不用扁舟破浪,而有巨轮横渡,快艇飙风,但张说身为岳州刺史,乃地方最高行政长官,去君山一游的领导意图,自有左右妥为安排贯彻。"靡日不思往,经时始愿克",有他的《游洞庭湖湘》一诗为证。令人起幽邈之思的神仙呢?在这首诗中坐实为"空言闻莫睹,地道窥难测"的乏味实写。长达三十二句的长诗细写君山的游踪见闻,远不及上述二十八字的绝句韵味悠长。

张说此诗,是初唐至盛唐的历史转型期的七绝代表作,是湖上的山神定调的,全诗在凡尘与仙界之间。晴天丽日之下,往日我多次在岳阳楼头凭栏望远,心醉神驰于张说之诗。湖上风来,似有衣袂窸窣之声,我不禁蓦然回首,真怀疑张说是不是已悄然远从唐朝而至,微笑着站在我的身后。

二

何日君再来？张说没有再来。但他去后约四十余年，大诗人李白大驾光临。

在激烈的宫廷政治斗争中，只有书生意气浪漫情怀爱国热情而独独缺少政治经验与权术的李白，晚年生平唯一一次参军就站错了队，投身永王李璘的幕府而得罪了唐肃宗李亨。李亨对正宗手足之情尚且不顾，何况在他心目中属于"另类"的李白？长流夜郎，没有斩立决就算天恩浩荡了。上元元年（760），李白遇赦放回，当年秋天，他重游巴陵旧地。江山易改，本性难移，少不了诗酒流连，友朋唱和，虽然生命已暮色寒凉，但他心中仍有如今日流行歌曲所说的"一把火"。

我们的诗仙有不世之才、凌云之志，但一生却坎坷不遇，晚年还成了一名政治犯，饱尝铁窗风味与流放之苦，他心中的苦闷与愤懑可想而知。于是，在《陪侍郎叔游洞庭醉后三首》这一组诗的之三里，他不禁酒后吐真言与狂言："划却君山好，平铺湘水流。巴陵无限酒，醉杀洞庭秋！"李白有气，君山无辜，前人还说什么"划却"两句可以与杜甫的"斫却月中桂，清光应更多"匹敌，但幸亏划却君山只是李白一时的酒后失言，而且他有言论没有行动，没有造成法律上可以追究的事实过失。本来可以理解，而且应该原谅，何况他酒醒之后也自觉不妥，在《陪族叔刑部侍郎晔及中书贾舍人至游洞庭五首》中，专门以最后一首作为修正，并向君山表示歉意：

帝子潇湘去不还，空余秋草洞庭间。

淡扫明湖开玉镜，丹青画出是君山。

"帝子"，即尧之女舜之妃的娥皇女英。余秋雨在岳麓书院讲学时，自称"湖湘文化"要在湖南大学礼堂讲四个小时才讲得清楚，但他的散文《洞庭一角》，居然将娥皇女英糊涂为舜的两个女儿。舜南巡卒于苍梧之野，葬于湖南零陵九嶷山，即今日永州市宁远县境。二妃追寻至洞庭，哭竹成斑而逝，至今君山东麓尚有"虞帝二妃之墓"。往事已成空，空成时间长风中的缥缈传说，只剩下洞庭湖的山巅水湄秋草青青。李白来时也是秋日，"淡扫明湖开玉镜，丹青画出是君山"，湖为明镜，山似画图，这位绝代大歌手的嗓子是上天赐予的，所以一派仙家气象，一片钧天广乐。此曲只应天上有，后来的诗人都不得不仰面侧耳，倾听他千古长传的歌声。

自然之美是天恩，艺术之美是人惠。我曾经徘徊在岳阳楼畔，伫立于洞庭湖边，手捧锦绣华章，面对浩茫湖水，将李白之诗与洞庭君山两相对读，读作者的诗魂，读湖山的神魄。李白与洞庭山水，在历史性的相逢中各成千古，留给后人的都是眼睛的盛宴，精神的福音。相看两不厌啊，山水千秋，艺术永恒！

三

李白离开岳阳之后五十多年，后起之秀刘禹锡接踵而至。

刘禹锡与湘楚的缘分很深。他贬逐南荒二十年，近十年就是在朗州(今湖南常德市)司马任上,而东徙西迁的二十年间,他来去洞庭有文献可考的就有六次之多。长庆四年(824)八月,他由四川夔州(今之奉节)刺史转安徽历阳(今和县)刺史,道经岳阳,季节正是秋日。他除了写有一首七言长诗《洞庭秋月行》,更有一首七言短制《望洞庭》:

湖光秋月两相和,潭面无风镜未磨。
遥望洞庭山翠色,白银盘里一青螺。

张说和李白虽然都写过秋天的洞庭君山,但那均是白天,高手在前,前辈在上,刘禹锡大约不想再于白天去和他们争一日之短长了。艺术贵在创造,宁吃鲜桃一口,不吃烂杏一筐。于是,他在夜晚而且是秋天明月掌灯的晚上去一试身手,开辟属于自己的天地。他取得了空前的成功,一诗既成,历代的围观者无不"掌声响起来",至今都没有退潮。

天上的明月之光,地上的湖水之光,上下天光空明澄澈而宁静和谐。使它们握手言"和"的另一重要条件是"无风",如果"朔风怒号",那就会是"浊浪排空"的另一番景象了。刘禹锡曾有一首《磨镜歌》,此处的镜之"未磨",正是千里洞庭水波不兴而水气迷蒙的景象,可以与《洞庭秋月行》中的"孤轮徐转光不定,游气濛濛隔寒镜"的描写互参。月到中天之夜,我曾和岳阳的梅实、余三定等学生兼友人登上君山最高处海拔近七十米的峰头,举目环顾,月光精心铸造的银盘已经完工,正和盘托出,我们真正置身白银盘里,更加佩服刘禹锡的灵心妙喻。《全唐诗》此诗第三句作"遥望洞庭山水翠",句下补注"一作山翠色",许多选本均作"山水翠",或作来历不明的"山水色"。我实地体味,以为还是作"山翠色"为佳,因为结句以"白银盘"之妙喻喻湖面,以"青螺"之妙比比君山,如再说水之"翠",不唯分散笔墨,焦点不集中,而且与"白银盘"相悖。"山水翠"应是传抄中出现的异文,正如《全唐诗》在"白银"之下又注曰"一作云"。"白云盘"自然也说得过去,但却比"白银盘"差之远矣,"云"字也该是传抄中因音近而手误。可惜斯人已杳,手稿也无存,我已无从向作者问讯并请教了。

老去的是红颜和生命,人面不知何处去;不老的是绝妙好辞,千年之后仍然和高空的秋月一起,圆满闪亮在我们的心头。

四

刘禹锡的君山是清超绝俗的,雍陶的君山是清丽出尘的。

刘禹锡遥望洞庭而怦然心动时,四川成都人氏的雍陶年方弱冠。他后来也曾快游岳阳。此情可待成追忆,有《望月怀江上旧游》一诗为证:

往岁曾随江客船,秋风明月洞庭边。
为看今夜天如水,忆得当时水似天。

他何时来巴陵作客已无可查考,但从此诗的"秋风明月"来看,与前述的诗人一样,不约而同也是秋日,而且距刘禹锡的秋天不会太远。刘禹锡的君山诗已众口喧传,恃才傲物自比谢朓的雍陶,要怎样才能不重复前人而且力争后来居上呢？他的诗心与雄心见之于《题君山》一诗：

烟波不动影沉沉,碧色全无翠色深。
疑是水仙梳洗处,一螺青黛镜中心！

李白是参天大树,刘禹锡也是铁干虬枝,从"镜"与"螺"的意象,可以看到前辈的浓荫,仍然覆盖在雍陶的肩上。但雍陶毕竟创造了一个既有承传又天地更新的艺术世界,他没有正面写君山而只是描绘君山的倒影,而且将君山与成仙的娥皇女英的神话传说结合在一起,君山竟是女仙于水中梳洗的螺髻。仙家日月,诗人妙想,令人疑幻疑真,连神志都有些不清不明了,难怪千年后的诗人余光中,在台湾荡舟时竟划入了幻境："那就划去太湖,划去洞庭／听唐朝的猿啼／划去潺潺的天河／看你濯发,在神话里。"(《碧潭》)

自从雍陶以君山拟人之后,效颦者络绎而来,如北宋黄庭坚说："满川风雨独凭栏,绾结湘娥十二鬟",南宋陈与义说"惟有君山故窈窕,一眉晴翠向人浮",明人杨基说"君山一点望中青,湘女梳头对明镜",清人杨世庆说"我闻君山有螺髻,妆成龙女凌波立"。他们虽然各立门户,独家经营,但他们的重要资本,却都是从雍陶那里隔代借支而来,而且借条也没有开具一张,本金尚且如此,更不要说偿付利息了。

雍陶的《题君山》宛如一支洞箫,这支洞箫是水仙给的。箫声幽远清扬,连鱼龙都要跃起倾听。一千年后的我也曾趺坐湖边水湄,遥对君山而听得如痴如醉。

五

以上几首诗的作者都非常明确,没有疑义与争议,但另一首写君山的诗,却有两位同时代的诗人同时享有著作权。如果是平庸之作倒还罢了,价值菲薄的东西即使拥有也没有意义,但偏偏那是一首石破天惊的上选之作,像顶级的钻石一样价值连城:

曾于方外见麻姑,闻说君山自古无。
元是昆仑山顶石,海风吹落洞庭湖!

君山的身世究竟如何,当代的地质学家与考古学家自然会有科学的论说,而此诗作者的看法与现代科学相距甚远,他落想天外,竟于尘世之外见到三观沧海化桑田的麻姑。这位德高望重的资深仙人当然见多识广,"君山自古无"言之凿凿,那时混沌还未初开,乾坤还未始定吧?但君山后来又是何所从来呢?一波三折之后,麻姑才给出答案:原来是天地之作育,造化之神功,它是神仙遨游之所昆仑山顶的一块巨石,被浩荡海风吹落于洞庭湖中。人类社会中如果将人神化,必然带来灾难性的恶果;而诗人将山神化呢,带来的则是富于奇趣的美谈。将人捧上神坛,收获的是造神之后的苦难;将山送上神坛呢,馈赠的则是美丽奇幻的想象。这首诗一派天风海雨,一色幻境奇情。作者的灵感是神仙给的吗?凡人如我,就曾在这首诗的奇美的世界里,做过多次几乎不知归路的神游。

此诗的作者,许多诗选本都署名"方干",题目是《题君山》,他是唐代中晚期之交的作者,睦州青溪(今浙江淳安)人,以诗名著江南,"吟成五字句,用破一生心"就是其名句。但此诗也传为"程贺"所作。程诗人生卒年里均不详,他于中和二年登进士第,生平事迹见于《北梦琐言》《唐诗纪事》诸书,说他善诗而以《君山》一诗名世,时人称为"程君山"。《全唐诗》在他名下也收录此诗,文字略有出入:"曾游方外见麻姑,说道君山自古无。云是昆仑山顶石,海风吹落洞庭湖。"孰是孰非,让方干与程贺去对簿公堂或私下了结吧。千载时光都已过去,人生苦短,世事纷繁,这一桩"诗案",我是管不得那么多的了。

君山出题,诗人们目接神游,交出了他们各有千秋的答卷。答卷从风中来,从涛声中来,从月色中来,从水光山影中来,从神话传说中来,从他们遥望的眼睛中来,从他们诗意的心灵中来。它们告知宇宙乾坤,告诉书册历史,告示同时代人和后代人:八百里洞庭湖上,美丽奇幻着一座永恒的青山!

江 南 绝 唱

我住长沙市城北之边境。虽说是边境,但也已人烟稠密。如果在唐代,我今日居留之地当是远在北面城门之外的乡野。现在所能见到的最"年高望重"的长沙地图,是明崇祯十二年(1639)绘制的"长沙府属总图",小小的长沙,四面被古城墙与古城门联手围住。抚图追昔,联想到除了天心阁一隅城墙旧存城楼新建之外,其他厚重的古城墙与高峙的古城楼,都早已化为缥缈的历史云烟,城外绕郭而流的护城河,也已经成为白天车水马龙晚上华灯怒放的通衢大道,令人感慨时光真可以将江山人事修改得面目全非。唐代的"大历"年间呢?距崇祯末年又已八九百年。大历三年岁末到大历五年夏日,由蜀入鄂而复入湘的杜甫,在湖南漂泊三年,一叶孤舟寄泊在南门之外的南湖港,如一片饱经风雨行将萎谢的浮萍。他的约百首湖湘诗,就是在湘江的涛声伴奏中写成,到今天已经过去了一千多年。岁月虽然早已把一切收拾得干干净净,但它匆匆来去时是否还有一星半点的遗漏呢?南湖港仍然无恙吗?那里还有杜甫哪怕一点点陈踪旧迹可寻吗?

在一个细雨绵绵的秋日,我和内子缇萦穿城而过,由北门之外而南门之外,路经唐代的"潭州官署"与"长沙驿",即今日南门口的上下碧湘街一带,目的是去南湖港寻觅杜甫的遗踪,一半是追怀往哲,一半是感慨当今。

唐代的南湖港又名东湖,原为长沙城南湘江东岸的一条支流,逶迤与妙高峰南侧的老龙潭相连,城东则与浏阳门外的护城河相通,也是古之"船官"——管水运造船事业部门的所在地,郦道元在《水经注》中所说的"湘州商船之所次也"。中唐时曾在湖南转运府任职数年的诗人戴叔伦,在《暮春游长沙东湖赠辛兖州巢父二首》之一中说:"湘流分曲浦,缭绕古城东。岸转千家合,林开一镜空。人生无事少,心赏几回同。且复忘羁束,悠悠落照中。"宋代以来,南湖港逐渐淤塞,明代修浚未竟全功,崇祯年间《长沙府志》中的"长沙府图",于城南仍标有一湖名"南湖港",与湘江相通。清初重修,复成为船舶云集的港区,至近现代遂全部干涸湮没。从杜甫的诗中遥想当年,南湖港一带可谓风光如画,画中有绿柳摇烟,桃花似火,碧波铺镜,众鸟鸣春。千年之后我们重来,南湖港早已不知去向,只有江边的大街小巷密如蛛网,高楼低屋挤得风都不便通行,废弃的铁道边堆积的黑煤高如山丘,沿岸的沙石场布下的仿佛是现代的八阵图。我们前寻后觅,左冲右突,终于从一条大名也叫"南湖港"的小巷中突围而出,在尽是沙堆与屋宇的江堤上找到一块立足之地,聊以做片刻之登临览胜,抚今追昔,念天地之悠悠。

安史之乱中漂泊西南天地间的杜甫,以五十七岁的老病之身,挈妇将雏,乘一叶孤舟从川出峡,顺长江而下,于大历三年(768)岁末到达岳阳。在写出《登岳阳楼》这一湖湘诗的开卷名篇之后,远承《离骚》的"济沅湘兮南征"的遗意,在《南征》一诗的歌韵里,他于次年春日自岳州南往又名长沙的潭州,居无定所的铁锚,在长沙城南的南湖港边系定。除了一度往衡阳去寻访老友韦之晋刺史而不得,一度因潭州兵马使臧玠之乱而逃离长沙,他晚岁在湖南三年,大部分时间均在长沙的船上度过。其间因为疾病缠身,不便水居,也曾在南湖港边租住过一处阁楼,所以他的诗除了抒写舟居感喟之外,也有几首诗提到了他暂栖的江阁。前者如《燕子来舟中作》:"湖南为客动经春,燕子衔泥两度新。旧入故园尝识主,如今社日远看人。可怜处处巢居室,何异飘飘托此身。暂语船樯还起去,穿花贴水益沾巾。"由物及人,咏燕即是咏己,前人早已说过"满纸是泪";后者如《江阁卧病走笔寄呈崔、卢两侍御》:"客子庖厨薄,江楼枕席清。衰年病只瘦,长夏想为情。滑忆雕胡饭,香闻锦带羹。溜匙兼腹暖,谁欲致杯罂?"以杜甫的成就与声名,生当今日,处处都可以作为座上的嘉宾或宴会的贵宾,但当年他既非政坛要人,也非商场大款,僵卧江楼,生命已是暮色苍茫,不仅远远没有"脱贫",连全家起码的温饱问题都没有解决,只能以诗代简,请求在湘的亲友接济。南湖港与港边的江阁啊,杜甫在其间度过了他生命最后的岁月,那里不仅是一方宝地,而且也应该是一泓圣水,我们作为华夏儿孙,又是长沙子弟与诗国的朝香者,怎么能不将南湖港藏在自己的心中呢?

伫立在"南湖港"小巷尽头的湘江长堤上,我纵览两岸,俯仰古今。不远的下游,是朱熹与张栻来往于岳麓书院与城南书院会讲而得名的"朱张渡",再往下便是众生西去东来的要津"灵官渡",即杜甫多次往返湘江两岸并写入诗中的"临观渡"。临观渡对面即是砥石中流而相看两不厌的橘子洲头,距湘江西岸不远而巍然峙立的,就是杜甫多次登临与咏唱过的岳麓山。而今,橘子洲依然在湘江的中流击水,岳麓山依然在高处眺望尘寰,即使是临观渡与朱张渡,也尚有依稀的遗迹可寻。然而,南湖港却早已旱为一片陆地,连原来的老龙潭都摇"水"一变而为宽大的"白沙路"了。当年的湖面上,现在坐镇的是鳞次栉比的楼房,当年的潭面上,现在游走的是奥迪与奔驰,再也看不到杜甫的那一叶帆影,再也找不到他的江阁和窗口那一朵暗淡的求援的灯光。历史以快板与慢板交错前行,已历时千年有余的岁月,这里已再无杜甫的遗迹可寻了,也没有多少人知道这一隅湘山楚水,曾经迎候过一位伟大的走投无路的诗人,和他那满载风雨和忧患的孤舟,只有被水浸湿的地名"南湖巷""南湖港"和"南湖路",还可让知情者与有心人临风怀古。

然而,时间可以像一个作案的高手,把现场收拾得了无痕迹,却不能盗走长留天地间的真正优秀的诗篇,虽然历经沧桑,杜甫一百余首湖湘诗却完好无损地流传到今天。我在江堤上俯对滔滔江水,仰对浩浩长天,放声朗诵的是杜甫少年的幻梦,中年的国恨,暮年的哀愁,朗诵他对美好往日的追怀,对国事与生命均已临近尾声的悼惜,特别是那首写于大历五年(770)暮春的赫赫名篇戛戛杰构《江南逢李龟年》:

岐王宅里寻常见,崔九堂前几度闻。
正是江南好风景,落花时节又逢君!

江南绝唱

李龟年是唐玄宗时代首席宫廷乐师,用今日的语言,就是著名的音乐大腕,善歌,又擅长羯鼓与筚篥,当年唐玄宗宣诏李白立成《清平调》三章,就是由李龟年"持金花笺宣赐"和谱曲的。郑处诲《明皇杂录》说他:"特承恩遇,于东都(洛阳)大起宅第,僭侈之制,逾于公侯。宅在东都通远里,中堂制度,甲于都下。其后龟年流落江南,每遇良辰胜赏,为人歌数阕,座中闻之莫不掩面罢酒。"岐王李范,唐睿宗第四子,其宅第在洛阳尚善坊;崔九,即甚得玄宗重用的殿中监崔涤,其宅第在洛阳遵化里。他们的宅第厅堂,是当时洛阳的会演中心和文艺沙龙。出生在河南巩县的杜甫,少年时寄居于洛阳姑母家,以文坛新秀的身份与老一辈名流交往,正如他在《壮游》诗中所说的"往年十四五,出游翰墨场,斯文崔魏徒,以我似班杨……脱落小时辈,结交皆老苍",颇得前辈赏识。杜甫曾多次在岐王宅、崔九堂听李龟年鼓乐和歌唱,当时正是开元盛世,国运如日之方中,他自己也青春年少,如雏鹰之刚刚展翅。不意似乎只是在转瞬之间,便国事已非,而他也徒伤老大,生命的破旧马车也跟跄到了最后一个驿站。李龟年于安史之乱中奔窜潭州,待杜甫来时,他已流落南方多年,诗云"逢"而没有说"赠",他们应是在一次宴会或聚会上邂逅的吧?双方百感交集的心境与表情,我们今日仍不难想见。这首绝句前两句是忆昔,后两句是伤今,两者互为映照与反衬。风景不殊,而举目有山河与身世之异,"正是江南好风景",是所谓"以乐景写哀",本来是南方美好的春天,然而与李龟年数十年后的重逢相聚,却已是落花时候。"落花"既是时令的写实,也是国事与生命的象征,以此收束全诗,今昔之感、盛衰之悲,国事的沉沦,年华之迟暮,时代的变迁,个人的感喟,那种无可奈何花落去的历史感与沧桑感,被寥寥二十八字一网打尽而又余韵悠然,刺激读者审美再创造而联想不尽。

　　杜甫流传至今的诗作一千四百余首,其中五绝三十一首,七绝一百零七首,约占全部作品的十分之一。他前期全神贯注于歌行与律诗,很少分神涉及绝句,四十八岁入蜀后,绝句在他笔下才纷纷如花之开。但在湖南的三载春秋中,他只于逝世那年写了一首绝句,有如落潮时掀起的最后一个巨浪,即《江南逢李龟年》,这是他绝句的压卷,生命的绝唱,也是对后代的垂范。自此以后,中唐的诗人们才追踪他的足迹,把笔触伸向开元天宝的遗民如曲江老人白头宫女,继续演绎怀旧伤昔这一传统的主题,像不同的剧团与演员,演出同一个保留剧目。不过,在湘江的长堤上高吟默诵杜甫的绝唱,我心中还有一个疑问挥之不去。杜甫经历了那个天崩地坼的时代,国家由盛而衰的根本原因,是统治集团的骄奢淫逸导致的极度腐败,古今中外,概莫能外,杜甫对此不可能没有痛切的感受,"朱门酒肉臭,路有冻死骨",就是形象的表现与证明。那么,"岐王宅里寻常见,崔九堂前几度闻",除了"闻见"李龟年的歌唱演奏之外,他还"闻见"了什么呢?例如上有所好,下必甚焉。唐玄宗中后期耽于逸乐,五代王仁裕所著《开元天宝遗事》,就有岐王香肌暖手的记载。当时没有热水袋,更没有电暖气,冬天不喜烤火又思不能无邪的岐王,总是把手放到漂亮歌姬的怀中取暖,这和申王风雪中叫歌姬围在一起,自己坐在当中保暖而称为"妓围",杨国忠如法炮制称为"肉屏风",都是唐代统治者骄奢淫靡殃民败国的明证。崔涤也是得宠的权贵,出入禁中,诸王宴饮他可以直入其席,其炙手可热可想而知。杜甫当年是不是也"见""闻"了上述种种呢?他暮年的回顾之作,是不是有什么弦外之音呢?引人联想是好诗的标志,浮想联翩也是读者的权力,但是,如果杜甫魂兮归来,能当面告诉我们就好了,可惜斯人已逝,向我诉说的只有千年依旧的拍岸涛声。

中唐的李端,是"大历十才子"之一,后来隐居南岳衡山,自称"衡岳山人"。安史之乱平定后,李龟年回到北方,李端有《赠李龟年》五律一首:"青春事汉主,白首入秦城。遍识才人字,多知旧曲名。风流随故事,语笑合新声。独有垂杨树,偏伤日暮情。"诗写得算不错,他比杜甫多用了十二个字,但内涵的丰富与诗味的隽永却远远不及。在长堤上徘徊,在杜甫的千秋歌韵和湘江的千古涛声里,我不由感慨当今。杜甫当年在四川漂泊了六七个年头,其中有几年是在成都度过,而今成都有历史悠久颇具规模的"杜甫草堂"供人瞻仰。长沙呢?清初以来就有人呼吁建立"杜甫草堂"或"杜甫江楼",康熙举人秦文超甚至写了一首五律预致贺忱:"少陵游岳麓,风采映湖湘。应有精灵聚,非徒风雅长。林泉真可托,花鸟亦难忘。梦寐吾将老,高吟到草堂。"可是时至今日,仍是一纸空文。今日的长沙,据说要建成全国的文化名城和与国际接轨的现代大都市,高楼触天,宾馆遍地,所谓十大建筑的评选也在进行,可是却没有一处纪念地来安顿杜甫流浪的诗魂。如果杜甫有知,他不仍然会像在《发潭州》诗中所写的那样,喟然长叹"名高前后事,回首一伤神"吗?

当年在长沙,杜甫的主要活动处所在南湖港的船上和港边的江楼。足迹所至,他还去过灵宫、湘西两古渡,河西的岳麓山,城西的贾谊宅,城东的定王台,南门外的长沙府署和今日大椿桥附近的长沙驿站。以上这些地方我都曾经前往凭吊,却始终未能再听到"左臂偏枯耳半聋"的他的半声謦咳,未能再看到他"飘飘何所似"的一角青衫。"市北肩舆每联袂",我居住的城北,他也曾经到过,他当年是和新结识的青年诗人朋友苏涣坐轿同行。如果我今日有幸请他驾临寒舍,他也视我为忘年之交,而慨允"与子同车",那么,向南湖港挥一挥手,我就会在街头拦下一部"的士"和他联袂疾驰而不亦快哉了。

钟 声 永 恒

　　身居湘山楚水之间，多年来却对古苏州心向往之。这倒不是由于那里有许多小巧幽美宛若珠玉的园林，而是因为有一座遐迩闻名的寒山寺，不，与其说是寒山寺令我心神向往，还不如说频频呼唤我的，是千年前唐诗人张继的夜半不眠的钟声。

　　天下的名寺众多，不少也寺以诗名，但似乎却没有一座拥有同样使庙宇生辉的名诗，如同寒山寺与张继的《枫桥夜泊》那样。洛阳龙门的奉先寺在唐代是大名鼎鼎的了，大诗人李白与杜甫都曾瞻仰题诗，如今寺已不存，空留原址，而寒山寺却依然香火鼎盛，李杜虽然是诗坛超一流的绝代高手，他们的题诗却远不如张继之作知名。王维也是诗国大家，其《过香积寺》也堪称名篇，"泉声咽危石，日色冷青松"更是诗中咏泉声日色的名句，然而，此诗的知名度也远不及张继之诗，更不要说香积寺今天已是片瓦无存渺不可寻了。

　　天下的不少寺庙，确实因为钟声清扬而寺名远播。历史最为悠久的，大约是西安小雁塔所在的藏福寺之"雁塔晨钟"，此钟铸于金代，声闻十里而赢得了"关中八景"的美名。此外，如洛阳白马寺的"白马钟声",开封相国寺的"相国霜钟",北京大钟寺的"永乐大钟",上海龙华寺的"龙华钟声",都是寺钟家族中年高德劭气大声洪之辈,但它们似乎均不及寒山寺那样钟声远扬。江山也要文人捧,寺庙何尝不是如此?寒山寺有灵,应该感谢千年前张继的锦心绣口和他手中那一支神来的彩笔。

还未踏进寺门,寒山寺便向我们递来一张硕大的名片,那就是镇立在山门前一道长方形黄色照墙,离山门有一箭之遥。照墙朝西临河而立,上有饰以游龙的脊檐,中间从左至右嵌有三方白底衬托的青石,青石上有清人陶濬宣所书而由江南勒石高手周容刻石的"寒山寺"三个大字。未见其人,先闻其声,未见其寺,先睹其名,背靠寒山寺的第一道胜景,我们三人行一字排开摄影留念,算是宣告和寒山寺缔结了千年后的诗缘。

寒山寺位于大运河畔的枫桥古镇,离苏州阊门西约七里,创建于南朝萧梁天监年间,至今已有一千五百年的历史。此寺原名妙利普明塔院,因地近枫桥,又曾称枫桥寺。相传唐代高僧寒山、拾得曾到此修行,故易名寒山寺。寒山寺的地理和他处的寺庙有异,它坐落在枫桥古镇之中,古驿道与大运河傍寺而过。过去马蹄得得,而今车轮滚滚,往昔橹声戛戛,现在机声突突,一齐向清凉佛国日夜诉说红尘浊世的扰攘与沧桑,而古镇似乎也不愿寒山寺远遁深山,便用粉壁黛墙小桥流水将它团团围住。不同凡响的是,寒山寺是因张继之诗而声名远扬,天下宝刹的楼台殿阁多半大同小异,可以走马看"寺",但此处的钟楼却不可不前去瞻仰。钟楼在藏经楼南侧,是一座六角形六面有窗的重檐亭阁,轮廓优美而造型轻盈,它以"夜半钟声"而得名,本身就像一首轻盈隽永的绝句,以晴艳艳的蓝天为背景,檐角高翘,仿佛随时会振羽而飞。那悬挂在楼上的铁铸洪钟已非旧物,建造于光绪三十二年(1906),但也已将百年光阴敲入了历史的苍茫。钟楼外的山石花圃间,有一矗立的人形巨石,上镌"听钟石"三字。游人如织,我们在听钟楼外低徊,不禁思接千载。

"此石名听钟石,但它峭立而不可攀坐,当然不是听钟于石上,而是石可听钟了。如今许多为金钱与权位忙得晕头转向的人,不说一百零八记,就是一千零八十记钟声都敲他们不醒。而张继呢,许多人也不知其人其诗为何物了。虽然石近钟楼,但石头冥顽不灵,它能听见并听懂那清心警世的钟声吗?"我说。

"香火化成了战火,钟声幻作了炮声。唐代的寺钟早已毁于战乱,明代所铸的钟或说已销钟为炮,或说已流落日本,但张继的《枫桥夜泊》诗却只字未损,而且永远年轻。一位诗人,凭一首诗就名垂千古,声播海外,如此实现自己的生命价值,在人间也可谓不虚此行了。"写过《梦里姑苏》一文的曹惠民,也不禁感叹道。

将近半个世纪以前,福建人氏的刘登翰北上去北京大学求学途中,曾专程来寒山寺叩访。弯弯山路由碎石铺成,寺内幽清,寺外清幽,而今寺外店铺林立,车水马龙,寺内香烛高烧,人潮汹涌。他自然饶多感慨:"四十多年后重来,寒山寺已不再清寒,钟声似乎也变得世俗,而枫江也失去了它的净蓝。寒山寺已不是当年我初寻而在梦中常见的景象了,我不能不十分感慨地悟到:岁月如流,旧地是不能重游的。"

旧地不可重游,新境却堪初访。如同一出常演不衰的戏剧,寒山寺毕竟是舞台上的配景,而张继泊舟并吟咏的枫江枫桥才是真正的主景。于是呼朋唤侣,出得寺门,我们沿着寺旁一条店铺你拥我挤的石板小街,去附近的枫江寻觅张继遗落在那里的诗句。

枫江,是苏州古城的一条北上水道,而枫桥在阊门外九里道旁,坐落在寒山寺之北,距山门不过数百步之遥。当年张继夜泊所见的唐代古桥,早已交给了桥上的日月和桥下的流水,而我们看见的这座半圆形单孔石桥,系清代同治六年(1867)重建,至今也有百多年的历史。虽然已非原物,但我们仍然在桥上徘徊流连,仰天俯水,手抚百载石栏像手抚千年岁月。下得桥来,我们在江边的石堤上趺坐,只见枫江从上游流来,在枫桥前拐了一个大弯,像是掷给岁月的一个问号。是问张继已经到哪里去了吗?还是问我们何所为而来呢?而岸边水波喋喋,似乎在向我们私语当年夜泊枫桥的往事。举目四望,只见机声突突的铁壳船凌波河上,再也找不到张继的那一叶船帆,只有他的那首名诗在我们心中挥之不去:

> 月落乌啼霜满天,江枫渔火对愁眠。
> 姑苏城外寒山寺,夜半钟声到客船!

湖北襄阳人的张继,天宝十二载登进士第,诗名重于当时。安史之乱中的至德元年避地江东,来游苏州,留下了这首千古传诵的绝妙好诗。国外有"说不尽的莎士比亚",我们也可以说张继的《枫桥夜泊》同样是"说不尽"的。在枫桥边,在张继的泊舟之处,我们也诗兴遄飞,你一言我一语地说他的诗,仿佛是即兴举行的小型现场研讨会。

身为地主的苏州大学教授曹惠民首先来了一段开场白:"吴山画派的巨擘沈周有《和嘉本初夜泊枫桥》诗,一开篇就说'风流张继忆当年,一夜留题百世传'。张继之后,历代题咏枫桥的名家逾二十人,诗逾四十首,但却没有一人一首能后来居上。"

"文学尤其是文学中的诗,最重原创性,张继的作品就是证明。"诗人兼诗评家的刘登翰论起诗来,当然头头是道,"如同崔颢的《黄鹤楼》令李白搁笔,写同一题材与情境的作品只可有一,不可有二。咏枫江和寒山寺有张继在前,后人当然就难以为继了。"

我接过登翰的话头:"就像一围巨大的树荫,后人既得到荫泽,却又很难走出它的阴影;又如一座财宏气盛的银行,众生捉襟见肘时就难免向它借贷。北宋孙觌《过枫桥寺》:'白首重来一梦中,青山不改旧时容。乌啼月落桥边寺,欹枕犹闻半夜钟。'清代的王士禛泊舟枫桥,作《夜雨题寒山寺》寄给他的兄弟,说'枫叶萧条水驿空,离居千里怅难同。十年旧约江南梦,独听寒山半夜钟。'他们都难以突围,也不免借债。"

"不过,极具才情和独创精神的人可能例外。"登翰身为资深的研究员,以为不可一概而论,"陆游当年从文场而战场,西去巴蜀,路经此处写有《宿枫桥》诗:'七年不到枫桥寺,客枕依然半夜钟。风月未须轻感慨,巴山此去尚千重。'忧国忧民的诗人可谓别有怀抱。清代诗人黄仲则,其《山塘杂诗》虽也向张继借支,但却借财生财,也算别开天地:'寒山迢递镜铺蓝,小泊游仙一枕酣。夜半钟声敲不醒,别来怎不梦江南?'"

"登翰兄所言极是。但文章本天成,妙手偶得之。"我说,"《全唐诗》收张继的作品四十五首,大都为平平之作,唯《枫桥夜泊》一枝独秀。不过,一个诗人能有一首诗真正传唱千秋,就已经很不错了,现在某些热衷自吹自擂的诗作者,和某些稍有声名便目空一切的文人,不知将来有哪一行文字能不被时间遗忘?"

"除了可悲还有可笑,"惠民插话说,"有此妄人竟不知天高地厚,不仅好为人师还好为前贤之师。欧阳修怀疑夜半不是打钟时,他还是有疑而问,清人王端履不知何许人也,竟然指责张诗'律法太疏',而妄加改篡为'羁客姑苏乍系船,江枫渔火对愁眠。钟声夜半寒山寺,月落乌啼霜满天',真是点金成铁,佛头着粪!"

我们在枫桥边的这一番高谈阔论随风而散,除了枫江上过路的波涛和枫江边落户的枫树,张继是无法听到的了。如果有缘,我真想与张继面谈并长谈我读他这首诗的诸多感想。我会说,王端履的自充高明,是因为不懂此诗文法倒拈句法倒装的倒叙结构之妙;他这首诗所以流传千古,不仅因为诗中有画,而且画中有声。我更要说的是,他在诗中没有明言也不必明言,但他的愁是"小我"之愁,也是"大我"之愁,在战乱中漂泊天涯,国破兼家亡的愁情一齐奔赴心头,全诗创造的是一种个性化而又极具普遍意义的艺术情境,所以千百年来能引起广大读者的通感共鸣。"愁情",尽管内涵会各不相同,但它不正是众生所常常产生而且永远会具有的一种感情吗?如果适逢其会,或者情境相通,张继的诗就会凌波越水而来,叩响他们的心的弦索。

时间啊时间,可以面色严峻地收回诗人的生命,却永远无法强行收回他的杰出作品。我们来寻访寒山寺和枫桥,虽然时当白天而非夜半,但张继的钟声却铿铿锵锵敲入历史敲入桥下的流水也敲入我们的心间,悠悠扬扬荡向四方也荡向时空无际的永恒。我知道张继再也不会旧地重来,我也不可能和他把袂同游把酒言诗了。"月落乌啼,总是千年的风霜;涛声依旧,不见当初的夜晚",在古典的钟声与现代的歌声里,古今异代,怅望千秋,我的怀想永远永远……

秋草独寻人去后

早在唐人的诗文和司马迁的《史记》里,我就认识了贾谊。犹记幼时在乡间的学校,前清秀才复为北大学子的郑业皇先生教我们背诵王勃的《滕王阁序》,在摇头晃脑如醉如痴半明半懵地长吟短诵之余,"屈贾谊于长沙,非无圣主;窜梁鸿于海曲,岂乏明时",令我这个长沙少年不禁怦然心动。同时初习近似启蒙读物的《唐诗三百首》,刘长卿《长沙过贾谊宅》的"秋草独寻人去后,寒林空见日斜时",也使年幼的我凄然久之也心向往之:我何时也能在长沙的巷尾街头,去寻觅西汉贾谊的故宅,敲响他门上的铜环,听回声从两千年前隐隐传来?

及至年岁既长,贾谊的名字在我心中更是挥之不去。我祖籍长沙,但生于河南洛阳,和洛阳人的贾谊也算半个同乡了;贾谊贬谪湘楚三年,人称"贾长沙",与我的故里结下的是不解之缘。然而,青少年时代结束我已去北京求学,弱冠之年更远赴西北,在边地度过的是短促生命中饥寒交迫的漫长岁月,对远在长沙的贾谊已无暇顾及了。后来回到湖南的一个县城,"文革"前欲来的山雨满楼的风,荡洗了我怀古的幽情,"文革"中的风刀霜剑,更使我只能苟全性命于乱世,自顾之不暇,贾谊在我心中已完全潜踪隐迹。等到"文革"终于收场,我也调到长沙工作,贾谊才又在我的心中出场,我仿佛是要偿还一笔积欠半生的债务,念念不忘去寻访他的旧居。

出生于河南洛阳孟津县的贾谊,是西汉初期杰出的政治家、思想家和文学家。司马迁的《史记》说他十八岁就以博学能文闻名于河南郡,也就是全省知名。吴公当时为河南太守,是河南最高行政长官,相当于今日的省长,而且政声极佳,"治平为天下第一"。求贤爱才的他立即将贾谊召至门下,有如好铁要在炉火中与铁砧上淬炼成为精钢。当精钢冶炼为雪光四射的宝剑,汉文帝即位之年就召他为"博士"(备皇帝咨询之官)。在七十多位博士之中,贾谊最为年轻,年方二十一岁,可谓博士人中最少年。同年,他即在博士群中脱颖而出,被年轻而力图有所作为的汉文帝提升为太中大夫(专司议政的高官)。贾谊锐意进取革新的惊才绝艳,文韬武略,极为文帝刘恒所欣赏,他拟破格提拔,任命贾谊为汉朝立国至文帝之时二十多年中只有开国元勋才能担任的公卿。但文帝的宠臣佞倖上大夫邓通暗中作梗,一批守旧的大臣与老臣如周勃、灌婴之流也强烈反对,因为贾谊的改革触犯了他们的既得利益,而且后生小子怎么能平地飞升,与扶持文帝上台的功臣平起平坐?至于小人邓通,贾谊多次在朝堂上讽刺他,他当然就此仇不报非"君子"了。

权臣排斥,奸臣诬陷,庸臣趋炎附势,随波逐流,事到头来,以宝座为重的文帝当然只好牺牲他人,贬贾谊去偏远的长沙国,为年幼的国王吴著的太傅,大约相当于今日的特任家庭教师。冠盖满京华,斯人独憔悴。贾谊空怀经邦济世之才,强国拯民之志,二十四岁就从中原腹地的中心,放逐到南方蛮楚这一少人而多石的边缘,从指顾风云的政治舞台,下岗转向到异姓国的幼王之师的讲台,从重要演员变换角色为无关大局的看客,他心中的悲愁苦闷,可想而知。以前,他曾将总结历史教训的议论文《过秦论》写成千古美文,而南贬途中路过汨罗江,他又作传诵千古的《吊屈原赋》,吊人亦以自吊。客居长沙三年,民俗认为不祥之物的猫头鹰曾飞进室内,他又由物及人,写下情辞悱恻而又颇具哲理的《鵩鸟赋》。两千多年来,屈贾并称,长沙的贾谊故宅虽屡经兴废,却长期是历代官员春秋祭扫之地,骚人墨客流连凭吊高歌低咏之场。

"文革"之后我曾两度去寻访贾谊故居。故居所在地原名濯锦坊,在长沙城之东,濒临湘水,面对岳麓山。山形依旧枕着江流,但人世却不知多少回伤怀往事了,时间潮水的冲刷淘洗,刀兵水火的侵袭肆虐,贾谊宅也经历了数不尽的兴废盛衰。一九三八年,在国民党执行焦土政策而放火焚城的"文夕大火"中,贾谊宅也可怜一炬,顿成焦土,只剩下烧残的太傅殿和烧不残的古井与井旁贾谊坐卧的石床。当我前来寻访,那火光又遥隔了几近半个世纪,我从人烟稠密的西牌楼左拐入狭长的江宁里,在江宁里与太平里的转角处,一堵诉说着沧桑之感的敝旧的青砖墙上,凄凉着一块"贾谊故居"的小木牌,故居门洞黝黑,右边两间厢房大约是劫后的余灰,左边新建的两间则成了街道的幼儿园。在巷道低徊,有多少人知道这里两千年前曾响起过一位国士的足音?唐诗人贾岛就自称是贾谊的后代,这位出生在范阳(今北京附近)的诗人,在《送李余往湖南》的诗中就曾说"苦寻吾祖宅,寂寞在潇湘"。我来寻访时离贾岛又已一千多年,但当时除了感叹故居的

139

伧寒，人世的沧桑，历史的苍茫，我还能说些什么呢？

以前不堪回首的"文革"岁月毕竟已经远去了，民族的优秀文化与杰出人物重新得到尊重，贾谊故居也已重修，在今日太平街与解放西路的交汇之处，虽然尚不及往日的规模——据说还要全面修复，但也差堪告慰于前贤了。故宅新光，我曾经几度前往瞻仰，有一回是陪同渡过一湾浅浅的海峡而西来的台湾名作家余光中，而最近一次的独寻，却是在一个秋晴之日的早晨。

和朝阳一起进得故居，只见大门左侧为"古碑亭"。一九八八年六月，在原旧墙中发现清代前期有关故宅的碑刻三通，后来重修故宅时，在基地又发现古碑址，故于原地建碑嵌护，亭联是："岳峻江清长怀太傅；地灵人杰并驾三闾"。右侧为新亭翼护之"长怀井"，那是贾谊所疏凿的古井，也是贾谊宅历两千余年岁月而不磨灭的唯一证明。大门内的庭院之后，依次是贾太傅祠、太傅殿与寻秋草堂，陈列有关贾谊的文字和图片。在唐代诗人中，最早具体写到贾谊故宅的，是盛唐的杜甫，而最早的完整的名篇，则是中唐时刘长卿之《长沙过贾谊宅》了："三年谪宦此栖迟，万古惟留楚客悲。秋草独寻人去后，寒林空见日斜时。汉文有道恩犹薄，湘水无情吊岂知？寂寂江山摇落处，怜君何事到天涯！"现在的庭院里铺的都是大理石方砖，已不见一根昔日的秋草。当年贾谊来时长沙只有两万五千户，故宅的周围都是茂林芳草，而今长沙已是通都大邑，人口早过百万，嚣嚣的市声从四面八方将故宅重重包围。我来游时，金黄的秋阳从高空泻下，斟满了整个庭院，而李商隐的《贾生》一诗也从千年前飞来，那深情远韵洋溢在我的心头：

宣室求贤访逐臣，贾生才调更无伦。

可怜夜半虚前席，不问苍生问鬼神！

前人提到贾谊，不约而同的是同情与悲悼，这大约是封建时代许多文人都命途多舛的缘故。昂首天外的李白，也曾低吟"一为迁客去长沙，西望长安不见家"，愁眉苦脸的杜甫，晚年乘一叶扁舟流落湖南，在刚进入长沙地界的《入乔口》一诗中，他就由己及人想到贾谊。"贾生骨已朽，凄恻近长沙"，而在湘三年，他曾以诗句对贾谊前后六次致意，不胜萧条异代不同时之感。李商隐却不愿轻车熟路地去重复前人，他掉臂独行，另辟蹊径，他强调贾谊的才能格调举世无双，如同后世明代湖南学者兼诗人李东阳所说："文帝时可当大臣者，惟贾太傅一人。"他也肯定汉文帝召回贾谊之举，但汉文帝在未央宫前殿正室向贾谊咨询的，却非关民生与国计，而是鬼怪与神灵。全诗前后构成了强烈的反讽，托古喻时，不仅批判了已成陈迹的历史，也讽刺了晚唐崇佛媚道屈抑贤才的统治者。他由古及今，不仅是追怀贾傅的"他怜"，也是怀才不遇的"自悯"。在贾谊故居的庭院中徘徊，我低吟默诵李商隐的诗句，听到的是古今许多才人杰士共同的心声。

不过，也有人与李商隐唱反调，这就是北宋的王安石。这位有名的"拗相公"，政治家与名作家集于一身，凡事喜欢独立思考，自出己见，写诗则别调独弹，警言隽语层见叠出。他咏贾谊，诗题都与李商隐一模一样，显然是存心要和李商隐隔代而抬杠，同台而比武，他虽然未能后来居上，只和李商隐打成了平手，但他的作品与李商隐之作，却是刘长卿七律之后咏贾谊的绝句双璧：

一时谋议略施行,谁道君王薄贾生?
　　爵位自高言尽废,古来何啻万公卿!

　　历来的诗人文士提到贾谊,除了同情悲悼,就是慨叹他才高沦落。唐诗人戴叔伦《过贾谊旧居》,也是说"楚乡卑湿叹殊方,鵩赋人非宅已荒。漫有长书忧汉室,空将哀些吊沅湘"。王安石反调所及,应该包括刘长卿与戴叔伦在内。刘长卿说"恩犹薄",王安石则反问"谁道君王薄贾生",因为贾谊的治国方略汉文帝也有所采纳而汉武帝则大都采用实行了,何况自古以来许多身居要职者,不是尸位素餐无所建言与建树,就是真知灼见往往弃而不用,比起衮衮诸公的他们,君王对贾谊不薄,贾谊也算是有幸。王安石此诗还有弦外之音,就是他隐然以贾谊自喻,表现了对曾重用他的宋神宗的君臣遇合之感,以及被贬后理想不得实现的苦闷牢骚,短短一首绝句,虽情韵不及李商隐之作,但议论则独出己见,这就难怪诗史要记录在案而读者要传唱在口了。

　　在"可怜夜半虚前席"之后,汉文帝"乃拜贾谊为梁怀王太傅"。梁怀王刘揖是文帝最宠爱的幼子,梁国又地处中原腹心,这应算是个"利好"消息,时年仅二十八岁的贾谊也许还会触底反弹,时来运转吧?不料数年之后怀王上朝时坠马而死,"贾谊自伤为傅无状,哭泣岁余,亦死。贾生之死时年三十三矣。"(《史记·屈原贾生列传》)对于贾谊的早逝,晚唐的罗隐《湘南春日怀古》说"洛阳贾谊自无命,少陵杜甫兼有文",王安石的看法是"怀王自坠马,贾傅至死悲;古人事一职,岂敢苟然为"(《即事》)。贾谊如此哀伤而致英年早逝,的确未免太不值得了。但是,有谁能知道,贾谊其时承受了多少来自汉文帝与皇室的指责和压力呢?现在的学生在学校出了问题,学校与有关的教师都难辞其咎,何况是封建极权时代的汉文帝心疼的幼子梁怀王?在贾谊故居中追昔抚今,虽然史书为帝王讳,但我始终怀疑为丧爱子而耿耿于怀的汉文帝,是令贾谊忧伤恐惧致死的元凶。

虽然就生命质量而言,古往今来无法与贾谊相比的人如恒河沙数,贾谊岂止是千人之英万人之杰,但他毕竟只活了短短的三十三年,这对于一个极具才华与抱负的人,毕竟太过于短促,而且在有生之年,他终究属于怀才不遇,如同时代的卫绾仅凭擅玩车技侍奉汉文帝,就被提升为中郎将,景帝时更其宠愈隆,为御史大夫,拜丞相,封建陵侯。中唐刘禹锡在《咏史二首》里,早就发过"贾生明王道,卫绾工车戏。同遇汉文帝,何人居贵位"的不平之鸣。贾谊的短促一生,犹如一支名贵非凡的玉笛,才吹奏了几支乐曲就崩裂了,又如一本传世的经典,只有薄薄的三十三页,才写了序言和最初的几章,便没有了下文。然而,他毕竟为后世留下了宝贵的财富。他那些治国的深谋大略,根本上是为封建统治者所用的,而且时至今日也大都时过境迁,但贾谊大大发展了先秦儒家的民本思想,形成了他系统的"以民为本"的理论,拂去历史的尘埃,他的民本思想与忧国忧民的精神,仍然像百琲明珠一样,今日仍然闪耀着不可逼视的光芒:

"故夫民者,万世之本也,不可欺","故夫诸侯者,士民皆爱之,则其国必兴矣;士民皆苦之,则其国必亡矣"——人民,只有人民,才是国家的根本。

"故自古及今,凡与民为仇者,或迟或速,民必胜之"——得民心者得天下。失去民心呢？不是不报,时候未到。

"故君以知贤为明,吏以爱民为忠"——官员的忠心,不是对任何个人或神像,而是至高无上的人民。

"夫忧民之忧,民必忧其忧；乐民之乐者,民亦乐其乐"——与人民同忧共乐,而不是先天下之乐而乐,后天下之忧而忧……

以上举述的贾谊的这些言论,时至今日,不仍然是可以令人深长思之的吗？贾谊忧国忧民的精神与民本思想,才是今日仍然值得而且应该着重继承的精华,具有永远的生命力,如同故居中他亲自开凿的水井,至今没有干涸而润泽众生的心田。

日影已中,时已近午,前后只见到寥寥的二三游客。我独自在故居凭吊一番后,特意去瞻望贾谊井。此井与古碑亭相对,在大门天井之左侧,其上有小亭翼护,其旁绿竹森然。亭楣之上大书"长怀井",井名与亭联均取自杜甫的诗句："不见定王台旧处；长怀贾傅井依然。"这不仅是长沙保存最完好的古井,也是中国历史最悠久的古井。北魏的郦道元早在《水经注》中就详细记载和描写过了,他说贾谊宅"有一井,是谊所凿,极小而深,上敛下大,其状似壶,旁有一局脚石床,才容一人坐,流俗相传,云谊宿所坐床"。历代维修与重建故宅,均以此井为坐标。石床一九五八年"大跃进"时还在井旁,后来不知去向,至今下落不明。井旁所立的"太傅古井"碑,是明代遗物,一九九九年重建故宅时出土。该年九月洗井时,表层是战乱中和"文革"时遗弃的枪支弹药,清理至十二米深的清代中叶地层,即取出金砖、玉饰等珍品及大量银圆与铜钱,因井太深担心井壁坍塌而停工,不知其下还埋藏着一些什么秘密？这口井,杜甫来瞻望过,韩愈来低首过,戴叔伦来凭吊过,黄遵宪和秋瑾来朝拜过,当代的余光中应故居管理人员之请,在宣纸上题写"《过秦》哀苍生,《鵩赋》惊鬼神"之句后,也在井旁久久低徊过。秋晴之日旧地重来,绕井徘徊,我不禁想起清人周有声《贾傅井》的诗句:

　　大西门近古城边,太傅居邻旧井传。
　　不与人间共濯锦,凳寒心恻忆当年!

　　我手抚井栏,凝望井水而怀想当年。井旁有一木桶,上系绳索。短短的绳索,能否吊得起井中沉淀了两千多年的长长岁月?清清的水镜,能否再照映当年的那位凿井之人?
　　临出大门,重新回到红尘滚滚的当代,我蓦然回首而忽发奇想:故宅新光,在某一个月白风清之夜,说不定贾谊会吱呀一声推门回来,新建的故居他当然已经纵使相逢应不识了,一泓井水依然无恙啊,他会临镜照影而如对故人吗?

晓汲清湘燃楚竹

近来这些日子，因为温习湖湘文化与古代作家的渊源，虽然没有也永远不可能有一面之缘，却老是怀想柳宗元，和他遗落在当年的永州今日的零陵那绝代文章与绝妙诗句。

杜甫晚年流落长沙，有他的"杜陵老人秋系船，扶病相识长沙驿"为证。杜甫之后三十多年，"永贞革新"失败后被贬南来的柳宗元，也曾泊舟杜甫系船的南湖港，并于长沙驿送别他称之为"德公"的方外之人的朋友。在永州谪居十年后被召北还，他又重到长沙驿，作《长沙驿前南楼感旧》："海鹤一为别，存亡三十秋。今来数行泪，独上驿南楼。"前些日子我去南湖港寻觅时，昔日宽阔的湖水历经岁月早已干涸，而长沙驿也早已失踪，没有留下哪怕一丝半缕可疑的痕迹。只有杜甫和柳宗元的诗句长留于天地之间，让我这个长沙人倍感亲切，却又不免怆然怀古。

祖籍蒲州解县（今山西省运城市西南解州镇）的柳宗元，出身于诗礼簪缨的世家望族，生当大唐王朝由盛而衰的中唐之世。刚直而倔强的父亲柳镇，不仅使他自幼承传了"民本""仁政"的儒家观念，形成了"吏为民役"的民本政治观和"用贤弃愚"的吏治观，而且也得到了正人君子特立独行的血脉真传。柳宗元少年得意，年方弱冠就中了进士，二十六岁又考取吏部的博学宏词科，刚过而立之年，就由监察御史升任官阶从六品上的礼部员外郎。虽然文名日盛，但他与好友兼战友的刘禹锡一样，绝不满足于做一个今日所谓的作家，而要在政治舞台上大显身手——不是世俗地希图加官晋爵富贵荣华，而是以振兴国家造福苍生为己任，这正是古代优秀的士人最可宝贵的品质。时代也给了他们一次机会，永贞元年（805），在继位不久的唐顺宗李诵的支持下，由"二王"（王叔文、王伾）与"刘柳"（刘禹锡、柳宗元）拉开了"永贞革新"的序幕，打击兴风作浪于内的宦官，削弱飞扬跋扈于外的藩镇，惩办贪官污吏，整顿财政开支。上医医国，沉疴久病的唐王朝立时有了起色，百姓黎民也开始得到一些福泽。然而，从古到今，任何重大的政治经济改革特别是政治改革，总是阻力重重，不是迟滞不进，就是以失败而告终。李诵中风病重只是一个偶然的因素，根本原因还是由于宦官与藩镇这些既得利益者的内外勾结，肉食者鄙的官僚们见风使舵落井下石，加之皇太子李纯急于抢班夺权而对其父施以毒手，于是好景不长，"永贞革新"历时仅仅半年便被迫落下帷幕。革新集团的领袖或遭杀戮或遭贬斥。三十三岁的柳宗元，正当风华正茂之年，先贬韶州（今广东省韶关市）刺史，行行复行行之际，掌权者意犹未已，半路上再将他贬为永州司马。

　　柳宗元此时的衔名为"永州司马员外置同正员"，"员外置"即今日所说的"编制"之外，是没有实际职务的司马，也就是编制内被管制的罪人。罪人尚有刑期，"一身去国六千里，万死投荒十二年"（《别舍弟宗一》），而柳宗元他们的政治生涯却已经"触底"而难望"反弹",朝廷一年之内颁布四次诏令,规定被贬斥的八个司马不在赦免之列。唐朝全盛时期全国有五千多万人口,九百余万户,安史之乱后不足二百万户,人口降至一千五百余万,湘南的永州本是"少人而多石"的边鄙之邦,历来也是放逐罪臣的南荒之地,这时更几乎是一个"被人遗忘的角落"。柳宗元妻子早逝而未再娶,陪同他这个独生子远道南来的老母卢氏,不及半年,也因长途跋涉不服水土而去世,他自己虽正值血气方刚之年,多种病魔却乘虚而入。内外交侵,即使是好铁精钢,在这种特殊的熔炉里,恐怕也会要销魂蚀骨。

永州十年,柳宗元只得常常寄情山水,借酒浇愁。"自然永远是美的"(歌德),而"自然界总是力求创造男人"(亚里士多德)。他的《永州八记》是山水游记之祖,从山水文学的开拓与典范意义而言,是空前而且几乎绝后的一道丰碑。永州十年,他也写了许多诗作,相当于他全部诗歌创作数量的一半,而其中的绝句尤其令我动心,如不为大家所熟知的《零陵早春》与《入黄溪闻猿》:

> 问春从此去,几日到秦原?
> 凭寄还乡梦,殷勤入故园。

> 溪路千里曲,哀猿何处鸣?
> 孤臣泪已尽,虚作断肠声!

唐时的永州,隋代为零陵郡。春天回暖,雁阵总是由南方出发,经长途旅行而至北方,柳宗元独在异乡为异客,触景生情,当然不免故园之情与乡关之思。在《永州八记》之外,柳宗元还作有《游黄溪记》,而《入黄溪闻猿》一诗由猿声而引发贬谪之悲,后两句翻进一层,说自己已经欲哭无泪,肠断无声,可见他此时无以复加的深悲巨痛。

我是南人,每逢烁石蒸沙的炎天溽暑,一年一度,真是觉得无所逃于天地之间。柳宗元是北人,既无电风扇,更无空调机,我们有如此现代的降温设备尚且觉得夏日可畏,何况他这位习居于北地的心情郁闷恶劣的流放者?他居住处附近的钴鉧潭似可解忧,他说他能在愚溪之上安家而忘记故乡,就因为有这个小潭,所谓"孰使予乐居夷而忘故土者,非兹潭也欤?"反问之中不免激愤,但清碧纯真的小潭的确给了他心灵的慰藉。何以解忧?永州山水。但何以解热呢?柳宗元就无计可施了,他有《夏夜苦热登西楼》以记其事:"苦热中夜起,登楼独褰衣……凭阑久彷徨,流汗不可挥",暑热蒸人汗出如浆而夜不能寐,久经考验与"烤验"的炎方之人尚且无法忍受,何况柳宗元呢?他初贬永州时,前几年客居城边潇水东岸高处的龙兴寺,这首诗,当是南方炎夏给他见面礼之后的产物,因为最初的第一印象总是深刻难忘的。后来他搬到潇水西岸的愚溪草建居舍以后,就既来之则安之了,他居然闲情逸致了这样一首绝妙好诗:

南州溽暑醉如酒,隐几熟眠开北牖。
日午独觉无余声,山童隔竹敲茶臼。
　　　　　　——《夏昼偶作》

如果可能，我真要向那位在夏日竹林中敲打茶臼之具的童子致谢，长夏酷暑，万籁俱寂，如果没有他的近似于"鸟鸣山更幽"的敲打之声，就无法撩起午觉醒来尚且睡眼惺忪的柳宗元的诗兴，中国诗史就会损失一首写南方溽暑的传神而清迥绝尘的好诗。宋人黄彻在《碧溪诗话》中说："子厚日午小童之句，须得闲弃山间累年，方得领略此诗韵味。"可谓深有会心。而我每次在愚溪之畔的柳子故宅遗址徘徊，绿竹摇风，耳边总仿佛有山童敲打茶臼之声，穿越时间隧道从千年前隐隐传来。

柳宗元写于永州的绝句，最出色的当然是那首传诵千古的《江雪》了，二十个字，二十颗永不蒙尘也永不会失色的珍珠：

千山鸟飞绝，万径人踪灭。
孤舟蓑笠翁，独钓寒江雪！

在现在的招徕顾客的广告词中，许多商家不管是否名实相副，动辄使用"极品"一词广而告之，柳宗元用不着做广告，但他这首诗确实是诗中极品，时历千年仍然传诵人口，信誉不衰。艺术上当然是"极品"，前两句写广阔的空间，但落笔又有所不同，首句写高处的千山万山，次句写低处之千径万径，首句写自然界中的"鸟"不见影踪，次句写社会生活中的"人"不见踪影，全诗的景物构图由大而小，由远而近。在阔大而寂寥的背景之前，第三句突出了"孤舟蓑笠翁"这一个点，由于距离拉近，小景物成了大特写，最后一句不仅将视觉的焦点集中于那一根垂在风雪中的钓竿，而且结束的"江雪"点明了题目，全诗每句首字连读，即为"千万孤独"。在人格的自我写照上，此诗同样堪称"极品"。诗中的渔翁形象，就是柳宗元孤独自守、对抗污浊、绝不妥协的自我形象的写真，人物形象与抒情主人公的形象合二为一。柳宗元虽贬逐南荒，他虽然也想改善自己的处境而提出过"北移"的申请，他虽然由于历史的局限在十年后被召北还时，于汨罗遇风也曾赋诗歌颂过"明时"，但他始终没有"认错"与"服罪"，更没有检举揭发出卖过同志和朋友，像千年后当代许多士人所做过的那样。不仅如此，他坚持自己的信念和操守，非但和刘禹锡等战友的情谊始终不渝，对"永贞革新"的领袖人物贬官次年即以"乱国"之罪被处死的王叔文，他在给别人的书信中也仍然多所称道，备极赞美，在为王叔文病故的母亲写的碑记中，仍然全面肯定与公开称颂王叔文，并将此文收录在自己的文集里。同时，他对于"永贞革新"矛头所指的宦官专权与藩镇跋扈，也仍然继续撰文予以抨击。如此傲骨崚峋，求之于整个中国历史的知识分子群，也不可多得。中国封建极权社会延续二千多年，其遗毒至今都远未清除，许多知识分子的怯懦、卑琐甚至助纣为虐，不也是重要原因吗？《江雪》四句诗头一字连读，即是"千万孤独"，全诗是明志，是抗争，也是励友，它只能出自柳宗元的风霜劲节，冰雪襟怀。在他之后的类似题材的篇章，如杜牧"芦花深泽静垂纶，日夕烟朝几十春。自说孤舟寒水畔，不曾逢着独醒人"(《赠渔父》)，如韩偓"万里清江万里天，一村桑柘一村烟。渔翁醉着无人唤，过午醒来雪满船"(《醉着》)，如郑谷"白头波上白头翁，家逐船移浦浦风。一尺鲈鱼新钓得，儿孙吹火荻花中"(《淮上渔者》),虽然都是好诗,但比起柳宗元之作,却只能说是"佳品"而非"极品"。

潇水西岸有一处名胜为"朝阳岩",为其举行命名礼的是中唐诗人元结。永泰二年(766),道州刺史元结曾一游永州,系舟岩下,因此岩地望朝东,故名之为"朝阳岩",元结作《朝阳岩记》以记,并作"朝阳岩下湘水深,朝阳洞口寒泉清。零陵城郭夹湘岸,岩洞幽奇带郡城"之《朝阳岩下歌》以歌之。而接踵而来的柳宗元有《渔翁》一诗,那是《江雪》的姐妹篇:

渔翁夜傍西岩宿,晓汲清湘燃楚竹。
烟消日出不见人,欸乃一声山水绿。
回看天际下中流,岩上无心云相逐。

诗中的"西岩",即俯临潇水的朝阳岩,并非《永州八记》的首篇《始得西山宴游记》中的"西山",许多注家与论者将其大而化之误为"西山",是因为没有实地亲历的经验所致。我多次往游西岩,有一次是秋晴之日,岩下的水清得十分天真,远处的水绿得极为妩媚,而秋阳下波光粼粼,像是潇水的媚眼和笑靥,你多看两眼,就会意乱神迷。水湄沙渚上有二三小小的渔船,泊在水波不兴的宁静中做梦,好像还没有从唐朝醒来,柳宗元是不是在其中的一条船上呢?在朝阳岩仰天俯水,思接千载,我总不免要忽发痴想。

"欸乃"是摇橹的声音,也是民歌的曲调。《欸乃曲》是唐代宗大历年间流行于湘水一带的民歌。元结曾依曲填词,作一组共五首的《欸乃曲》。柳宗元此诗到"欸乃一声山水绿"即戛然而止,以景结情,本就是一首妙哉妙哉的绝句了,但他却续写了后面两句,成了一首七言短古。苏东坡曾赞美此诗有"奇趣",却又说后两句"虽不必亦可"。他老先生一句话,却引发后人穷年累月的笔墨官司,赞成者有之,反对者亦有之。反对者,如明人李东阳说"若止用前四句,则与晚唐何异",赞成者,如清人沈德潜认为如此则"余情不尽"。我是要投苏东坡一票的,这倒不是出于对苏公的偏爱,或是对权威的崇拜,因为全诗如到"欸乃一声山水绿"即适可而止,近似钱起的"曲终人不见,江上数峰青",则"绿"是全诗的终点也是读者欣赏的起点,绿意盎然,余韵悠长,构成了超凡绝俗孤高清远的完美意境,也无损于全诗的心有所托意有所归的象征意味。既要说得巧,又要说得好,令人回味无穷的艺术话语,就是长话短说,直话曲说,平话妙说,加上后两句,意蕴近于直述,就未免有些画蛇添足了。

"久为簪组累,幸此南夷谪",柳宗元在永州所作的《溪居》诗,曾经这样说过。他的贬谪遭逢固然是他人生的不幸,但湘山楚水是有幸的,他本来是贬往韶州,如果不是半道改贬永州,永州的佳山秀水就会和他失之交臂,怎么会得到他的题咏而至今山水生辉呢?柳宗元也可以说是有幸的,他不冠盖于京华而流徙于南荒,即使改革成功,即使百姓黎民会受到沾溉,但他维护的毕竟是一个走向没落的封建王朝,终其一生也只是个来去匆匆的官场人物,顶多能够得到一顶"政治家"或"改革家"的冠冕。他之从"立功"转向"立言",矢志"立言垂文",殚精竭虑于文学创作与思想著述,成为唐代"李杜韩柳"并称的四大文学家之一,其优秀的诗文

晓汲清湘燃楚竹

如永不干涸的清泉,滋润灌溉后人的心田,实在是要拜贬谪永州十年之赐。元好问曾说"国家不幸诗家幸",可不可以说"诗家不幸诗文幸"呢?

易逝的生命短暂,不朽的诗文永恒。千年后我在长沙时常怀想柳宗元,白天,我遥望他独钓寒江的背影,默诵他写于永州的绝句;夜晚,我的书房里竟然也隐约传来欸乃之声,而潇水的碧波啊,也不远千里前来溅湿我的梦境。

秋 之 颂

抗日战争中尚在孩提时代的我，随父母流亡湘西，乘船出长沙经湘江溯沅水而上，路经唐代的朗州今日的常德，只记得一湾碧水把我们抱住，竟不知正和唐代流放于此的诗人刘禹锡擦肩而过，当然更懵然不晓我们的一叶船帆，是在他豪唱入云的《秋词》二首的韵律里穿行。及至故地重来，于秋日寻访他的旧迹遗踪，已是数十年后的人在中年了。

一年之中，有春发夏繁秋肃冬凋的不同，一个人的生命与心理，也往往有春夏秋冬之别。金黄的"秋"，本来是收获的季节，禾苗经过阳光之火的照耀已经成熟，等待收割，这大约是我们的祖先仓颉造字时的本意吧？然而，肃杀的"秋"也是令人感伤的季节。"何处合成愁？离人心上秋"，慧心的宋代词人吴文英《唐多令·惜别》早就有这样的绝妙好辞了，秋所引发的众生心中的忧伤，就成了挥之不去的"愁"。在中国，秋天特别是深秋的萧条肃杀，总是引起芸芸众生的愁苦之情，而中国文人不仅多愁善感，很多人也往往命运坎坷，于是，"悲秋"便成了中国古代诗文的母题之一，成了中国文人诗歌一个源远流长的传统。

"悲哉,秋之为气也,萧瑟兮草木摇落而变衰",远古宋玉的《九辩》,是他自伤并伤其前辈屈原之作,历来被认为是中国诗文的悲秋之祖。其实,他戴上这一顶冠冕实在属于时空错位,他自己也该会敬谢不敏。因为远在他之前的《诗经·小雅·四月》篇里,那位无名氏早就唱叹过"秋日凄凄,百卉俱腓。乱离瘼矣,爰其适归"了,而遭逢不幸的屈原,他的《九章》中至少有三处肃杀的秋风起于纸上:"欸秋冬之绪风","悲秋风之动容兮","悲回风之摇蕙兮,心冤结而内伤"。且不说他在《九歌·湘夫人》之中,就低吟过"袅袅兮秋风,洞庭波兮木叶下"之辞,上引《九章》三句,就一而再再而三地感叹秋之可"悲"了。屈原,是中国诗史上第一个具名而且是有鲜明艺术个性的诗人,"悲秋之祖"的牌位,应该供奉在他的灵前,而不应去宋玉那里上错了香火。

自屈原之后,中国文人的咏秋之作,无不感喟自然荣华之不可久留,生命短促之不可久驻,如果个人生不逢时有志难申,更是会悲从中来,不可断绝。"漫漫秋夜长,烈烈北风凉。辗转不能寐,披衣起彷徨"(《杂诗》),贵为帝王的曹丕,也无法摆脱秋日伤情这种宇宙性的悲哀,何况是一般文人和草民百姓?魏晋是战乱频仍人命危殆的乱世,张载的《七哀诗》开篇就哀声满纸:"秋风吹商气,萧瑟扫前林。阳鸟收和响,寒蝉无余音。"结尾也是一片凄凉与忧伤:"忧来令发白,谁云愁可任?徘徊向长风,泪下沾衣襟。"至于潘岳的《秋兴赋》,虽然开创了诗歌创作中以"秋兴"为题的先河,但宋玉早在他的《九辩》中抒写过的"四感"——远行、送将归、临川叹逝以及老之将至四种悲情,潘岳也仍然只能是推动前浪的后浪:"彼四感之疚心兮,遭一涂而难忍。嗟秋日之可哀兮,谅无愁而不尽。"时至清代后期，诗人黄仲则也仍然叹息说"花月即今犹是梦，江山从古不宜秋"(《金陵杂感》)，他似乎有意对"悲秋"做一番历史性的总结。

唐代，是中国封建社会如日之方中的黄金时代，唐代许多诗人感应着时代的脉跳，大都意气风发，特别在盛唐之时。但他们一碰到秋天，还是少不了老调重弹，在《全唐诗》中，直接以"伤秋""悲秋"为题的就有多首。杜甫老夫子一生忧国忧民，坎坷困顿，作风严肃，照现在时髦的说法是没有怎么好好"享受生活"，令人颇为同情。"八月秋高风怒号，卷我屋上三重茅"，他的名篇《茅屋为秋风所破歌》当然是悲秋，"玉露凋伤枫树林，巫山巫峡气萧森"，《秋兴》八首从头至尾吹奏的都是悲秋的主旋律，"万里悲秋常作客，百年多病独登台"，垂暮之年漂泊在昔日的夔州今日的奉节，其写于秋日的《登高》更是秋风秋雨愁煞人，直接拈出了"悲秋"二字。而白居易呢？"南浦凄凄别，西风袅袅秋。一看肠一断，好去莫回头"，他的《南浦别》可能还不为人所熟知，《琵琶行》的"浔阳江头夜送客，枫叶荻花秋瑟瑟"，每一个多情的读者吟诵之时，就都不免黯然神伤。那位平生不识愁滋味千金散尽还复来的李白，对自然规律之"秋"，他开始也不肯低眉折腰，《秋日鲁郡尧祠亭上宴别杜补阙范侍御》是他的早期作品，一开篇就与"悲秋"唱反调："我觉秋兴逸，谁云秋兴悲？山将落日去，水与晴空宜。"然而，即使是这位心高气傲白眼王侯的大诗人，到历经磨难之后，笔下也不免顿生衰飒的秋意了。天宝十三载，他游历唐代池州，今日安徽省的贵池县，作组诗《秋浦歌》十七首，第一首就叹息说："秋浦长似秋，萧条使人愁。客愁不可渡，行上东大楼。"第十五首更为有名:"白发三千丈,缘愁似个长。不知明镜里,何处得秋霜?"世人但知他对愁情的夸张之妙,但却无人指出这一作品是悲秋传统的变奏。可见即使是李白这样特立独行又"酷"又"傲"的大诗人,他也很难走出前人"悲秋"的巨大而浓重的阴影。

然而,一部咏秋的中国专题诗史,总不能老是这样舆论一律天下一统地悲悲切切下去,总得有人出来抬抬杠,唱唱反调。众士诺诺,一士谔谔,这位抬杠者就是中唐的刘禹锡。

刘禹锡,籍贯河南洛阳而生长于南方。"安史之乱"中,中原地区大批诗礼簪缨之族迁居江南,任职江南的官员,他们大都有较高的文化艺术修养并热心文化事业。刘禹锡并没有名门望族的背景,却有家学的渊源,名师的指点,在动乱的时代完成了自己的文化准备,并具有忧国忧民改革时政的襟抱。唐德宗贞元七年(791)前后,年方弱冠的刘禹锡来到长安,如一叶征帆驶向海洋,如一只鹰隼振羽长天,两年之后就连登进士与宏词两科,旋又通过吏部取士科的考试,踏上了仕途。贞元二十年正月,顺宗李诵即位,时号"永贞",在他的主持下,以王叔文、王伾、刘禹锡、柳宗元为核心的革新集团,时号"二王、刘柳",在政治、经济、军事等方面推行了一系列的改革,历史上称为"永贞革新"。但长天风云变幻,海洋波涛凶险,这次政治革新历时不到半年即宣告失败,原因是遭到宦官、藩镇与腐朽官僚的强烈反对。中风病重的顺宗被迫内禅,为前者所拥戴的太子李纯即皇帝位,称为宪宗。此人上台仅三日,对革新派的打击即如雷电骤至:王叔文被贬为渝州(今重庆市)司户,次年被赐死,王伾被贬为开州(今四川省开县)司马,不久病死于贬所。革新集团的骨干分子无一幸免,均贬为远州司马,史称"八司马"。柳宗元为永州(今湖南省永州市)司马,韩泰为虔州(今江西省赣州市)司马,陈谏为台州(今浙江省临海市)司马,韩晔为饶州(今江西省鄱阳县)司马,凌准为连州(今广东省连州市)司马,程异为郴州(今湖南省郴州市)司马,韦执谊为崖州(今海南省三亚市崖州区)司马。而位于湖南之北洞庭湖之西昔日的朗州今日的常德市呢,则有幸迎候了刚过而立之年的刘禹锡的光临,朗州的山水,有幸陪伴了不幸的他整整十年艰难岁月。

今日的常德市,已然是一个现代化的都会。市内大道纵横,车水马龙,高楼摩天,浓荫匝地。傍城而过的沅水之旁,有凭堤而建闻名于世长达六华里的中国常德诗墙,远郊则有机场栖息和起落现代的铁鸟。它的前身唐代的朗州呢?《旧唐书》说它"地处西南夷,土风僻陋",只是一个下辖武陵、龙阳两县的人口稀少的下州,而中唐时期的"司马",多用来安置被贬谪的官吏,有职而无权。刘禹锡和他的同道的抱负与才能,堪称"黄金的一代",命运之神本来给了他们黄金的机会,但转瞬之间却又翻脸,将他们当成烂铁破铜,他们精神上的苦闷可想而知。在《楚望赋》中,刘禹锡就曾哀叹"眸子不运,坐陵虚无。岁更周流,时极惨舒"。多年后在扬州与白居易初逢,他在唱和之诗中也曾怆然回首:"巴山楚水凄凉地,二十三年弃置身。"刘禹锡是戴罪的流人,与他相伴十年的是南荒之地的穷山恶水,然而,在这里他却创作了二百多首诗词,占他一生作品的四分之一,而最为后人艳称也最令我感动的,是他的《秋词》二首:

自古逢秋悲寂寥,我言秋日胜春朝。

晴空一鹤排云上,便引诗情到碧霄!

山明水净夜来霜,数树深红出浅黄。
试上高楼清入骨,岂如春色嗾人狂?

自古以来,士大夫受到打击之后都是以悲秋来宣泄自己的愁苦失意之情,而刘禹锡唱的却是反其道而行之的反调。第一首诗中,"自古"与"我言"对举成文,相反见意,是中国古典诗论中所谓的"矛盾逆折",而西方现代文论中所说的"矛盾法""抵触法"或"反证法",在这首古远的中国诗歌中,也能找到证明。秋日如何胜于春朝呢?诗人以大小结合的手法,特写了万里晴空和一只冲霄而上的白鹤,境界阔大,意绪昂扬,一扫前人那些悲悲切切的陈腔旧调。第一首写秋日晴空,第二首状秋日山野,空间由天上而地下,焦点由白鹤而红叶,凌空的白鹤与匝地的红叶两相对照,色彩明艳热烈,进一步表现了秋日之胜于春朝之处,既在于秋日之高远,也在于秋日之澄清。第一首的结尾以景色来表现,不是出之以议论而是出之以极为爽健开阔的意象,第二首的结尾则偏于理念的说明,春色引人游乐,甚至使人沉醉冥迷,而秋色秋光则令人骨峻神清,具有凌凡傲俗的操守和品格。《秋词》二首,表现了刘禹锡乐观顽强的生命品格,也显示了他倔强的永不向恶势力屈服的人格力量。千年后我每回捧读,都不禁要悠然遐想:这两首诗是诗人的自白自励,不也是对他的敌人的示傲示威吗?

人到中年之后,我多次去过常德,而且好几次正是秋晴之日。一九九九年中秋,我陪同访湘的台湾名诗人余光中一游常德，白天参观沅水岸边的常德诗墙，其上也有他的《乡愁》与另一台湾名诗人洛夫的《边界望乡》，那是我负责选定的作品，还有刘禹锡《秋词》二首的碑刻。长堤谁与上？长记秋晴望。我仰望长天，秋空如洗，没有一片漂泊的云，侧耳倾听，再也听不到刘禹锡诗中的那一声鹤唳，只有流不尽的沅江的千古涛声。晚上，常德文联的朋友在柳叶湖边举行中秋联欢晚会，余光中吟诵了铭刻在诗墙上的他的名篇《乡愁》，我则背诵了刘禹锡的大作。月光斟满了我们的杯盏，诗情激荡在我们的胸怀，斯时斯地，我当然不免想入非非：余光中已经渡一湾浅浅的海峡而至，往昔的朗州司马能不能从唐朝远来，和当代的名诗人和我们杯酒言欢呢？

中秋晚会宾主尽欢，直至曲终人散，始终不见刘禹锡的踪影。翻开发黄的史册，其上的记载告诉我，刘禹锡贬居朗州近十年之后，终于得到了朝廷召回他和柳宗元等人的诏书，元和九年（814）十二月他从朗州启程北上，从此就再也没有回来。元和十年三月，他与柳宗元等人去玄都观观赏桃花，写下了著名的《元和十年自朗州至京戏赠看花诸君子》：

紫陌红尘拂面来，无人不道看花回。
玄都观里桃千树，尽是刘郎去后栽！

刘禹锡识的时务是应节而开的桃花，不识和不愿识的时务是凶险莫测的政治，此诗明显地表现了对"永贞革新"失败后当权的朝中新贵的轻蔑，也含蓄地讥讽了以逼宫方式登上皇位并害死父亲的宪宗。于是更行更远，被召回的数人复被贬为远州刺史，而"首恶"或云"首犯"刘禹锡则被贬于远中之远的播州,即当时州民不足五百户的今日贵州遵义地区。柳宗元本来被贬于次中较好的柳州,他出于真情挚谊以刘母年高为由愿与刘禹锡互换,于是刘禹锡改贬连州(今广东省连州市),五年之后为夔州(今重庆市奉节县)刺史,两年多以后又调任和州(今安徽省和县)刺史,继朗州之后,又在荒州僻郡度过了十多年如同流放的岁月。大和三年(829)三月,闲居洛阳的刘禹锡因宰相裴度等人的荐举,调回长安任主客郎中。十四年后的他再游玄都观,皇帝已由宪宗、穆宗、敬宗而文宗,像走马灯似的换了四个,政局却仍换汤不换药,人非物亦非,观内的桃花已不知去向,种桃道士也渺矣无寻,庭院荒芜冷落,他回首前尘,写了诗前另有小序的《再游玄都观》诗:

百亩庭中半是苔,桃花净尽菜花开。
种桃道士归何处?前度刘郎今又来!

这时,刘禹锡已属五十六岁的向老之年,生命已经进入了一般人叹老嗟卑的秋天,但他的生命之树上并没有黄叶飘零,如同一株经霜愈烈的枫树,燃烧的是熊熊的火焰,如同一只凌空而舞的白鹤,唱的是唳于九霄的排云之歌,好友白居易称之为"诗豪",他确实当之无愧。

  生命是美好的,顽强的生命力,永不言败的意志更值得赞美。开成五年(840)正月,文宗卒,武宗即位,次年改年号为"会昌"。几度起落的李德裕再次入相,他在《秋声赋》的序言中,感叹"况余百年过半,承明三入;发已皓白,清秋可悲"。此时,老病相侵闲废孤居洛阳的刘禹锡年近七十,两年之后去世,坎坷不遇的生命已走到了尽头,但他仍然与之唱和而写了一篇"以寄孤愤"的《秋声赋》:"嗟乎!骥伏枥而已老,鹰在韝而有情。聆朔风而心动,晒天籁而神惊。力将痑兮足受绁,犹奋迅于秋声!"烈士暮年,壮心不已,虽是伏枥的老马,却仍然想奋蹄千里,虽是被束缚的苍鹰,却依然盼振翅高飞。谁说剑老无芒人老无刚呢?刘禹锡在即将挥手告别人间之际,他高歌一曲的,仍然是奋迅昂扬的秋歌。

  我的生命早已跨进秋天的门槛,借用刘禹锡晚年一首咏秋之作的题目,已是"始闻秋风"之年了。然而,无论是我伫立在常德城郊的德山抬头仰望,还是夜深时在书房中绕室徘徊低声长吟,刘禹锡诗中的那一只白鹤呵,仍然高翔在碧霄之上和我的心上!

璧玉与珍珠

一叶落而知天下秋。秋天,特别是草木摇落的深秋,总是令人不免悲从中来,联想起时间的逝水,长河的落日,人生的老年。

悲秋,悲叹生命的老之将至或老之已至,大约是不分族别肤色也不分疆域国界的吧?可以说,这是普天下一种普遍共有的人性人情。在我们中国,最早悲秋的不是很多人所说的宋玉,而是他的老师屈原。屈原在他的作品中,多次对秋风而长叹息,身为楚人,我感到最为切近的还是那句"袅袅兮秋风,洞庭波兮木叶下"(《九歌·湘夫人》),因为"文革"前后,我在洞庭湖畔虚掷了生命中的黄金岁月,不仅领略过自然界万木凋伤的秋气,也领教了特定时代寒凝大地的肃杀。两千年来,悲秋同时也悲青春不再韶光已老命途多舛壮志难酬,成了中国文学的传统主题之一,只要你翻开卷帙浩繁的文学史,从先秦一直吹到晚清,就会听到一派萧萧瑟瑟悲悲切切的风声啊秋声。

如果以为悲秋是中国文人的擅长与专利,那就未免不够公平。外国文人悲秋,似乎也不比中国文人逊色。英国先诗人而后小说家的司各特就曾说:"十一月的天空寒冷萧瑟,十一月的树叶枯黄凋谢。"俄罗斯作家阿·利哈诺夫在《我的将军》中，更是在老年与秋天之间画了一个等号："老年就是人生的秋天。"最有名的，当然要首推英国名诗人雪莱的《西风颂》了，在这首诗中，"冬天已经来了，春天还会远吗"虽是预言式的警句，但开篇也仍然是"啊，狂野的西风，你把秋气猛吹，不露脸便将落叶一扫而空"，真是心同理同，中西如一。

众士诺诺，一士谔谔。北宋与南宋之交的词人叶梦得，他对前贤宋玉敢于持不同意见，说"秋为万物成功之时，宋玉作悲秋，非是"。叶梦得家居有小池种荷，他移栽许多菊花在小池之侧，每逢秋日，总是绕池而诵苏轼的名诗"荷尽已无擎雨盖，菊残犹有傲霜枝。一年好景君须记，正是橙黄橘绿时"（《赠刘景文》），并且略加增损，写成一首《鹧鸪天》，决心与前人唱反调而题名《美秋赋》："一曲青山映小池，绿荷阴尽雨离披。何人解识秋堪美，莫为悲秋浪赋诗。　　携浊酒，绕东篱，菊残犹有傲霜枝。一年好景君须记，正是橙黄橘绿时。"前人"悲秋"，叶梦得却偏要"美秋"，表现了文学创作最足珍贵的个性与创造性。他的整体词创作虽说时有雄杰之气，写到秋日均气象爽健，如"渺渺楚天阔，秋水去无穷"（《水调歌头·濠州观鱼台作》），如"霜降碧天静，秋事促西风"（《水调歌头·九月望日，与客习射西园，余偶病不能射》），如"徙倚望沧海，天净水明霞"（《水调歌头·癸丑中秋》），但他却没有留下专门美秋的名篇。以上这首《美秋赋》虽说由诗而词别有怀抱，但却大都是借支了苏东坡的曲调，像一位作曲家推出一首乐曲，重要部分却是别人的旋律，虽不能说全是重复，但听众的感受总不免会要大打折扣。

"美秋"的名作，虽然在中国诗史上是凤毛麟角，但除了叶梦得所欣赏的早生他四十年的苏轼之诗，在他的前代，还有中唐刘禹锡的《秋词》二首，以及晚唐杜牧的《山行》与《长安秋望》。如同在众声齐奏中也有轰然而鸣的异响，在千篇一律里也有别具光辉的异彩，使我们从悲情愁绪的泥泞的沼泽，振羽而起飞向阳光亮丽的晴空。刘禹锡《秋词》二首的清秋世界我已另行探访过了，有文为证，现在且看老杜之后的那位小杜，是如何解识秋色秋光之美的吧。

我居住在历史名城长沙，傍城而过的湘江西岸，岳麓山居高临下地远眺全城。从儿时至老大，从春朝到秋日，这座名山我不知登临过多少回了。特别是枫叶流丹的深秋时节，满山的枫树在绿过了春青过了夏之后，在秋霜的鼓动和秋风的鼓舞之下，忽然几声呐喊，纷纷举起了火把，将岳麓山烧成了一座火焰山，其中的青枫峡里爱晚亭旁的灾情最为严重。好美丽的一场火灾啊，烧红了整个深秋，也烧红了游人的望眼，却迟迟不见平日心急火燎的消防车队来救火。在山中留恋，在青枫峡流连，逸兴豪情不禁陡涨于胸臆，我不禁高声朗吟起一千多年前杜牧的《山行》：

远上寒山石径斜，白云生处有人家。
停车坐爱枫林晚，霜叶红于二月花！

安史之乱后，唐王朝由盛而衰。杜牧生逢晚唐末世，宦官弄权，藩镇跋扈，外族入侵，党争不已，唐王朝黄金般的帷幕早已在岁月沧桑里雨打风吹中黯然失色，而且即将落幕了，又如同一道日下的江河,已经到了行将收束的尾声,用杜牧同时代的诗人许浑《咸阳城东楼》中的诗句来形容,就是"山雨欲来风满楼"。杜牧生长于诗礼簪缨的世家望族,文才武略集于一身,刚过弱冠之年就写出流传千古的《阿房宫赋》,二十六岁就进士及第并制策登科,所谓"两枝仙桂一时芳"。他殷忧国事,以天下国家为己任,力图实现匡时济世的远大抱负,然而却事与愿违,十余年屈居他人的幕府,后来也只是在地方或朝廷的无关大局的职位中浮沉,年方五十即逝世于长安。尽管如此,他的诗风却高华俊爽,雄姿英发,与他所处的时代与个人的遭逢颇不相侔,这首《山行》就是明证,而且成了美秋而非悲秋的杰构佳篇。

岳麓山中,青枫峡里,有名闻遐迩的"爱晚亭",亭之四周均为枫林,春日翠碧,夏日浓绿,秋日殷红。此亭之名,就是取自杜牧《山行》的诗意。杜牧二十五岁时曾游涔阳(今湖南澧县),他的堂兄杜悰在这里任刺史,有"一话涔阳旧使君,郡人回首望青云。政声长与江声在,自到津楼日夜闻"(《登澧州驿楼寄京兆韦尹》)为证,但却没有写《山行》诗的时间地点的具体记载。爱晚亭原名"红叶亭",为生活于乾隆、嘉庆年间的岳麓书院山长罗典所建,后来湖广总督毕沅改其名为"爱晚亭"。杜牧先后游宦于江西之南昌、安徽之宣州与池州以及江苏扬州等地,也曾四次于秋高气爽之时路经金陵,《山行》一诗,总该是写于江南而不是北国吧?我私心甚至希望他写的就是岳麓山的秋日风光,不过,权威的说一不二的答案,只能由杜牧自己做出了。

《山行》不仅毫无衰飒之气,而且意兴飞扬,从中可以看到杜牧乐观豪迈的个性,以及与命运抗争的精神。"霜叶红于二月花",

承接了刘禹锡《秋词》的"我言秋日胜春朝"与《自江陵沿流道中》的"山叶红时觉胜春"的余绪,如同一面猎猎迎风颇具号召力的旗帜,总是吸引他人望风来归。杜牧有"水殿半倾蟾口涩,为谁流下蓼花中"(《题寿安县甘棠馆御沟》),受到苏轼激赏的秦观的"郴江幸自绕郴山,为谁流下潇湘去"(《踏莎行》),就是从杜牧的诗中化出。不过,这种影响还只是断句,我们还可以随手举出完整的全篇,如清人赵翼的同名同韵之作《山行》:"路经樵径蹑磋砑,山色苍深夕照斜。一树红枫全是叶,翻疑无叶满身花。"虽然着意模仿杜牧,也有些巧思,但内在的精神气韵却相去太远,好像现代历史剧中的演员,一举手一投足可以酷肖古人,但在精神上却始终无法乱真。至于写出"放棹西湖发浩歌,诗情画意两如何?莫嫌山老秋容淡,山到秋深红更多"(《看红叶》)的清诗人任锦,则更只能遥遥瞻望杜牧的背影了。

在那个国家民族已经毫无希望的时代——杜牧去世后三十年即爆发了以黄巢为首的农民起义,唐王朝很快就灭亡了,历史的车轮滚进了五代十国那一片泥泞沼泽。在朝廷的牛(僧孺)李(德裕)党争的夹缝中,杜牧感情上偏向牛僧孺,因为杜牧以前在扬州牛僧孺的幕府中,"十年一觉扬州梦,赢得青楼薄幸名",牛僧孺曾对他倍加呵护,然而他在理智上却倾向于李德裕,因为他的许多政治主张和军事见解与李德裕相近,有的还得到李德裕的采纳。左右均不逢源,杜牧始终无法施展他的雄图大略,在中进士以后的十余年间,他于幕府中沉沦下僚,直到四十岁才在地方州官的位置上东移西转。他手中即使有五彩石,也无法去弥补晚唐那行将崩缺的天空了,他手中即使有五色线,也无法去缝补晚唐那千疮百孔的衣裳了。但是,他豪迈爽健的个性和气质与生俱来,他的作品始终没有晚唐的萧飒垂暮之气,而是标准的"唐音"。他远绍李白近承刘禹锡,同时又张扬个性力求独创,作品"好异于人",即使是写秋天也始终不肯悲秋而坚持美秋,如"云阔烟深树,江澄水浴秋。美人何处在,明月万山头"(《有寄》),如"江涵秋影雁初飞,与客携壶上翠微。尘世难逢开口笑,菊花须插满头归"(《九日齐山登高》)。一双璧玉,两颗珍珠,他晚期写于北方的《长安秋望》,和早年作于南国的《山行》,更是相映生辉。

唐宣宗李忱大中二年(848)十二月,杜牧由浙西的睦州刺史任上调回长安,任从六品上的司勋员外郎。"高楼风雨感斯文,短翼差池不及群。刻意伤春复伤别,人间惟有杜司勋",同辈诗人李商隐赞美他的《杜司勋》诗就出此而来。杜牧在长安两年留下了一些诗作,其中最令我动心的,是应该写于此时的《长安秋望》:

楼倚霜树外,镜天无一毫。
南山与秋色,气势两相高!

《山行》写的是南方秋光,《长安秋望》咏的是北国秋色。前者明丽热烈,后者明快雄浑,前者俊爽而偏于阴柔,后者俊爽而偏于阳刚,它们是杜牧秋歌的南北二重唱。《长安秋望》前两句是仰望,秋日登楼,长天如一尘不染的明镜,后两句是远眺,诗人将具象的峻拔入云之"南山"与抽象的满天"秋色"结合在一起,虚实相生,不仅南山的高远如在目前,虚有的本来诉之于理念的秋色,也有了具体可感的意象,它们那清肃高拔的气势与精神一齐跃然纸上,而全诗意境中所表现的诗人的高远抱负与高扬意绪,那更是不待多言的了。"南山与秋色,气势两相高"两句,后世誉为"警绝"。杜甫当年在四川写有《王阆州筵奉酬十一舅惜别之作》,起句是"万壑树声满,千崖秋气高",有人将老杜与小杜之作比较,认为老杜"只一语略尽秋色"而"语益工",我则以为"千崖秋气高"只是老杜这首总共十二句的古风中的一句,如一幅织锦中的局部图案,而"南山与秋色,气势两相高"是小杜绝句中的二分天下有其一,几乎是全幅锦绣。小杜当然曾去成都的杜甫草堂取过经,但如果老杜有知,面对小杜的出蓝之美,他也会颔首而笑称道孺子可教的。老杜曾叹息"万里悲秋常作客,百年多病独登台",曾低吟"老去悲秋强自宽,兴来今日尽君欢",但小杜除了上述两首名作,他在湖州还曾歌唱"溪光初透彻,秋色正清华"(《题白蘋洲》),即使晚年病居在长安的樊川别墅,他仍然高歌"川光初媚日,山色正矜秋"(《秋晚与沈十七舍人期游樊川不至》),如果老杜能未卜先知,他更会赞扬后生可畏的了。

  人生也有四季。少年时的生命如同春日,只觉春阳初照,春花始开,秋季还在遥远的天边,连它先是金黄灿烂后是苍白萧索的身影都不见,何况中间还隔着一大段夏天,风风火火热热闹闹汗如雨下大有作为的夏天。然而,仿佛是转瞬之间,顶多有如小寐片刻,春日早已无影无踪,夏日也已绝尘而去,接踵而来冷然相对的,竟已是芸芸众生感时伤逝叹老嗟卑的秋天。然而,人有生理也有心理,有生态也有心态,生理与生态会与时俱老,但心理与心态却可以而且应该永葆青春。我在生命的秋日读杜牧的两首美秋之诗,就是在心灵的烛台上燃点两炷永远不灭的火焰。

浮生半日古松州

初夏五月,夏正年轻,我随旅行团远游川西北的九寨沟。往日没有车马声喧的幽静的山林,今日已成车轮滚滚人声嚣嚣的闹市,那蓝宝石般迷人的大小湖池,原本是山神的秘藏,最宜在清晨月夜独观或邀二三知己春日秋朝共赏,但现在却早已成为万人争睹的公共展品,而限时的导游与限刻的旅游车,更无法让你去从容细赏,悠然心会。然而,返程时因临时改变路线,得以不期而遇川西北的边陲重镇松潘。如果说九寨沟之游掠影浮光,是未免令人失望的正选,那么,古松潘的半日勾留,就是机缘赐予我的使人喜出望外的花红了。

离九寨沟不远的松潘,又称松州,在今日川西北阿坝藏族、羌族自治州境内。远在潇湘,我最早是从杜甫与李商隐的诗中知道它的名字的,那是一个被羌笛吹得其声远扬的名字,那是一个被蕃剑磨得其光锃亮的名字,那是一个被大唐的旌旗拂拭得分外警醒的名字,那是一个被刀与剑、血与火淬砺得分外悲壮的名字。杜甫当年流寓四川,宝应元年(762),他在《野望》一诗中写道:"西山白雪三城戍,南浦清江万里桥。海内风尘诸弟隔,天涯涕泪一身遥。"诗中的"西山",即冰雪不消的岷山主峰,在松潘之南,成都之西。而多次见于杜诗的"三城"呢,即松州、维州、保州三城。维州在今日理县之西,保州在理县新保关西北,它们均为蜀边要害,介于吐蕃,时有边防之警,杜甫因之野望而抚时,忧身而伤国。次年,在松州被围之际,杜甫先是在《西山三首》之二中忧心忡忡:"辛苦三城戍,长防万里秋。烟尘侵火井,雨雪闭松州。"又在《警急》一诗中联想到松州的久困和青海的沦陷:"玉垒虽传檄,松州合解围。青海今谁得?西戎实饱飞。"直至晚唐,客宦四川的李商隐接过了杜甫移交的接力棒,在大中六年(852),写下了他的一首名作《杜工部蜀中离席》:"人生何处不离群?世路干戈惜暂分。雪岭未归天外使,松州犹驻殿前军。座中醉客延醒客,江上晴云杂雨云。美酒成都堪送老,当垆仍是卓文君。"可见这位以写"无题"爱情诗喧传众口的诗人,他的笔下不仅有雪月风花,美人醇酒,同时也有边地干戈,时代脉跳。

以前,我曾多次在地图上摩挲松州的名字,测量它的方位,在有关史籍中钩沉它的往事,寻索它的履历。蚕丛及鱼凫,开国何茫然?蚕丛氏立国之初,此间为古蜀国的领地,公元前三一六年秦灭古蜀,于此置湔氐县,为县级建制之始。这里原系羌族、回族、党项、吐谷浑和吐蕃的聚居之地,后均臣服于吐蕃。唐高祖李渊武德元年(618)建松州城,因四周松高林茂而命名"松州",那是松州古城池的草创时代。大和三年(829),剑南节度使李德裕筹边,于此置柔远城,唐帝国与吐蕃的分界线于是更加历历分明而壁垒森严。明太祖洪武十二年(1379),朱元璋准奏设"松州卫",又将"潘州卫"并入,称"松潘卫",故今日松州又名"松潘"。古松州不仅是川、甘茶马古道的重要驿站,更是川、甘、青、陕交界处的边陲重镇，史载"扼岷岭，控江源，左邻河陇，右达康藏"，历来是用兵之地，征战之场，尤其在民族争斗的多事之秋。海拔近六千米终年积雪的岷山镇于县境，秋日萧瑟，冬日奇寒，而且杜甫也有"雨雪闭松州"之言在先，因此，在我的心目中，古松州不仅是兵戈杀伐的边城绝域，也是无花只有寒的雪地冰天。

九寨沟的初夏风物之美，已经宛若江南了，一出九寨沟往南，车行川西北藏东高原之上，面积二百平方公里的黄龙风景区之中，方向盘左旋右转，我也左顾右盼，游目所见，完全不是想象中的荒寒景象。远处的雪峰，虽然仍矗立着它的亿万斯年的冷峻与孤傲，但远岭近坡却是一片浅绿，不时可见白色的羊群与灰色的牦牛游走其间，低头咀嚼着无边的青草与空旷，全然不顾现代的公路与汽车，已经汹汹入侵它们世袭的领土。公路两旁，岷江源河谷，不时可见藏族的串木结构的转阁楼房和红墙黄瓦的寺庙，转经筒流转着经书，也流转着悠悠岁月，经幡高扬着经文，也高扬着高原的青空一派平安吉祥的景象，令人根本无法想象多少年前，狂风暴雨般的马蹄曾擂动此间的大地，暴风狂雨般的箭矢曾射开大唐的边关。现在，只有散落在半山坡上与河谷地带的羌寨，不时来警醒你的眼睛，无论是方形平顶的或人字形的房顶，也无论是两层或三层乃至更高，城堡般的羌寨中的房屋均是以石砌墙，灰扑扑，暗沉沉，严阵以待的神情似乎还没有完全消失。附近的关口要隘之处，一个个数十米高的年深月久的碉楼仍在忠于职守，护窗之中，射口之内，似乎仍闪动森森的剑气，冷冷的甲光，有扣弦急发的弓弩之声隐隐传来。虽然这里是川西北而非大西北，但它们也仍然会让你想起王之涣那一声怨杨柳的羌笛，让你想起此处虽然不是玉门关,却是以"松州"命名的古边关。

在宽阔的国道上载驰载驱一个多小时后,说时迟,那时快,前面一曲雄伟的城墙轰然入目,而古老的城门上两个擘窠大字"松州",便前来刷亮南下的我们的眼睛。穿过城门洞,藏族司机将我们卸落在东边城门之旁,藏族导游则发号施令,叫我们各自为战,三个小时后部队在北面的"松州"门外集合。这样,千年后的我们便不费一弓一矢,叩关而进,直入松州城的腹心了。

纵目四望,俯地仰天,你便会实地领略松州真乃川北之锁钥,边地之雄关。松州城海拔已高达二千八百五十一米,四周叠嶂层峦,而岷山主峰"雪宝顶"更直上海拔五千五百八十八米的青空,守望与守卫着它。明代洪武十二年(1379),朱元璋准平羌将军丁玉之奏,设"松州卫",丁玉调宁州卫(今甘肃宁县)指挥高显来筑此城,东傍江岸,西沿山麓,历时五年,筑成长六千二百米高十余米的城墙。英宗正统年间(1436—1449),负责兵备的御史寇深将西部城墙由山麓筑至山顶。嘉靖五年(1526),松潘总兵再增修外墙四百余丈。城防的全盛时期,城垣全长六点二公里,有门七座,东"觐阳"、西"威远"、南"延薰"、北"镇羌",西南山麓以"水西门"为号,南外城两门,东西向者名为"临江",南北向者名为"埠清"。唐代修筑的土城垣虽然不可复睹,但明代修筑的城墙与城门却大体保存完好,他们昔日的烈烈雄风与腾腾杀气,使人即使是遥想当年都会凛然而惊。我在"延薰门"等城门内外徘徊,见到的城门洞宽均为六米,以大块平行六面之条石拱圈,顶部呈半圆形,高达八点八米,城门厚达三十一点五米,比北京天安门城墙还厚五米之多。门基的大石上虽然镂绘着白鹤与梅花鹿之类的浮雕,将战争与和平奇妙地交集对接在一起,但城门毕竟为古代守卫御敌之重型工事,何况城砖斑驳,历经沧桑,踟蹰在城门洞里,你真疑心耳畔会响起当年呐喊与刀剑的交鸣之声。城内的四门已经巍然而凛然了,而高峻的西山本就俯临松州城,山巅居然还雄峙着一座城楼,以蓝天为背景,居高临下,虎视眈眈,当年的入侵者如果高踞其上,虽然没有望远镜,但炯炯的目光啊如网,城内的任何动静都可一网打尽。我抬头仰望而远眺,城楼峨峨前来镇压我的眉睫,我如果是当年的守将,此关在手时虽不至高枕无忧,但至少可以倚为屏障,倘若此处关山失守,那不仅整个城防会即刻崩盘,我的心防只怕也会立刻崩溃了。白天如此,入夜又当如何?遥想当年,如血的晚霞接走仓皇的落日,杀机四伏的夜色从四面合围,群山森严沉默如黑铁,只有几声警醒的刁斗敲破可疑的寂静,几声警觉的悲笳洞穿叵测的夜幕,你只要设身处地,怎会不魂悸而魄动?

  时间之水当然不会倒流,现在我们白日来游,只见松州城内居然还有廊桥流水,有如正惊心于壮士横刀,忽然却见令人倾心的美人挟瑟。从松州古城的东门之外入城,诞生之地不远声势尚未壮大的岷江,穿过环城路向西而流,潺潺的水声打湿城内的中央大街之后,便从南城门左侧铿铿锵锵而出,把松州古城抛在身后,去远赴长江的约会。城内江上有一座廊桥,名"古松桥",我在桥上小坐,往事已越千年,桥下江声如旧,它汩汩而滔滔,说的是些什么呢?是说当年的铁马金戈吗?是说城头曾经的旌旗变幻吗?是说城中唐代女诗人薛涛流放于此的往事吗?

  在唐代的女诗人中,字洪度的薛涛是一位重量级的选手,名列李冶、鱼玄机、刘采春之前,荣居唐代四大女诗人的首席,即使在灿若星云的男诗人中,她也可以说是不遑多让的扫眉才子。其父薛郧在京官居下品,安史之乱后携夫人裴氏入蜀,于成都生下薛涛。父卒,家贫,年仅十六岁的薛涛遂沦落为乐妓。因为她貌美艳而富诗才,不仅是美眉而且是才女,不久便芳华四播,名动一方,刘禹锡、白居易、杜牧、张籍、张祜等许多名诗人都曾和她结交唱和。元稹任西川监察御使时慕名相识,她大约也只对元稹付出了一片冰心与芳心。元稹入京后曾在薛涛寄赠的深红松花小笺上题写过《寄赠薛涛》之诗,说什么"锦江滑腻蛾眉秀,幻出文君与薛涛。言语巧偷鹦鹉舌,文章分得凤凰毛。纷纷辞客多停笔,个个公卿欲梦刀。别后相思隔烟水,菖蒲花发五云高",但却始乱而终弃,像年轻时对待远亲表妹崔莺莺一样,使得薛涛身心俱创而终身不嫁。当代国学大师陈寅恪在《元白诗笺证稿》一书中,对元稹之人品曾痛下贬语:"巧宦固不待言,而巧婚尤为可恶也。"时至今日,锦江之滨,浣花溪畔,还留下了薛涛井、望江楼等许多与薛涛有关的遗迹,以及她的坟墓。当年,段文昌以西川节度使再镇成都,曾为薛涛撰写墓志,可惜段文昌集不传,墓志石刻至今也不见出土,所以今日已不明薛涛原葬之地。原籍江西宜春的晚唐诗人郑谷,去薛涛的时代不远,他落第之后游历四川,曾作组诗《蜀中三首》,第三首写的就是薛涛之墓:"渚远江清碧簟纹,小桃花绕薛涛坟。朱桥直指金门路,粉堞高连玉垒云。窗下断琴翘凤足,波中濯锦散鸥群。子规夜夜啼巴蜀,不并吴乡楚国闻。"可见郑诗人其时亲眼所见的薛涛之坟,正在成都东郊锦江南岸。在众多歌咏薛涛的联语诗作中,最令我动心的,一是清人赵熙的集白居易句"独坐黄昏谁是伴,怎

教红粉不成灰",叹惋佳人薄命,人生无常,有如一阕《悲怆奏鸣曲》的最动人的乐句;一是清人王再盛的《成都竹枝词》:

昭烈祠前栋宇新,校书坟畔碧桃春。
江山莫谓全无主,半属英雄半美人。

写美人与英雄(刘备)一起管领江山,名垂后世,这也可以说是对薛涛的高度评价和最大慰安了。

薛涛的有诗五百首的《锦江集》,在元代即已失传,今存诗仅九十首左右。劫后余灰,只剩下五分之一,令人不胜浩叹!"枝迎南北鸟,叶送往来风",她诗酒年华,忧患一生,这样一位闺中弱质,竟然也和荒塞肃杀的松州结下了不解之缘。

薛涛前后历事十一镇。贞元元年(785),韦皋任剑南西川节度使出镇蜀地,他召年方二八的薛涛侑酒赋诗,十分欣赏她的诗才与书法,遂入乐籍。后来武元衡镇蜀时,不但让她参与文书工作,而且拟奏请朝廷授予"校书郎"的官职。此议虽因种种原因未能实行,薛涛也未能列入国家正式编制,成为众生艳羡的"公务员",但"女校书"之名却不胫而走。与武元衡同时且唱和颇多的诗人王建以假作真,堂而皇之地有《寄蜀中薛校书》一诗,也从未有人出面打假:

万里桥边女校书,琵琶花里闭门居。
扫眉才子知多少,管领春风总不如。

韦皋本来是个土皇帝,权倾一方,飞扬跋扈,他欣赏薛涛不仅因才,而且系色,当然不免以势凌人,薛涛不知何故触犯了他,他便立即将薛涛贬往松州。松州远离成都近六百里,何况松州其时没有汽车,没有火车,没有飞机,也没有手机电话等通信设备,顶多可以用骡马代步,以片纸传情,是壮士也不免胆寒的绝地,"弱者,你的名字是女人",薛涛虽然不可能知道数百年后英国莎士比亚的这一名句,但她在冰火两重天中,出于求生的本能,只好写出诗的检讨书《罚赴边有怀上韦相公二首》,这两首诗幸而尚未失传,得以流传至今:

黠虏犹违命,烽烟直北愁。
却教严谴妾,不敢向松州。

闻道边城苦,而今到始知。
羞将门下曲,唱与陇头儿。

韦皋生杀予夺,终于将薛涛从松州放回。才女多灾,红颜薄命。韦皋死后,刘闢代西川节度使。此人系个性凶残拥兵自叛的军阀,横征暴敛,鱼肉百姓。薛涛不知怎么又开罪了此等大权在握的小人与独夫,又被他罚赴松州。元和元年(806)秋,高崇文平定刘闢之乱,次年,武元衡继高崇文任西川节度使,薛涛献诗给武元衡,遂得以释回。其诗题为《罚赴边上武相公二首》:

萤在荒芜月在天,萤飞岂到月轮边?
重光万里应相照,目断云霄信不传。

按辔岭头寒复寒，微风细雨彻心肝。
　　但得放儿归舍去，山水屏风永不看。

　　薛涛恳求武元衡将她释回，离开这穷山恶水的苦寒边地，她希求脱去乐籍，做一个有安居之所的普通百姓。武元衡有权，且有恻隐之心与爱才之意，薛涛释回并脱籍后，即退居成都西郊浣花溪百花潭之锦浦里，创深红小笺，名"薛涛笺"，风行千载。晚岁复迁城内西北隅之碧鸡坊，吟咏自适，深居简出。

　　大和五年（831），薛涛红颜已老，时届六十余岁的暮年，新任剑南西川节度使的李德裕于成都城郊修建了一座宏伟的"筹边楼"，四壁绘蛮夷险要，非仅登临览胜而已，主要是于此指陈筹划军旅边事。薛涛有感而作《筹边楼》一诗，次年即告去世。这既是她的诗的绝唱，也是她生命的绝唱：

　　平临云鸟八窗秋，壮压西川四十州。
　　诸将莫贪羌族马，最高层处见边头！

　　清代《四库全书总目提要》说此诗"托意深远"，"非寻常裙屐所及，宜其名重一时"。我在"松州桥"上，回想薛涛这一名副其实的力作，真佩服这位弱女子对边事的高瞻远瞩，以及她警告诸将不要贪功启衅的勇气。她能写出如此独具慧眼风格豪雄的好诗，大约和她当年远贬松州得以深入边塞生活有关吧？在薛涛之后的所有女诗人中，只有宋代的李清照于浙江金华所作的《题八咏楼》差堪媲美：

千古风流八咏楼,江山留与后人愁。

水通南国三千里,气压江城十四州!

不过,李清照似乎还是远承了薛涛的一脉诗香,不惟韵脚一样,结句也形迹可疑。而远在薛涛之前,担任过西川节度使的诗人高适,曾经说过松、维、保三州"邈在穷山之巅,垂于险绝之末,运粮于束马之路,坐甲于无人之乡"。薛涛目历身经,自然饶多感慨。如果千年后旧地重来,她会看到些什么呢?她该会写出怎样的新篇?当地的有关方面肯定会请她题词,书名为诗名所掩的她,该会怎样挥毫落纸如云烟呢?

今日的松州,早已不是冷峻的攻伐之场而是热门的旅游城市了,"入侵者"已不是强弓劲卒,而是来自天南地北的万千游客。任你如何寻觅,再也看不到半缕硝烟;任你如何侧耳,再也听不到一声鸣镝。从南面的延薰门到北面的松州门,是一条宽敞整洁的大街,大街的中央,是一溜让行人休憩游人休闲的靠椅,两侧店铺里陈列的,是本地的山珍土产和只供玩赏的蕃剑藏刀,而两旁高举的宫灯呢,点亮的则是今天平安无事的边陲岁月。我们踅进一条专卖菜蔬果品的小巷,碧油油的青菜,红嫩嫩的萝卜,绿浸浸的豌豆,身着黄衫的杏子,红白笑靥的水蜜桃,使我们惊诧昔日的西部边塞,今日居然也有一巷风光旖旎的江南。妻子缇萦买了藏族地区特有的青稞粉,让我重温年轻时远谪青海数年的旧梦,她还特意买了几斤豌豆粉,白生生,香喷喷,豌豆们是什么时候移居到这里的呢?一缕清香,将我们引渡到遥远的江南故乡。那位藏族妇女将秤称得老高,我们说您太客气了,她说你们高兴我也高兴,沐浴如此淳朴的民风,我连忙用新学的藏语"扎西德勒"(吉祥如意)向她致意。从小巷里出来,在朝向大街的转角处,缇萦不慎摔倒在地,一位脸色红润的高大回民小伙不知从哪里冒了出来,立刻将她扶起,我还来不及学习回语,只得投之以桃,报之以李——汉语的"谢谢",他满面笑容,照单全收在他脸上的酒窝里。信佛的内子则振振有词,喃喃而语:这是菩萨派来的!这是菩萨派来的!

浮生半日古松州,我终于一偿游览其地的夙愿。然而,松州也有美中不足,如果我是当地的主事者,我会将杜甫、薛涛和李商隐等人的诗,或龙飞凤舞在巨石间,或峙立在城内的通衢大道上,让游人拜读雄丽的山川,也领略真正的诗的文化。这一愿望什么时候可以实现呢?但我至少可以告诉杜公他们,千年之后,我终于远道来访,将他们的诗句实地温习,在他们咏叹和歌哭过的松州。如果薛涛校书愿意旧地重游,就根本不要再去理睬什么韦皋刘闢之流了,从成都驱车北上,有关方面定会盛情接待送迎,如果有深红小笺召我同游,我当然也愿意从湖湘千里远来啊追陪左右。

千年如在觅诗魂

二十世纪最后一年的高秋九月,台湾名诗人余光中首度访湘。由岳麓书院开坛演讲至汨罗屈子祠挥毫赋诗,在岳阳楼畔即兴题词至常德诗墙刻有其名作《乡愁》的石碑前握手言欢,我全程陪同,历时半月,最后在张家界机场话别。他飞香港转赴台湾,我则回返潇湘的腹心之地长沙。在检票处的入口,眼看近在咫尺即将远隔天涯,余光中在挥一挥衣袖的同时,回头笑向我说:"元洛兄,君向潇湘我向秦,再见了!"

余光中临行借用的,是晚唐诗人郑谷名诗中的名句。郑谷,袁州宜春(今江西宜春市)人,约生于唐宣宗大中二年(848),距今已千有余载。唐懿宗八年(867)他年方弱冠之时,游历江淮,自春徂夏,然后远赴长安参加秋试,在扬州瓜洲渡与友人告别时作《淮上与友人别》一诗:

扬子江头杨柳春,杨花愁杀渡江人。
数声风笛离亭晚,君向潇湘我向秦。

"淮上"一指淮河之上,一指淮南道,辖淮河以南长江以北之地,治所在今江苏之扬州。郑谷此诗中之"淮上",正是后者。在古典诗歌史上,咏叹与友人离别之情的诗可谓多矣,在郑谷之前的初唐、盛唐与中唐,此类题材的佳篇胜构也早已如繁华照眼,但郑谷之作较之前人的顶尖作品,虽不能说后来居上,至少也不遑多让。景物的点染铺垫,遣词的复沓回环,结句之君我与去向的两两对举而水到渠成引人遐想,均可见他力求新创的不凡才情。明代诗人兼诗论家谢榛,其诗不乏可读之作,其《四溟诗话》也不乏高见,但他却将郑谷上述之诗改为:"君向潇湘我向秦,杨花愁杀渡江人。数声长笛离亭晚,落日空江不见春。"真是点金成铁,佛头着粪,前人早已批评其"浅直无味"矣。郑谷之原作自是情文并佳的妙品,不然,余光中怎么会熟记成诵脱口而出?余光中所去之地,虽然并非今日的西安昔日之长安,而是孤悬东海之中的宝岛,但"秦"毕竟是远离中原的僻远之地的象征,后生晚辈的余诗人如此巧借,郑谷有知,当也会欣然首肯而抚髯一笑吧?

郑谷生逢晚唐,时当末世。如日中天辉光耀彩的盛唐已经成为过去的光荣与梦想,唐王朝好像西山的落日,就要举行闭幕礼了。而晚唐的诗歌呢?虽然盛唐气象不在也不再,有如晚霞,但仍闪耀它独有的虽然不免凄迷感怆却依然炫目的色彩,引人回望。晚唐诗坛,除了杜牧与李商隐这两位重镇之外,也还有不少名家捧场,郑谷就是其中的一位,《四库提要》甚至还说他"固亦晚唐之巨擘矣"。我虽乃当代之湘人,然而却也与唐代之赣人郑谷缘结千载:因为我早已读过他的全部诗歌并心仪其中的佳作;因为他的父亲郑史咸通初年曾任永州刺史,他七岁时随父去湘,有诗歌咏岳阳楼,此诗虽已失踪,但他的《卷末偶题三首之二》仍有"七岁侍行湖外去,岳阳楼上敢题诗"之句以记其事。"湖外",指今日之湖南省。他七岁能诗,并非虚诳,郑谷在其诗集《云台编》的"自序"中,就曾追记"自骑竹之年,则有赋咏",而前辈如李明、马戴等人亦对早慧的他颇为欣赏,"尝抚项叹勉,谓他日必垂名"。因为中国诗歌史上记载不少"一字师"的故事,其中最著名的一则说的就是他和诗僧齐己,而齐己正是湘人。此外,就是余光中在张家界引其诗而和我话别了。什么时候,我才能一游他的故里,于千年后去寻觅他的诗魂呢?

八年之后,我因事而有缘去宜春,并且应宜春学院之邀,在该校做了一次题为《唐诗与现代》的讲座,并且引述了郑谷的有关诗作。大礼堂中,近两千学生济济一堂,掌声不时如汹涌而至轰然而鸣的潮水。然而,来去匆匆,我竟无缘去寻觅郑谷的往迹遗踪,心中不免深以为憾。直到二〇一三年九月高秋,我在宜春工作多年的中学与大学的同窗李谷虚兄,函电交驰,邀我前往,才得以偷得浮生几日闲,而一偿夙愿。

郑谷当年还乡是马蹄得得,我而今从长沙前去还愿则是车轮滚滚。宜春不惟名字动人,而且实至名归,曾荣膺"中国宜居城市""国家森林城市"等诸多冠冕。我来不及细赏新旧城区的容貌风光,一心只顾去寻觅郑谷的遗踪旧事。明代正德年间《袁州府志》记载说:"丛桂坊,府治西二十步,唐郑谷登第名。"又说:"桂林坊,府治西五十步,厢院巷口,唐郑史(郑谷之父——作者注)登第名。"而郑谷在《下第退居二首》之中,曾经说"落尽梨花春又了,破篱残雨晚莺啼","只有退耕耕不得,茫然村落水吹残"，可见郑谷世居袁州府城西门之外，地在城郊。其时宜春城小人稀，今日已俨然都会。我们驱车往西，只见马路纵横，路边的楼房鳞次栉比，路上的车辆踵接肩摩，更有新兴的宜春学院在平野摊开它豪阔的幅员，哪里还寻得到"丛桂坊""桂林坊"的影子？宋词人张先有"心中事、眼中泪、意中人"之词，人称之为"张三中"，又有"云破月来花弄影""娇柔懒起，帘压卷花影""柳径无人、堕飞絮无影"之句，人又名之为"张三影"，其《一花丛》结句为"沉恨细思，不如桃杏，犹解嫁东风"盛传一时，连欧阳修都倒屐相迎作者，并"美"与"谑"兼而有之地称之为"桃杏嫁东风郎中"。其实，早在唐代，读者就已经以名作名句中的关键词为作者命名了，例如晚唐的赵嘏，其《早秋》诗有"残星数点雁横塞，长笛一声人倚楼"之语，杜牧激赏之下就称其为"赵倚楼"。郑谷呢？他下第南游，曾赋《燕》与《鹧鸪》两首七律，前者开篇即是"年去年来来去忙，春寒烟暝渡潇湘"的清词丽句；后者则让他以此得名并成名，人美称其"郑鹧鸪"，仿佛今天的知名注册商标："暖戏烟荒锦翼齐，品流应得近山鸡。雨昏青草湖边过，花落黄陵庙里啼。游子乍闻征袖湿，佳人才唱翠眉低。相呼相应湘江阔，苦竹丛深日向西。"我们在宜春的大街小巷东寻西觅，入耳的是人声嚣嚣，车声喧喧，不要说鹧鸪的啼鸣了，不但听不到郑谷的哪怕一声謦咳，更觅不到今人纪念他的任何标识。谷虚告诉我，他二十世纪六十年代伊始初来宜春时，尚有一条街道还名为"鹧鸪路"，待至后来拓建，就弃旧图新易名放之四海而皆准的"东风大街"了。我不禁联想到中唐籍贯浙江建德的诗人徐凝，他有《忆扬州》的著名绝句："萧娘脸薄难胜泪，桃叶眉长易得愁。天下三分明月夜,二分无赖是扬州!"多年前我也曾烟花三月下扬州,只见一座城门高悬的匾额上赫然入目的竟是"徐凝门"三字,而路经一条宽阔的马路,其大名竟然就叫"徐凝路"。目击身经,我当时对扬州人的眼光胸怀与文化品位,不免肃然起敬。而斯时斯地,对照郑谷,我当然也难免不感慨系之。

郑谷,是宜春历史上土生土长的有数的文化人物。懿宗咸通年间,尚未中举的他就与许棠、张乔等名诗人并称"咸通十哲"。僖宗光启三年(887)他进士及第,曾为县尉,历拾遗、补阙,昭宗乾宁四年(897)擢都官郎中,相当于今日中央司局级干部,故人称"郑都官"。八年后之天祐元年,军阀朱全忠焚烧长安,胁迫唐哀帝李柷迁都洛阳,图谋篡位,唐王朝即将寿终不正之寝,郑谷乃弃官回乡,寓居于州城西北秀江河边化成岩之北岩别墅。

久居斯郡的谷虚颇耽吟咏,他的《远眺化成岩》一诗说:"秀江西出乱峰青,古寺云笼隐化成。我欲看山山看我,隔江飞过晚钟声。"现在,却轮到"我欲看山"了,"化成岩"是一座濒江而立的连绵山岩。唐文宗大和九年(835),官至兵部尚书同平章事(即宰相)的著名政治家李德裕在牛李党争中失势,被贬谪为袁州长史,在此临江倚岩的寺院精舍中谪居约一年之久。他不但自己作《山凤凰赋》以明志,还赏识培育了后来成为状元的袁州士子卢肇等人。所谓"通化存神,成就斯郡",故袁州人后来将他所居之山岩名为"化成岩"。乾隆年间之《袁州府志》早已言之凿凿:"化成岩,府城西北五里,岩下有郑氏别墅。"据说郑谷最后从隐居之地仰山回到江城,就逝世于化成岩下的别业。

化成岩一带今日已辟为"化成公园",那里是否还有遗迹可寻呢?我们急急渡秀江而西,只见千年前的郊野之地,今日也已街衢纵横,店铺林立。秀江之畔,公园之侧,一座古物翻新的庙宇照例香火鼎盛,公园空旷清幽,平地上辟有人声熙攘的门球场,山坡上建有幼儿园和其他不明其详的单位之房舍,一处石壁上尚篆刻有六个大字:"李卫公(德裕)读书处",只是没有任何有关郑谷的遗迹,哪怕是介绍性的文字。郑谷晚年居停的北岩别墅之具体方位究竟在何处?无人知晓。我问公园里仍然青峰耸翠的化成岩,它也沉默是金,拒不作答。但是,它还应记得郑谷写于此间的名作《雪中偶题》吧:

乱飘僧舍茶烟湿,密洒歌楼酒力微。
江上晚来堪画处,渔人披得一蓑归。

这首诗是郑谷的名作。宋代郭若虚《图画见闻志》引此诗全文,并说:"时人多传诵之。段赞善善画,因探其诗意图写之。"郑谷早在生时,就以诗向那位官称"赞善大夫"的段姓画家表示谢意了,诗题为《余尝有雪景一绝为人所讽吟段赞善小笔精微忽为图画以诗谢之》,诗的结句就是"爱余风雪句,幽绝写渔蓑"。可惜的是,一千多场风雪过去,此诗犹存,此画却不可复睹了。

郑谷的其他一些佳作,如风景诗"白头波上白头翁,家逐船移浦浦风。一尺鲈鱼新钓得,儿孙吹火荻花中"(《淮上渔者》);如咏物诗"春红秋紫绕池台,个个圆如济世财。雨后无端满穷巷,买花不得买愁来"(《苔钱》);如哲理诗"举世何人肯自知,须逢精鉴定妍媸。若教嫫母临明镜,也道不劳红粉施"(《闲题》);如咏人诗"何事文星与酒星,一时钟在李先生。高吟大醉三千首,留著人间伴月明"(《读李白集》)。这些虽不都是写于宜春,但却都是出自宜春人郑谷的手笔。欧阳修在《六一诗话》中赞扬郑谷时说:"其诗极有意思,亦多佳句。"如此宝贵的地方文献,流传久远的非物质文化遗产,怎么不刻石立碑于公园里供游人一开眼界呢?

唐王朝灭亡后,郑谷离开化成岩隐居于宜春之仰山。仰山,又名大仰山,在离宜春市约六十里之西南方,周围数百里,为武功山的支脉,以"山势高耸万仞,可仰而不可登"而得名。其主峰海拔一千七百余米,终年云封雾锁,白雪为冠,故名集云峰。仰山过去声名赫奕,为袁州之镇山,从唐宋以来至于晚清,历代许多诗人与名士,如韩愈、黄庭坚、范成大、辛弃疾、朱熹等人均有题咏。郑谷在仰山东庄今日之洪江乡东南村筑堂读书,并将回乡后所作百余首诗结为《宜阳集》,后人遂将他隐读之山称为"书堂峰"。今日之宜春,明月山乃车水马龙的新兴热门景点,游人如过江之鲫,仰山已少为人知。我既专程前来宜春,当然要去仰山瞻仰。我们出宜春市区驱车前往,名为古庙河的溪河伴我们前行,一路潺潺汩汩着我听不清也听不懂的俚语方言。车至仰山东庄西北一里许之的"渚田",谷虚告诉我郑谷的《野步》一诗写的就是这里,他随之以湘音朗吟起来:

翠岚迎步兴何长,笑领渔翁入醉乡。
日暮渚田微雨后,鹭鹚闲暇稻花香。

谷虚未改的乡音甫落,接过他的话头,我说郑谷官拜"都官郎中",是中央的司局级干部,但他却颇有平民意识,归隐田园之后,深恐民间父老知道他的身份,不像现在某些官员,一旦为官作宦,就要衣锦还乡张扬炫耀一番。于是,我也在眼前郊野之地吟诵郑谷大约也是作于此间的《郊野戏题》:

竹巷溪桥天气凉,荷开稻熟村酒香。
唯忧野叟相回避,莫道侬家是汉郎。

路转峰回,由夏日吟唱至高秋的蝉声为我们殷勤带路,到得书堂峰山腰,谷虚指着一处杂草丛生的狭窄地坪说:"民间父老相传,这里就是读书堂的遗址了。"唐末诗僧齐己,长沙人,一说湖南益阳人,他是郑谷的铁杆粉丝,前后写给郑谷的诗有十八首之多。他千里迢迢来读书堂拜会郑谷,郑谷将其《早梅》诗的"前村深雪里,昨夜数枝开"改为"昨夜一枝开",遂成千古佳话。因为诗题既为"早梅","一枝"当然比"数枝"更见梅开之早,也更可见为早开之梅。我对谷虚说:"现在有多少人知道,'一字师'的故事的原产地就是这里呢?"明代籍贯江西分宜的奸相兼诗人严嵩,他的《仰山寻郑谷书堂》一诗,开篇就是"遗墟那复辨,岩石但苍莽",清代宜春县人段如锦之诗《游郑都官读书故址》,也说"读书堂侧老松枝,故址荒凉唱鹧鸪",何况是我来寻访的今日呢?环目四顾,寂寂无人,只有青山仍青着从唐代以来就青着的青色,溪涧仍溪着从唐代以来就溪着的溪声。"惊飞失势粉墙高,好个声音好羽毛。小婢不须催柘弹，且从枝上吃樱桃。"只有郑谷写于此间的颇有现代之环保意识的《山鸟》，仍然回响在我们的耳畔，却再也寻不到他的一角衣衫，半枚履印，再也找不到读书堂的一截断瓦，半口残砖，诗人早已走进了云烟深深深几许的历史。

　　诗人早已走进了历史，走进历史的，还有那个并不值得留恋和哀悼的败象丛生的晚唐。自历时八年的"安史之乱"后，曾经盛极一时的大唐王朝就每况愈下，如东去的江河一天天奔向它的尾声。作为唐代的读书人入仕者，享有官位与俸禄的国家高层公务员，郑谷诗作中对于唐王朝所表现的伤逝悼亡之感，我虽不同情，却完全可以理解，如"缙绅奔避复沦亡，消息春来到水乡。屈指故人能几许，月明花好更悲凉"（《黯然》），如"江郡人稀便是村，踏青天气欲黄昏。春愁不破还成醉，衣上泪痕和酒痕"（《寂寞》）。但是，对他同一情调与主旨的《和知己秋日伤怀》，我却另有新的发现。全诗如下：

　　　　流水歌声共不回，去年天气旧亭台。
　　　　梁尘寂寞燕归去，黄蜀葵花一朵开。

　　北宋晏殊的名作《浣溪沙》有云："一曲新词酒一杯，去年天气旧亭台。夕阳西下几时回？无可奈何花落去，似曾相识燕归来。小园香径独徘徊。"其中的"无可"与"似曾"一联虽是晏殊的最爱，他后来又原封不动地将其移入《假中示判官张寺丞王校勘》这首七律中，然而，有多少读者知道，晏殊之作不但对良辰美景的伤逝之情与上述郑谷之作息息相通，"燕归来"与"燕归去"也关系暧昧,"台""回"韵脚相同,其"去年天气旧亭台"之语更是直接从郑谷那里全盘借支而来,连应有的借条也没有开具一张呢!不仅晏殊在郑谷诗中取过经,接踵而来的苏轼也曾去郑谷诗中朝过香。郑谷的绝句《十日菊》云"节去蜂愁蝶不知,晓庭还绕折残枝。自缘今日人心别,未必秋香一夜衰"。"九日"即赏菊登高的重阳节,"十日"即重阳节后之次日,此时,菊即被认为是过时之物了。苏轼在《九日次韵王巩》诗中先说"相逢不用北归去,明日黄花蝶也愁",后来在《南乡子·重九涵辉楼呈徐君猷》复说"万事到头都是梦,休休,明日黄花蝶也愁",苏大作家似乎自珍自恋"明日黄花蝶也愁"这一妙句,反之复之,以致"明日黄花"成了流传于世而习用至今的成语。例如元曲名家张可久在《折桂令》中,就曾说"人老去西风白发,蝶愁来明日黄花",足见这一成语之可以传之久远。不过,有多少读者知道,苏大作家的妙句是脱胎自或者说化自郑谷的《十日菊》之诗呢?郑谷的名气不及苏轼,苏轼自己也未加说明,所以人皆知有苏而不知有郑了。郑谷是以诗为生命的,他《卷末偶题》中的"何如海日生残夜,一句能令万古传",就高度赞扬了初唐诗人王湾的《次北固山下》中的名句,而《春阴》的"携琴当酒度春阴,不解谋生只解吟。舞蝶歌莺莫相试,老郎心是老僧心",尤其是《静吟》一诗中的"相门相客应相笑,得句胜于得好官",他的诗句为后代的晏殊和苏轼所援引,为后代的后代的我们所吟咏,那不就是他的生命的延长和艺术生命的延续吗?

西谚有云:生命短促,艺术长存。今日的许多唐诗选本,都没有也不能将郑谷遗忘。我不久前在岳麓书社出版而在台湾九歌出版社修订再版的《新编今读唐诗三百首》,无一与清人蘅塘退士的旧选本雷同,其中就选有郑谷《闲题》《菊》《苔钱》与《中年》四首。我怎么将这个消息告诉他呢?在仰山的读书堂遗址徘徊,蓦然回首,寂静的山林间白光一闪,居然有一匹悠闲的白马,在不知有汉无论魏晋地低头嚼着青草。那该是当年郑谷坐骑的子孙后裔吧?何当金络脑,快走踏清秋,且让我纵身而上,从古驿道直去唐朝。

相 逢 一 笑

一

"文人相轻,自古已然,于今为烈",这句话好像是古今文人的一个著名标签,文人无分今古,似乎概莫能外。的确,古今确有许多文人相轻甚至相残的有名案例,除了种种原因,俗语所云"文章是自己的好,老婆是别人的好"的自恋与自大情结,似乎是造成这种现象的一个重要心理依据。

然而,凡事也不可一概而论。例如唐代,比李白小十一岁的杜甫,就对洛阳初识而燕赵联袂齐鲁同游的李白情深一往,从青年至晚年,前后写了十四首诗给他,"白也诗无敌,飘然思不群",推许他是诗坛超一流的顶尖高手,大大咧咧的李白其时已名满天下,对杜甫还算是不错,于是后人就演绎了一番"双子星座"的佳话。中唐的刘柳与元白,也是文人相重的范例。刘禹锡与柳宗元是"永贞革新"中共患难的战友,双方的友谊历经磨难而坚贞不渝,而柳宗元逝世之后,刘禹锡还为他编定诗文集,抚育他的遗孤成人,可谓一生一死,交情乃见。不像现代的文人甚至是同一团体与流派的文人,大难来时往往就互相检举揭发,落井下石。白居易和元稹也是莫逆之交,元稹写给白居易的诗自不必说了,翻开《白氏长庆集》,以"赠元九""别元九""寄元九""怀元九""忆元九""梦元九"为题的作品络绎不绝,真令人怀疑中唐这两位大诗人与名诗人之间,是不是存在当今时髦说法的"同性恋"。但是,我觉得以上种种,似乎都比不上宋代的王安石与苏东坡。说李杜相重,李白的表现较之杜甫似乎过于比例失调,他仅有两首赠杜甫之诗,且系轻描淡写,有一首还近乎戏谑性质,真实性亦复可疑;论刘柳相亲,他们毕竟是同年进士而且属于同一阵营;至于元白相得,他们似乎更多的是表现了彼此推重的私谊,元稹的人品与诗品,也被白居易的青眼过于拔高。在古代的"文人相重"中,最令我感动深思而临风怀想的,是先为政敌而最后相逢一笑泯恩仇的苏东坡与王安石。

二

北宋嘉祐元年(1056),"三驾马车"越剑阁雄关,从天府之国向千里之外的京城开封进发,他们就是后来在中国文学史上占据了要津占领了高地的"三苏"——苏洵,和他时年二十一岁的儿子苏轼与十八岁的儿子苏辙。当年九月,苏家兄弟顺利通过乡试,次年伊始,仁宗任命欧阳修为主试官而梅圣俞为参详官,主持礼部考试,答卷全由书记另行誊抄,送给考官时不但隐去名字而且隐去笔迹。欧阳修"爱士为天下第一",梅尧臣也是清介多才之士,他发现一篇佳卷,但不知作者为谁,坚持要录为第一,欧阳修则怀疑作者是自己的同乡与门生曾巩,为避嫌计只同意取为第二,其实作者正是苏轼。当时朝廷严禁徇私,考试法度森严,考官也清高自重,如有舞弊即有言官弹劾,比起今日许多学衔、职称、公务员录用中的考试考核,以及名目繁多的文学评奖中的弊病,尤其是某些官员之"硕士""博士"衔头之轻而易得,常不免令人油然而兴今不如昔之叹。紧接着的礼部复试,苏轼以出色的答卷取为第一。殿试时,仁宗亲自主持,苏家兄弟同科进士及第,棠棣之花竟然在春寒料峭中同时盛开。来自西蜀的他们都是青钱万选之才,一举成名,文坛盟主的欧阳修本是恩师座主,却多次对他人赞美苏轼"他日文章必独步天下",在给梅圣俞的信中,他也说"读轼书,不觉汗出。快哉!快哉!老夫当让路,放他出一头地也。可喜!可喜!"我钦佩欧阳修之爱才如渴,克己让人,他不是种子至今绵绵不绝的白衣秀士王伦,而是真正的文坛领袖,我也要感谢苏轼,他竟让欧阳修为我们留下了"出人头地"这一成语。欧阳修在家里和儿子说"私房话",说到苏轼,他像一个预言家:"汝记吾言,三十年后,世上人更道不着我也。"他的预言并非百分之百的灵验,三十年乃至许多许多年以后的今日,众生对苏轼固然津津乐道,欧阳修的诗文与品格也仍然有口皆碑。苏家兄弟进士及第后,因母丧而奔回四川守制,三年后的公元一〇六〇年复来京师,又参加朝廷的"策试"。苏轼以"文义灿然"入最高等,自宋代建国以来,以制策入最高等的苏轼是继吴育之后的第二人。苏辙之文因针砭时弊,锋芒外露,有的主试官与执宰主张罢黜,在宋仁宗的干预下还是列为四等。据《宋史·苏轼传》记载,苏家兄弟高中而仁宗退朝后,仁宗兴奋地对高皇后说:"朕今日为子孙找到两个宰相了。"

苏家兄弟经御笔钦点,又经万乘之尊的金口许为"储相",相当于第二代或第三代宰相,略似今日所谓的"接班人",照理应该是飞黄腾达指日可待,平步青云前途无量的了,何况苏轼心仪东汉直士名臣范滂,"登车揽辔,慨然有澄清天下之志"。然而,苏轼的一生,绝大部分时间都是在迁谪或戴罪流放之中度过,他宦海浮沉多年,而小人们制造的"乌台诗案"几乎使他性命不保,前路茫茫,不是"无量"而是"无亮"。虽然元丰八年(1085)神宗去世而哲宗继位,反对新法的高太后掌权,任命旧党领袖司马光为宰相,属于保守阵营的苏轼被调到中央,数月之内由起居舍人而中书舍人而翰林学士,后者为专门草拟诏令的天子近臣,人称"内相",离仁宗当年所预开的支票只有一步之遥。然而,他并非反对渐进的改革,而只是反对激进的变法,旧党对新法的全面否定他也表示不满。于是,在新党旧党的两面夹攻中,以后又屡遭严贬,被放逐到广东惠州甚至大海之南的海南岛。公元一一〇一年八月二十四日,他以六十六岁之年病逝于常州,如同经历烈风暴雨的航船,终于降下了它伤痕累累的风帆。

苏轼一生之所以坎坷不遇,固然是因为他被卷入当时政治斗争的漩涡中心,根本原因却还是因为他有独立的人格与自由的思想,刚直不阿的冰霜节操。他反对激烈冒进的变法得罪了王安石,后来又反对全盘守旧而开罪了司马光。王安石与司马光毕竟都是政治家、文学家与历史学家,至于"乌台诗案"的具体制造者御史中丞李定、御史里行何正臣、御史舒亶,以及先为友人后欲置他于死地的敌人章惇之流,那就只能以"魑魅魍魉"与"无耻之徒"去为他们命名了。苏轼六十多年的生命,有四十多年是在以党争为主的政治风波中度过的,而他前半生的诸多苦难,直接或间接均与执政的王安石有关。最早的"过节"可以追溯到他们兄弟制策高中之时。朝廷任命苏辙为商州军事推官,王安石时任知制诰,即负责起草诏令,但他拒绝撰词,理由是苏辙的对策是"专攻人主",苏辙只得在京闲居了数年。至年方二十亟欲革故鼎新的神宗即位,锐意变革的王安石与神宗君臣遇合,即在全国雷厉风行地推行新政。本来也主张改革的苏轼,许多政见与王安石相左,加之苏洵对王安石颇为反感,儿子也不免受到父亲的影响,何况儿子秉性方正,不会也不愿看风使舵,趋炎附势,于是,苏轼以《上神宗皇帝书》《再上皇帝书》,对王安石的变法展开全面批评,火力相当猛烈。这当然遭到变法派的嫉恨,王安石的姻亲、御史知杂事谢景温首先发难,诬奏苏氏兄弟在苏洵死后扶丧回乡时,用官船贩运私盐与木柴,王安石下令调查,拘捕船夫水手鞫问。虽然此事纯系子虚乌有,苏轼迫于压力,只好请求离开权力中心的京城而外任,于是由杭州、密州而徐州而湖州,一直在地方官任上浮沉。元丰二年(1079),苏轼在湖州太守任上仅为时三月,即因"乌台诗案"而被捕入狱,在狱中囚禁了一百多天,还多次受到严刑拷打。牢狱之灾,皮肉之苦,加上死神的并非虚张声势的威胁,他只得被逼自诬,违心地写了四万多言的检讨书与认罪书。

苏轼一只脚已经进了鬼门关,最后还是侥幸全身而出,被贬为黄州团练副使,在黄州,浩荡的长江用惊涛与豪笑迎来了他创作的黄金时代。"乌台诗案"与王安石没有直接的关系,因为王安石此时已经罢相,但却也有间接的因由,因为朝廷围绕变法而展开的斗争,每况愈下地蜕变为权臣对异己的残酷打击。此时王安石虽已二度罢相谪居金陵,但加害苏轼的李定、舒亶之流,都是王安石提拔的新党人物,他们这帮小人弄权为虐掀起的罡风恶雨并没有停歇,变本加厉地将正直的苏轼一身打得透湿。

大难不死。苏轼在黄州贬居五年,虽然仕途上阴霾满天,但文途上却艳阳高照,前后《赤壁赋》与《念奴娇·大江东去》等千古不朽的名篇杰构,就是写于这一时期。这,是那些亟欲置他于死地而自己终于灰飞烟灭的权奸宵小们所始料不及的吧?

三

五年后的元丰七年(1084),朝廷量移苏轼为汝州(今河南临汝)团练副使,不得签书公事。苏轼北上时由庐山过金陵(今南京市),在金陵逗留月余,与王安石相逢一笑,共同书写了中国文学史上永恒的佳话。

王安石在熙宁七年(1074)被迫罢相,出知江宁府,次年复出,短短一年后的熙宁九年(1076)十月,他第二次罢相,从庙堂之高从此退居江湖之远,从政治舞台的中心汴京退处边缘地带的江宁。在江宁府与城东南的钟山之间,有地名"白垆",王安石于此筑室修池,建"半山园",不设墙垣,其地简陋得仅避风雨,不像宰相之居所应有的鼎食钟鸣,高堂华屋。隐居于此的王安石自称"半山老人",在这里度过他一生最后十年中的八年岁月。苏轼路过金陵时,当时知江宁的字胜之的王益柔,是宰相王曙之子,与苏轼和王安石的关系都不错,由于他的牵线搭桥,苏轼去半山探望了王安石,双方虽不能说前嫌尽释——因为他们都是极具个性与主见的人物,颇有西方哲人"吾爱吾师,吾尤爱真理"的精神,但他们同游钟山,流连累日,作诗唱和,相处甚欢,虽然"你有你的、我有我的方向",但那"交会时互放的光亮"却被宋人的不少笔记与诗话,如《邵氏闻见录》《西清诗话》《曲洧旧闻》《潘子真诗话》等录存下来,至今也仍然可以照亮我们的眼睛,令我们在怅望千秋之时,也仍然感到欣慰与温暖。宋人朱弁《曲洧旧闻》说,"东坡由黄徙汝,过金陵,荆公野服(便服)乘驴谒于舟次,东坡不冠而迎揖曰:'轼今日敢以野服见大丞相。'荆公笑曰:'礼岂为我辈设焉!'"写他们见面时的对话与情态颇为传神,但说王安石先去拜会苏东坡,恐是传闻之误。因为王安石年长苏轼十六岁,无论从年龄或资历,都是苏轼的前辈,而此时王安石既老且病,唯一的儿子且是爱子的王雱新丧,而且我国的习俗是"行客拜坐客",断无王安石屈尊先去拜访苏轼而后者受之无愧之理。还是陆游在《渭南文集》中说的合于世事人情:"东坡自黄州归,见荆公于半山,剧谈累日不厌,至约卜邻以老焉。"

"剧谈",即是爽心惬意地快谈,"累日"即是多日,"不厌"自然不是话不投机半句多了。这两位诗人与高人,当然都是舌灿莲花,而他们的对话,必然也是满天花雨。千年之后,我们只要回眸想象,眼前纷纷扬扬的,竟然是美丽馨香的落花。宋代吴炯《五总志》说:有一天王安石要他的门生解释"动静"之意,门生们的答案动辄洋洋数百言,王安石均不满意,当时苏轼泊舟秦淮,王安石说

"俟明日苏轼来问之"。苏轼至,王复相问,苏轼应声即答:"精出于动,守神为静,动静即精神也。"王安石为之击节称叹。苏轼的《咏雪》诗有"冻合玉楼寒起粟,光摇银海眩生花"之句,当时无人能知"玉楼"与"银海"的出处,只有王安石说:道家以两肩为"玉楼",眼睛为"银海"。苏轼不禁叹服道:只有王安石才知道来源。这,可谓见出学问的"庄"。因为王安石退闲后奋力写成《字说》一书,明代王世贞《苏长公外纪》说,苏轼曾问王安石"坡"的字义,也许因为他的号是"东坡"吧,王安石回答"坡是土的皮",苏东坡反问说:"那么,'滑'就是水之骨吗?"王安石知道他是以子之矛攻子之盾,于是开辟另一个战场,他问苏轼:"'鸠'字从'九'从'鸟',亦有证据乎?"苏轼见招拆招,立即回答他:"《诗经·曹风·鸤鸠》说,'鸤鸠在桑,其子七兮',七子加爷、娘,恰好是九个。"王安石欣然而听,为之莞尔。这,可以说是智慧的"谐"。宋代朱弁《曲洧旧闻》也说,他们一起游蒋山(钟山),在山寺的方丈室饮茶,"北宋集句诗"的集大成者并对集句诗的发展起了示范与推动的关键作用的王安石大约技痒,便指着桌上的大砚池说"可集古人诗联句赋此砚"。苏轼应声而言曰"巧匠斫山骨",王安石一时语塞,只好王顾左右而言他,答以"且趁此好天色,穷览蒋山之胜,此非所急也",作为缓兵之计。当时这一现场的见证人是字承君的田昼,他的感叹是:平时荆公最喜欢以集句联诗来难倒别人,而手下的人大都对此知难而退,敬辞不敏,不料苏东坡是无法以此来降伏的啊!

  前人的记录或追述不免挂一漏万,如果王安石与苏轼不是政敌而是友人,他们的交往与唱和必定更多,当然就会留给我们更多的益智解颐的精神财富,足以让我们编一部名为《珠玑集》或

《智慧语》的专书了。不过,钟山之会,在诗歌创作方面仍然留下了他们的吉光片羽,令我至今都仍然常常临风怀想。他们同游钟山时,王安石以近作《寄蔡氏女子二首》相示,苏轼赞美说:"如'积李兮耀夜,崇桃兮炫昼',自屈宋没,旷千余年,无复离骚句法,乃今见之。"作家最希望见到的是真正的知音,王安石其实也是性情中人,他高兴地推心置腹:"不惟子瞻谀美;安石亦自负如此,只是未尝为俗人道耳。"(宋·蔡绦《西清诗话》)王安石的诗歌成就很高,尤其以绝句为最,明人严羽《沧浪诗话》就说他的绝句得意之处,甚至高出苏轼和黄庭坚之上。南宋诗人杨万里读他的绝句,竟然废寝忘餐,有"不是老夫朝不食,半山绝句当朝餐"(《读诗》)的以诗代食的效用。而王安石与苏轼在钟山展读彼此的诗作,不免更加惺惺相惜:

终日看山不厌山,买山终待老山间。
山花落尽山长在,山水空流山自闲。
————王安石《游钟山》

横看成岭侧成峰,远近高低各不同。
不识庐山真面目,只缘身在此山中。
————苏轼《题西林壁》

王安石的近作已不复当年的桀骜锋锐,那凛然奇峭的光芒属于他雄心勃勃与大展宏图的昨日,闲居金陵的作品,更多的是曾经沧海之后的佛意禅机了。对儒释道均有会心且历经磨难的苏轼,对这些作品当然颇为欣赏,尤其是《游钟山》一诗,而王安石对于苏轼的《题西林壁》也是赞不绝口,特别是后面两句,他更称誉为富于哲理的将传之不朽的名句。

王安石是北斗灿灿,苏轼是河汉耿耿,他们互相辉耀而又彼此欣赏。王安石在钟山有诗题为《池上看金沙花数枝过酴醾架盛开》,在此诗题之下,他写了一首七律,两首七言绝句,一首五言绝句,绝句如下:

酴醾一架最先来,夹水金花次第栽。
沉绿扶疏云对起,醉红撩乱雪争开。

午阴宽占一方苔,映水前年坐看栽。
红蕊似嫌尘污染,青条飞上别枝来。

故作酴醾架,金沙只漫栽。
似矜颜色好,飞度雪前开。

酴醾初夏时开花,所以苏轼曾说"酴醾不争春,寂寞开最晚",而金沙花开的则是红花。王安石居所的池边种了这两种花,而金沙花攀缘到酴醾架上开放,红红白白,斗丽争妍,于良辰而对美景,他咏之再三。苏轼捧读之后,也曾步韵而和作《次荆公韵》:

青李扶疏禽自来,清真逸少手亲栽。
深红浅紫从争发,雪白鹅黄也斗开。

斫竹穿花破绿苔，小诗端为觅桤栽。
细看造物初无物，春到江南花自开。

甲第非真有，闲花亦自栽。
聊为清净供，却对道人开。

王安石在半山置宅闲居，据他人记载是，既无墙垣也无邻舍，一栋平房，十分简陋，只于四周栽花种竹而已，这，大约就是苏诗所说的"甲第非真有，闲花亦自栽"吧？而以晋代潇洒出尘的王羲之比王安石，也可见苏轼对他的敬意，至于"聊为清净供，却对道人开"，也颇为切合王安石此时的身份和心情，至今还能引发读者许多红尘之外的遐思远想。

王安石还曾写有一首有名的《北山》。"北山"即钟山（今南京紫金山），此诗状写春日山中之水，表现他优游山林之趣，舒闲容与之情，是他写景抒情诗的七绝上品：

北山输绿涨横陂，直堑回塘滟滟时。
细数落花因坐久，缓寻芳草得归迟。

前人特别称道后两句，有人将它与欧阳修的"静爱竹时来野寺，独寻春偶过溪桥"比较，认为"荆公之句为工"（南宋·胡舜陟《三山老人语录》），有人认为这两句诗是从王维的"兴阑啼鸟散，坐久落花多"点化而来，"而其辞意益工"（宋·吴曾《能改斋漫录》）。王安石请苏轼书此诗赠他,是否也是醉翁之意不在酒,想得到他的和诗呢?苏轼的《次荆公韵》则超越了单纯写景抒情的层次,而向彼此心灵交会的境界飞升:

骑驴渺渺入荒陂,想见先生未病时。
劝我试求三亩宅,从公已觉十年迟!

人生天地之间,栖于方寸之地,邻居是非常重要的,众生都希望能择邻而居,如果不能主动择邻,也希望自己被动遇到的邻居是"芳邻"而非不芳之邻。王勃说"天涯若比邻",白居易想与好友兼诗友元宗简做邻居,首先写了一首《欲与元八卜邻先有是赠》一诗给他,说"每因暂出犹思伴,岂得安居不择邻?可独终身数相见,子孙长作隔墙人",都是从不同的角度说明友邻或邻友的可贵。王安石曾约苏轼在金陵买田卜邻,相游于林泉之下,还送给他一张专治头痛的药方,这番真情与盛情,令苏轼十分感动。他在离开金陵后不久写的《上荆公书》中还说:"某始欲买田金陵,庶几得陪杖履,老于钟山之下。"在上述这首诗中,他也叹息早就应该与王安石和睦相从而切磋请益了。诗中的"十年",一说是王安石于熙宁七年前执政的时代,一说是从熙宁七年到元丰七年,即王安石退隐金陵的十年。我已无法起苏轼于地下,请他前来讲解诗句的本意了,但我说此诗表现了对王安石的一片真情挚意而不无追悔之意,我想他该会欣然同意的吧?

王安石与苏轼的金陵之会,会于王安石暮色苍茫的晚年,因为王安石两年后就因病去世;会于苏轼前途未卜的中年,因为他在短暂的雨过天晴之后,还要继续跋涉好一段风雨如晦的旅程。金陵之会,是他们的悲剧生命中一幅美好的插图,这幅插图的余墨,在他们别后仍然挥洒。

四

离开金陵之后不久,苏轼曾给王安石去过两封信。一封是:"某启。某游门下久矣,然未尝得如此行,朝夕闻所未闻,慰幸之极。已别经宿,怅仰不可言。伏维台候康胜,不敢重上谒。伏冀顺时为国自重。不宣。"虽为尺幅短简,却蕴深意长情。第二封除叙别情之外,主要是向王安石推荐秦观的诗文与人品,他说"才难之叹,古今共之,如观等辈,实不易得。愿公少借齿牙,使增重于世,其他无所望也"。王安石虽然已不在其位,但仍有"余威"与"余势",后来秦观终于及第而名声鹊起,当与同样爱才的王安石的推荐有关。在这封信中,苏轼还说"某近者经由,屡获请见,存抚教诲,恩意甚厚",从中可以想见他们钟山之会的种种情形,也可见他们之间昔日互伤的战火,已经化为今日互慰的香火。当时,王胜之曾陪苏轼游蒋山(即钟山),苏轼作《同王胜之游蒋山》古体诗一首,在渡江至仪征后寄给王胜之,王安石急迫地索来一读,读到其中的"峰多巧障日,江远欲浮天"之句,就抚几赞而且叹:"老夫平生作诗无此二句。"于是也和诗一首,诗题是《和子瞻同王胜之游蒋山》。蔡绦在《西清诗话》中还记载说:"元丰中,王文公在金陵,东坡自黄北迁,日与公游,尽论古昔文字。公叹息,谓人曰:'不知更几百年方有如此人物。'"如此崇高的评价,出自昔日的政敌今日的前辈师友兼诗友之口,我相信会有"好事之徒"或"成人之美"者转告苏轼的,苏轼如果听到了这一难能而无价的美言,他的感想又当如何呢?

金陵别后,慰人的香火化为了绵绵的诗的烟火。宋仁宗天圣年间(1023—1032),汴京(今河南省开封市)城西之八角镇,建有西太一宫,王安石有《题西太一宫壁二首》。王安石十六岁时随父亲王益到汴京,曾游此宫;四十八岁应神宗之诏进京变法,此诗系旧地重游有感而赋。他以浓烈的感情,鲜明的色彩,抒写了北国江南的绮丽风光,和胜地重来物是人非之感。近代陈衍选编之《宋诗精华录》,称之为"宋人绝句压卷"与"绝代销魂"之作:

柳叶鸣蜩绿暗,荷花落日红酣。
三十六陂春水,白头想见江南。

三十年前此地,父兄持我东西。
今日重来白首,欲寻陈迹都迷。

对于这组诗,黄庭坚一和再和,如"风急啼乌未了,雨来战蚁方酣。真是真非安在?人间看北成南",如"短世风经雨过,成功梦迷酒酣。草《玄》不妨准《易》,论诗终近《周南》。"黄庭坚是苏门四学士之一,其仕途也与苏轼共沉浮,他的和诗虽然有时事与身世的感喟,但他比苏轼年轻二十多岁,而且与王安石没有多少私人感情上的纠葛,所以不如苏轼的和作《西太一见王荆公旧诗偶次其韵二首》,那是苏轼集中并不多见的六言诗,对景怀人,深情

绵邈:

> 秋草川原净丽,雨余风日清酣。
> 从此归耕剑外,何人送我池南?
>
> 但有樽中若下,何须墓上征西?
> 闻道乌衣巷口,而今烟草萋迷!

元祐元年(1086)四月,王安石病逝金陵。苏轼奉命拟诏,虽是遵命文章,但可见他对王安石道德文章的敬慕:"将有非常之大事,必生稀世之异人,使其名高一时,学贯千载,智足以达其道,辩足以行其言,瑰玮之文足以藻饰万物,卓绝之行足以风动四方。用能于期岁之间,靡然变天下之俗。"(《王安石赠太傅》)据《西清诗话》记载,该年的秋之日,苏轼以中书舍人奉敕祭西太一坛,见到王安石的旧题,"注目久之曰:此老野狐精也"。所谓"野狐精",就是绝顶聪明之意,因为他们二人"胜处未尝不相倾慕"。另一传说是,很多人作了共计三十余首咏金陵的词,均不入苏轼的法眼,待他读到王安石的《桂枝香·登临送目》,乃赞叹说:"此老野狐精也。"(南宋·杨湜《古今词话》)苏轼的上述和诗,固然表现了他深感政坛险恶,不希求世俗功名而盼望归隐田园之意,但更是对王安石的追怀。王安石后来舍宅为寺,移家秦淮河畔,物非人已非,"闻道乌衣巷口,而今烟草萋迷",自己即使归隐四川故里,也再不会有王安石来相送了,何况故人移居的乌衣巷口,只剩下人去室空的蔓草荒烟。化用前人的成句,寄托后人的心祭,有如在王安石墓前献上的虽经岁月风吹雨打也永远不会衰败的花环。

王安石与苏轼当年虽然一度势同水火,但他们并非"私敌",而是出于"公仇"。宋代建国之后,北辽西夏外患严重,国家内部积贫积弱,他们的政见虽然不同,目标却系一致,而且没有私利,就是希望"国富民强"。苏轼离开黄州后给好友滕元发的信中,他也肯定了新法的某些优点,反思了自己的偏激,并说"此心耿耿,归于忧国"。在因"乌台诗案"而身陷囹圄之时,亲友噤若寒蝉,官员们避之唯恐不及,但王安石的弟弟王安礼却在神宗面前极力为苏轼开脱。闲居金陵的王安石也上书神宗,有"安有圣世而杀才士乎"之语,据说这一公案"以公一言而决",在救援苏轼中起了极大的作用。金陵之会后苏轼致信王安石,最后一句"伏冀顺时为国自重",就是他们共同的心声。他们的矛盾本来就远非政客们的争权夺利,而那些政坛小人们如吕惠卿、蔡确、章惇之流,多的是狗苟蝇营恩将仇报的戾气,狼心狗肺落井下石的邪气,贪赃腐败一心谋私的腥气,但王安石与苏东坡有的却是淋漓磅礴的大气,正直端方的清气,和清风明月的浩然之气。他们的私德均无可挑剔,王安石掌权之时,苏轼说自己"若少加附和,进用必可",但特立独行的他"不忍欺天负心"发表的是不同政见。王安石去世后,被废黜的司马光重执权柄,废尽新法,皆为旧制,苏轼也绝不苟同而与之力争,甚至当面指斥,回到家中还痛骂"司马牛!司马牛!"王安石两度为相,权倾朝野,虽然新法操之过急,用人多有失误,但他却绝无贪贿枉法中饱私囊的丑闻,而只有清廉俭朴的清名美誉。例如他的夫人吴氏为他买妾,他不但拒之不纳,连对方的卖身钱也不要归还。他因哮喘病需用紫团山人参,从河南回来的薛师政送给他几两,他也拒之不受,竟说:"我没有紫团参,也活到今天!"因此,虽然政敌对他交相攻击,但对他的私德却无从置喙,连司马光也不得不说:"介甫文章节义,过人处甚多。"王安石两度为相,攀龙附凤者不知凡几,阿谀谄媚之徒更是比比皆是,但一朝失势,连本是他一手提拔重用的吕惠卿都向神宗告密,并交上王安石给他的内有"无令上知此一帖"等不敬言辞的私人信件,开当时及后世上交友人私函卖身邀赏的先河。罢居金陵之后,趋附之徒均告失踪,他的山居门前冷落车马稀,而逝世之时与之后更见世态炎凉,如同张舜民在《哀王荆公》中所慨叹的:"恸哭一声惟有弟,故时宾客合如何?","今日江湖从学者,人人讳道是门生!"而苏轼在王安石位极人臣时从不干谒,在他失势落魄后却前往看望,这是怎样的一种品德襟怀?这岂不是如一团严冬的炉火,温暖了王安石凄凉的心?王安石,实在是中国数千年文明史上少见的完人,苏轼,也是中国历史上品学兼优才能出众的国士,他们怎么不会从内心深处互相敬重?更何况他们都是绝代才人,诗词文章均为一时之杰,同是北宋文学革新运动的健将,懂得欣赏自己更乐于欣赏对方,他们怎么会不惺惺相惜?于是,金陵之会一笑相逢,留一则不朽的诗话与佳话,让后代的我们去细细咀嚼与重温。

　　清人蔡上翔在《王荆公年谱考略》中说:"以两公名贤胜地相逢,歌咏篇章,文采风流,照耀千古,则江山亦为之壮色。"他们相逢的"胜地"——金陵的王安石故居"半山园",在今日南京的中山门内,明代修筑的城墙之下,南京海军指挥学院的辖区之中。以前几次远赴南京,遍游名胜古迹,总以不能一睹故居旧地为憾。

友人笑说王安石已经被"军管"了,很难出来接见我们。不久前重访南京,得江苏省与南京市作协友人徐德明君、冯亦同君与学院内文学作者之助,终于和老诗人丁芒一起,深入学院的腹地登临了当年的"半山",凭吊了古旧的"半山亭",瞻仰了于旧地新修的王安石故居,寻寻觅觅他和苏轼的遗踪。山形依旧,斯人已杳,只有故居旁仍然潺潺的流水告诉我他们早已远行,早已联袂走进中国历史和中国文学史,只有王安石喜爱和吟咏过的白梅仍在,隔着故居的粉墙,向我们送来盈袖的暗香和永恒的清芬。

凌寒独自开

　　王安石,是宋诗艺术高峰期的第一座高峰,与苏轼、黄庭坚、陆游并称"宋诗四大家"。时过千年,我蓦然回首时,已只能透过历史的远烟重云,去遥望那座奇峰的背影了。然而,我却更愿将王安石比喻为一株梅树,一株在北宋的霜侵雪压中傲然独立的梅树,一株历千年的时间风雨而不凋的梅树。有一年的早春时节,我有幸进入门禁森严的南京海军指挥学院,虽然庭院深深深几许,但在友人的帮助和主人的引导下,终于一瞻心仪已久的王安石旧居。旧居坐落在原来南京至钟山的半途的"半山",现在位于明代的城墙之下,学院的辖区之内。还在远处,新修的旧居内的几株白梅,就殷勤地从黑瓦粉墙内探身而出,向我们递来冰清玉洁的花枝和永不消逝的清香。

一

　　在中国古代历史上和文学史上,杰出政治家与杰出诗人集于一身,不仅"立功"而且"立言"的,除了三国时横槊赋诗的曹孟德,大约就数北宋时的"拗相公"王安石了。

王安石所生活的时代,表面上莺歌燕舞,形势一派大好,实则内忧外患日益严重。浮官冗吏阶层膨胀无已,土地兼并日甚一日,贫富悬殊与对立形同霄壤,社会动乱此起彼伏,此为内忧;建国以来从未解决过的北辽、西夏的侵扰与诛索,有增无减,卧榻之旁不是他人的鼾声而是强敌的金戈铁马之声,此为外患。天下苍生待霖雨,在范仲淹等人主持的"庆历新政"失败之后,王安石风云际会,得到年轻而亟欲有所作为的神宗之赏识重用,拜相而变法,力图富国、富民而强兵,以改变腐败其内、战乱其外的局面,既维护赵宋王朝,又给百姓带来福祉。然而,在中国,任何有益的真正的改革,总是步履维艰:改革如同激流,但河床上却满是暗礁险滩;改革好似跋涉,但道路上尽是荆丛林莽,甚至埋伏有陷阱,环伺有地雷阵,更何况还有许多恶吏权臣之大谋私利,还往往假改革之名以行。王安石所进行的全方位的改革,除了本身的原因,如新法之不够完善、操之过急以及用人不当等等弊病而外,一开始就遭到代表豪强富绅既得利益集团的保守派的激烈反对,天下汹汹,他成了四面八方劲弩齐发的箭靶。然而,泰山崩于前而色不改,王安石赋《孟子》一诗以明心志:

沉魄浮魂不可招,遗篇一读想风标。
何妨举世嫌迂阔,故有斯人慰寂寥!

孟子是战国时代的思想家,主张行仁政而王天下,民本观念是他的主要思想,但他游说四方,学说终不见用。应该是孟子的学说使王安石认同,而他的遭遇又令王安石感同身受吧,《孟子》一诗写得情深一往而又风骨嶙峋。

　　意识超前不同世俗的孤独,是一种高远的精神境界,能够体验而且乐于享受这种孤独的人,往往是遗世而独立的真正的智者与勇者。王安石距孟子之世已有一千多年,已无法为他招魂,更不能亲炙了,但是,正如西方的哲人西德尼所说:"与高尚的思想为伴的人,永不孤独。"记载孟子言行的书《孟子》一卷在手,王安石对前人的"风标"——风神标格,不禁心往神驰。举世嚣嚣,都对王安石及其新法进行攻击,王安石却一笑置之,他欣慰的是和前贤的心灵相接相通,那是对独立苍茫的自己的最大安慰。从"举世"与"斯人"的群体与个人的对举,我看到了王安石坚持自己的信念而独排众议的金刚怒目,也看到他对于心仪的前贤往哲的低首皈心。在王安石的旧居徘徊凭吊,诵其诗而想见其人,虽然斯人已杳,但我对那位当年的人中之杰,仍然不免久久地心往神驰。

二

　　像狂风吹刮中屹立的虬松,如浪涛拍击下挺立的礁石,《商鞅》一诗,充分表现了王安石虽千万人吾往矣的铮铮傲骨与铁骨,显示了他已不畏死奈何以死惧之的精神力量。

　　商鞅,是战国时期新兴地主阶级杰出的政治家,因对推动历史发展起了进步作用而名垂青史。这位姓公孙名鞅的有志之士,原是卫国人,他革新政治的壮志雄心得不到施展,于是远赴秦国。地处崤山以西之秦国在战国初期积贫积弱，山东各先进之国视之为"夷狄"，各国会盟，它连入场券都搞不到一张，更不要说居于重要席位或做主题演讲了。后来秦孝公决心变法并发布"求贤令"，他与商鞅君臣遇合，委之以"大良造"（相当于丞相兼将军），执掌文武大权。商鞅言必信而行必果，两次变法，推行了一系列打击贵族势力富国强兵的措施，使秦国上了不止一个而是好几个新台阶，实力跃居各诸侯国之冠。诸侯再度会盟，势大气粗的秦君不仅可以排闼直入，而且顾盼自雄地高踞盟主之上座。秦孝公去世，秦惠文王即位，旧贵族们卷土重来，攻击商鞅"刻薄寡恩"，诬蔑他"谋反"。名为以法治国，实则无法可依，末路穷途的商鞅此时也无法可想，一代风流人物，只落得在彤（今陕西华县西南）被车裂而五马分尸。上场何其凛凛，下场何等凄凄。王安石变法之初，保守派即攻击他是当代的商鞅，联系商鞅悲惨的人生句号，当然是来者不善，善者不来，然而，不信邪的王安石却横眉冷对，答之以《商鞅》一诗：

自古驱民在信诚，一言为重百金轻。
今人未可非商鞅，商鞅能令政必行！

这位"拗相公"也是"傲相公"，他当仁不让，以商鞅自命自居，可见他态度之坚决，意志之坚强，信念之坚定。一般的士人今日称之为知识分子的，许多人稍有风吹草动，或一遇到外界的压力，早就喏喏嚅嚅口不能言，或是战战兢兢汗不敢出了。除此之外，此诗中高标的"诚信"二字，也时过而境未迁，在谎言满天飞的今天,仍然可以给我们许多当下的或者说当代的启发。

孔夫子早就在《论语》中言之谆谆:"人而无信,不知其可。"《礼记·儒行》中,也有"不宝金玉,而忠信以为宝"之言。"诚信",是一个政党、一个社会、也是任何一个公民无论职务高低从事何种职业所必须遵守的基本道德规范,也是社会健康发展的必然要求和必具条件。多年来诚信缺席,过去的将"阴谋"美为"阳谋"就不用多说了,现在的说是一套,做的又是一套,三令五申而不行,信誓旦旦而不信,谎言到处流行,骗术翻新花样,使我们的社会面临深刻的信用与信誉危机。在王安石旧居及其侧的"半山亭"瞻仰,揣想他罢相之后退居此地,如果回忆起自己当年写的《商鞅》一诗,不知做何感想?旧地我新来,不能目接而可神交,不远处正是长江,千年已远,但他的诗句却如江涛一样在我心头澎湃轰响。

三

至和元年(1054),王安石从舒州通判(今安徽潜山)调汴京任群牧司判官,时年三十六岁。早在十余年前,曾巩就在欧阳修面前极力赞美过王安石的人品与文品,而此时欧阳修正任翰林侍读集贤殿修撰。文坛盟主的他,听说新调京城的王安石来访,竟然兴奋得倒屣相迎,杯酒言欢。欧阳修最乐于奖掖后进,他比王安石年长十四岁,对之却极为推许,说他"文字可惊,世所无有",其《赠王介甫》诗有如下名句:"翰林风月三千首,吏部文章二百年。老去自怜心尚在,后来谁与子争先?"以李白和韩愈这样的高标来期望对方,并预言他前途无量。一般人如能得到这种评价,就会一登"欧"门而身价百倍了,王安石却答以《奉酬永叔见赠》一诗:"欲传道义心虽壮,强学文章力已穷。他日若能窥孟子,终身何敢望韩公。抠衣最出诸生后,倒屣常倾广座中。只恐虚名因此得,嘉篇为贶岂宜蒙。"王安石在逊谢之余,似乎不是以"立言"而是以"立功"为第一,他并不热衷成为杰出的文学家,而是要做造福生民的政治家。他再次提到他心中的偶像孟子,就透露了他在政治斗士与文学大师之间何所选择的消息。

政客是令人鄙视的。真正的政治家则和其他实至名归的"家"一样,并非浪得,令人尊敬。问题在于古今中外之政客多如过江之鲫,而真正为民造福的政治家则寥若晨星。正因为王安石是以真正的政治家自许自励,所以他的襟怀自是不同凡俗,眼光自是不同凡近,作品也自是不同凡响而别具法眼慧心。如《宰嚭》一诗:

谋臣本自系安危,贱妾何能作祸基?
但愿君王诛宰嚭,不愁宫里有西施!

从古及今或朝纲败乱,或国破家亡,总是有一些文过饰非的吹鼓手颠倒本末,将女人推出来顶罪,而为昏君或暴君之元凶开脱。古代称之为"祸水",现代名之曰"替罪羊",三十年代的鲁迅,早就著文批判过那种陈腐不堪的"女人祸水论"了,而又早于鲁迅上千年,王安石就有同一旨归的《宰嚭》一诗。"伯嚭"之"嚭"本义为"大",加之以喜,春秋时任吴国太宰,越王勾践战败被俘后,伯嚭这个古代的贪官污吏因受贿而劝吴王释放勾践,勾践卧薪尝胆,十年生聚,十年教训,终于灭吴复国。本来是吴王夫差的荒淫以及那位"大喜"的贪腐造成了吴国的"大悲",但古代也是"舆论一律",竟认为西施是亡国之因。王安石读史不平,拔笔相助,他巧妙地以西施自诉的口吻,为西施鸣冤叫屈。这首诗,可见作者眼光如炬,洞见底蕴,不是也能给今日的读者以诸多现代的启示吗?在王安石的旧居之外,他咏叹过的浣水虽然已经消瘦却仍然潺潺,在潺潺的水声中,我默诵他流传至今的这首诗,想得很近而又很远。

四

《宰嚭》是咏史诗。咏史诗是王安石绝句中的一绝,他的此类作品,总是喜作翻案之语,能赋予旧题材以新意义,如同一颗蒙尘的钻石,经过他的睿智的眼光的拂拭,就能焕发出新的光辉。

前人吟咏昭君和蕃的题材,大都或喜用昭君不贿赂画工的故事,或悯其远赴绝塞而终于异域之悲苦,即使是杜甫这样的大手笔,也突不出传统观念与常态写法的重围,发出的依然是"千载琵琶作胡语,分明怨恨曲中论"(《咏怀古迹五首》之三)的叹息。王安石不仅突围而出,而且力扫群议,"意态由来画不成,当年枉杀毛延寿","君不见咫尺长门闭阿娇,人生失意无南北","汉恩自浅胡恩深,人生乐在相知心",他为屈死的画工毛延寿平反翻案,向昭君致以慰问,笔锋所及,连帝王也成了嘲讽的对象。如此独特而超前的思想,难怪当时除了赞美之辞,除了欧阳修、司马光、曾巩等人纷纷唱和之外,诋毁攻击之语也如同轰然的潮水扑岸。

尽管惊涛拍岸，但王安石向来是我行我素，颇有意大利文艺复兴时期的大诗人但丁在《神曲》中所云"走自己的路，让别人去说吧"的气派。他的许多咏史绝句，将理性的精神和意象的美感融合在一起，既洋溢感性的魅力，又闪耀智慧的光芒，如《商鞅》《赐也》《贾生》《谢安》等等，而《乌江亭》更能一新读者的耳目。读这首诗，如同在众多类似歌手参加的大赛中，听厌了大同小异的演唱，忽然有别具声情的异响美声破空而来：

百战疲劳壮士哀，中原一败势难回。
江东子弟今虽在，肯为君王卷土来？

司马迁出自对失败英雄的怜悯，也出自刘姓汉王朝对他施以宫刑的奇耻大辱，在《史记·项羽本纪》里，他于项羽颇多同情。这一定调，对后代的影响颇为深远，如同一株参天大树，向四周投下的是覆盖广阔的浓荫。唐代杜牧是很有识见的诗人，但他的《题乌江亭》说"胜败兵家事不期，包羞忍耻是男儿。江东子弟多才俊，卷土重来未可知"，对项羽虽有批评和讽喻，但更多的却是同情与惋惜，没有希望的希望。李清照作为一位女性词人，身历国难时艰，对她心目中的英雄当然更是备致赞美之意："生当作人杰，死亦为鬼雄。至今思项羽，不肯过江东！"然而，项羽即使算是英雄，也仍然还是属于"草莽"之列，他的政治路线与战略方针都是错误的，而且刚愎自用，残忍嗜杀，凭匹夫之勇一味浪战，又听不进不同意见，唯我独尊，结果民心尽失，焉得不败？王安石之诗与杜牧诗针锋相对，予以驳难。如果他们真能超越时空，在旧居之侧山冈上至今犹在的"半山亭"里,就项羽问题同台辩论,王安石利如锋刃的见解冷如钢铁的逻辑必占上风,多数听众包括我在内,都会投王安石的赞成票,而从善如流的杜牧呢,也当会不觉前贤畏后生的吧?这一幕当然不可能出现了,只有我痴立在当年的"半山"之上,神驰千古,想入非非。

五

王安石第二次罢相后退居金陵,这是他人生的最后十年,犹如一面不肯倒下的逆风的旗,一轮不免凄然却分外壮美的落日。

以围棋为喻,这十年属于"收官"阶段。王安石举世罕见的"官子"功夫,在诗歌创作尤其是绝句中表现得淋漓尽致。前期的诗作雄直峭劲,旷达超逸,后期则闲淡精绝,深婉华妙。比之以乐器,早年的诗如金钲羯鼓,大吕黄钟,晚年的诗如横笛洞箫,清风明月,在在都证明他永远不同于他人,而又不断超越自己的与时俱进的精神。

王安石《临川集》中的绝句约五百多首,许多是他"收官"阶段的精品力作。"茅檐长扫净无苔,花木成畦手自栽。一水护田将绿绕,两山排闼送青来"(《书湖阴先生壁》),这是人所熟知的名作了。台湾名诗人洛夫在有家归不得的时代,于香港落马洲眺望祖国大陆,写有《边界望乡》一诗,开篇就说"望远镜中扩大数十倍的乡愁／乱如风中的散发／当距离调整到令人心跳的程度／一座远山迎面飞来／把我撞成了／严重的内伤",这种奇思妙想,我总认为曾经远绍了王安石"两山排闼送青来"的一脉心香。"垂杨一径紫苔封,人语萧萧院落中。独有杏花如唤客,倚墙斜日数枝红"(《杏花》),这是他的杏花诗中的一首,清寂与热闹构成了鲜明的对照。倚墙唤客的红杏一语,是否受到在他之前的宋祁"红杏枝头春意闹"(《玉楼春》)的启示呢？我不得而知,但南宋叶绍翁《游园不值》有"春色满园关不住,一枝红杏出墙来"之句,如果叶绍翁不奉行"不承认主义",他当会承认王安石是他隔代的老师,他确实曾去金陵王安石的半山之居进过香。

在金陵,在旧居的明窗之下,净几之上,王安石还写过一首有名的《钟山即事》：

涧水无声绕竹流,竹西花草弄春柔。
茅檐相对坐终日,一鸟不鸣山更幽。

"蝉噪林逾静,鸟鸣山更幽",是南朝梁代王籍《入若耶溪》中的名句,有口皆碑。但独立特行的王安石却有不同的看法,据说黄庭坚问他有何近作,他就指着壁上题的"一水护田将绿绕,两山排闼送青来"以示,说明他对这两句诗十分欣赏而开展自我表扬,而且他还对黄庭坚说：古诗的"鸟鸣山更幽",我以为不如"一鸟不鸣山更幽",而"鸟鸣山更幽",可以妙对"风定花犹落"。大约是蓄谋已久,如同"引进外资",他终于套用王籍之句而略加改动,写成了《钟山即事》这首名诗,和诗中的"一鸟不鸣山更幽"的此时无声胜有声的名句。

宋代早就有人指出,王安石上述之诗是"反其意而用之,盖不欲沿袭之耳"(宋·胡仔《苕溪渔隐丛话》),可见这位政治上独立于天地之间的人物，创作上也力求张扬自己的个性与创造力，让独立品格成为一面猎猎迎风的旗帜，让百代之后的我们仍然心折于那面旗帜的飞卷之声。尽管也有人说王安石此句未能后来居上，理由是"鸟鸣山更幽"以动显静，应该比"一鸟不鸣山更幽"更显得山林幽寂，我倒以为后者更符合王安石晚年山居的心境，而且有山林生活经验的人，对此当别有会心。我们在旧居之旁的山林中踯躅，实地诵诗，悠然怀古，但城墙外车水马龙的疾驰声响与汽笛之声，早已闯进王安石的诗篇，碾破割碎了千年前的幽静。

六

梅兰竹菊，是中国古代文化中所谓"四君子"，而"梅"又高居于四君子之首，是这一芬芳而又象征高风亮节的队伍的领衔者。古代咏梅诗的数量，不仅高过其他三位君子，同时也是百花的魁首。"折花逢驿使，寄与陇头人。江南无所有，聊赠一枝春"，南朝陆凯《赠范晔》诗，就是中国诗歌史上也是漫天风雪中第一枝梅的春讯与诗讯。

在王安石之前，唐人对梅花也多所咏唱。"前村深雪里，昨夜一枝开"，"不知近水花先发，疑是经冬雪未消"，齐己与张谓同题为《早梅》的诗，虽然清新可喜却无深意。诗人郑述斌与陆希声的知名度远不及他们，但在象征意蕴方面，却分别有"独凌寒气发，不逐众花开"（《华林园早梅》），和"知君有意凌寒雪，羞与千花一样春"（《梅花坞》）的寄托深远的诗句。王安石的咏梅诗，继承了前人的思想艺术成果，又仍然表现了他独立不阿的人格力量，以及力图超越前人的艺术雄心。

王安石有一首五绝,题为《红梅》:"春半花才发,多应不耐寒。北人初未识,浑作杏花看。"他对于仲春才开花的红梅,似乎不怎么表示欣赏,因为它虽然艳丽却不耐严寒。《古乐府》中有一首咏梅诗说:"庭前一树梅,寒多未觉开。只言花似雪,不悟有香来。"王安石罢居钟山之后,也许是严冬之日见梅花而触景生情,由此及彼,也许是他虽然变法的壮志未酬却仍旧傲然独立,冰霜自守,《梅花》一诗,便在他人生的暮色中凛然盛开:

墙角数枝梅,凌寒独自开。
遥知不是雪,为有暗香来。

据说王安石去拜访一位"高士",不遇,就作此诗题其壁。幸亏如此,如果像现代有电话或手机先行联系约定,就不会有这首诗的问世了,那将何等可惜! 其实,王安石自己就是非同一般的"高士",更是他的时代的无双"国士"。他赞美白梅花的高洁芬芳,赞美它凌寒独开而传送暗香,这既是自己冰霜襟抱的寄托,清廉自律(王安石身居高位而律己甚严,其个人品德与操守,即使他的政敌也无可置喙)的写照,不也是所有独标高格不随波逐流更不同流合污的志士的象征吗? 此诗虽然脱胎自前述的《古乐府》之作,前人称之为"夺胎换骨法",但我以为是改造更是创造。它将意象的审美观照与对生命的哲学沉思结合在一起,远远超越了原典文本的意蕴内涵与艺术境界。如同一位超一流的围棋国手,对一盘平常的棋局略加点化,顿然匪夷所思,别开新境。早春三月,我远去南京,得游深锁在南京海军指挥学院内王安石的旧居,我永远会记得,还未临近门前,几株白梅和王安石的这首《梅花》诗,就一起越过粉白的矮墙来招呼我,使我又惊又喜如醉如痴而久久回不过神来。

王安石晚年别号"半山"。南宋诗人杨万里最心仪他的绝句,其《读诗》写道:"船中活计只诗篇,读了唐诗读半山。不是老夫朝不食,半山绝句当朝餐。"每有会意,辄欣然忘食,杨万里的读书境界不可谓不高了,而我读王安石的绝句,岂止是可当早餐而已,简直就是精神的永不罢席的盛宴。

兹游奇绝冠平生

一

二〇〇三年岁云暮矣,长沙已瑟缩在寒冬之中,但南方之南的海南岛,却仍然热烈在不肯撤退的盛夏里,我远去那里朝拜流放的苏轼,从长沙至深圳,和维樑、小婕伉俪结伴而行。喷气机在深圳机场振翅而起,怒而飞,其翼若垂天之云,一个小时后就栖定在海口市的美兰机场。唐代贤相李德裕被贬往海南岛最南端的崖州,即今日之旅游胜地"三亚市"。他登上城楼,遥望远望不可当归的长安,曾发出过"独上高楼望帝京,鸟飞犹是半年程"的长叹息,而现在我远去海南,岂止朝发夕至而是即发即至。时近黄昏,西边的远山撑起的,仍是九百年前的那一轮落日,但苏轼在此间流放三载之后,早已在元符三年(1100)从琼州海峡渡海北归了。人生不相见,动如参与商,那时的友人之间尚且如此,何况隔着九百年时光的我们?他从海上北去,我从空中南来,仿佛是上下交会,擦肩而过,其实已经阻隔了五湖烟水浩浩而远隔了历史烟云茫茫。

八十年代中期,我应时膺海南师范学院中文系主任的友人王春煜教授之邀,前往讲学。我从湛江乘车抵达雷州半岛的徐闻,从苏轼当年渡海之处渡海。匆匆数日之中,虽然游览了海南山水包括海口市郊的苏公祠,但却未去苏轼流放之地的儋州,儋州的东坡书院。以后多年,冥冥之中似乎总听到苏轼的叹息和责问:自称文人,又已千里远来,为什么不到儋州呢？当时,我以自己既不写诗也不写散文为由来搪塞,内心却已明白铸成了失之交臂的大错。此次海南师院举办"中华散文与中华民族精神国际研讨会",机不可再失,时不能再来。我是醉翁之意不在酒,在乎山水之间也,想的是借会议之便,补上近二十年前缺席的必修功课,去儋州的山畔水湄朝拜流放的诗神。

"人生到处知何似？应似飞鸿踏雪泥。"在《和子由渑池怀旧》一诗中,苏轼曾这样说过。一九七九年的端午节之夜,其时设帐于香港中文大学的余光中,一壶浓茶,一卷东坡,细味雨夜的苦涩与温馨,写下了《夜读东坡》一诗。诗中说:"九百年的雪泥,都化尽了/留下最美丽的鸿爪,令人低回。"二十四年后,余光中成了海南这次会议的主角。他一下榻黄金海景酒店,就急催会议主办方的喻大翔教授找来海南省的地图,他要清楚自己现时所处的方位,探究苏轼当年在哪里上岸,又从何处走向儋州。不久之前的九月,我和他曾在福建的"海峡诗会"重逢,这回算是小别之后的再聚。和他夜话言欢之后,我伫立在海口市颇为现代的街道上,举目四顾,入眼的是以星月为冠的大厦高楼,和心思颇为暧昧闪烁不定的彩灯霓虹灯,人潮汹涌而车声喧嚣,香车宝马奔驰于市区的道路,鬓影衣香流荡在酒店与广场,时间如流水流水也如时间,九百年后我旧地新来,还能寻觅到苏公的一星鸿爪吗?

二

在北宋,一代才人苏轼经历了数不尽的宦海浮沉。他本可以直挂云帆济沧海,因为他才学过人,当年及第之初,考官们以"文义灿然"议定苏轼入三等,三等即当时的"最高等",宋代建国以来仅有二人获此殊荣,就是吴育与苏轼。仁宗退朝后还高兴地对高皇后说:"朕今日为子孙得二相才(另一即指苏轼之弟苏辙)。"然而,客观上是北宋所谓改革派与保守派新旧两党党争不已,愈演愈烈,最后沦落为并非政见之争而是帮派之斗,苏轼不幸身陷也深陷这一噬人的漩涡;主观上则是苏轼生性刚直不阿,崇尚独立与自由,绝不心非口是地唯唯,或是口是心非地诺诺。风不正而一帆悬,他高扬的是独立而不随波逐流的旗帜。他理性上主张改革,但反对进行改革的某些人物和某些具体措施;他感情偏向旧党,但又反对司马光等人之顽固保守,全盘否定新法。左右俱不逢源,遭受来自各方的风吹浪打,甚至蒙受小人掀起的阴风黑雨的袭击,那就是必然的性格悲剧与时代悲剧了。

绍圣元年(1094)四月,苏轼在定州(今河北定州)太守任上,贬为宁远军节度副使,惠州(今广东惠阳)安置。当时的皇帝是恢复神宗改革之政的哲宗,宰相是一度被逐并遭监禁的章惇。章惇与苏轼年轻时是好友,当年苏轼任陕西凤翔签判,章惇在相邻的商州做推官,他们同游鳌屋(今陕西周至)南山的仙游潭。此潭下临无地,仅有独木横架于万丈深渊之上,章惇提出和苏轼过桥题壁，苏轼不愿以生命做赌注，而章惇则单身涉险，并縆绳题"章惇苏轼来游"六个大字于千仞绝壁之上。苏轼笑着对他说："能自判（拼）命者，必能杀人也。"苏轼后来任主考官时，还曾量才录取章惇之子为状元。然而，章惇一旦掌权，便"专事报复报怨，大小之臣，无一得免"，即使对苏轼他也化友为敌。其中原因，除了政见不同之外，苏辙在元祐年间曾上奏指陈其奸恶，也使他迁怒苏轼，以为有其弟必有其兄，同时他还念念不忘仁宗当年"为子孙找到两个宰相了"之言，心存忌妒。苏轼的好友佛印和尚虽遁入空门，但却洞见世情，一针见血："远放寂寞之滨，权臣忌子瞻为宰相耳。"一朝权在手，便把令来行，于是，苏轼便以五十九岁的高龄，水陆辗转，远谪四五千里之外蛮荒之地的惠州。

苏轼一生以诗文鸣世，也为诗文所累，他在"乌台诗案"中身陷囹圄，屈打成招，差一点被死神提前召去，最终贬谪黄州。在来惠州之前，苏辙和许多好友都痛下针砭，劝他不要再作诗罹祸，他也以为"其言切实，不可不遵"，并"袖手焚笔砚"，而且表示"蔬饭藜床破衲衣，扫除习气不吟诗"。然而，苏轼天生是一位诗人，而且是一位不吐不快的真正的诗人，而且是一位自信自己的文字不会与草木同腐的诗人，如同瀑布必然要飞泻，大江必然要奔流，花蕾必然要盛开，夜莺必然要歌唱，于是他在惠州又写了许多出色的诗词。例如下述二首，千百年来就芬芳了不知多少读者的嘴唇：

> 罗浮山下四时春，卢橘杨梅次第新。
> 日啖荔枝三百颗，不辞长作岭南人。
> ——《食荔枝二首》之一

白头萧散满霜风,小阁藤床寄病容。

报道先生春睡美,道人轻打五更钟。

——《纵笔》

诗哲泰戈尔曾经说过:"当人是兽时,他比兽还坏。"章惇之类的小人就正是如此。他曾向哲宗上书,要求将苏轼在内的贬逐岭南之政敌通通处死,也许是碍于宋太祖有"不得杀士大夫及上书言事者""子孙有逾此誓者,天必殛之"的誓约戒律,哲宗没有同意,而章惇就只差像当今某些争权夺位的官员一样,收买黑社会的枪手去从事暗杀了。苏轼的上述作品传到京师,如同毒蛇猛兽一直在窥伺它心目中的猎物一样,章惇自以为抓到了把柄,狰狞地冷笑:"苏子尚尔快活耶?"据说因为苏轼字子瞻,苏辙字子由,章惇便均取他们的字的偏旁,把苏轼贬到更为荒远的由来贬谪地不见有人还的儋州,苏辙也因兄及弟,贬到广东之南的雷州。知识分子整起知识分子来,或助纣为虐,或邀功请赏,别有一番卑劣险恶的心机与手段,自古已然,章惇即是显例。

苏轼贬儋州,时在绍圣四年(1097)四月。儋州又名昌化军、南宁军,州治在今日海南省西北部之儋州市。此地古称儋耳郡,是海南岛建于汉代的最早的两个郡之一,州治在现在的中和镇,离今天市政府所在地四十多公里。幼子苏过将妻儿留置在惠州,陪同年迈的父亲舟车劳顿,取道雷州半岛由徐闻渡琼州海峡,到海口借宿于府城的金粟庵,稍作停留,便沿西北海岸向儋州进发,正式开始了他们的天涯苦旅。他们途经又名"松林山"与"藤山"

的儋耳山,桀骜不驯的山峰和路旁投闲置散不知亿万斯年的巨石,赠远来的逐客以诗句,苏轼写成《儋耳山》一诗:

突兀隘空虚,他山总不如。
君看道旁石,俱是补天余!

时至民国,诗选家高步瀛在《唐宋诗举要》中,还称此诗是苏轼五绝的代表作。为了实地领略,我和春煜专程去朝觐此山。还在远处遥望,儋耳山就已经傲然兀立,以其磅礴的气势占领了半个蔚蓝的天宇。当年,它就是以这样不屈不挠而又潇洒出尘的姿态,奔入苏轼望眼的吗?及至登临绝顶,只见西北的北部湾在阳光下波光粼粼,以浩阔的波浪与千古的涛声在下面为它捧场,而东南的蚂蟥岭呢,也以连绵的接青叠翠向它致敬。一山峙空,巨石满地,由物及人,它们该撩起万里投荒的诗人的多少感慨?春煜说:

"'突兀隘空虚,他山总不如',虽然写的是山,但才华过人而长期特立独行的苏轼,潜意识中恐怕也是在象征自己吧?"

"世上之人,尤其是落难的志士,常常要从雄伟的大自然汲取生命的力量。"我说,"'君看道旁石,俱是补天余',虽然后来有人听苏过说'石'当作'者',但其意如一,借女娲炼石补天的神话传说,抒写自己经邦济世的抱负和理想无法实现的悲哀。"

"你去过江西共青城胡耀邦的墓地,据说墓侧路旁的石头上也题刻了这两句诗,是真的吗?"春煜问我。

儋耳山上,我实地重温苏轼这首寄托遥深的诗,不禁思接千载。春煜的问话将我惊醒,霎时间从宋代回到了当今。有一年秋日,主持江西《百花洲》杂志的洪亮兄筹办笔会,我得以参加,并有幸瞻仰了位于九江市共青城富华山的胡耀邦的墓地。墓地后倚高冈前对鄱阳湖,青山作伴,碧水长歌,白天红日晴空,夜晚清风明月,自有一番肃穆而阔大的气象。墓地之侧有一方巨石,不知是出自哪一位有心人的主意,竟将"君看道旁石,俱是补天余"十个大字镌刻于其上。犹记当时乍见,开始猛然一惊,随即陷入绵绵无尽的追怀。如今,竟亲履九百年前苏轼登临而赋此诗的儋耳山,山上松风阵阵,仿佛仍从宋代吹来,经春煜一问,虽然西眺远处的洋浦开发区高楼成阵,但我一时竟然时空倒错,不知人间何世。

三

除了春煜,一路偕行的,还有从香港前来参加散文研讨会的友人黄维樑博士。维樑不久前去过惠州苏轼贬居的故地,他说:"在惠州时苏轼的生命已是深秋,岭南虽然艰苦,但比海南还是好多了。海南的三年,苏轼的生命已进入了冬日,而且是严冬,但他却仍然像儋耳山一样傲然挺立,文情诗思像万泉河水一样浩荡奔流,真是云山苍苍、江水泱泱啊!"

我们的汽车朝前奔驰,直指儋州,我的思绪却向后飞逝,远抵宋代。苏轼以前虽遭多次贬谪,但大都还是在生命的壮岁,心理与生理还有较强的抗打击的能力,而这次远放海南,却已是六十二岁的暮年,是"元祐"大臣中贬得最远的一人。相濡以沫的朝云不久前病逝于惠州,垂垂老矣,影只形单,暮色已经苍茫,生命的帷幕很快就要降落了。从前流放海南的人很少生还，章惇也是想以海南的瘴气置苏轼于死地，所以苏轼曾说："子孙恸哭于江边，已为死别；魑魅逢迎于海外，宁许生还？"(《昌化军谢表》)而在给友人王古的信中，他也说道："某垂老投荒，无复生还之望。昨与长子迈诀，已处置后事矣。"除了老大的年龄，孑然一身的孤独，还有地理的恶劣，生活的艰苦。海南是赵官家最南的驿站，没有前途的终点，孤悬海外，远离中原这一政治文化中心。其时没有电话，没有手机，没有传真，没有网络，流放于岛上等于囚禁于与世隔绝的笼中，亲朋难有一字，家书胜过万金，闭目塞听，地哑天聋，苏轼灵魂的孤寂痛苦可想而知。海南岛当时多的是海氛瘴雾，端的是恶壤穷乡，不像现在早已成了旅游的热门之地，豪阔的宾馆酒楼林立于海畔山隈，豪华的旅游汽车巴士奔竞于高速公路，如果苏轼重来，他当会得到最高规格的贵宾接待，出则有奔驰宝马，住则有总统套间。但九百年前，他只能在日记中写道："岭南天气卑湿，地气蒸溽，而海南为甚。夏秋之交，物无不腐坏者。人非金石，其何能久？"在这种环境中，衣食住行都成了问题，他就曾从床帐中挖出一升多腐烂的白蚁。

　　苏轼初到贬所，就遇到了一位好人，那就是昌化军使张中。张中是武人，但却崇仰苏轼这样的文士，他让苏轼暂住行衙，又修葺伦江驿作为苏轼的居所，不时馈赠酒米，并和苏过成了棋友。苏轼前后写了三首诗赠他，还作《观棋》一诗，留下了"胜固欣然，败亦可喜。优哉游哉，聊复尔耳"的苏式人生哲理之名句。然而，令人古今同慨的是，雷州长官张逢礼遇苏轼兄弟之事被人告发，章惇派湖南提举常平官董必察访岭南，张逢被迫停职反省。董必又派爪牙去儋州，张中也遭罢黜而后致死，苏轼当然也就被扫地出门赶出官驿。苏轼从来居官清正，远不像现在的污吏贪官，在杭州时他就曾捐献自己的积蓄五十两黄金，用于公共福利事业，在惠州也曾捐钱修桥。儋州三年没有薪俸，海南岛不产大米，全靠从大陆以海船运来，米珠薪桂，这位美食家不但吃不到自己发明传于后世的"东坡肉"，一日三餐都难以为继，甚至到了"卖尽酒器，以供衣食"的绝境。他写了一篇杂记《学龟息法》给苏过，准备和他共行这一传闻中的绝食而生之法，不知是苦闷中的调侃还是聊以解忧的自嘲。苏过为了改善生活，曾挖空心思以山芋作羹，今日民脂民膏的饕餮之徒，对此当会不屑一顾的吧，富于幽默感的苏轼，却为之赋诗一首，题为《过子忽出新意，以山芋作玉糁羹，色香味奇绝。天上酥酏则不可知，人间决无此味也》：

香似龙涎仍酽白，味如牛乳更全清。
莫将南海金齑脍，轻比东坡玉糁羹。

儋州海滨牡蛎鲜美，他曾著文幽默地说："每戒过子慎勿说，恐北方君子闻之，欲争为东坡所为，求谪海南，分我此美食也。"以前贬惠州时，他就说过"日啖荔枝三百颗，不辞长作岭南人"，现在他又如此"自吹自擂"，将聊以果腹的野食比作天上人间皆无的美食，将一肩沉重的苦难化为虚无缥缈的云烟，不知京中的政敌和新贵们在弹冠相庆饫甘餍肥之余，读后有何感想？

许多人临此绝境，真的就会要自寻短见了此残生，或者万念俱灰只图苟全性命于乱世了，"文革"中许多人的悲剧不就是如此吗？苏轼没有轻生，没有消沉，他的力量来自他入世的信念与出世的精神,"优哉游哉,聊复尔耳"的化解苦难的人生态度,以及对艺术生命的珍重与执着。苏轼性格幽默,董必之"必"与"鳖"谐音,他就写了一篇寓言,含沙射影地称其为"鳖相公",幽他一默;苏轼后来遇赦北归经过南昌,太守问他:传说你已从海上乘槎仙去,怎么今天还在游戏人间呢?他竟然笑而作答:我本来已魂归地府,途中碰到章惇,转念一想,还是折回阳间了。除了基于生存智慧的幽默,苏轼的个性还极为豁达,他贬海南,随身带的是陶渊明和柳宗元的文集,称为"南行二友",他《独觉》一诗的结尾,竟然是"回首向来萧瑟处,也无风雨也无晴",那是十五年前贬黄州时写的《定风波》的结句,表达的是坎坷中的放达,苦难中的超脱,多年后在诗中旧语而新用,可见他对这种精神境界的看重。"无官一身轻,有子万事足"(《贺子由生第四孙》),他对于污浊的官场和众人趋之若鹜的官位,早已彻底看穿看透:"霜风扫瘴毒,冬日稍清美。年来万事足,所欠惟一死"(《赠郑清叟秀才》),"死"是人生的最大考验,所谓"千古艰难惟一死"即是,连杀人如麻不可一世的萨达姆,最后也宁愿选择束手就擒,而不愿一了百了,而苏轼却说自己早已勘破死生,颇有"民不畏死,奈何以死惧之"之意。百般打击迫害,诸多艰难困苦,又能其奈他何呢?除了以上种种,苏轼还有凡人所无的精神动力,屡见之于海南之诗,这就是他对于艺术的自觉与自信。"但令文字还照世,粪土腐余安足梦",这是他《寄诸子侄》一诗中的诗句,一朝的富贵荣华何足道哉,只有杰出的诗文不朽,这和后来西方哲人的名言"人生短促,艺术长存",竟是中西同调。在海南的三年凄风苦雨之中,他"食芋饮水,著书以为乐",总共写诗一百二十七首,词四首,各类文章一百八十二篇,还有其他著作。当时的官场政客鬼蜮小人都早已灰飞烟灭,苏轼的诗文却历经时间的风雨而长留于天地之间,九百年后的今天,我们不是仍然在和他作灵魂的交流与对话吗?

苏轼当年被逐出官驿,幸亏有当地父老子弟帮助,在州城之南的桄榔林中结茅为屋,聊蔽风雨,他曾作《桄榔庵铭并序》,并作《新居》一诗。迁居的那天晚上,听到邻舍儿童琅琅的读书声。别人也许会无动于衷,但在苏轼这位与民休戚相通的文化人听来,竟"琅然如玉琴",并写下《迁居之夕,闻邻舍儿诵书,欣然而作》一诗。桄榔庵坐落在现在的儋州市中和镇南郊,我们怎能不去那里进香呢?

桄榔庵,见证和陪伴了苏轼贬逐岭南的三年岁月。苏轼去后,当地的官员与士绅对旧居总是悉心维护,时予重修。原是五间茅屋,全盛时期竟有正殿五眼,讲堂五眼,头门三眼,还有照壁耳房之属。及至清代,地方上的文人官吏还于斯成立"桄榔诗社",作对吟诗,庆贺桄榔庵的重建。民国时期,旧居改为"中和高初小学校"。然而,当我们满怀期盼之情来到桄榔庵旧址时,这里已了无当年的丝毫痕迹,茅屋数间当然早已交给几百年前的历史烟云,以后重修的屋宇校舍以及历代题咏的诸多石碑,也断送在二十世纪中叶的风风雨雨之中。特别是"文革"十年的龙卷风,远胜海上袭来的十级台风,风声所至,一切都荡然无存,连许多前人题咏的本来颇为沉重的石碑,不知是连根拔起呢还是粉身碎骨,竟然都已不知去向。这难道在应验苏轼于《桄榔庵铭》中所说的"生谓之宅,死谓之墟"吗?虽然有不少人呼吁重建桄榔庵,但许许多多高楼大厦酒店宾馆和追赶国际潮流的娱乐场所纷纷拔地而起,遍布海角天涯,但桄榔庵的重建却仍是一纸空文,只有今人补种的几株桄榔树,枝叶迎风,喃喃自语,企图为历史做暧昧的说明。四顾苍茫,到哪里去再睹苏轼的笠影履痕,到哪里去寻觅他的往迹遗踪呢?离桄榔庵不远有苏轼为百姓开凿的水井,至今水井犹在,称"东坡井",我们已无暇去那里凭吊了,倒是桄榔庵之侧原来有一曲莲花池,那也是苏轼当年的游息之处,桄榔庵早已失踪,而莲花池却奇迹般地留存至今,似乎是有心为苏轼旧居做地久天长的旁证。人去诗留,椰风蕉雨之中,于桄榔庵侧的莲花池畔,我听见的是苏轼永不消逝的歌吟,那是他的《被酒独行,遍至子云、威、徽、先觉四黎之舍》:

半醒半醉问诸黎,竹刺藤梢步步迷。
但寻牛矢觅归路,家在牛栏西复西。

总角黎家三四童,口吹葱叶送迎翁。
莫作天涯万里意,溪边自有舞雩风。

四

苏轼被贬海南,在渡海之前,他曾倔强地说:"他年谁作舆地志?海南万里真吾乡!"(《吾谪海南,子由雷州,被命即行,了不相知。至梧乃闻尚在藤也。且夕当追及,作此诗示之》)三年后北归,在渡海时他又说:"九死南荒吾不恨,兹游奇绝冠平生!"(《六月二十日夜渡海》)"吾乡"的桄榔庵,我们只能凭虚怀想了,而地不在远约两里许的"东坡书院"呢?却以它的短墙深院久远历史将我们召唤。

时间虽然已经是二十一世纪,但由桄榔庵至东坡书院,一路上见到的多是头裹花巾的黎族妇女,吱呀作响悠然怀古的牛车,坐在牛背上口吹葱叶的牧童,仿佛是苏轼海南诗卷中一帧帧并未过时的插图。还在远处,一座古旧的大门便撞入我们的视野,一溜黑瓦红墙,在大门两侧如折扇一般抖开,楼台殿宇的屋脊檐角,挑起的是往昔的岁月,招呼我们的望眼。及至近前,门楣上黑底金字"东坡书院"四个大字照亮了我的眉睫,那是清代书法家张炽的手迹。门侧的一株参天大树,植于明代万历年间,至今已有四百多年,也算是饱经沧桑见多识广了,但我问它当年苏轼的故事,它却一脸茫然,在晚风中不知喃喃说些什么。大约因为此地僻于海南的所谓"西线",平时很少游客,门房里的值班人员无精打采,也没有或娓娓或滔滔为你指引迷津的导游。"鹿回头"啊,"度假村"啊,"海滨浴场"啊,"天涯海角"啊,还有如同新贵的新建旅游景点啊,游车如蚁,游人如织,而东坡书院却冷冷清清,悄无人迹。然而,正是这种空旷与寂寥,正好让我俯首皈心,静静地将这座千年庭院的庄严肃穆一一领略。

东坡书院原名"载酒堂",从元代直至民国年间,历代都曾或重修或扩建,而"东坡书院"之名,则自明代嘉靖二十七年(1548)始。"文革"中书院破坏殆尽,斗转星移之后又经多次重建,才有今日的规模。书院现在共有三进,除了左右两侧宽阔的庭院,还有载酒亭、载酒堂、迎宾堂、书画廊及陈列馆大殿等主要建筑。载酒堂,取《汉书·扬雄传》中"载酒问字"的典故,是苏轼在儋州讲学和以文相会的场所。《琼台纪实史》记载:"宋苏文忠公之谪居儋耳,讲学明道，教化日兴，琼州人文之盛，实自公启之。"苏轼当年是戴罪之身，海南岛其时也仍火种刀耕文化极其落后，但苏轼热心教育。他设帐讲学，岛内外学子纷纷前来从学，儋州就有黎子云兄弟、符林、王霄等人，外地有琼州的姜唐佐、湖州的吴子野、江苏的葛延之等辈。苏轼后来离开儋州时，姜唐佐向他求诗，苏轼在他的扇上题诗两句，并劝勉他说："异日登科，当为子成此篇。"渡海之后，苏轼还托人赠以自用的端砚。那两句诗是：

沧海何曾断地脉，珠崖从此破天荒。

三年之后，当姜唐佐破天荒地成为海南前无古人的举人时，苏轼早已病逝于江苏常州。与他手足情深的苏辙继承乃兄的遗愿，为姜唐佐足成此诗：

锦衣不日人争看，始信东坡眼力长！

我曾教书多年，新加坡与会的许福吉是作家也是教授，任教于南洋理工大学。我们在"载酒堂"内流连，在塑有苏轼、苏过和黎子云像的大殿瞻仰，福吉不禁口中念念有词："苏轼在海南最大的贡献，就是重视教育，作育人才。他最早在这里实施了'希望工程'啊！"

"'希望工程'这一流行语，你倒是说得真妙。"我笑着对福吉说，"妙在今为古用，又是出口转内销。"

苏轼当年有一次外出，归途遇雨，只好向黎民借用斗笠和木屐，明人唐伯虎就据此画了《东坡笠屐图》。在东坡书院的展览馆前,四时不谢的鲜花和冬夏常青的绿树,将苏轼的铜像簇拥其中。他立于汉白玉座墩之上,头戴竹笠,足登木屐,大袖宽袍,手持书卷,霜髯仍在宋代的风中飘拂,双目凝视的仍是九百年前的风云。他的《纵笔三首》之一曾经写道:

寂寞东坡一病翁,白须萧散满霜风。
小儿误喜朱颜在,一笑那知是酒红!

三年前,他就是因为那首"白头萧散满霜风"的《纵笔》而得罪当道南迁海南,他在海南竟然仍用同一题目,同一诗句,这既是语妙天下的自嘲,也是一身傲骨绝不同流合污的他讽。我们在苏轼的铜像前久久伫立,并合影留念。我不由想到他北归后途经仪真(今江苏仪征)金山寺,北宋名画家李公麟为他画的肖像还悬置其中,此画也许曾一直留传到清代吧,诗人翁方纲就曾在朱野云临摹的画像上题款。苏轼当时对像自鉴回首生平,写下了他晚年的力作《自题金山画像》:

心似已灰之木,身如不系之舟。
问汝平生功业,黄州惠州儋州!

前两句比喻,后两句直叙。"平生功业"竟是一生中三个重要的贬逐之地,这真是说一生的功业呢,还是平生怀才不遇壮志难酬的沉痛反讽? 这仅仅是苏轼一生的写照呢,还是从古到今许多有志无命之士的悲剧命运的概括? 苏公已渺不可寻,我只好抬头去问鲜花丛中的铜像,开口是银,沉默是金,铜像默默不语,兀自在夕阳西下中抵挡薄暮的风寒。

"光中先生因故提前返回台湾,许多文朋诗友也远在天涯。"维樑仰望铜像,不忍离去,他说,"他们未能在东坡书院与文豪'神聚',听他讲学论文,并慰他暮年的寂寞,真是遗憾!"

"是啊!可惜光中兄未能来此一游,不然他又会有一篇大块文章。但他说将来还要再来,我只好回去先作一文,抛砖引玉。"我笑言道。

暮色不知何时已悄然而至,开始从四面八方向东坡书院合围。我们当晚还要赶回三百里路之外的海口市,只好匆匆来去了。多少遗踪还来不及探寻,多少疑惑还来不及询问。桄榔庵和东坡书院后面有一条清清的江水,苏轼写于海南的《汲江煎茶》,有名句为"大瓢贮月归春瓮,小杓分江入夜瓶""枯肠未易禁三碗,坐听荒城长短更",就是它赠与的灵感。这条清清江水啊,也是苏轼三年流放生涯的伴侣与见证,只恨我儋州来去匆匆,来去匆匆,竟然未及近前打听它熟知的苏轼的往事,无奈那乡间公路上车尘滚滚,车尘滚滚,我甚至未及从窗口一询它的姓名。

"八咏楼"之歌

一

在"文革"浩劫后已经所余不多的金色的年华里,我曾经不止一次在浙赣铁路线上匆匆来去,和浙中的历史文化名城金华擦肩而过。我知道,李清照的"八咏楼"在等我去登临,而她的"双溪"也在等我去远眺,这是已经预定了八百多年的一场约会,今生我必须践约,只是不知何时才能有缘成行,如约而往。

清人沈谦的《填词杂说》有"词家三李"之说。他所说的"三李",就是盛唐的李白、南唐的李煜和南北宋之交的李清照。李白不必多说了,我自认他是我的先祖,我的血管里奔流的是他未冷的热血,我曾不止一次撰文赞美他的诗章;李煜也无须多说,他有幸生而为诗国的天才,却不幸做了人间的帝王。至于李清照,她的词我在孩提时代就已朗朗成诵,幼时在父亲的案头读到她的《漱玉词》,也曾以与她同姓为荣,她的许多清词佳句,一见难忘地铭刻在我青涩的记忆中,及至年长,更是年复一年镂刻在我生命的年轮里。风晨月夕,她的带有浓重山东济南口音的低吟浅咏,豪唱高歌,常常穿越八百年的时间隧道,从遥远的那一天崩地坼的时代隐隐传来,在我的心头荡起余音袅袅的回声。

李清照原籍山东济南章丘明水镇。她天赋甚高,又出身诗礼簪缨的门庭,父亲虽是政府官员,却是一位博通经史的学者,诗文双擅的文学家。母亲王氏,系状元王拱辰的孙女,家学渊源使她亦善文章。先天的禀赋与后天的熏陶,少女时代的李清照的诗才就像春天的早霞,清新明丽在东方始明的天边了。"常记溪亭日暮,沉醉不知归路。兴尽晚回舟,误入藕花深处。争渡,争渡,惊起一滩鸥鹭。"(《如梦令·常记溪亭日暮》)"溪亭"固然可以泛指溪水之旁的小亭,但济南当时确有一地名曰"溪亭",不管怎样,展读此词,犹如展读一幅明丽的水彩画,一位巧笑倩兮美目盼兮的少女,就会从画幅的深处翩然荡舟而来,其词其人都会让你心神沉醉。

李清照十八岁时,嫁给比她大三岁的太学生赵明诚。赵明诚是丞相赵挺之的季子,不仅擅长诗文,尤其爱好金石书画,他们既是天作之合也是志同道合,"意会心谋,目往神授,乐在声色狗马之上"(《金石录后序》)。感月吟风多少事,先在青州,后在莱州,他们度过了一段整理文物图书与互相唱和的诗意岁月,虽然不能说夫妻之间没有波澜与曲折,但那种"夫妇之情而兼朋友之义"的关系,令千载之下的我们仍然不免为之心驰神往。"昨夜雨疏风骤,浓睡不消残酒。试问卷帘人,却道海棠依旧。知否知否?应是绿肥红瘦。"(《如梦令·昨夜雨疏风骤》)这也是李清照的早期作品,怜惜百花,珍惜春光,"绿肥红瘦"一语不仅当时天下称誉,也成了传唱后世的名句,以至于明代的茅暎还要一厢情愿地说"易安,我之知己也,世少解人,自当远与易安作朋。"(《词的》)他说现在真正懂得李清照作品的人很少,他自当前往南宋去和李清照为友,尽管他的这一单方面的愿望已无法征得李清照的同意。

宋太祖赵匡胤陈桥兵变,黄袍加身,兵不血刃地取得了后周弱主的天下,而重文轻武高度集权中央的政策,使得宋王朝开国伊始就未能恢复汉唐的旧疆,并始终战栗在北方强敌弓劲马肥的威胁的阴影之下。联金灭辽已是战略上的大错,大错之后又错上加错,对金缺乏必要的警惕与戒备。玩物而丧志,纵欲而败度,徽宗朝廷上下较之前代更加昏聩与腐败,整个国家如同一幢破败的屋宇,基脚动摇,房梁朽损,遇上外来的雨骤风狂,要想不忽喇喇大厦倾已是不可能的了。靖康元年(1126),金兵南下而牧马,北宋败亡,至高无上的徽、钦二帝也一旦归为臣虏,这就是岳飞《满江红》词中所长叹的未曾洗雪的"靖康耻"。国家不幸诗家幸,像李清照这样一位弱女子,钟鸣鼎食之家的贵妇人,生活范围狭窄,生活体验不广,如果不是在山河破碎中仓皇南渡,在流离道路中家败人亡,目击伤心百姓的苦难,刻骨铭心自己的遭逢,我们很难想象即使终其一生她会写出多少不朽之作,至少,她似乎不太可能占有中国古代妇女文学史的首席地位,更不可能与最杰出的男性作家分庭抗礼。在中国古典诗歌的天宇上,灿烂的星光绝大部分属于男性作家,封建夜幕中的女性只有极少数才能破"幕"而出,李清照,就是昨夜星辰中光芒最为亮丽的一颗。无论我们如何寻寻觅觅,除了薛涛和秋瑾,再也难找出一位诗中巾帼可以和她媲美,清末秋瑾的诗词之才虽然大放异彩,但天不假年,何况她的主要精力不是投于纸上的文韬而是革命的武略,无论是诗才和栋梁之材，秋瑾都被漆一样的黑夜过早地扼杀了，真是令人扼腕叹息！李清照，在整个封建时代是词名与诗名并盛的女作家，清代词论家陈廷焯《云韶集》说她"两宋词人能词者不少，无出其右矣"，这虽然未免过于偏爱，但在他之后的戏曲理论家、诗人李调元，于《雨村诗话》中说的是"盖不徒俯视巾帼，直欲压倒须眉"，他用的是"直欲"这种意愿性的模糊语言，即使是最杰出的男性作家，对此应该没有也不必有太多的意见。

绍兴四年（1134）九、十月间，金人及伪齐合兵进犯淮上，攻滁州、亳州与濠州，兵锋直指临安（今浙江杭州市），这是一轮新的地震波，南宋偏安之都的临安为之震动。几经辗转漂泊，刚刚在此稍事喘息的李清照，只得以五十一岁的垂老之年，在秋风肃杀中溯富春江而上，乘船避难金华。半途经过桐庐，"涉严滩之险"，即东汉严子陵隐居垂钓之处，作《钓台》一诗：

巨舰只缘因利往，扁舟亦是为名来。
往来有愧先生德，特地通宵过钓台。

严光，字子陵，会稽郡余姚县人，幼时与刘秀同窗。刘秀后来成为东汉的开国之君汉光武帝，严光先是改名隐居，后来被召至东都洛阳委以谏议大夫之职，严光拒受而归隐于富春山，桐庐富春江畔下临七里泷峡谷的"东台"，即其垂钓之处。"君为利名隐，我为利名来。羞见先生面，黄昏过钓台"，以前就曾有作者失考又云为宋人陈必敬之诗，李清照触景生情，化用了前人这一作品，自嘲而兼他嘲。她嘲讽自己在乱世之中尚未摆脱名缰利锁，苟活偷安,这,已经是十分难能可贵了,古往今来,有多少人尤其是名声显赫或身居高位者,敢于自嘲勇于自省？乐于直面自己和人生的真相？多的是文过饰非,涂脂傅粉,甚至对揭露真相者施行报复和陷害。除了自嘲,她更是嘲讽国难当头时那些达官贵人和皇亲国戚,他们只顾一己的荣华富贵,在敌人面前不是奴颜婢膝,就是望风而逃,完全没有先生之"德"——做人的气节与尊严。

未到金华,李清照先就以《钓台》一诗作为别有寄托的序曲了,待到金华,她会有什么新的传唱后世的低咏与高歌呢？

二

八百多年后的一个深秋时节,为了追寻李清照的遗踪,由浙江大学的友人骆寒超安排与陪同,我们载驰载驱从杭州来到金华寻访李清照的消息,和我们一道同游探问的,还有在金华浙江师范大学任教的旧雨新朋吴泽顺和陈玉兰两位教授。

从绍兴四年(1134)夏末秋初,到次年差不多同一时节,李清照在金华居住将近一年。金华是一座历史悠久的文化名城,经济繁荣,人才辈出,素有"小邹鲁"之称,南宋时还称为"陪都"。骆宾王、张志和、宗泽这些著名的文人志士,都出生于此。今日的金华,已另是一番新貌。双龙大桥横跨于婺江之上,江北为旧城,如果你在古老的街巷中踯躅,发思古之幽情,恍兮惚兮,一不小心也许还会走进遥远的古代;江南为新城,白日高楼摩天,入夜珠光遍地,完全是一位现代的白马王子或红颜丽人。李清照当年的金华古城因年代久远,当然已经完全去向不明,就连她当年寄居的陈氏宅院,也只知道是在八咏楼下的"酒坊巷"中,但人非物也非,现在已没有任何考古学家能指出它的具体位置。只有她高歌过的"八咏楼"毁而复建,至今仍屹立在婺江之边,高踞金华市城区古八咏门的城头之上,召唤远近的有心的游人登临朝拜,而她低咏过的"双溪"呢,至今也仍然汩汩而滔滔,像两根至今仍没有锈哑的琴弦,将千年往事反复弹唱到今天。

赴一个相约了八百多年而今终于得以践约的约会,由泽顺驱车载我们直奔今日"八咏路"所在地之"八咏楼"。车到江边的开阔地带,抬头仰望,依山而建上出重霄的八咏楼,就和前人诗句一起前来压人眉睫了。楼高数丈,石砌台基高达八米,共有石阶七十余级。从楼旁的台阶拾级而上,长于金华、文学博士出身的陈玉兰娓娓介绍,仿佛是要对远道来客略尽地主之谊:"南朝的文坛领袖沈约,在南齐隆昌元年(494)任东阳郡即今日之金华的太守,始建此楼。初名'玄畅楼',因避皇帝之讳,改名'元畅楼',楼龄至今已有一千多年了。"

泽顺原来在湖南一家资深的古籍出版社担当方面之任,不久前孔雀东南飞。他虽然新来,但对"八咏楼"却早已如同旧识:"沈约先是写了《登元畅楼》一诗,后来先总后分,分别作了《元畅楼八咏》。从唐代起,此楼就改名为'八咏楼',流风余韵至于今日。"

寒超是诗学专家,在浙师大兼职,他的家乡诸暨离此不远,对这里的历代名贤题咏当然如数家珍:"唐宋以来,许多诗人都提到或亲临歌咏过八咏楼。李白虽身未能至,却心向往之,在《送王屋山人魏万还王屋》一诗中,就曾说'落帆金华岸,赤松若可招。沈约八咏楼,城西孤岧峣',而严维的《送客诗》更是情深一往:'明月双溪水,清风八咏楼。少年为客处,今日送君游。'"寒超的浙江普通话我平日听来似懂非懂,今日听他咏诗,却心有灵犀。

八咏楼依山而建于古城门之高台,高峻的地势将它簇拥而上,排开四周的风景,高过城内所有兴亡匆匆的建筑,也高过宋元明清所有帝王的宫殿。楼高两层,楼深三进,后楼的厅堂中有坐北朝南的李清照塑像一尊,愁眉深锁的,正是她的垂暮之年。不过,看到我们进来并致问候,她似乎愁眉略展而在微微颔首,远从八百年前向我们递来一声应答,用北方的乡音。她身后有一帧宽大的横幅展开,其上所书正是她《题八咏楼》那首千古绝唱:

千古风流八咏楼,江山留与后人愁。
水通南国三千里,气压江城十四州!

"李清照生长在英雄气盛的北方,她虽然是一个弱女子,但其性格却倜傥豪放而有丈夫气,所以前人就曾说'玩其笔力,本自矫拔,词家少有,庶几苏、辛之亚。'"我说,"何况她认为'诗词分畛',因而她的作品词风婉约而诗风豪健。这首诗,前两句写时间,后两句写空间,气势何等豪壮。岂料纤纤素手,竟然能挥洒出如此杰句雄词,压倒了自沈约以来所有为此楼题诗的作者!"

熟稔文学典故与江浙形胜的陈玉兰说:"晚唐诗僧贯休是婺州兰溪人,其《献钱尚父》诗有'满堂花醉三千客,一剑霜寒十四州'之句,唐代女诗人薛涛《筹边楼》诗也有'平临云鸟八窗秋,壮压西川十四州'之词,李清照化用前人成句而有出蓝之美,从'水通'与

'气压'两个方面补足了'江山之胜'。她感叹的是如此大好江山，如今却疮痍满目，风雨飘摇。"

"李清照南渡之后，建炎三年(1129)和赵明诚路过安徽和州，于乌江镇的凤凰山上瞻仰项羽庙，写了一首《乌江》，后来因版本不同又题作《夏日》或《绝句》。'生当作人杰，死亦为鬼雄。至今思项羽，不肯过江东！'"泽顺接过话头，"她一写人物，一写楼阁，都是慷当以慷，忧思难忘。她言在此而意在彼，其'矛头所向'，是以宋高宗为首的妥协偷生的统治集团啊！"

"泽顺兄所言极是。李清照还有'南渡衣冠少王导，北来消息欠刘琨''南来尚怯吴江冷，北狩应悲易水寒'的断句，可以互参。不过，这首诗的主旨，还是'江山留与后人愁'一语。"寒超说，"这是全诗的关键句，而'愁'字则是全篇的关键词。李清照是一位忧患诗人，出生于金华的当代大诗人艾青，也是一位忧患诗人。"

"李清照在金华还写了《打马赋》和《打马图序》。"我说，"表面上是写她发明的一种博弈之戏，实际上是'纸上谈兵'，而且是不可能驰骋沙场的女子谈兵，寄寓的是她渴望恢复中原而报国无门的悲哀。曲终奏雅的结尾，不就是'满眼骅骝杂骡骍，时危安得真致此？老矣谁能致千里，但愿相将过淮水'吗？"

我们在李清照像前高谈阔论，不知她听到后有什么感想？她词中歌咏的"双溪"，就在"八咏楼"前面的不远处，于是我们穿过中庭登上前楼。这时，婺江的波光水影早已推窗而入，而前面俗称"东港""西港"的"武义江"与"义乌江"的合流之处，就是李清照《武陵春》词所说的"双溪"了：

风住尘香花已尽,日晚倦梳头。物是人非事事休,欲语泪先流。　闻说双溪春尚好,也拟泛轻舟。只恐双溪舴艋舟,载不动许多愁!

古来写愁情的诗词多矣,李煜《虞美人》有"问君能有几多愁,恰似一江春水向东流",秦观《千秋岁》有"春去也,飞红万点愁如海",贺铸《青玉案》有"试问闲愁都几许?一川烟草,满城风絮,梅子黄时雨",而首创以"舟船载愁"的意象的,则是苏轼在扬州与秦观分别时所写的《虞美人》词:"无情汴水自东流,只载一船离恨向西州。"然而,且不论"舴艋舟"与"许多愁"的意象叠加手法的新创,以及"载不动"的妙想巧思前无古人,即以愁情而论,以上作者所抒的情都还比较单一,远不及李清照愁情的丰富、复杂和深广,她已明言"许多愁"了,而未及明言的兵燹战乱道路流离之苦,国势江河日下中兴无望之伤,中年丧偶形影相吊之痛,被骗再嫁而遇人不淑之悲,无子无女形单影只之凄,乃至党争不已株连波及之惧,真是才下眉头,又上心头,一齐纷至沓来,真不知李清照柔弱的双肩,怎么担得起那绝对超负荷的重量?当代台湾名诗人余光中年轻时写有《碧潭》一诗,其中有句是"如果碧潭再玻璃些／就可照我忧伤的侧影／如果舴艋舟再舴艋些／我的忧伤就灭顶",他抒写的忧伤,只不过是当时年轻恋人的轻愁浅恨罢了,远远无法与李清照的深愁苦恨相提并论,但他在诗艺上却远绍了李清照的一脉心香。

在八咏楼上临眺双溪,李清照见到过的舴艋舟,还停泊在溪畔水湄等她等我等余光中渡海而来前去登临吗?我思接千载而忽然情系海峡两岸,李清照如果有知,她会不会欣慰地回眸一笑?

三

　　经典作品,不是喧腾一时随即烟消火灭的爆竹,也不是人为炒作不久即无声无息的闹剧,它必具的标志,就是巨大的影响力与久远的传后性。李清照是一位纯粹的天才诗人,她现存虽然只有四五十首词和十余首诗,但却几乎是无词不佳,无诗不胜。她的清新婉约之词与横放杰出之诗,使她在南宋时就已得到了许多知音。英雄词人辛弃疾的诗词文赋,就深受她的影响,他的一些作品就曾自命为"效易安体",如《水龙吟·登建康赏心亭》的"楚天千里清秋,水随天去秋无际。遥岑远目,献愁供恨,玉簪螺髻",其中就有李清照"江山留与后人愁"的遗响。宋末词人刘辰翁读了李清照咏元宵的"落日镕金,暮云合璧,人在何处"的《永遇乐》词,竟"为之涕下",三年后"每闻此词",还"辄不自堪",他假托"易安自喻"而新作一首,自认为"虽辞情不及,而悲苦过之",这就是他的"满城似愁风雨"的《永遇乐》一词。时至清代,李汉章《题李易安〈打马图〉》还说:"国破家亡感慨多,中兴汗马久蹉跎。可怜淮水终难渡,遗恨还同说过河!""南渡偷安王气孤,争先一局已全输。庙堂只有和戎策,惭愧深闺打马图。"而和她别有渊源的,则是当代大诗人艾青了。

　　艾青原名蒋正涵,金华东区畈田蒋村是他的故里,我早就想要前去瞻拜了,何况现在"八咏楼"的楼名正是由他所题,而且他生前分别与我和寒超谈到过作客他的家乡的李清照。于是，我们便在坦坦荡荡的高速公路上驱车疾驰，前往艾青的出生之地，在深秋的金风细雨中，在《大堰河——我的保姆》的歌韵里。

快到义乌县的边界，我们从路侧有"艾青故里"指示牌的一条小道拐进去，因路面正在翻修，坑坑洼洼，遍地泥泞。寒超是艾青研究专家，曾陪艾青到过他的故居，但也绕"路"彷徨，到了今天仍然颇为落后的蒋村，竟不知从哪一条陋巷进去可以直达。由一位热心的村姑带路，我们终于走进了二十一世纪的那一帧古旧的插图。入眼尽是敝旧的屋宇，狭窄的巷道。艾青的保姆"大堰河"的旧居泥墙低矮，满面沧桑，只有屋瓦上的几茎茅草和木门上的一把锈锁，兀自在秋风中回想昔日的时光。艾青的故居呢？虽然门前的石碑说明是"县级文物保护单位"，但正门与侧门的铁锁告诉我们，除了有客自远方来而蓬门今始为君开之外，平日锁住的，就是少人问津的冷寂与寒凉。从别处找来兼管故居的老人，我们才得以登堂入室。室内没有什么展品，只有简陋的说明，屋梁上落满的是年月不明的灰尘。从狭窄的楼梯上得楼去，艾青当年从窗口可以眺望的写于他诗中的"双尖山"，现在已经被前面崛起的楼房遮蔽。我们在楼上徘徊凭吊，楼板吱吱呀呀，响起的是大半个世纪以前寂寞的回声。金华城内虽建有"艾青纪念馆"，但寒超说参观者寥寥，展厅常挪作他用，门也是虽设而常关。联想到金华新城的车如流水，酒绿灯红，夜总会、洗浴中心等休闲娱乐场所的热闹，而高雅与高贵的文化纪念地却遭到冷落，我心中总不免悲从中来，不可断绝。

艾青出生的房间,在一楼天井的右侧,现在当然早已人去楼空。睹房而思人,我对寒超说:"艾青和我们湖南有缘,一九三八年他年方二十八岁,在衡山停留了四个月,'为什么我的眼里常含泪水,因为我对这土地爱得深沉',他的名作《我爱这土地》,就是写于山神助他诗兴的衡山,而他的长诗《火把》,也是两年之后在湖南新宁县点亮的,一直熊熊燃烧到今天。"

寒超说:"艾青和你们湖南有缘,和李清照也有缘啊。不然他们怎么会在金华隔千载而相逢?他们都是忧患诗人,艾青生前多次向我吟诵李清照的《题八咏楼》,他特别欣赏'江山留与后人愁'这一句,并连连说:'这个女人不简单!'"

寒超的话唤醒了我的记忆。我记起有一年在北京,古典文学专家文怀沙曾告诉我,艾青从金华回到北京后见到他,第一句话就是"怀沙,李清照真了不起,我真佩服这个女人",然后竟将"江山留与后人愁"高吟二十八遍而涕泪横流。我对寒超和同行的泽顺、玉兰说:"一九九三年早春时节,我为湖南省作家协会换届而去京请他题词,谈起李清照,他竟然将'江山留与后人愁'高吟三遍,并且举起左手的大拇指,连声赞美:'这个女人真了不起啊!这个女人真了不起啊!'"

饱经忧患与苦难的艾青,为什么激赏李清照的《题八咏楼》,而特别又是其中的"江山留与后人愁"一语呢?可惜我当时没有追问。这该是他自己饱经磨难,又认为真正的文人应该具有深沉的忧患意识,和对于人生与生命的大悲悯与大关怀吧?李清照的种种忧愁,早已随历史的长风而逝,作为后人,面对今日的世界,我们还会有些什么旧愁与新愁呢?从畈田蒋村回城,重经"八咏楼",艾青题写的楼名再一次从高处照亮了我们仰望的双眸,而那千古传唱的八咏楼之歌啊,也再一次从八百年前飞来,一字字一声声,如沉雷,如急雨,在我的心头轰响和敲奏。

天日昭昭

早在孩提时代,岳飞的英名就像一记洪钟,敲响在我混沌初开的心头了,这钟声至今也未消歇。半个世纪后我曾先后三度前去杭州,杭州的西子湖,西子湖畔的岳王庙,为的是重温英雄的往事,捧上自己的一炷心香。今年的高秋之日我旧地重来,除了有如一个学子温习本民族不能也不敢遗忘的必修功课,也是为了不是在他乡别处,而是在岳王庙里,烈士坟头,再一次领略一代世上之英人中之龙的诗中的胜概豪情。

前两次去岳王庙,都是从住地乘车直达,而这次却是和我的诗学专家友人、浙江大学教授骆寒超相约,先在苏堤相见,在堤边的长椅之上坐赏湖光山色,畅叙契阔之情。和西湖的柔波软水挥一挥手,心中装的还是潋滟水光空蒙山色,还有苏小小以及白蛇的凄婉缠绵的故事,待至走到岳庙之前,强烈的对比使我心中陡生前所未有的震撼。像两把巨扇唰地抖开,岳庙之侧两道赭色高墙,刮起的不是柔风与逸气,而是凛凛的正气与烈烈的雄风。正中的大门是一座巍峨的重檐建筑,门顶上竖行直书的三个鎏金大字"岳王庙",俯瞰近处如织的游人,雄视远处如梦的湖水。还未及拾阶而上,大门两侧的联语,便如霆如电来镇压并照亮我们仰望的眼睛了,那是岳飞《满江红》中的雄词伟句:"三十功名尘与土,八千里路云和月。"一股豪气,一腔悲情,便陡然塞满我的胸臆。我心中暗想:出生于浙江富阳的现代作家郁达夫《咏西子湖》一诗,曾有过"江山也要文人捧,堤柳而今尚姓苏"之句,早在清代,诗人袁枚在《谒岳王墓》中也说过"江山也要伟人扶,神化丹青即画图。赖有岳于双少保,人间始觉重西湖",一般的学士文人,只能用他们的笔墨为嘉山好水锦上添花,而伟人国士则可以使江山因有崇高魂魄英雄业绩的辉耀而不仅名闻遐迩,而且具有永恒的人文意义和历史价值。西湖虽美,但其美却是柔性的,可以旷性怡情,甚至可以销魂蚀骨。"西湖妩媚,雌了男儿",这是南宋一位名姓不传的词人留下的断句,他不幸没有一首词流传至今,但有幸留下的这只言片语,不也是足以发人深省的吗?

　　西湖是美的,但西湖之侧的岳王庙,却有一种西湖所无法代替的悲壮雄浑之美。我和寒超已全然没有了刚才漫步苏堤时的闲适愉悦之情,如果游览西湖是对佳人的"朝美",不免心旌摇荡,而瞻仰岳庙则是对英雄的"朝圣",自然会血脉贲张了。

　　大门之内庭院宽敞,穿过松柏交柯绿荫蔽日的甬道,便是忠烈祠正殿。殿外檐间"心昭天日"的匾额本来已经耀人心目,初升不久的阳光又赶来为它镀金,显得更加金碧辉煌。殿内是岳飞手持宝剑的英武坐像,其上是他手书的"还我河山"的巨匾。岳飞临刑前,在逼供的狱案上题写的"天日昭昭,天日昭昭"八个大字已经不可复见,他的诗文奏议在那一场千古奇冤中大都也已散失湮没,如同九百年后"文革"中许多文物被毁灭一样,但幸亏我们今日仍可读到一些劫后的遗珠。伫立在岳飞像前，他流传至今写作年代最早的绝句《过张溪赠张完》，又重到我的心头：

无心买酒谒青春，对镜空嗟白发新。
花下少年应笑我，垂垂羸马访高人。

建炎三年(1129)，岳飞随右相兼江淮宣抚使杜充驻守建康。杜充投敌，建康陷于敌手，许多将官也沦为流寇，而岳飞则坚持孤军转战，且行且击，六次与金人作战均告胜利。建炎四年二月，他进驻江苏宜兴县西南的张渚镇，不仅平定了宜兴县境内的几股流寇，而且于五月克复建康，张渚镇遂成了岳家军正式形成之地，与整军经武的常驻之处。岳飞的房东，是曾经做过黄州通判其时致仕在家的张完，他们志同道合，相处甚欢。这见之于南宋赵彦卫《云麓漫钞》一书的记载，该书说岳飞曾于张完家大厅屏上题写"迎二圣复还京师，取故地再上版籍"，内容与岳飞题于江苏境内五岳祠壁上的《五岳祠盟记》大致相同，但在张完家题记的结尾，却有"此心一发，天地知之，知我者知之"之句。他们的关系，也可用张完的和诗为证："相别相逢不记春，眼前非旧亦非新。声求色相皆邪妄，莫认无疑是昔人。"

岳飞曾有一句名言："文臣不爱钱，武臣不惜死，天下太平矣。"数百年后，辛亥革命的元勋而可惜英年早逝的黄兴，曾与他遥相呼应："天下事所谓不爱钱不要命，无不成者也。"岳飞"不惜死"，行军作战总是和士卒一起就食，而不是理所当然地搞什么三六九等的特殊化，每次临战，在做"动员报告"时几乎都要洒泪痛哭，而且作战时一定身先士卒，"直犯虏阵，勇冠三军，士皆贾勇，无不一以当百"（宋·岳珂《宋少保岳鄂王行实编年》）。例如绍兴十年（1140）岳飞最后一次北伐，分兵攻取了许多军事要地，眼看可以直捣黄龙了，宋高宗与秦桧却撤回前线的其他几路军队，使岳家军孤立无援，岳家军统帅部所在地之郾城（今河南郾城），更是孤悬前线。金军统帅完颜兀朮率数万人马，包括其精锐之师的"拐子马"与"铁浮图"，前来偷袭，岳飞亲率人数不多的亲卫军出城迎敌。在以少敌多的惨烈的"郾城之战"中，他的部下霍坚手挽其战马之缰绳，再三劝阻他不要亲自出阵搏战，岳飞以马鞭抽打霍坚之手，纵马飞驰突入敌阵，士气大振的岳家军终于大获全胜。岳飞也"不爱钱"，他后来位居"中兴四大名将"之列，俸禄颇高，赏赐也不少，但"廉洁奉公，不殖私产"，从不利用职权谋求个人私利，而且常常将自己的薪俸贴补抗金军需，接济从北方渡江南来的家乡父老。当时其他大将如韩世忠、刘光世、张俊等，在临安都建有富丽堂皇的宅第，宋高宗也欲为他建造，他的答复是："北虏未灭，臣何以家为？"后来被抄家，岳飞的财产据说只有区区的九吊钱（一千钱为一吊）。现在的浙江医科大学校区内，就曾是岳飞故宅的所在地，其时他的住宅相当简陋。今日汤阴县岳庙大殿两侧，有一副"人生自古谁无死；第一功名不爱钱"的联语，正是岳飞精神的最好写照。岳家军在南宋的所有军队中一军雄出，所向无敌，敌人都感叹"撼山易，撼岳家军难"，就是因为岳飞的以身垂范，以身作则，不像现在某些有权在手或身居高位者，言行背反，台上讲话冠冕堂皇，台下行事却男盗女娼，名为人民的公仆，实为人民的公敌。他们与岳飞相比，相去何止云泥，后者是巍然高山,前者是一抔粪土;后者是浩荡江河,前者是污泥浊水!

岳飞不仅"不惜死""不爱钱",而且也"不近色"。他始终不娶姬妾,与从故乡河南汤阴迎回的李姓夫人同甘共苦,相濡以沫。他后来身为一方统帅,西北边防大将吴玠为了和他修好,千里迢迢送来四位美女,他不但不为所动,而且拒绝见面,并将她们全部遣送回家,真所谓是英雄而不爱美人。如果是当今的某些官人,早就已经神酥骨软魂飞魄散了。写《过张溪赠张完》这首诗,岳飞时年二十八岁,在这种同时代许多同龄人只会征歌逐舞流连声色的年华,他就表现了与"折花少年"完全不同的志向。他访谒的不是青春美色,而是对抗金北伐有理想有识见的高人,而"对镜空嗟白发新",不正是他以后所作《满江红》中的"莫等闲、白了少年头,空悲切"的先声吗?

岳王庙中广植松柏,松青柏翠,清风从青枝绿叶间走过,仿佛仍在传诵岳飞的美名,我却似乎听到了戎马倥偬中他的吟哦。正如同他有壮怀激烈的《满江红》,有慨当以慷的《登黄鹤楼有感》,也有幽怨凄婉的《小重山》一样,他的诗中既有气冲牛斗的豪情,也有寄情山水的远志:

手持竹杖访黄龙,旧穴空遗虎子踪。
云锁断崖无觅处,半山松竹撼秋风。
————《题雩都华严寺》

经年尘土满征衣,特特寻芳上翠微。
好水好山看不足,马蹄催趁月明归。
————《池州翠微亭》

绍兴三年(1133)夏四月,岳飞受命出兵江西的虔(今江西省于都县)、吉(今江西省吉安市),扫荡流寇。功成之后,岳飞往访雩都县南罗田岩之华严禅院,北宋时临济宗黄龙派创始人高僧慧南曾在此主持。绍兴四年(1134)十二月,岳飞领军由鄂州出击淮西入侵之敌,暂驻池州(今安徽省贵池县)。池州城南有"齐山",唐诗人杜牧为池州刺史时,在山腰筑"翠微亭",并作了《九日齐山登高》这首名诗:"江涵秋影雁初飞,与客携壶上翠微。尘世难逢开口笑,菊花须插满头归。但将酩酊酬佳节,不用登临恨落晖。古往今来只如此,牛山何必泪沾衣。"岳飞戎马倥偬,军书旁午,但他却忙里偷闲访山问水,感而赋诗。这不是一般的欣赏自然的闲情逸致之作,它不仅表现了对"好水好山"的祖国山河的挚爱之情,也曲折地显示了他的云水胸襟与隐逸之愿。岳飞虽有"待从头收拾旧山河"的壮志雄心,但功名之事他早已视为"尘与土",他并不像世间的凡夫俗子那样渴望飞黄腾达,而只希望河清海晏之后能解甲归田,过一种功成身退的山林生活。在《寄浮屠慧海》诗中,他曾说"功业要刊燕石上,归休终伴赤松游",在《题池州翠微亭》里,他也说过"予虽江上老,心羡白云关",在《满江红·登黄鹤楼有感》中,在"何日请缨提劲旅,一鞭直渡清河洛"之后,他向往的是"却归来,再续汉阳游,骑黄鹤",而《乞出师札子》更明确表示功成之后,"乞身归田里。此臣夙夜所自许者"。在新发现的岳飞佚诗《送轸上人之庐山》一诗中,也有"琐细夜谈皆可听,烟霏秋雨欲同归。翛然又向诸方去,无数山供玉麈挥"之语。清风出袖,明月入怀,以上这些作品都是岳飞冰雪襟怀的证明。在近现代人物中，只有辛亥革命元勋黄兴差可比拟，他出生入死，劳苦功高，却多次将名位逊让给孙中山，并决心回乡务农。他不仅说过"天下事所谓不爱钱不要命，无不成者也"，也曾表示"满清推翻了，民国诞生了，功成不居，我即解甲务农，此心此志，早已誓之天日"。前者，正是继承了岳飞的亮节，后者，不也是远绍了岳飞的高风吗？

岳飞终于未能功高身退而归隐林泉。他丹心映日，功高天下，最后却以三十八岁的英年，屈死于宋高宗与秦桧联手策划构陷的阴谋里。我们来到位于岳庙西南部的墓园，两座条石砌成而其上青草离离的圆冢，一大一小，一坐西朝东，一附于右侧，在墓道前方犹如高悬天穹的两颗星斗，撞痛并照亮了我们的眉睫。走近前去肃然诵读，两块墓碑上分别镌刻的是"宋岳鄂王墓"与"宋继忠侯岳云墓"。秋风瑟瑟，墓草离离，我在岳飞父子墓前低首皈心，在轰然而作的《满江红》的悲壮旋律里，我低声长吟岳飞的《题新淦萧寺壁》，也不知他还听不听得见：

雄气堂堂贯斗牛，誓将直节报君仇。
斩除顽恶还车驾，不问登坛万户侯！

在当时的诗坛，岳飞只是一个"业余作者"，但他却唱出了时代的最强音。他仅存三首词，《满江红》一词甚至被美称为"孤篇压两宋"，变倡优之词为英雄之词，其大都湮没而少量遗存的绝句，也堪称佳构。上述之诗载于南宋赵与时《宾退录》。"新淦"，即今日江西省之新干县，岳飞行军途中题此诗于寺壁。岳飞被害后,寺废壁亡,但此诗却有幸长留于天地之间,而他题于张完家厅壁上的题记,却"被其家洗去之,今尚有遗迹隐然"(《云麓漫钞》)。这些记载,令人不禁想及"文革"之中的种种。"雄气堂堂贯斗牛,誓将直节报君仇",这是不消多说的了,岳飞一生的英雄言行,就是最好的注脚。"不问登坛万户侯"呢？从前述二诗已可看出他的冰霜志节,松柏风标,唯有"斩除顽恶还车驾",是岳飞的"不识时务",用早些年流行一时的政治语言,就是"逆历史潮流而动"。不可恢复旧疆,更不可迎回徽、钦二帝,这是宋高宗最大的不可告人的心病,也是先为金人俘虏后来被遣作奸细的秦桧必须完成的任务,他们狼狈为奸,以此作为既定方针。岳飞不可能认识最大的"顽恶"不是金人,而实际上是高宗与秦桧这个"二人帮"。他信誓旦旦,要"待从头收拾旧山河,朝天阙"(《满江红》),"行复三关迎二圣,金酋席卷尽擒归"(《题翠岩寺》),"南服只今歼小丑,北辕何日返神州"(《题骤马冈》),"归来报明主,恢复旧神州"(《送紫岩先生北伐》),"复三关,迎二圣,使宋朝再振,中国安强"(《金沙寺题壁记》),"他日扫清胡虏,复归故国,迎两宫还朝,宽天子宵旰之忧,此所志也"(《永州祁阳县大营驿题记》),本来就"功高成怨府,权盛是危机"(宋·王迈：《读渡江诸将传》)了,何况岳飞还不断地指天誓日自明心迹,当然就更遭宋高宗的警惕与忌恨,迟早必欲置之死地而后快。不要把罪责推给下属的秦桧了,没有宋高宗的默许与支持,秦桧之流何至荼毒天下？何敢杀害岳飞？岳飞啊岳飞,一代民族精英的岳飞,他生活在封建极权制度之下,碰到的又是这样一个又卑劣又残忍的昏君与暴君,他的大略雄图千辛万苦注定要付诸流水,他的满腔热血所谱写的,也注定是一曲千古悲歌。

现在许多论者还在批评岳飞"愚忠",这未免有些脱离历史时空,而且也有欠公正。其实,岳飞在二十五岁仅是一个"秉义郎"小官时,就敢于越级上告,上书宋高宗,反对高宗与左右重臣黄潜善、汪伯彦的逃跑主张,要求高宗"趁敌穴未固,亲率六军北渡",结果以越职之罪被夺职罢官;他在投降派的如磐高压之下坚持抗金,多次上疏反对以宋高宗为首的投降派的和议,并向高宗面陈"金人不可信,和议不可持",而且在高宗之前面斥秦桧"相臣谋国不臧,恐贻后世讥议";绍兴八年(1138),丧权辱国的宋金和议达成,大臣武将照例加俸晋爵,岳飞也被授予从一品官的开府仪同三司,他人求之不得的大富贵,岳飞却弃之若浮云,四次上章力辞不受,并上《谢讲和赦表》,表达他的不同政见;同年,宋高宗在建康面见岳飞,说"中兴之事,朕一以委卿",岳飞兴奋地挥毫疾书《乞出师札子》一文,不久高宗却出尔反尔,岳飞竟然敢于冒犯龙颜,愤而去职离军,上庐山东林寺闲住,忍得一时之气的高宗只好命李若虚与岳飞的部下王贵去苦劝他下山归队。岳飞以鄂中重镇武昌为基地,绍兴十年(1140)最后一次北伐,本已军抵北宋旧京开封附近,在上《乞止班师诏奏略》无效之后,被高宗以十二道金牌召回,后又明升暗降剥夺了他和韩世忠等人的兵权,他仰天浩叹"十年之功,毁于一旦!所得诸郡,一朝全休!社稷江山,难以中兴!乾坤世界,无由再复",还明确地表示了他的不满与愤怒:"国家不得了也,官家又不修德!"十年"文革"中,全国上下不是或自觉或被迫大写其揭发书、检讨书与认罪书吗?岳飞最后在供状上写的却是"天日昭昭,天日昭昭"八个大字,这就是他最后的呐喊与抗争!

　　岳飞墓前石阶下的墓阙两侧,反剪双手面墓而跪的,是陷害岳飞的秦桧、王氏、万俟卨、张俊四个奸人的铁像,他们自明代以来就跪在那里并听凭游人唾骂。咏岳墓的联语,最精警的是"青山有幸埋忠骨,白铁无辜铸佞臣"二句,清人袁枚《随园诗话》引此一联,说明作者为松江徐氏女,可惜未记其名,更未记全诗,但作者之芳名虽然不彰,这两句也足以传之后世了。不过,将他们捉拿归案,固然是其罪有应得,但有一个人应该跪在岳飞坟前而至今仍然在逃的,却是宋高宗赵构。他集昏君与暴君、小人与恶人于一身,当年为了倚仗岳飞保住他可资安身立命进而享乐腐化的半壁江山,他手书"精忠岳飞"并制成锦旗以赐,也曾命岳飞从驾游赏内苑以示恩宠,并无数次地褒奖岳飞,"慨当初,倚飞何重,后来何酷"! 然而,正是宋高宗这个好话说尽的家伙,一手导演和炮制了杀害岳飞父子的千古悲剧。审判官判决岳云本是充军流放,他将批示改为处死,真是"用心何其毒也"。历来许多史家与论者,津津乐道"秦桧夫妇东窗定计,决杀岳飞",有意无意地为元凶巨恶找替罪羊,为其开脱,如同我们在当代史的论定中不时也可以见到的那样。明代有人掘地而得高宗赐岳飞"精忠岳飞"手书刻石,词人文徵明有感而作《满江红》,他独具只眼,指出高宗对岳飞先"重"后"酷",原因是"千载休夸南渡错,当时只怕中原复",而秦桧虽然可恶可恨,但罪魁祸首却不能假贷他人,"笑区区一桧亦何能,逢其欲!"古往今来许多奸佞之徒之所以能祸国殃民,屠戮元勋,蹂躏黎民,并非他们有多少能耐,在高度集权专制的社会中,不过是迎合了握有最高权柄者的私欲与旨意而已,岂有它哉!

绍兴十一年(1141)十二月二十九日,岳飞被害,时隔二十余年后,由于女真贵族再次入侵,也由于岳飞部属联合讼冤,刚即位而意图有所作为的孝宗赵昚,才不得不为岳飞部分"平反",直至半个多世纪之后的嘉泰四年(1204),宁宗赵扩才下《追封鄂王诰》,追封岳飞为鄂王。岳飞是民族英雄,也是诗文高手,这早已是当时的人民心声,时代共识,宁宗时吕午写过一首七律《和岳王庙壁上韵》,其中就有"威名千古更无敌,词翰数行俱绝尘"之语,至于平反及封王,宋末诗人林泳在五律《岳武穆王墓》中早已经感慨系之:"忠无身报主,冤有骨封王!"世事沧桑,朝代更迭,八百年来岳王庙毁而复修,岳王坟却始终无恙,但在"文革"中岳飞的坟墓却被红卫兵掘地抛骨毁坏铲平。拆宇摧屋,毁坟废像,岳飞英灵有知,不知是否会悲从中来?我们的后代重温这段历史,不知会作何感想?

从庄严肃穆的岳王庙中出来,从壮声英慨的岳飞诗中出来,在杭州工作多年的寒超带我去寻访风波亭的故址。岳飞被害于钱塘门内大理寺(相当于今日之最高人民法院)风波亭狱中,遗址而今安在?在西湖之畔颇为现代的"望湖宾馆"对面,车水马龙的庆春路口,立有一块"古钱塘门"的石碑,碑后有一大片尘土飞扬的土地,围墙上标示的字样是"杭州国际商贸中心"。寒超说这里就是九百年前的风波亭故地。我们问建筑工人知不知道这里原是风波亭的遗址,他们都答曰不知,只知是上面要他们在此处施工。此地历代都为监牢,半个世纪以前是国民党政府的陆军监狱,寒超说他数十年前来寻时,还见到过一座破旧的不明姓氏的亭子。现在这里什么都没有了。除了现代的高楼大厦和行商坐贾,没有任何纪念物,没有任何哪怕是简陋的说明,有的只是千古不磨的民族痛史,有的只是万古不灭的英雄浩气,有的只是我们远道而来专诚拜谒的殷殷心意,和从高天厚地之间吹来的永不停息的荡荡长风!

沈 园 悲 歌

天下的名园多矣,有的是帝王的禁苑,如北京的颐和园;有的是官宦的园林,如苏州的狮子林。或堂皇富丽,或典雅幽深,它们大都是以曲水平湖楼阁亭台的自然与人造的景观取胜。而浙江绍兴东南隅禹迹寺南洋河弄内的沈园呢?它本来称为"沈氏园",是南宋越中大族沈家的私人花园,虽然不乏小桥流水林木假山等必具的园林之胜,但却是因杰出诗人陆游的一曲悲歌而名动古今,历时八百余年而不废。这在中国的园林中,恐怕是绝无仅有的异数而为其他园林所望"园"莫及的了。

绍兴十四年也即一一四四年,年方弱冠的陆游和他的表妹唐琬成婚。一方少年才俊,诗情横溢,一方饱读诗书,秀外慧中;一方是绝世伟丈夫,一方为绝代好女子。何况他们原本青梅竹马,又复亲上加亲,从爱情的性爱、伦理之爱与审美之爱的三层次而言,他们本应该是天地间的绝配,是真正的所谓"天作之合"。然而,他们不是生逢自由开放的现代,而是礼教森严的宋朝,唐琬没有得到陆游母亲的欢心,被棒打鸳鸯而终告离婚。这一桩个人的哀史与痛史,最早见之于陆游之后不久南阳人陈鹄的《耆旧续闻》。此书记载汴京故实及宋室南渡后名人言行甚多,其中就说"放翁先室内琴瑟甚和,然不当母夫人意,因出之",并且记叙了陆游离婚后不久在沈园与唐琬邂逅,唐琬"遣黄封酒果馔,通殷勤"。陆游悲怅交集,写了有名的《钗头凤》一词,"其妇见而和之,有'世情薄,人情恶'之句,惜不得其全阕。未几,怏怏而卒"。虽然语焉不详,但我们仍然要感谢他为这一悲剧写出了最早而可信的剧情提要。陆游之后数十年,周密在《齐东野语》中记载得更为具体详细:"唐后改适同郡宗子士程。尝以春日出游,相遇于禹迹寺南之沈氏园。唐以语赵,遣致酒肴。翁怅然久之,为赋《钗头凤》一词,题园壁间。""翁居鉴湖之三山,晚岁每入城,必登寺眺望,不能胜情"。至此,剧情提要已丰富为故事梗概。不过,比周密大四十多岁的诗人刘克庄在他的《后村诗话》中,却向我们透露了一个重要的令人分外怆然伤感的信息:陆游的老师是诗人曾几,曾几的孙子又受学于陆游。对陆游的《沈园二首》,刘克庄"旧读此诗,不解其意,后见曾温伯言其详","其详"的内容之一,就是没有他人所述的遣致酒肴互通心曲的细节,而是"一日通家于沈氏园,坐间目成而已"。也就是囿于封建礼法,他们根本无法像现代人一样交谈致意,只能眉目传情,只好此情无计可消除,才下眉头又上心头。陆游十八岁时认识曾几,自称学诗从认识曾几的那一年算起,删定旧作成《剑南诗稿》,第一卷第一首便是《别曾学士》,诗集中多次追述从曾学诗的经过,八十四岁那年还梦见曾几,《梦曾文清公》诗中就有"晨鸡底事惊残梦,一夕清谈恨未终"之句,而诗集中也有赠其孙曾温伯之诗。曾几祖孙对陆游知之甚详也甚深,曾温伯所言,当得之于祖父和父亲的说辞,乃第一手材料,十分可信。"曾温伯言其详"如此如此,更符合特定时代特定人物的规定情境,也平添了这一悲剧的凄怆色彩,可惜刘克庄限于诗话形式,同时也未能超前预见后人的好奇心态与求索心理,故记录得十分简略,语焉而不详。如果是我,就会对曾温伯实行人盯人式的贴身采访,并且一一记录在案,写出详尽的对话录或访问记,让后世的读者一代代接力般地把卷捧读。

绍兴的沈园,我多年前来瞻拜过一次,写有《钗头凤》一文以记其事。不久前一个秋日的午后,接过八百年前陆游驿传过来的诗柬与请帖,我又一次远从湘楚而至。旧地再游,重读那至性至情缠绵悱恻的往事,重温作者那刻骨铭心读者感怀不已的诗篇。

一跨进沈园的门槛,恍兮惚兮,我便仿佛回到了八百年前的南宋。园中有一泓宋代的池塘,沿岸杨柳依依,枝条垂拂,它们是想从水中捞起遥远的往事和丽人的倩影吗?园内枫叶流丹槲叶已黄,红的仍然是她的心血黄的仍然是他的哀伤吗?题写《钗头凤》的那堵粉墙呢?世事沧桑,在陆游题壁之后,沈园多次易主,先变成了许氏园,后又成了汪氏的宅第。据陈鹄记载,淳熙间他弱冠之年来游会稽许氏园,看到壁间有陆放翁的题词,笔势飘逸,而数十年间"寺壁犹存,好事者以竹木护之,今不复有矣"。陆游与唐琬相见于沈园并题壁,是在绍兴二十一年(1151)春天,陆游时年二十七岁。"淳熙",是宋孝宗的年号,从一一七四年至一一八九年,此题诗之壁犹在。陆游六十五岁回到山阴故里,六十八岁来游沈园,时在一一九二年,他写了一首七律,为《禹迹寺南,有沈氏小园。四十年前,尝题小词一阕壁间。偶复一到,而园已三易主,读之怅然》:"枫叶如丹槲叶黄,河阳愁鬓怯新霜。林亭感旧空回首,泉路凭谁说断肠?坏壁醉题尘漠漠,断云幽梦事茫茫。年来妄念消除尽,回向蒲龛一炷香。"从诗中看来,题词之壁四十年后就已非故物而成"坏壁"了,而陈鹄当时就说"今不复有矣",我又到哪里去寻觅那原壁啊原壁,去摩挲顶礼放翁龙飞凤舞的手泽呢? 不过,历史已非当年的原版,后人却可以复制,今日沈园正南的围墙边,新筑了一道断垣,其上以草书与行书分别刻有陆游与唐琬的《钗头凤》词,每阕寥寥六十个字:

红酥手,黄滕酒,满城春色宫墙柳。东风恶,欢情薄,一怀愁绪,几年离索。错,错,错。 春如旧,人空瘦,泪痕红浥鲛绡透。桃花落,闲池阁。山盟虽在,锦书难托。莫!莫!莫!

世情薄,人情恶,雨送黄昏花易落。晓风干,泪痕残,欲笺心事,独语斜阑。难,难,难。 人成各,今非昨,病魂常似秋千索。角声寒,夜阑珊。怕人寻问,咽泪装欢。瞒!瞒!瞒!

这真是令人黯然神伤的悲怆奏鸣曲,苦恋二重唱!据说这一截断墙,是用园中出土的宋代砖石砌成的,难怪那些砖石无一不老态龙钟,极具沧桑之感。然而,在其上再版的,在我心中呜咽轰响的,在中国诗史中永恒如星座的,却是虽然写于八百年前但却永远年轻的青春之歌!

在风雨如磐的封建时代,由父母之命媒妁之言乱点鸳鸯谱而造成的悲剧太多太多,即使是当今之世,因种种原因而所嫁非偶所娶非俦的也不在少数,正如老托尔斯泰在其名著《安娜·卡列尼娜》的开篇所说:幸福的家庭都是一样的,不幸的家庭各有各的不幸。也许是中外一理吧,明人黎举在《金城记》里移情于物而发奇想,他主张梅花娶海棠,柳橙娶樱桃。清人张潮在《幽梦影》里却表示不同意见,认为清高的梅只宜去聘问梨花,而海棠最好嫁给杏花,樱桃呢?她的上选对象莫过荔枝。而写《鸳鸯牒》的程羽文则由物而人,并且自充红娘,他一厢情愿地把历史上有名人物的既定配对重新打乱,务求英雄美女才子佳人们琴瑟和谐,各得其所。才士不遇,红颜薄命,该是天地间最令当事人抚膺断肠而令旁观者扼腕长叹的吧?人生自是有情痴,生命中总要有一点痴,生命才有所寄托,何况陆游是一个大痴之人?他痴于诗,"三日无诗自怪衰"而"六十年间万首诗",这一自白就是证明;他痴于国事,梁启超《读陆放翁集》说"集中什九从军乐,亘古男儿一放翁"和"谁怜爱国千行泪,说到胡尘意不平",这一他白就是写照;他也痴于初恋,痴于爱情。忽然一阵无情棒,打得鸳鸯各一方,而且唐琬在写下《钗头凤》之后不久即更加郁郁寡欢而辞世。恩爱的鸳鸯成了啼血的杜鹃,原本美好的婚姻短短两年即告离散,虽然美若朝霞却迅如闪电,陆游怎么会不人生长恨水长东地沥血而歌呢?

　　陆游怀抱恢复中原的雄图壮志,但不能见容更不能见用于机心深险蝇营狗苟的当道。他东漂西泊,屈居下僚,国事天下事占据了整个身心,往日的爱情与创痛深埋在他的心底,犹如一坛陈年的苦酒,他不愿意去轻易启封,但有时也仍然不免触景生情,不足为外人道地自斟自饮。陆游的舅舅中有一位名叫唐意,唐琬即是唐意之女,故里在湖北江陵。唐意避难江陵山中贫病交加而逝,唐琬才不远千里投奔山阴陆家。陆游四十六岁入蜀,途经唐琬的故乡江陵,他"谒后土祠","求菊花于江上人家",并赋《重阳》一诗以寄近愁远恨:

照江丹叶一林霜,折得黄花更断肠。
商略此时须痛饮,细腰宫畔过重阳!

寄寓在此诗中的隐情,只有深入地了解陆游的爱情悲剧及有关情事,才能领略。这首诗写"折得黄花",诗人竟为之"断肠",并只好"痛饮"消愁,如果不是深悲巨痛,何以至此?《剑南诗稿》中写菊花的诗,许多都与陆游、唐琬的爱情有关,如"秋花莫插鬓,虽好也凄凉;采菊还按却,空余满袖香"(《采菊》)即是。最明显的是《余年二十时尝作〈菊枕诗〉,颇传于人,今秋偶复采菊缝枕囊,凄然有感》二绝,这两首诗写于淳熙十四年(1187),陆游于权知严州军州事任上,时年六十三岁:

采得黄花作枕囊,曲屏深幌闷幽香。
唤回四十三年梦,灯晚无人说断肠。

少日曾题菊枕诗,蠹编残简锁蛛丝。
人间万事消磨尽,只有清香似旧时!

陆游十九岁与唐琬燕尔新婚,曾经采菊花为枕,并作《菊枕诗》传诵一时,那是多么其甘若醴其甜如蜜的回忆!四十三年后于秋日偶然采菊为枕,却早已物是而人非了。此诗咏菊而实为咏人,我们已无法请陆游向我们细说当年菊花枕的甜蜜故事与旖旎风光了,那本来是不能强求他公之于世的个人隐私,而那首"颇传人"的题菊枕的少作,也未能流传于后世,如同一颗明珠在众人的传赏中突然失踪,使我们今天仍然不胜惋惜。但是,他的回想之情,凄然之感,断肠之痛,刻骨之悲,至今仍定格在上述两首诗中,令我每一讽诵,均不胜低回。而今日的一般读者,大都只知陆游写于沈园的那些追怀之作,而少知上述三首绝句。殊不知这些作品,正是多年前沈园词作最早的后浪,又是不久后沈园诗作最早的潮头。

在地方小吏的位置上沉浮,在西南从戎九年后于东南继续飘荡,六十五岁那年,陆游终于回到故乡山阴鉴湖边的三山定居,直至八十六岁去世。此地距城内不远,时间是更行更远,空间则愈走愈近,比起以前在东南的福建与西南的巴蜀,现在他与沈园之间几乎是"零距离"了。他每次前去城垣,总不免到禹迹寺登高临眺,或往沈园追昔抚今。独自尘封的悲怆的岁月一经开启,感情的强自压抑的闸门一经打开,除了也许已经失传的之外,我们听到的是更多的也是至死而不衰的沈园悲歌。前面引述的七律"枫叶初丹槲叶黄",就是他六十八岁时的作品,而最为人所熟知的,该是庆元五年(1199)他七十五岁时作的《沈园二首》了:

城上斜阳画角哀,沈园非复旧池台。

伤心桥下春波绿，曾是惊鸿照影来。

梦断香消四十年，沈园柳老不吹绵。
此身行作稽山土，犹吊遗踪一泫然！

"病骨未为山下土，尚寻遗墨话兴亡"，这是北宋李邦直题《江干初雪图》的名句，陆游在作品中曾多次化用，此诗亦复如此，虽然一咏家国，一叹私情，却同样感人。而"翩若惊鸿，宛若游龙"，则是曹植《洛神赋》中对洛水之神的绝妙形容，陆游用来赞美唐琬，也是情深一往。在这两首诗中，那抚今追昔之感，至死不渝之情，海枯石烂之意，你即使是铁石心肠，也该会为之心动。如果你本来就是一个多情种子，除了凌云的豪气，也有似水的柔情，那就定然会轻抚陆游的双肩，和他同声一哭了。沈园内有一泓较大的宋代池塘，还有一处其状为葫芦的葫芦池，相传池边桥畔即是陆游与唐琬的邂逅之处。我在柳岸池旁久久地徘徊寻觅，绿柳丹枫今日仍在临水自鉴，但不论是在岸上或是在水中，却再也看不到唐琬翩若惊鸿的身影，只有陆游的歌声不绝如缕，穿过八百年的悠悠岁月隐隐传来，将我的心弦弹响并敲痛。

前人对陆游的《沈园二首》评价很高，但我以为清人陈衍在《宋诗精华录》中说得最好："无此等伤心之事，亦无此等伤心之诗。就百年论，谁愿有此事？就千秋论，不可无此诗。"其实，不仅是《沈园二首》，陆游在之后的相关作品，同样动人情肠。时间，真是一剂特效或长效的治疗心灵创伤的良药吗？至少对于陆游它是失效的。有的人也重情，但随着时间的流逝与年华的老大，也会逐渐淡薄,有如年深月久而褪色的黑白照片,但陆游的这一番痴情却老而愈烈,与他的生命相始终,好似陈年的醇酒,时间越长越为香洌。嘉泰元年(1201)他七十七岁时作《禹寺》一诗:"暮春之初光景奇,湖平山远最宜诗。尚余一恨无人会,不见蝉声满寺时。"不久之后,他又有"禹寺荒残钟鼓在,我来又见物华新。绍兴年上曾题壁,观者多疑是古人"之句。日有所思,夜有所梦,陆游八十一岁,他再一次梦到沈园,作《十二月二日夜梦游沈氏园亭二首》:

路近城南已怕行,沈家园里更伤情。
香穿客袖梅花在,绿蘸寺桥春水生。

城南小陌又逢春,只见梅花不见人。
玉骨早成泉下土,墨痕犹锁壁间尘!

次年,陆游又写了《城南一首》:"城南亭榭锁闲坊,孤鹤归飞只自伤。尘渍苔侵数行墨,尔来谁为拂颓墙?"时隔一年,他在八十三岁时作的七律《禹词》中,再一次叹息:"故人零落今何在?空吊颓垣墨数行。"上述三首绝句,均以沈园为中心,二为记梦,是"梦文学"中的佳构;一为记实,与记梦之作相映相照。三首诗念兹在兹,如同晚岁回首华年,仍然是年轻时悲剧的晚歌与挽歌。我真要感谢沈园当年的主人,他是出于同享自然福泽的良好愿望呢,还是睦邻友好于乡里?本来是私家花园,却在春天对外开放,既不要介绍信,更无须门票,于是让我们的悲剧的两位主人公有缘在此不期而遇,让中国的诗歌史平添一段永恒的佳话,一番永不褪色的异彩,让中国人的爱情有了一部绝不逊于西方之《罗密欧与朱丽叶》的经典。

唐琬改嫁同郡士人赵士程,不久即怏怏去世,陆游则由母命再娶川人王氏,同居五十年,生下六个儿子。陆游对儿子钟爱有加,其情屡见于诗,但却没有一首给王氏的作品,我只发现"读经妻问生疏字,尝酒儿斟潋滟杯"一联提及,真是名副其实的片言只语。王氏死后,陆游作《自伤》一诗,有"白头老鳏哭空堂,不独悼死亦自伤"之句,虽云"伤人",主要却是别有怀抱地"伤己";虽然"哭人",主要却是触景伤情地"哭己"。这,从他给王氏所作的《令人王氏圹记》也可见一斑:"呜呼!令人王氏之墓。中大夫山阴陆氏妻蜀郡王氏,享年七十有一。封令人,以宋庆元丁巳岁五月甲戌卒,七月己酉丧。祔君舅少傅,君姑鲁国夫人墓之南冈。有子子虡,乌程丞。子龙,武康尉。子恢、子坦、子布、子聿。孙元礼、元敏、元简、元用、元雅。曾孙阿喜,幼未名。"不仅简略未及百字,而且未提王氏之名,也见不到任何评价与追怀之语,比起陆游受人之请为不相干的他人妻室写的墓铭圹记,篇幅与分量都差多了。我确实有些为这位不知名的王氏不平,她其实也是牺牲品,一位悲剧人物,但陆游和她,大约始终只有婚姻而没有爱情,只有一纸冰冷的婚书而没有两心的热烈相许吧?

陆游的爱国是终其一生的,他对唐琬的爱恋也是终其一生的,这两种内涵不同而同样专注热烈的情感,像两条涌浪飞花的河流,一同奔泻到他生命的终点。前者,是千百年来传唱人口的那首绝笔之作《示儿》;后者,则是临终那一年的《春游四首》之一了:

> 沈家园里花如锦,半是当年识放翁。
> 也信美人终作土,不堪幽梦太匆匆!

陆游最后一次春游,观赏了绍兴城外兰亭等地的风光,但他仍然不忘去沈园作最后的凭吊,写了这一首永别之诗。在《示儿》里,他还说"王师北定中原日,家祭毋忘告乃翁",他对于恢复中原仍然怀抱坚定的信念和殷切的期望,而对唐琬呢?他知道美人已经作土不能复生,而自己的生命也行将落幕,往事如烟,前尘若梦,日月匆匆而不堪回首。他的深创巨痛虽然因自然生命的消亡而解脱了,但却长留在他的艺术生命——永恒的诗章里,炙痛撞伤后代无数读者多愁善感的心。

正如当前一首流行歌曲所说的:有多少爱可以重来?八百年后,早已换了人间。快餐式的一夜情与逢场作戏的男欢女爱,成了世纪的流行病,不为权势与金钱所左右的两心相悦坚如磐石的爱情,已经像最名贵的钻石那样难以多得,而陆游那种生死恋在当代更是几近绝版了。陆游与唐琬的爱情故事,古往今来当然也并非绝无仅有,但他们的生死恋之所以分外动人心弦,是因为恋情的真挚、热烈与持久,而且这种恋情随着时间的流逝与对象的香消玉殒,已经超乎男女性爱与夫妻伦理之上,而成为一种与精神的感应、慰藉与追怀相联系的上品乃至极品的爱情,近似于西哲柏拉图所说的"精神恋爱"。除此之外,还因为他们个人的小悲剧有国家的大悲剧为背景,陆游有儿女之私,更有博大的家国民族之爱;他固然儿女情长,却绝非英雄气短,他是一位伟大的爱国者。如果只是一介蝇营狗苟的俗子,如果只是一个纯粹咀嚼儿女之情的凡夫,就绝不可能引起如此广泛而持久的共鸣。同时,陆游又是一代杰出的诗人,他的诗集中爱情诗极少,而且大都是写给唐琬的。他未能挽留逝去的时光,但却以美妙的诗章永远挽留了他专注的美好的情感。他手中如果没有一支生花的彩笔,就不会有那么动人的情词绮语芬芳和烫痛后世读者的嘴唇,而他的爱情故事,顶多也只是时间的风中那遥远缥缈的传说罢了。

有多少真正的爱可以重来?只要人间仍有超越世俗的真情,只要百姓仍然有超越形而下的对高尚精神与灵魂的向往,只要民族的心头仍然供奉着永远的诗神,众生就仍然会钟爱陆游的沈园之诗。这难道还有什么疑问吗?一个秋晴的午后,我在沈园久久地独自徘徊,遐思默想。出得园来,时已昏黄,我问愈行愈远的沈园,问城中熙来攘往的行人和相拥而行的情侣,问茫茫大地无数窗口里的朵朵灯光。

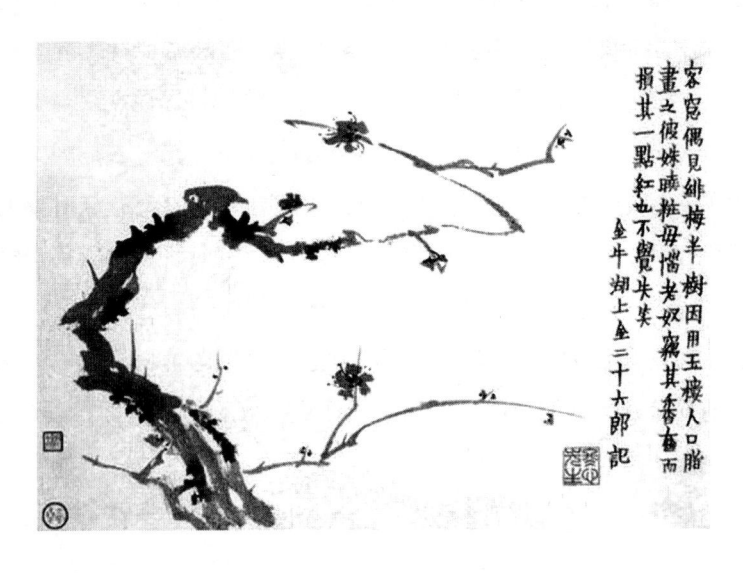

咫尺应须论万里

　　吉州吉水湴塘(今江西省吉安市吉水县黄桥乡湴塘村),是南宋诗人杨万里的故里。村边的溪水名曰"南溪",建炎元年即一一二七年,它迎来了一个婴儿呱呱坠地的啼声。溪声年年依旧,而啼声变成了琅琅的书声,这条溪流后来才知道,在它身边长大的这个男孩名叫杨万里。

　　字廷秀而自号诚斋的杨万里,和尤袤、范成大、陆游一起,被称为南宋"中兴四大诗人"。杨万里与陆游的关系更为密切,彼此互相推崇而经常唱和,他们的成就也比另两位诗人胜出一筹。同时代的诗人刘克庄,就赞许他们相当于唐诗人中的杜甫与李白,"放翁学力也似杜甫,诚斋天分也似李白"(《后村诗话》)。杨万里退休家居回到南溪,七十岁时还写有《重九后二日同徐克章登万花川谷月下传觞》一诗,这是他的得意之作,经常向人朗诵,并说"老夫此作,自谓仿佛李太白"。陆游的诗以七律见长,其七律是杜甫、李商隐之后的第三座里程碑,而杨万里却以绝句取胜,在他现存的四千多首作品里,七绝就多达二千一百余首,占全部作品一半有余,堪称"系统工程"。在唐人绝句的前浪之后,杨万里的绝句是绝句创作新的高潮，也是强劲的后浪。

我大学时代的同窗好友周世玉，就是吉安人。九十年代之末的一个秋日，他邀我去吉安市井冈山师院讲学，并陪我去朝拜文天祥的墓地，叩访欧阳修的家乡，登临黄庭坚在和县咏唱过的"快阁"，当然，也联袂去杨万里的故里，倾听九百年前诗人的歌哭啸咏，和至今仍汩汩而潺潺的南溪的溪声。

一

隋代于湖南所置的永州，治所在原名泉陵县的零陵县，也就是今日的湖南永州市。它在唐代迎候了贬为永州司马的柳宗元的光临，柳宗元在此谪居十年，写了许多著名的诗文，其《永州八记》让永州绘入了中国文学史的地图，这是人所熟知的了。南宋的杨万里呢？也在这里度过了近五个年头，将永州写进他青春的诗章，诗集的首页，这却不太为人所知。溯洄从之，我且逆流而上，去永州寻觅"诚斋体"诗歌最早的源头。

绍兴二十四年（1154），二十八岁的杨万里进士及第。同年除范成大进士及第外，陆游也曾赴试，为秦桧所黜，秦桧欲将其孙秦埙列为榜首，未能得逞，名列第一的是后来的名词人张孝祥。绍兴二十九年（1159）十月，三十三岁的杨万里在任赣州司户之后，调任零陵丞。"丞"是县的副职，相当于现在的副处级干部，在封建时代虽官卑职小，现在却也是大权在握的一方诸侯。至宋孝宗隆兴元年（1163）秋日离开零陵，杨万里在这里居停了整整四年岁月。他在这里的交往和创作，都值得我特笔一记，这倒不完全因为我是湘人,有所谓"狭隘的地方观念"。

杨万里生当民族危难之日,国家多事之秋。他的父亲杨芾虽只是一位经年在外教授生徒的儒生,但对他的要求却非常严格。他十七岁时,拜乡贤王庭珪为师。枢密院编修官胡铨上疏请斩秦桧,被秦桧除名(开除公职),编管(限地管制,约相似于今的"双规")昭州(今之广西平乐),四年后又押配新州(今广东新兴县)。胡铨在新州赋"欲驾巾车归去,有豺狼当辙"的《好事近》一词,被人告发(此种人古今比比皆是),秦桧更将他"移送吉阳军(今海南岛崖县)编管"。一时万马齐喑,时人都三缄其口,只有名词人张元干"冒天下之大不韪",赋《贺新郎·送胡邦衡待制》一词为胡铨送行,王庭珪也赋诗为胡铨送别。杨万里对乃师的气节十分折服,特地将此事写入了他所著的《诚斋诗话》。真个是近朱者赤,近墨者黑,人以群分,物以类聚,著名的抗战派领袖张浚受秦桧的排挤迫害,于九年前的一一五〇年徙居永州,秦桧还派遣他的党羽张柄知潭州(今之长沙),以就近监视。杨万里不计利害,以弟子礼三次求见,均因张浚闭门谢客而未获允。杨万里心仪张浚是豪杰特立之士,写信再三求请,并由张浚之子张栻引介,终获接见。张浚勉励杨万里要终身厉清直之操,效正心诚意之学,杨万里遂以"诚斋"名自己的读书之室。胡铨的《诚斋记》曾记载杨万里的感叹:"夫天与地相似者,非诚矣乎?公以是期吾,吾其敢不力?"张浚逝世之后,杨万里还在《幽居三咏·诚斋》中回忆说:"浯溪见了紫岩回,独笑春风尽放怀。谩向世人谈昨梦,便来唤我作诚斋。"

俗云"好事成双",杨万里在零陵期间,除了张浚,他还有幸拜识了另一位高人贤师,那就是胡铨。由于秦桧已死,绍兴二十五年(1155)胡铨由贬所放还,谪居于衡州(今湖南省衡阳市)。他来零陵看望张浚时,他们都是年过花甲的老人了,趋利避害的世人对他们都避之唯恐不及,像我们在过去的政治运动中所习见的世态人情一样,而杨万里却因此得以师事他仰望已久的前辈,得到胡铨的教诲,如坐春风。他后来在《跋张魏公答忠简胡公书十二纸》中还说:"绍兴季年,紫岩谪居于永,澹庵谪居于衡,二先生皆六十矣。此书还往,无一语不勉以天人之学,无一念不相忧以国家之虑也。万里时丞零陵,一日而并得二师。"写此跋时,杨万里已是七十六岁的暮年,他在结尾写道:"复见此帖,再拜三读,二先生忽焉洋洋乎如在其上,如在其左右。"九百年过去了,字里行间涌动的杨万里当年孺慕崇敬的感情的潮水,仍然拍湿了读者如我的心房。

杨万里的诗,开始是效法"江西诗派",难免用僻典,炼生词,押险韵,制拗句,患有此类形式主义的流行病。来零陵时,他已有诗作千余首,也许是老师们思想人格的启迪和他自己的艺术反思,他悔其少作,将以前的作品全部交给了祝融氏,使我们今日已无从寻觅片言只字。虽然有如人的初恋,杨万里对于江西诗派的杰出诗人黄庭坚、陈师道等人之作,始终未能忘情,他一生的创作仍然受到他们的正面影响,但他所存之作,却是从绍兴三十二年(1162)他三十六岁时开始,时在零陵。后来他在《江湖集序》中说:"予少作有诗千余篇,至绍兴壬午皆焚之,大概江西体也。"如存诗之始所写的《立春日有怀二首》:

飘蓬敢恨一年迟,客里春光也自宜。

白玉青丝那得说？一杯咽下少陵诗。

玉堂着句转春风，诸老从前亦寓忠。
谁为君王供帖子？丁宁绮语不须工。

　　这两首诗作于绍兴三十二年（1162）底，该年腊月内立春。杜甫当年追怀太平时节长安立春之日的风俗，在《立春》诗中有"春日春盘细生菜，忽忆两京梅发时。盘出高门行白玉，菜传纤手送青丝"之句，杨万里由杜甫之诗引发出"一杯咽下少陵诗"的奇思妙想。这，并非单纯说客中无春盘可享而以杜诗代替，而主要表现了杨万里对杜甫诗的精神与诗法的仰慕效法，可视为他的诗的宣言。"帖子"，则是指"春帖子词"。宋代皇家制度，立春之日翰林们要进奉"春帖子"书于内宫。杨万里由小及大，由一己而及于国家，希望词臣们学习欧阳修、苏轼等前辈的为民请命的精神，不要一味以谀辞谄语去取媚皇家今上，粉饰太平。这，显示的也是杨万里作为诗人的铮铮风骨，在任何时代都弥足珍贵。

　　如果说，《立春日有怀二首》是堂堂之阵，正正之旗，那么，写于次年春日的《过百家渡四绝句》，就活泼可爱、轻倩可喜了。风起于青苹之末，它们似乎是未来成熟的"诚斋体"的先声：

出得城来事事幽，涉湘半济值渔舟。
也知渔父趁鱼急，翻着春衫不裹头！

园花落尽路花开，白白红红各自媒。

莫问早行奇绝处,四方八面野香来。

柳子祠前春已残,新晴特地却春寒。
疏篱不与花为护,只为蛛丝作网竿。

一晴一雨路干湿,半淡半浓山叠重。
远草平中见牛背,新秧疏处有人踪。

　　零陵县城西临潇水,对岸便是柳宗元住过的愚溪和为纪念他而修的柳子祠,还有他咏叹过的西山。宋时的城区很小,杨万里很可能就住在东岸的普明寺附近,因为他的诗中多次出现过这一寺名。他住地近旁的"百家渡",是潇水东岸的一处渡口,位于南门外二里之百家濑。这一组诗,写的就是从百家渡渡潇水而西所见所感的暮春风光。杨万里真是一位写生高手,四首诗犹如四帧明丽的水彩,我曾不止一次在这些水彩画中流连;杨万里也真是一位高明的摄影家,四首诗好像四个各具风姿的分镜头,他镜头中的风光曾不止一回撩乱了我的望眼。这组诗,一写江中渔父,一写色彩缤纷香气袭人的野花,一写疏篱上的蛛丝,一写晴和雨,山和路,远草中的牛背,新秧中的人踪。特别是最后一首,一二句与三四句互为对偶,这也正是"一杯咽下少陵诗"之后的结果。"两个黄鹂鸣翠柳,一行白鹭上青天。窗含西岭千秋雪,门泊东吴万里船"(《绝句》),"迟日江山丽,春风花草香。泥融飞燕子,沙暖睡鸳鸯"(《绝句》),杨万里写这首诗时,上述杜诗不是又重到他的心头吗?永州我去过多次,今日的潇水两岸已是人烟稠密,屋宇林立,我遍询行色匆匆的路人,均已不知"百家渡"之名,此渡可能已不复存在,令人惆怅。潇水西岸也历经沧桑,柳宗元诗文描写的美好风光许多也已宣告失踪,只有潇水仍然坚守她的清碧。流光逝水,该只有不逝的河岸还依稀记得杨万里渡水吟诗的情景吧?

杨万里擅长近体律绝,尤以七绝见长,他以独创的"活法"描摹自然风物,活色生香,新鲜别致,号为"诚斋体"。以个人的名字命名作品的体式,诗史上只有不多的几人获此殊荣。杨万里后来的作品有如一场精彩盛大的个人演出,零陵之作就是开幕式。仪式已经举行,幕布已经开启,多彩多姿的节目就要络绎登场了。

二

有如名牌产品的注册商标,杨万里的作品成为独树一帜的"诚斋体",其美学魔方就是"活法"。

杨万里的同乡好友周必大说:"诚斋万事悟活法。"所谓"活法",并非单纯的文字功夫,而是以诗人对生活独特的美感体验为基础的。淳熙十六年(1189),诗人已经六十二岁,他有一首诗题为《下横山滩头望金华山》:"山思江情不负伊,雨姿晴态亦成奇。闭门觅句非诗法,只是征行自有诗。"这正是他创作的经验之谈。君诗妙处吾能说,尽在山程水驿中,所以姜夔赞美杨万里,有道是"处处山川怕见君",大好的山川怕见到杨万里,是因为他的灵心与慧眼会摄去它们的魂魄。"活法",也是指超越现实的诗性思维的顿悟与妙悟,是艺术的心灵与不同凡俗的思维的外化。"万事",是外在的客观社会生活与自然景象,"悟",则是主观的心灵对万事独特的艺术感受和艺术发现。"活法",当然也包括语言及技巧的自由运用与独立创造,获得如现代文学批评所说的"陌生化"的效果,而非陈陈相因的蹈袭,了无新意的重复。杨万里的学生张镃赞颂老师说"目前言句知多少?罕有先生活法诗。"杨万里以他的"活法",对他所拥有的生活原料进行独特的"深加工",如同春风让百花园中的鲜花盛开。在他的"万花川谷"里,他的诗是永远开不败的花朵,时至今日,我们都还可以一亲花苞上那晶莹的露珠,那鲜艳的色泽与浓郁的清香。

杨万里是自然之子。他的作品,以描绘自然风光数量最多也最为擅长。我们且远去浙江的杭州,看他如何像一位顶尖级的画家,在西湖之畔支起他的画架,以他的丹青挽留湖光山色,将西湖的神韵手到擒来。

天下西湖三十六,而杭州的西湖是神工的仙境,人工的杰作,东南方的明珠,佳人中的绝色。从初唐至晚清,抒写西湖的诗词不知凡几,但我以为最出色的,除了白居易的有关律诗,就是苏轼和杨万里的有关绝句了。"水光潋滟晴方好,山色空濛雨亦奇。欲把西湖比西子,淡妆浓抹总相宜",苏轼的《饮湖上初晴后雨》作于前,这一艺术的标高后人很难达到,更不要说超越了。前人的杰作有如巨树的浓荫,即使是大诗人陆游,他的《临安春雨初霁》虽有"小楼一夜听春雨,深巷明朝卖杏花"的妙句,但写到西湖,竟然也笼罩在苏轼的树荫之中而无法突围,他的《湖中微雨戏作》就是证明:"搓罢青梅指爪香,一杯聊复答年光。莫言老子无人顾,犹得西施作淡妆。"待到杨万里前来一试身手,才成为苏轼的隔代劲敌。他三度在杭任京官,写西湖的诗作前后共有二百多首,其中

不乏俊句佳篇:

梧叶新黄柿叶红,更兼乌桕与丹枫。
只言山色秋萧索,绣出西湖三四峰。
　　　　　　　　　——《秋山》

菰月苹风逗葛裳,出城趁得一番凉。
荷花笑沐胭脂露,将谓无人见晓妆。

六月西湖锦绣乡,千层翠盖万红妆。
都将月露清凉气,并作清晨一喷香。
　　　　　　　　——《清晓湖上》二首

西湖虽老为人容,不必花时十里红。
卷取郭熙真水墨,枯荷折苇小霜风。
　　　——《同君俞、季永至普济寺晚泛西湖以归》

　　上述诗篇,已经令我们有惊艳之喜了,杨万里从不同的时令与角度来写西湖,可见他的活法与独到。但他并不甘心能罢休时且罢休,是不是想和苏轼一决雄雌呢?他还要创作出一首更出色的,就像选美时在美人阵中夺围而出的冠军,那就是《晓出净慈寺送林子方二首》之一:

毕竟西湖六月中,风光不与四时同。

接天莲叶无穷碧,映日荷花别样红。

　　我每次去西湖,杨万里的这首诗都要不请自来,尤其是有一年夏日与西湖再续前缘,杨万里的莲叶从九百年前碧到我的眼前,他的荷花呢,也从九百年前红到我的眉睫,我被他的魔法所蛊惑了。寥寥二十八个字,前两句只是抽象点明时令与风光之不同,已经占去了全诗篇幅之半壁江山,不料后面两句一写莲叶之"碧"而且是"接天"与"无穷",画面辽阔,一写荷花之"红"而且是"映日"与"别样",焦点突出,同时,"碧"与"红"又互相补充与映照,真个是动人眼目的绿凉之国,沁人心肺的红香世界,和苏轼之作一起,成了咏唱西湖美景的七绝双璧。如果今日要拍卖,任何文物专家古董专家都无法衡量出它们的价值。现在的新诗呢?"在清澈的水底／桃花如人面／是色彩缤纷的记忆",这是艾青《西湖》诗写西湖桃花的妙句,而台湾有"诗魔"之称的洛夫,他的"魔法"似乎与杨万里的"活法"古今相通,其《西湖二题》与《杭州纸扇一把题赠痖弦》,大约是众多咏西湖的新诗的翘楚了,如前者之中的《白堤》:"白居易是不是一个浪漫派／有待研究／而他的的确确在一夜之间／替西湖／画了一条叫人心跳的眉／且把鸟语,长长短短／挂满了四季的柳枝／啁啾了千多年才把我／从梦中吵醒／早餐是一窗的云／外带一壶虎跑泉水泡的钟声／饱得打嗝／但散步到堤上／又补了一顿／被荷叶吃剩的秋风。"杨万里有知,会不会说吾道不孤而后生可畏呢?

　　在中国古代诗人中,对月亮写得多而且好的,应该首推李白。但月亮是众生的公共财产,即使是李白也不能完全据为己有,而要留有余地或者说留有余"月"给后人去歌唱,然而,在这一方面有新的创造而且能和他一较短长的,最具资格的也只有杨万里了。在《诚斋集》四千余首诗作中,直接以"月"为题的诗约四十首左右,实际写到而题目未标明的,则更难以数计。红学家周汝昌编注《杨万里选集》,收录作品三百四十余首,月意象就出现七十次之多。八百年后的清风明月之夜,让我们去杨万里的月世界中漫游吧:

才近中秋月已清,鸦青幕挂一团冰。
忽然觉得今宵月,原不粘天独自行。
——《八月十二夜诚斋望月》

珍重姮娥住广寒,不餐火食不餐烟。
秋空拾得一团饼,随手如何失半边?
——《初九夜月》

坐久轻云次第开,月光飞入酒杯来。
今宵只有半边月,一半桂枝何处栽?
——《月下果饮》

月色如霜不粟饥,月光如水不沾衣。
一年没赛中元节,政是初凉未冷时。
——《初秋戏作山居杂兴俳体十二解》

杨万里以其他诗体写月的作品,我无法在这里赘引了,例如古风《重九后二日同徐克章登万花川谷月下传觞》，他自以为"仿佛李太白"，确实也妙不可言，我多年前也曾撰文欣赏。他的《七月十三日夜登万花川谷望月作〈好事近〉》一词，是上述古风的姊妹之篇，姐姐就请读者去自行拜会吧，且观赏妹妹的天生丽质："月未到诚斋，先到万花川谷。不是诚斋无月，隔一林修竹。如今才是十三夜，月色已如玉。未是秋光奇绝，看十五、十六。"从以上的作品看来，杨万里"小李白"的美名确非浪得，他写月真是一派活法奇情，一片天机云锦，一股创意新机，当然，月的玉洁冰清，也是他人格情操的折射与写照。

　　前人写月，或思乡怀人伤离叹别，或感慨人生叩问宇宙，或表现月亮的自然之美，但杨万里却突破传统，以拓荒的精神去开辟新的疆土。他有时写的是天上的月亮，表现的却是对人间苦难苍生的怜悯同情，对国事河山的关切与忧虑。如《竹枝词七首》之一，以及《九月十五夜月细看桂枝北茂南缺未经古人拈出纪以二绝句》：

　　　　月子弯弯照九州，几家欢乐几家愁。
　　　　愁杀人来关月事，得休休处且休休。

　　　　桂树冰轮两不齐，桂圆不似月圆时。
　　　　吴刚玉斧何曾巧，斫尽南枝放北枝。

　　　　青天如水月如空，月色天容一皎中。
　　　　若遣桂华生塞了，姮娥无殿兔无宫！

真是破空而来，无论是寄寓和想象，均道前人之所未道，正如诗人自己所云"未经古人拈出"。"斫尽南枝放北枝"，吴刚伐桂的景象，成了昏君与权臣误国的象征，而南宋小朝廷如果一味屈辱求和，苟且偷安，继续北茂而南缺，必将"姮娥无殿兔无宫"，只能自取灭亡。这是警钟也是丧钟，钟声为谁而鸣？杨万里逝世七十余年后的祥兴二年（1279），陆秀夫背着年仅八岁的卫王赵昺在广东崖山（今新会崖门）跳海。证明杨万里诗的预言的，是为南宋王朝举行海葬的涛声。

三

一位真正的诗人与作家，如同海上的航船有指引方向的罗盘，好像暗夜的旅人头上有指明方向的北斗，有似闻鸡起舞的志士有令人振奋的早霞和光芒四射的朝阳，那就是不可或缺的人文精神与美的思想。杨万里当时，当然远不知现代时髦的"玩文学"为何物，作为真正意义上的文人，他最可贵的人格品质除了耿介刚直，绝不同流合污，就是那始终如一的深切的忧患意识。这种人格品质如同坚贞的钻石，其熠熠的光辉照亮了他的作品，不仅影响当时而且也垂范后世。

忧患意识，有如血脉贯穿中国的人文传统，它既是中华民族的一种普遍心态，更是有社会责任感与担当感的文人特别具有的人格基因。它集中表现为所谓的"当下关怀"，就是情系苍生，心忧天下，关注现实，直面人生，对人心世道国家兴亡乃至民族前途怀有深切的关注。宋代积贫积弱，而南宋更是外患方殷，内患不已，宋代正直的知识分子的忧患意识，既是对历史特定的文化积淀的传承，同时也具有迫切的当下观照与强烈的时代色彩,辛弃疾、陆游、胡铨等人,就是其中最杰出的代表。杨万里同样表现了对国家命运的深切关注,对民族前途的深刻隐忧,他家居时所上的《千虑策》,每一个字都是他的热血深忧所写就。他的诗,似乎不像辛弃疾那样英雄气盛,大声镗鞳,也不像陆游那样沉雄悲壮,慨当以慷。辛词与陆诗,像霜天的号角,像战马的嘶鸣,像咚咚的鼓点,像熊熊的烈火,总之如一阕雄伟悲壮的英雄奏鸣曲。杨万里的篇章,同样是"补天炼石无虚日,忧国如家有几人"(《送徐宋臣监丞补外》),同样是"若问个中何所有?一腔热血和诗裁"(《自跋〈江西道院集〉戏答客问》),但他此类作品的内蕴与风格却偏于含蓄深婉,而非剑拔弩张。辛弃疾与陆游是战士诗人,其诗是英雄之作,杨万里是学者诗人,其诗是书生之作,前者的作品上马击贼的壮怀与胜概,更能激励时人与后人,烧沸他们胸中的热血,但后者忧时伤世婉而多讽的诗章,也能令时人与后人反躬自问,低首沉思。例如九百年后的我,对于杨万里所擅长的抒写自然风物的诗当然十分欣赏,但我更为敬慕的,毕竟是他刚正不阿清廉自守的品格,和他那深广的忧患精神。首先是"大写"的人,然后是同样"大写"的作品,何况杨万里高尚的"人品"与高格调的"作品"互为表里,始终如一。

今日的当政者对农民问题分外关注,千方百计减轻农民的负担,努力发展农村经济,以提高占全国人口绝大多数的农民的生活。这是应有的明智之举。其实,古代有远见有兼济天下之志的政治家,和民胞物与富于同情心的文学家,无不表现了对农民对农事的关切。如杨万里的下述作品:

三年再旱独堪闻？一熟诸村稍作欣。
老子朝朝弄田水，眼看翠浪作黄云。

——《观稼》

稻云不雨不多黄，荞麦空花早着霜。
已分忍饥度残岁，更堪岁里闰添长！

——《悯农》

两月春霖三日晴，冬寒初暖稻秧青。
春工只要花迟着，愁损农家管得星！

——《农家叹》

以上三首诗，都是作者中年时居于故乡所作，从中可见他和最底层的人民之呼吸相通。三年两旱不可闻问，但只要有一季收成农民们就十分喜悦了，诗人亲力亲为，天天在田间弄水，只盼今日的秧苗翠浪化为明天的稻熟黄云。水田遇旱灾，旱田遇冻灾，一年到头真是天灾不已，灾不单行，本来是准备忍饥挨饿度过一年之末了，更哪堪忍受的是，这一年又多出一个月的时光。第二首诗作于隆兴二年(1164)，诗人因父亲去世而家居丁父忧，此年闰十一月。《农家叹》更进一层，诗人将春天人格化而比拟为"春工"，它不管农时节令，只要百花迟开。"愁损农家管得星"，"星"，为表极小的"一星半点"之意，愁杀农家，春工才一点都不会去管哩！杨万里此处不仅是以俗语入诗，富于生活气息，而且更是由自然而暗喻人事，对那些锦衣玉食不顾农民死活的肉食者，予以意在言外的冷嘲热讽。杨万里言行如一,他同情弱势群体,清廉自守,晚年离江东副使任告老还乡时,官库有余钱万缗,一千文为一缗,这笔巨款按规定他可名正言顺地带走,但他却分文不取。此事传为美谈,徐玑也写诗赞美他"清得门如水,贫惟带有金"。在写以上诗篇的家居之时,杨万里还写过一首《晚春行田南原》,其中有"吾生十指不沾泥,毛锥便得傲蓑衣"之语。这种冰霜节操,这种不知稼穑之艰难而自愧于农民的思想境界,与之相比,今日某些民脂民膏肉食者鄙的官人,浅薄庸俗张狂傲慢的艺人,风花雪月不关民生痛痒的文人,不是土丘之与高山吗?

诗人不仅忧农,而且更加忧世。回黄转绿,年景总有好转之时,日下江河,国家却已中兴无望。试想,淮河以北都成了金人驰骋呼啸的时时欲南下而牧马的跑马场,大好江南成了苟安者临时抱佛脚的避难所,昏君仍昏其昏,奸臣仍奸其奸,上梁不正下梁歪,官风败坏,士风沦落,民风不振,整个国家已病入膏肓,如果做出临床诊断,已然到了癌症晚期。然而,沉默有时固然是迫于高压而明哲保身,有时是清操自守而不愿同流合污,有时是已经彻底绝望而不愿再多费唇舌,但不沉默而爆发,知其不可言而言之,知其不可为而为之,却也更见良者的良知,勇者的勇气。例如秦桧,本是奸佞中超一流的奸佞,在世时权倾朝野,坏事做绝,死后其余党仍长时间掌权,世人仍是谈"秦"色变,但杨万里却先有"君不见岳飞功成不抽身,却道秦家丞相嗔"(《题曹仲本出示谯国公迎请太后图自'肃天仗'以下皆记画也》)之句于前,又有"今日牛羊上丘垅,不知丞相更嗔否"(《宿牧牛亭题秦太师坟庵》)之句于后。在南宋的诗人诗集中,在杨万里之前,如此对秦桧公开抨击,

"诛心"而兼"鞭尸"的作品,似不多见。何况前一首诗,将迎回高宗赵构之母韦氏及徽宗赵佶的灵柩,与岳飞之死联系起来落笔——二者之间本来就是高宗、秦桧与金人的丑恶交易,在封建极权与暴政之下,如此一士之谔谔真非易易,真需要良心与勇气结成的正义的联盟!

宋金和议,南宋之君以"侄皇帝"之名臣服于金国,双方以淮河中流为国界。淳熙十六年(1189)十二月,六十三岁的杨万里被任命为借焕章阁学士接伴金国贺正旦使,兼实录院检讨。这一差使,就是渡淮河至金国迎接来南宋祝贺元旦的使者,并全程相陪相送,对于正直爱国之士,这真是一桩违心的苦差。在此期间,诗人写了一系列忧时伤国寄托遥深的诗作,如《初入淮河四绝句》:

船离洪泽岸头沙,人到淮河意不佳。
何必桑干方是远?中流以北即天涯!

刘岳张韩宣国威,赵张二相筑皇基。
长淮咫尺分南北,泪湿秋风欲怨谁?

两岸舟船各背驰,波痕交涉亦难为。
只余鸥鹭无拘管,北去南来自在飞。

中原父老莫空谈,逢着王人诉不堪。
却是归鸿不能语,一年一度到江南!

往日深处内地的淮河,今日竟然成了南宋北方的边疆。太平时代,诗人写淮河可能少不了良辰美景赏心乐事,而今,杨万里在特殊的时代特殊的时空以特殊的身份经过这里,他只能感慨风景不殊举目有山河之异,喷发出如上冷峻而热血尤沸、激愤而近乎绝望的诗章。这可以说是南宋的"边塞诗",但时空易位,早已无复盛唐边塞诗阔大雄浑的气象了,有的只是深心的隐痛,朦胧的泪光,对中兴四大名将的追怀,对赵鼎、张浚等抗战派的歌颂,还有那如淮水一样悠长而又悠长的忧伤!我虽广历江湖,但至今却无缘捧一掬淮河之水。河水不回头,而河长在,当年见过杨万里的淮河的前波,早已奔流入海化为天上的彩云空濛的大气而无可追踪了,但淮河仍在,如果有一天我有缘去到淮河岸边,我一定要向它的后浪,放声吟诵杨万里以它为题的诗章!

咫尺应须论万里。杨万里的绝句,篇幅小而天地大,咫尺之中有万里之势。我读他的诗集,和他纸上晤谈,似乎近在咫尺,但实际上他已经走了八百年,愈行愈远,我们相距的空间何止千里万里?好在湘赣比邻,我终于得以一偿寻访他的故里的夙愿。

同窗周世玉的学生包静,现为吉水"县丞",在吉水县负文教的方面之责。由她驱车,过吉水县城的新大桥,出城往西十余里,经黄桥中学,即达黄桥乡涩塘村。这是一个小小的远非繁茂的村庄。杨万里的故居呢?他的船形书斋"钓雪舟"呢?他流连歌咏月下传觞的"万花川谷"呢?都早已一起交给了八百年的风风雨雨,竟然没有留下一丝让后人辨识的遗痕,穿过浩浩荡荡的岁月仍似旧时的,唯有南溪的没有干涸的溪声。

幸而墓地犹存。出村约数百米，在乡间小道徒步而行，在一处山丘上，杨万里之墓就闯入了我们的望眼。墓前残缺的石人石马，已守候了八百年的世事沧桑，高约二米的简陋的坟堆前，据说原来的墓碑题曰"宋敕葬宝谟阁学士少师杨文节公墓"，经一九八二年重修，我们见到的墓碑已是"杨万里公之墓"。周围有新砌的护墙，新栽的松树，墓侧的石碑说明是：江西省文物保护单位。秋风吹来，墓草萧瑟。世玉说：做一个真正的诗人真不容易，诗人而兼好官清官，更不容易啊！我说：墓地虽然简陋冷落，所幸尚未湮没，让有心人还可前来凭吊。他生前在《醉吟》诗中说"不留三句五句诗，安得千人万人爱"，更幸运的是岂止"三句五句"，他的许多诗作不但没有遗失，更没有折旧而千古常新，八百年后的我们仍可以和他做遥远而亲近的灵魂的对话，只要你在清风中一卷在手，于明月夜把卷重温。

书 院 清 池

　　世上有各种各样的"池",如让众人起舞的舞池,供乐队演奏的乐池,给文人挥洒的砚池。然而,岳麓书院的那一方清池却特别令我钟爱,像有珠宝之癖者秘藏昂贵的碧玉,我很久以前就将那一方清池珍藏在自己的心中。

　　乡野之间有许多池塘,它们那天然的野趣当然也引人注目流连,特别是久住尘嚣的现代人,天天囚禁在鸽子笼一般的居室,几乎已不知池塘为何物,自然更愿让一塘春水或秋水洗亮他们蒙尘的眼睛。我喜爱乡野的池塘,我遥远的童年就曾晃荡在柳树下池塘边那稚嫩的钓竿之上。长大后读南朝宋谢灵运的名句"池塘生春草,园柳变鸣禽",也总想象他写的绝非市廛所见而是郊野的风光。然而,我最珍爱的,毕竟仍是书院的那一方清池,每隔一段日子,我就要渡湘江而西,去岳麓山下它的身边小坐。

　　它平铺在书院后面右边的院落里。说它是一方清池,似乎有些大而化之,应该说一曲清池才是,因为它并非呈方正之状,而是颇具曲折之姿。我此次来时正是夏末秋初,池周高树上的夏蝉仍在坚持演练它们家族那古老而常新的乐曲,初唐虞世南是蝉族的知音，只是不知它们懂不懂得他的"垂緌饮清露，流响出疏桐。居高声自远，非是藉秋风"的咏蝉的名句？除了年复一年的蝉声，就是日复一日的水声了。清池的身后就是岳麓山，山上百泉奔赴，潺潺的水声汇成了这永不干涸的碧水一汪。似一匹软缎的清池，水面上本来绿得一无所有，但池的对称两角，却有两丛夏荷绣出几枚青钱数枝碧玉和几盏红莲花。那红花是碧水也浇不灭的火焰，它会从夏日一直烧到深秋，要等来过长沙的李商隐"竹坞无尘水槛清，相思迢递隔重城。秋阴不散霜飞晚，留得枯荷听雨声"（《宿骆氏亭寄怀崔雍崔衮》）那一声喟叹，才会将它们吹熄。红荷碧水，这本来已经动人心目了，但不时还有白蝴蝶和黄蜻蜓飞来，它们肯定是在说：这是一幅出自大家手笔的水墨画，怎么不让我们也来着色？

书院清池的美使我倾心，它的静也令我徘徊忘返。清泉之侧，是历代山长的住所和莘莘学子的课室。晴阳之日，粉墙青砖飞檐的古建筑在池边拍一张倒影；明月来时，碧水在池心将它洗得晶莹透亮，宛如李白小时认识的天上的白玉盘不慎掉落水中。此间虽是久负盛名的千年书院，平日游人却不是很多，如果门庭若市，嚣声盈耳，如同时下的股票交易市场与日趋繁盛的娱乐场所，那就未免唐突山灵与水神而大煞风景了。这一曲清池，据说以前名"碧沼观鱼"，我往日来游时，曾和友人戏说可以改名"洗心池"。人在世间忙碌奔波，或为柴米油盐，或为升沉荣辱，或为情仇恩怨，不知耗费了多少心血乃至心机，难免人也蒙尘，心也蒙垢，有时甚至良知也难免蒙羞，如果能到池边来对明镜而自鉴，掬清波以洗心，那不也是让灵魂休憩与净化的功课吗？正如同仿效高僧之面壁，我此刻面池而坐，一介凡夫俗子，我的心池哪有这一方明镜的纯净清明?

　　秀美而宁静,世间也许还有不少这样的池塘,但是,像岳麓书院这一曲清池那样富于历史沉淀与文化意蕴的,恐怕还不多见吧?它得"地"独厚,不是荒山僻岭间隐姓埋名的野水,也不是古老宫苑或现代豪庭里尊荣富贵的华池,它栖身于千年庭院之内,不知倾听过多少学子的琅琅书声、多少学者的谆谆布道,见证过多少仁人志士的出出入入、多少英雄豪杰的奔走呼号,那品格与价值当然自是不同,非无名氏更远非那种世俗的暴发户可比。此外,池以文传,历代有关的题咏且不去说它,南宋朱熹那两首有名的《观书有感》,我就怀疑是这一曲清池灌溉而成。宋代乾道三年(1167)秋八月,时年三十八岁籍贯福建的朱熹远来书院讲学,和抗金名师张浚之子张栻寓居于清池之侧的百泉轩,题匾额"百泉轩"三字。《观书有感》其一是:

　　　　半亩方塘一鉴开,天光云影共徘徊。
　　　　问渠哪得清如许?为有源头活水来。

　　书而池,池而书,他写的是读书的感受、人生的哲理,不也正是我眼前的清池景色吗?记得多年前来游,我想叩百泉轩的门环去请教朱老夫子,可是那里已成了展厅与客厅,朱老夫子早已不见踪影,接待我们的主持者江堤虽然也是学者兼诗人,但他西装革履,研究的是岳麓书院深厚的历史与人文,写的是分行的现代乡土诗,出版的是《山间庭院》《诗说岳麓书院》等著作,连他也说不知先生的去向。九百年过去了,只有注入清池的活水,今日仍潺潺而汩汩犹似旧时。

　　古典而新潮的除了山间的源头活水,当然还有朱熹的这首诗。它不仅被选入今日多种中学语文课本而广为诵读,还为今人所广为引用甚至化用。二〇一〇年端午,屈原的故里湖北秭归县举行盛大的祭屈活动,台湾余光中、四川流沙河与湖南的我应邀参加。归途,余光中应邀至位于长江边宜昌市的三峡大学演讲,我们陪同诵诗并题词。流沙河是诗人兼书法家,他题的是一副自撰的联语:"正当花朵年龄,君须有志;又见三更灯火,我已无缘。"我题的是:"大学与三峡同壮丽,书声和江韵共悠长。"余光中略一沉思,素宣上便是他一贯的端庄方正的银钩铁画:"问君哪得清如许?为有大江活水来!"一九九九年九月余光中首度访湘,曾在岳麓书院题句曰"不胜低回",并做题为"艺术经验的转化"的演讲,由湖南卫视直播,我亦现场背诵他的诗文,并陪他观赏书院清池。他在三峡大学的题句,虽然是就地取材,即景抒情,变"源头"为"大江",但在诗语和文化精神上,不也正是继承了朱熹此诗的一脉心香吗?

　　在已凉天气未寒时的夏末初秋,从滚滚红尘中偷跑出来,虽然随即就要复投罗网,但再一次趺坐在如此的清池之旁,读清池如同读一部佛典,消除扰攘于尘世中的许多俗念与忧烦,不说三生有幸也可说此生有幸了。说它像乐池吗?高雅的音乐虽然悦耳,但即使是清扬的丝竹之声,在这里也不免显得过于热闹,更不要说那些现代的嘈嘈杂杂甚至呼天抢地的流行乐曲了。和清池相映相伴的,最好是一片白云,几句鸟语,数行书声。说它像舞池吗?水面确实光滑如碧琉璃,出污泥而不染的荷莲可以在其上凌波,然而如果世人也呼朋唤侣来这里喧阗起舞,再于四周打上脚灯追光灯霓虹灯，那该是何等亵渎清景？红尘俗世中的舞池已经够多的了，何况舞池中还常常流传不清不明的新闻与绯闻。请保留书院中的这一方净土，不，净水吧。

不过。这清池究竟和什么相仿佛呢？如果有人说它像一方砚池，那我倒是会欣然赞同，因为它们不仅外形相似，而且文房四宝之一的砚池，也是书院中的必备之物。清代江苏太仓籍的学者兼诗人顾陈垿的《砚》诗，早就令我心神向往：

端溪谁割紫云腴，万古文心向此摅。
小点墨池成巨浪，就中飞出北溟鱼。

身为越来越商业化功利化社会中的煮字人，我也祈望清池能洗我俗肠，助我灵思，润我笔墨，让我也能写出可圈可点甚至鹏飞远举的文章来。于是，好久好久以前，记不起是哪一天，四顾无人，我离开书院时就将这一曲清池一方名砚偷偷带走，竟然没有被破案，至今仍珍藏在我的怀袖。

武夷山水记

福建省西北部的武夷山久负的盛名,早已如雷声滚动在东南的天边,轰响于我年轻时的耳鼓了。明代的平倭名将戚继光,离开福建北上去抗击外敌,路过武夷山,曾作一诗题于九曲溪口、大王峰麓之"万年宫",名为《题万年宫壁》:"一剑横空星斗寒,甫随平房复征蛮。他年觅取封侯印,愿向君王换此山。"戚继光是山东蓬莱人,北方人的他当然少见江南山水,所以才如此极而美言之吧?我是湘人,湖南境内多的是名山胜水,衡山固然是有"南岳"之尊的长老,张家界更是轰动四方的新贵,且不要说昂首云外的武陵山与雪峰山了,武夷山再美,是否会闻名胜似见面?不久前的金秋时节,福建省举办"二〇〇三年海峡诗会",余光中从台湾渡海西来,我从长沙凌空东去,会后,众多文朋诗友结伴同游武夷山,果真盛名之下无虚士,见面胜似闻名,谨作此《武夷山水记》,以志浮生半日的优游,他乡山水的惊艳。

一

　　南方今年夏秋酷热久旱,白天的阳光固然如同喷火,晚上的月光似乎也要冒烟,我们从福州长驱至武夷山市的"翠竹宾馆",秋热与黄昏也一起跟踪而入。入夜后,风云突变,山中一夜雨,一夜久违的豪雨,开始点点滴滴,继而淅淅沥沥,随之滂滂沛沛,最后是似乎没有休止符的澎澎湃湃。武夷山至少有两个月没有下雨了,当地人说。余光中当晚应邀去武夷学院演讲,他朗诵了自己的诗作《雨声说些什么》,并自嘲说是"过干瘾",不意一诵既毕,雨声即随诗声而至,他随即改口说,现在可以说是"过湿瘾"了。我想起宋代的陆游,他一生三次宦游闽中,"未到名山梦已新,千峰拔地玉嶙峋。幔亭一夜风吹雨,似与游人洗俗尘",他的《初入武夷》写于何年何月,还是让考据学家去寻根究底吧,但他这首诗所写的情境,在时近千年后和我之所历所感,竟然只是新旧略有差异的同一个版本。陆游当年下榻何处?夜色深沉,无从问讯。明天上午的游程是爬山,下午是涉水,一夜醒来,陆游还能与我们一道同游吗?

　　黎明,幔亭峰之侧一座横卧在青溪上的石桥,引渡我们进山去敲响武夷山神的门环。武夷群山远离闹市,本来就不染俗尘,昨夜的一场豪雨,更是将它洗得容光焕发。那刚刚从熔炉中炼就的秋天的旭阳,也从高空赶来为远山近岭举行镀金典礼,那千斛万斛亮丽的阳光啊,也只有磅礴的武夷山才能承受那不能承受之重。武夷山有三十六峰,每座山峰都有如一座险峻威严的城寨,我们只有半日时光,以有限面对无穷,怎能去一一攻城拔寨呢?射人先射马,擒"山"先擒王,导游带我们仰攻高可千仞的"天游峰"。天游峰下,一匹硕大无朋的山岩迎面挡住我们的去路,像是要考验我们的脚力,拷问我们的雄心。这是一整幅鬼斧神工刀劈剑削直上直下万夫莫开的岩石,说它寸草不生也好,说它一毛不拔也好,反正你不知道它地老天荒的履历,只知道它名为"晒布岩"。不过,除了山神或天神,世上的凡人有谁斗胆在这洪洪荒荒的岩石上晒布呢?热心的导游指点说:

"看,这石壁上还有仙人攀越的掌印!"

智者乐水也乐山,余光中是一位幽默的智者,当我们仰头细察,想辨认仙人留下什么手迹时,他却不以为然地说道:"既是仙人,还有什么攀爬的掌印?他们只消一提衣袂,早就飞上去了!"几句话,引爆了大家一阵哄"山"大笑。

凡人如我们,无法学仙人之飞升,只有绕道而行,沿山脚与山腰人工砌成仅可容足的石磴小道攀援而上。人生,本来大都有登高的欲望,除了在各自的事业上登高,就是在大自然中的登高了。登高,是对体力与毅力的考验,是对生命价值的肯定,也是在精神上提升自己的一种追求,何况"天游峰"其名就不同凡响,它召唤我们到天上一游,还有比这更具有诱惑力与鼓动力的吗?不过,看山容易登山难,天游峰的绝对海拔在同侪中虽然不算名列前茅,但山势却十分险峻,密集的游人沿石级而上,远看真宛如一条龙头在上、龙腹在中而龙尾在下的向上的游龙。不过,真正的龙是龙飞在天,吞云吐雾,而这条攀山的人龙却步履维艰,气喘吁吁。行至半山的"回音阁",许多人身倚绝壁手扶栏杆与余光中

武夷山水记

合影:

"和余先生合影,是想沾点文气、才气和仙气啊!"有人说。

余光中笑而作答:"哪里哪里,现在剩下的只有喘气。"

余光中、范我存伉俪,都早已年过古稀,但他们却仍是登高的健者,气定神闲,暑气不侵,许多年轻人都已大汗淋漓,但他们却衣衫未湿。回音阁前,有人提议合诵他的名作《民歌》:"传说北方有一首民歌／只有黄河的肺活量能歌唱／从青海到黄海／风　也听见／沙　也听见／如果黄河冻成了冰河／还有长江最最母性的鼻音／从高原到平原／鱼　也听见／龙　也听见／如果长江冻成了冰河／还有我,还有我的红海在呼啸／从早潮到晚潮／醒　也听见／梦　也听见／有一天我的血也结冰／还有你的血他的血在合唱／从A型到B型／哭　也听见／笑　也听见。"这是余光中的保留节目,我在好些他演讲的场合或参与的晚会上欣赏过,由他领诵,而"也听见,也听见"的叠句,则由台下的听众齐声合诵。但以前那些合诵都是在室内的会场,于群山环峙之中,面对巨大的回音壁,这种布景的阔大雄奇与合诵的声洪气壮,却是见所未见,闻所未闻,不仅惊愕了满山的游人,也惊动了宿睡未醒的山神。有人说:"这种大合诵,还要加上'人,也听见','山,也听见'。"表面严肃实则诙谐的余光中莞尔一笑,说:"此时此地,还要加上'神,也听见','鬼,也听见'呢!"

如果是夜晚,"山鬼"们真会从深穴幽谷中闪出来侧耳倾听吧?我们的合诵时当白天,在透明的一眼洞穿的秋晴里,山林里怎么也看不到鬼神的暧昧的身影。我伫望嶙峋的山峰,由当代歌者想到古代诗人,不由忆起千年前的辛弃疾。宋代绍熙三年

（1192）春，辛弃疾任福建提刑，赴任途中访朱熹于建阳，长居武夷的朱熹陪他畅游名山。朱熹曾作《九曲棹歌十首》，辛弃疾与之唱和，写有《游武夷作棹歌呈晦翁十首》。文人而英雄，英雄而文人，挥戈跃马而舞文弄墨，他的怀抱当然远在崇尚理学与清谈的朱熹之上。其中一首是：

巨石亭亭缺啮多，悬知千古也消磨。
人间正觅擎天柱，无奈风吹雨打何？

天游峰的绝顶，有平地如砥，上建"天游阁"，横额是"遨游霄汉"，阁柱有联语一副："世间有石皆奴仆，仙掌独秀；天下无山可弟兄，武夷称雄。"天下名山多矣，这副联语未免有点"地方保护主义"，用语过于夸张。但在众多歌咏武夷山的诗作中，以词鸣世并名世的辛弃疾，他的上述绝句所表现的深沉之时代忧患意识与深刻之生命悲剧意识，倒可以说是"仙掌独秀"而"武夷称雄"，可惜他的诗名为词名所掩。

山临绝顶，俯瞰群峰，我不仅在霄汉遨游，而且也在辛弃疾豪迈悲壮寄托遥深的诗句中远游，久久不知有汉无论魏晋，直到导游一声吆喝："下山啦，下午漂流九曲溪！"才将我从千古神游中喊醒。

二

山，是阳刚的；水，是阴柔的。有些风景之区，或有好山而无好水，或有好水而无好山，均不免单调。人间的英才，有"既生瑜，何生亮"一说，自然界则最好是山水并美，相得益彰。武夷山，好就好在有好山还有好水，三十六峰如壮士，九曲清溪似美人。世人真是要感谢造化的神恩，能见识与享受如斯的山水之美，世人也要惊叹并惊羡，天地间竟让好山好水结下了如此美好的姻缘。这种绝世的山水之婚，让历代的诗人都不免为之陶醉而歌唱。

九曲溪与武夷山绸缪了二十里水程。古人游九曲溪，都是从一曲逆流而上，虽然溯洄从之，道阻且长，但那多半是一人独游或二三好友结伴同游，可行可止，舟筏或滑泳于风中水上，或系缆于岩岸沙滩，从容地仰山俯水，品察天地之悠悠，九曲溪如一册总共九章的绝妙之书，可以从尾到头悦目赏心地细细品读。而今，上游的星村镇早已成立了竹筏游览公司，六人分坐一架竹筏，顺流而下，限时限刻，风景再好，也只能走"筏"看花稍纵即逝地匆匆翻阅了。游山时我还可以不时陪同余光中，听他咳唾珠玉，智者虽然乐水，但竹筏小小，自有福建当地的主人相陪，我就招呼曾就读于北京师范大学中文系的同窗朱蕊同筏而共济。

九曲溪水本来就城府不深，加上数月天旱，更是形容清瘦，浅仅数尺，明可见底，像孩童一般纯洁无瑕的心事一目了然。在天游峰凭高俯眺时，九曲溪宛如镶嵌在群山峻岭间的曲形碧玉，我曾问作家而兼编辑的朱蕊，九曲溪像什么，她三句不离本行说："武夷群山像卷帙浩繁磅磅礴礴的神话，九曲溪水则是它秀美清逸的插图。"而现在，我们的竹筏顺流而下，在绿琉璃也在插图上滑行，连自己也变成插图中的插图了。灵心慧舌花开三蕊的朱蕊反问我，也许是有意考试师兄：

"你看，武夷山水像什么呢？"

彩笔昔曾干气象——绝句之旅

面对嘉山胜水,我实在无法像我的先人李贺那样,目空天地说什么"笔补造化天无功",只好勉为其难地回答:

"山像端庄峻拔的楷书,雍容不迫的行书,水则有篆书的曲折,草书的潇洒,只是现在水浅波平,还看不到草书的狂放呢!"

九曲溪在夹岸的远近群山中迂回,汩汩而潺潺,曲曲而弯弯,它们在唱些什么呢?是唱回旋曲吗?是唱混沌未凿开辟鸿蒙吗?是唱溪上曾经演绎过的人物往事吗?九曲与八曲之交,兀然而立的是"石磨峰",又名"磨盘石",幽默而健谈的艄公竟戏称之为"汉堡包",而我见其容颜苍古,高龄无从揣测,心想不知它已磨去了多少洪荒岁月。六曲左边峙立的是"云窝峰",其上有"白云庵",山头彩云缭绕,云一窝,是仙人在炼丹吗?玉一梭,是织女在织她的锦缎吗?缭绕的彩云,是从炼丹炉中袅袅飞升,还是从织布机中滔滔而出?筏行不远,在四曲与三曲之间有"题诗岩",唐代好持花醉舞而歌的道士诗人许碏有《醉吟》一诗说:"阆苑花前是醉乡,踏翻王母九霞觞。群仙拍手嫌轻薄,谪向人间作酒狂。"此诗写了武夷山的神话传说,诗思颇为浪漫。我沿溪而下,有如品饮一溪的绿蚁新醅酒,虽然未成酒狂,但却已经忘路之远近了,没有忘记的,只是那些沿溪而上的古代杰出诗人。

南宋的抗金名将李纲有《游武夷》一诗:"一溪贯群山,清浅萦九曲。溪边列岩岫,侧影浸寒绿。"这首五言绝句,轻倩可喜,武夷山与九曲水的山水绸缪的关系,跃然在目。但是,我却更喜欢他的《仙鹤岩》诗,那是前述辛弃疾诗的同调。当竹筏在大王峰侧之仙鹤岩前飘然而过,李纲沉重而悲壮的歌吟便越过千年的岁月,重重地来敲击我的心:

> 谁画千年老令威？丹青今古照清辉。
> 玄裳朱顶苍崖畔，岂忆冲天万里飞！

北宋末年,李纲组织开封守卫战而声望卓著,宋高宗赵构在建立南宋小朝廷之初,为笼络人心,不得不起用素孚众望的李纲为相。李纲身处以宋高宗为首的投降派的重围之中,仍知其不可为而为之地进行抗金斗争部署,任相七十五天即遭罢免,被迫置散投闲。他游览武夷山水,见仙鹤岩而触景生情,挥笔赋诗,他可不是如一般俗子那样模山范水,无病呻吟,而是寄托了深远的情思,高远的怀抱,英雄失路报国无门的巨痛沉哀！

九曲溪的碧琉璃上,竹筏顺流而下,轻盈无声,就像蹁跹的舞者在冰上滑行,只有艄公的竹篙插入水中石上,用力一撑时,才听见琉璃碎裂的叮叮当当之声。白鹭贴水飞来,是在碧琉璃上照它的飞翔之姿？还是给我们带来什么山中的消息？溪虽名为九曲,但却不知道有多少山角水湾,每当峰回水转,我都希望辛弃疾、陆游或李纲的竹筏正逆流而上,飘然而出,他们身着宋代的衣冠,我停筏问候,水面上溅起的,当然就是我发自内心的喜悦和出于意外的惊呼了。但直到"一曲"的尽头上岸,行到水穷之处,忙碌的双眼虽然饱餐了两岸的山光水色,却始终没有看到他们的身影,哪怕是一声謦咳,半句歌吟,只有他们不朽的诗句,仍然悠悠扬扬,回荡在青山绿水之间,铿铿锵锵,敲击在我的心上。

武夷山匆匆一日,半日分给了青山,半日分给了碧水。山水已经亿万斯年了,它们以逸待劳,而人生不满百年,劳生草草,我还能旧地重来吗?即使是辛弃疾,当年也未能故地重游啊。他的前述组诗之三说:"玉女峰前一棹歌,烟鬟雾髻动清波。游人去后枫林夜,月满空山可奈何?"二曲之南,玉女峰袅袅婷婷于溪畔,辛弃疾是一代人中之杰,词中之龙,但此诗却情思婉约,将自然人化,想象一别之后,人我双方都有莫可奈何的惆怅。我不也是如此吗?人在楚云湘水之间,回首闽北的雄山秀水之游,我隐约也听到武夷山遥远的呼唤:今宵离别后,何日君再来?

国家不幸诗家幸

中国有五岳名山，以地理位置而言，中岳嵩山萃两间之秀，居四方之中，该是五岳中的核心或领袖了？我居南岳衡山的余脉岳麓山下，对中岳嵩山当然高山仰止，以前曾专门往游，朝拜它源自太古洪荒的磅磅礴礴的历史，展读那神工鬼斧所造就的山山水水的篇章。在秀丽的南方，每一回想，还久久地为其威严与博大魂悸而魄动。不久之前再去嵩山，嵩山之下的登封市，却是为了去参加一个散文创作的笔会，趁此机缘，可以复读峻极于天的中岳，私心也怀有一个近于奢侈的愿望，寻觅金元之交的诗人元好问在嵩山脚下登封境内的遗踪，哪怕是他旧居的一砖半瓦，或是一个令人将信将疑的脚印。

元遗山这位诗人，是我心仪已久的了。早在以前热衷于诗歌理论与批评的年代，他的《论诗绝句三十首》，就曾进入过我的读书笔记。论诗绝句这种体式虽不是他的首创，但以组诗形式出之而且多达三十首，表达了卓尔不凡的见解，却是他的重要贡献。后来我弃旧好而恋新欢，以散文创作自娱娱人，在创作出有关唐诗宋词的两部散文专著之后，写一部以绝句为中心的散文集的愿望,又鼓舞在我的心头。元好问是金代的首席诗人,也是中国诗史上最优秀的诗人之一,他在河南境内度过了一生中最重要的时期,在登封更是经历了生命中承前启后的近十年岁月,写下了包括绝句在内的许多名篇,我远道而来,实地寻踪,怎么能和他失之交臂?

生活于我国东北的女真族,以牧猎为生,在纵马弯弓日磨月砺之中逐渐壮大。宋徽宗政和五年(1115年),终于以充沛的生命力在白山黑水之间崛起,其标志就是太祖完颜旻统一诸部,定鼎会宁(今黑龙江省阿城南),建立金国,有如今日一个颇具实力与潜力的公司宣告成立,挂牌营业。十年之后,金人南下而牧马,灭亡北宋的心腹之患即已立国二百零九年的辽国。一一二六年,完颜晟统帅的马队又踏破汴京的城阙,北宋覆亡,徽、钦二帝成为阶下之囚,几经辗转,最后被放逐到极北之地,即女真人当年五个部落会盟之处的五国城。

元好问,是太原秀容(今山西省忻州)人,因曾在遗山(今山西省定襄县城东北)读书,故自号"遗山山人"。他本是北魏鲜卑拓跋氏的后裔,魏孝文帝拓跋宏由平城即今日山西大同迁都洛阳,始改元姓,唐诗人元结就是他的远祖。他的高祖与曾祖都曾仕于北宋,祖父为金国的铜山令(今河南泌阳县东)。然而,历史的风云变幻无常,任何星象学家与算命高手都无法预测,只能用螳螂捕蝉岂知黄雀在后这一成语了,金代后期,正当金人挥鞭南指企图灭亡南宋之时,逐水草而居的蒙古族在漠北勃然兴起,如走石飞沙,如沉雷急雨,他们的马蹄敲响了大戈壁的沉寂,也敲醒了他们原始的雄心与野心,一代天骄成吉思汗率领的骑兵,于一二一一年首次让金国的边境告警。如同当年迫使宋王朝仓皇南渡一样,金宣宗完颜珣迫于蒙古铁骑的压力,于一二一四年由中都(今之北京)迁都汴京(今之开封),史称"贞佑南渡",继续其莺歌燕舞醉生梦死的生涯。曾经使徽、钦二帝归为臣虏,令宋高宗惶惶不可终日的金王朝,好像经营不善弊病丛生的公司,行将破产倒闭。其兴也勃,其败也速,这似乎是一个普遍的规律。金人建国之后,其原始的活力逐渐消磨,奢靡与腐败迅速蔓延恶化为不治之症。一二三四年,金哀宗完颜守绪弃汴京出走蔡州,蒙古与南宋的联军攻陷此地,金哀宗自缢。几尺白绫,结束了一个喑呜叱咤的王朝。哀宗哀宗,他和他的末世王朝终于一起呜呼哀哉。

短短一百二十年的金王朝,在历史上匆匆来去。它的勃兴与全盛时期,铁马金戈,灭辽陷汴,涌现了许多喋血沙场与战史的猛士,却没有造就多少光耀文场与历史的诗人。一直要到南渡以后直至亡国这样一个天崩地坼的时代,才推出元好问作为杰出的谢幕人。金哀宗出逃,任职尚书都省掾的元好问留守汴京,围城中的他曾作组诗《壬辰十二月车驾东狩后即事》七律五首,其一是:"万里荆襄作战尘,汴州门外即荆榛。蛟龙岂是池中物,虮虱空悲地上臣。乔木他年怀故国,野烟何处望行人?秋风不用吹华发,沧海横流要此身!"舍我其谁?元好问一介书生,双肩虽然瘦弱,却责无旁贷地担当起了"一代诗史"的千钧重任。

一二一四年三月,元好问的故乡陷落于蒙古军队的强弓劲矢。一二一六年五月,二十七岁的元好问于兵荒马乱中奉母南渡黄河,寓居于福昌三乡镇,即今日河南省宜阳县西九十里之三乡,次年即于三乡撰写名作《论诗绝句三十首》。一二一八年秋,蒙古军队攻占山西全境,元好问从三乡移居登封嵩山之下,从事《杜诗学》的写作。他虽然于兴定五年(1221)举进士登第,但直到正大三年(1226)之后,才赋《出山》一诗而先后出任河南内乡、南阳等地的县令。在登封居停多年,不仅登封境内的颍水流淌在他的诗篇中,巍峨磅礴的嵩山也屹立在他的诗章里。如《少室南原》就有"绿映高低树,红迷远近花"的妙句,《秋怀》一诗就注明"崧山中作","崧山"即是嵩山的别名。源于嵩山西南的颍水,其上有颍亭,他的《颍亭留别》中的"寒波淡淡起,白鸟悠悠下",就是为颍水留影传情,而七律《颍亭》中的"春风碧水双鸥静,落日青山万马来",更是大小相生动静互照阴柔与阳刚兼美的佳对,可谓无愧于碧水,也无负于名山,在历代读者的心上唇间再版又再版。在登封的几年中,他固然有一些感时和怀乡之作,表现了对国事的隐忧,但那还只是天边的雷声,暴风骤雨还要随后才会飒然而兴,滂然而至。最令我这个南方人难忘的,是他作于此时的一些清新明丽的绝句,虽然咏叹的是中州北国,却宛若明媚江南:

瘦竹藤斜挂,幽花草乱生。
林高风有态,苔滑水无声。

川迥枫林散,山深竹港幽。
疏烟沉去鸟,落日送归牛。
——《山居杂诗六首》(选二)

杨柳青青沟水流,莺儿调舌弄娇柔。

桃花记得题诗客,斜倚春风笑不休。

——《杨柳》

短布单衣一幅巾,暂来闲处避红尘。
低昂自看水中影,好个山间林下人。

——《溪上》

　　读这些轻倩可喜的绝句,虽然异代而不同时,但我真怀疑元好问是否得到过王维孟浩然的耳提面命,或者得到过陶渊明的衣钵真传。而他之赋咏桃花,也许是暗喻他年轻时的意中人吧?至于说他从唐诗人崔护的《题城南庄》中获得过灵感,想来他绝不会否认。《溪上》一诗,是处于风暴边缘的自我写照,优游闲适的岁月是暂时的,好景也已经不长了。总之,元好问即使只有如上一类诗作,他在金代的诗坛也仍然会有一席之地。然而,"秋风不用吹华发,沧海横流要此身",时代的罡风苦雨,将他吹刮到风暴的中心,而他也像历代有使命感与责任感的文人一样,像他年轻时《论诗绝句》所说的"中州万古英雄气,也到阴山敕勒川"和"纵横正有凌云笔,俯仰随人亦可怜"一样,他效法安史之乱中的杜甫,要将反映和表现大时代的责任,担当在自己的双肩。如果说,元好问在登封时期的诗作,大都宛如轻音乐,那么,历经国破家亡,深痛巨创,他后期的作品就有如一阕悲怆奏鸣曲,呜咽呼啸的乃是时代的苦雨凄风了。

　　马蹄到处无青草。蒙古军队攻陷汴京的一二三四年,时年四十四岁的元好问正在围城之中,之后被拘押而北渡黄河,编管于山东聊城等地近六七年之久。民生之苦,山河之恸,故国之思,孤臣孽子的百感千怀,奔涌于他的毫端笔下。他除了后来编纂金诗总集《中州集》和史学著作《壬辰杂编》,为金代文学与金代历史留下一代信史之外,就是以诗作为现实的写真,时代的见证,历史的档案。他的作品以律诗与七古的成就最高,这里,我只引他后期的几首绝句,即可见当年的雷霆与风雨,痛苦与呼号,与他写于登封嵩山的绝句构成了鲜明的对照:

道旁僵卧满累囚,过去轺车似水流。
红粉哭随回鹘马,为谁一步一回头?

白骨纵横乱似麻,几年桑梓变龙沙。
只知河朔生灵尽,破屋疏烟却数家。
——《癸巳五月三日北渡四首》(选二)

竹溪梅屋静无尘,二月江南烟水春。
伤心此日河平路,只见荆榛不见人。

饥乌坐守草间人,青布犹存旧领巾。
六月南风一万里,若为白骨便成尘!
——《续小娘歌十首》(选二)

"兴亡谁识天公意?留着青城说古今",元好问曾经说过。汴京之南十余里的青城,曾是金军当年的受降之处,徽钦二帝及宗室妃嫔工匠三千余人,以及金银财宝车器法物,均由此而被掳北去。战胜金人的蒙古军队也依样画葫芦,只是在青城受降的这帮新的统治者比金人更加残酷,被掳的皇室后妃等五百余人,押至青城后全部都成了刀下之鬼。以上组诗,是元好问自青城押往山东聊城北渡黄河途中所见所感。战乱之惨,人性之酷,人世间的深悲大难巨痛浩劫,这些特定时代的图景与情感,不论如何惊心动魄与刻骨铭心,随着时间的流逝也终将烟消云散,但却被元好问以他的诗笔兼史笔,一一地显影与定格,成为金元易代之际血泪斑斑的诗史,历久而长新。杜甫之作被誉为"诗史",元好问中年以后身逢国难,继在登封写作《杜诗学》之后,在创作上更加自觉地师法前贤,前人誉其诗"神似杜公,千载以来不可再得",上述的绝句不也是证明吗?

完颜王朝流水落花春去也,元好问的诗之丰碑却竖起来。元好问不仅是一代诗宗,也是整个中国诗史上的杰出歌者。清代文学家兼史学家赵翼对他特别推崇,在其《瓯北诗话》中专辟一卷论元好问之诗,认为他是继苏轼、陆游之后的又一座丰碑。赵翼的《题元遗山集》的最后两句,就是广为传诵的"国家不幸诗家幸,赋到沧桑句便工"。文学创作当然需要内容与形式的多样化,但也同样需要真实深广地表现时代生活与众生情感的大作家大作品,作为历史的见证,文学的标高,精神的疆域,民族的光荣,如同大地上有风情各异的千川万水,也要有波澜壮阔的长河大江。元好问其人其诗,对我们当代的文学创作提供的是并不过时的有益启示。

元遗山在登封生活虽将近十年,但由于岁月湮远等原因,现在许多当地人都不知其名姓,遗迹更是渺不可寻了。嵩山中的嵩阳书院内有一块巨大的石碑,其上镌刻了古登封的地形地貌及诸多地名,有谁,能从历史的帘幕深深深几许中走出来,告诉我们元好问曾经寄居和创作在哪里呢? 在登封市郊的宾馆里,在宾馆会议室的散文创作研讨会上,我常常凝望窗外峻极于天的嵩山,追想元好问的遗踪往事,默诵他的诗篇。遗踪不在,诗仍在而且长在。时间可以将一切涂改得面目全非,可以盗走美人的红颜,壮士的黑发,可以将沧海变为桑田,复将桑田化为沧海,但对真正优秀的诗篇却束手无策,无能为力。你若问元好问最后到了哪里? 山西忻县韩岩村有他的墓园,那是他已朽的骸骨。不朽的却是他的灵魂。魂兮飞扬,翱翔在中州大地之上;魂兮栖止,你翻开任何一本中国文学史,他都端坐和呼吸在属于他的篇章里。

一代才人的悲歌

在匆匆不满百年的人生舞台上,每一个人都没有例外地粉墨登场。由于社会历史的因缘聚会,个人秉性才能的影响制约,每人扮演的角色各不相同,或正人君子,或无赖小人;或豪杰英雄,或独夫民贼;或才人俊士,或俗妇伧夫;或庙堂贵胄,或草莽小民。每人演出的剧本也性质有异,或正剧,或喜剧,或悲剧,或闹剧,或丑剧。金圣叹,本是明末清初的一代才人,但天妒奇才,他五十三年短短生命谱写的,竟是一曲血泪交迸的人生长恨水长东的悲歌。

一

三百多年前,清顺治十八年(1661)七月十三立秋之日,江宁三山街刑场一声炮响,因所谓"哭庙案"牵连的十八人,加上镇江"叛逆案"和金坛"失误军机案"共一百二十一人,在同一时间被斩绞凌迟,集体杀戮,其中就有才丰命薄死于非命的金圣叹。当其时也,当是满街血雨遍地腥风日月也为之不明吧,《辛丑纪闻》对此曾有令人不忍卒读的记述。三百多年之后,早已换了人间,今日的南京,早已焕然而成繁华的大都会,白天,现代的汽车车水马龙,夜晚,璀璨的灯光光华耀眼。有谁还记得三百多年前的那场血光之灾?询问街头的少男少女,他们对歌星影星的故事绯闻,大都耳熟能详,而对金圣叹则几乎一无所知,你如还要问他们明末清初的刑场"三山街"究系何处,那就更是问道于盲了。有一年早春时节,我去南京忝列丁芒诗文研讨会,他和夫人樊玉媛陪我去寻访位于城南的三山街。"三山街",其实类似于过去北京的杀人刑场"菜市口",乃地域之名而非具体的街道之名,老一辈的南京居民,许多人还知道这一名号。它实指"内桥"以南、"中华门"以北、"夫子庙"之西北的一个十字路口。这一十字路口,现在向东名"建康路",向西名"升州路",南北方向为"中山南路",路口的所有线路的公共汽车站,皆名曰"三山街"。彷徨于古老而又现代的十字街头,你怎么能从"霓裳坊""咖啡屋""麦当劳"那些香艳而温暖的店招,想象三百多年前这里的一场杀人如草呢?地名依旧,但当年的遍地血痕早已被时光之水冲洗得无影无踪,任你如何低头寻寻觅觅。置身于喧喧的人流与嚣嚣的车阵之中,想到三百年前的那场腥风血雨,念及时间的善于冲刷血痕并重新布景,我们不是悠然而只能是凄然回眸,怆然怀古。

德国诗人海涅曾说:"文学史是一所硕大无朋的殡仪馆。人人都在那里寻找自己亲爱的死者,或亡故的亲友。"然而,即使金圣叹能够死而复生,我们有缘相会,我恐怕也听不懂他的一腔吴语,而他也不明白我的一脉楚音。我只能掀开文学史和他的诗文集的篇页,走进去和他缔结三百年后的神交。

金圣叹,名喟,一名人瑞,字圣叹,江苏长洲(今苏州市)人,生于明清鼎革之际。虽然诗书满腹,才气过人,但三十七岁以前只是明朝的并不得志的一介秀才,以后更沦落为满清的家境困顿的庶民寒士。至于"圣叹"的来历,有两种传说,而且都与孔子有关。一是说一群秀才、监生去文庙祭孔,大礼既毕,平日诸人温文尔雅,此时便在祭桌上抢肥丢瘦,他们相信抢到大块肥肉或大个馒头,便可中举高升,得肥缺而做大官,堪称是现代官迷的资深前辈。据说金圣叹即兴作打油诗以讽:"天晚祭祀了,忽然闹吵吵。祭肉争肥瘦,馒头抱大小。颜回低头笑,子路把脚跳。夫子喟然叹:'在陈我绝粮,未见此饿殍。'"另一种说法是《论语》中有两处"喟然叹曰",一见之于颜渊赞叹他的老师孔子:"颜渊喟然叹曰:'仰之弥高,钻之弥坚。瞻之在前,忽焉在后。'"一见之于子路、曾晳、冉有、公西华侍坐言志,其他三人都大谈其经世济民的抱负,曾晳名点,是曾参的父亲,他说的却是"暮春者,春服既成,冠者五六人,童子六七人,浴乎沂,风乎舞雩,咏而归",意即不能"兼善天下",至少应该"独善其身"。孔子对之大为赞赏:"夫子喟然叹曰:'吾与点也。'"前者为叹圣,后者为圣叹,可见金圣叹是以孔子的传人自居。必也正名乎,中国人的姓与生俱来,但对后天的取名命字却十分讲究,总之要锡以嘉名,寓意深长。金喟字"圣叹",入清以后又易名"人瑞",在那一个思想禁锢定于一尊的时代,可见其意识之超前,人格之独立,个性之狂狷,形骸之放浪,在千部一腔众喙一声之中,他高唱的是令人入耳难忘的异声别调。

从宇宙史与生命史的终极意义而言,大而至于社会,小而至于个人,演出的大都为苦多乐少的悲剧。十九世纪英国作家、历史学家卡莱尔谈到人和人类时,他说的竟然是:"一处小小的坟墓,是他获得的一切。"真是令人悚然而警,憬然而悟。尤其是明清易代之际,扬州十日,嘉定三屠,其野蛮与残酷,芸芸众生蒙受的惨烈深重的刀兵水火之灾,可以载入后世的"吉尼斯世界纪录"。而读金圣叹的《春江》,你就会感到意有所指的沉甸甸的分量:

莫向春江春处行,春江春水古人情。
此江肯贮古人泪,应比今春春水平!

唐诗人张若虚有《春江花月夜》,诗中的"春江"即指长江,金圣叹诗中的"春江"也是如此。辛弃疾《菩萨蛮·书江西造口壁》说"郁孤台下清江水,中间多少行人泪",指的是特定的历史与特定的江水,金圣叹的诗却更为概括,抒思古之幽情,寄现实之悲慨,诗中的"古人"是古人也是今人。这位锦绣才子的胸中,汹涌的是深沉的现实与历史的忧患。

"柳",在中国古典诗歌中是一个传统的原型意象。"留""柳"谐音,诗人们一般都是或赞颂春光之美,或寄托今昔之感,或抒发友朋与亲人间的别绪离愁。金圣叹的《柳》呢?是写实而超实的独创,是黑暗中清醒者的歌唱:

陶令门前白酒瓢,亚夫营里血腥刀。
春风不管人间事,一例千条与万条!

优秀的诗总是独特的,也常常是多义的。陶渊明作有《五柳先生传》,自谓"宅旁有五柳树,因以为号焉",又云"性嗜酒,家贫不能常得"而"箪瓢屡空";周亚夫是西汉文帝时的名将,曾屯兵于今陕西咸阳市南之"细柳",称"细柳营"。金圣叹先写了这两个典故,构成一文一武的强烈的对比性意象。"白酒瓢"固然是明喻文人之穷苦清高,"血腥刀"当是暗指清王朝的血腥屠杀。对举之后,突作转折,说自然界的春风不管人间之事,而春日来时,柳树也依然万条垂下碧绿丝绦。这首诗,是表示自己安贫乐道而不与新政权合作的心志?是暗讽新统治者的残暴?还是将有血有泪的人生与无知无觉的自然作鲜明的对照,表现一种超乎世相人情的生命感悟与人生哲理?历史的变局,自然之常态,作者的寄托,也许以上种种皆兼而有之吧。

二

金圣叹绝非凡品,他才学过人,见识卓异。他十二岁即醉心于《离骚》与《水浒传》,仿效李卓吾的评点方式评点后者,十四岁沉迷于《西厢记》,不饮不食不眠不语者数日,老师都感叹他是真正的读书种子,十五岁开始批点杜甫之诗,二十岁在吴中即享有大名。同时代而年长于他的钱谦益,是明清之际的诗文大家,东南文坛领袖,他在《初学集》中竟然以为金圣叹有神所凭依,可见金圣叹此时不仅秀出群伦,言行文章也该是颇为脱俗出格的了。他也曾像古代大多数读书人一样,企望走科举的所谓正途,但社会的腐败,科举的弊端,正统文坛的僵化与禁锢,加之自己特立独行的个性,他当然只能科场失意,直至李自成的马蹄踏翻明王朝的史称"甲申之变"的那一年,他已经三十七岁,却仍然是一介布衣。入清以后,他更是绝意仕途,在正统文化官方文化的封杀中,以颇具异端色彩之笔评说传统的才子之书。当然,他也有怀才不遇的郁闷与愤懑,如《糟笋》一诗:

圣叹清贫娱箨龙,自无熊掌及驼峰。
却教三寸凌云节,学得沉冥伴酒钟!

在"岁寒三友"中排名第二位的竹,也是中国古典诗歌中的一个原型意象。"竹生空野外,梢云耸百寻。无人赏高节,徒自抱贞心。耻染湘妃泪,羞入上宫琴。谁能制长笛?当为吐龙吟",梁代刘孝先《竹》诗最早为它定调后,竹一直是正直高洁而奋发有为的象征。时至唐代,怀才不遇的李贺与李商隐,分别从正反两方面抒情寄意。"箨落长竿削玉开,君看母笋是龙材。更容一夜抽千尺,别却池园数寸泥"(《昌谷北园新笋》),"嫩箨香苞初出林,於陵论价重如金。皇都海陆应无数,忍剪凌云一寸心"(《初食笋呈座中》)。金圣叹继承了前人的余绪,但却有自己的寄托与创造。他这首咏物而不拘泥于物的咏物诗,其所咏的"糟笋"有寓意的两重性:既是对普天下所有有志才之士的他怜,也是自己生当乱世与浊世而不得一展长才的自叹。用他在《唱经堂杜诗解》中对杜甫《黄鱼》一诗的评释,就是"古来淹杀豪杰,万万千千,知有何限?青史所记,磊磊百十得时肆志人,若取来与淹杀者比较,乌知谁强谁弱?嗟哉痛乎!此先生《黄鱼》诗所以始之以'日见'二字,哭杀天下才子也"。金圣叹写作此诗,他的眼中何尝不饱含"哭杀天下才子"的热泪?三百多年过去了,我仿佛仍然可以听到他锥心的叹息,晶莹的泪光。

小时即负大才的金圣叹,出于对自己的才华的自信,出于对人生真正价值的积极追求,也出于对明清两代统治者的失望与绝望,他决心完成他批点"六才子书"的宏图大愿。六才子书即《离骚》《庄子》《史记》《杜工部诗集》《水浒传》与《西厢记》。他认为这六部书是中国文化的精华。他在给友人的信中说:"诚得天假弟二十年无病无恼,开眉吃饭,再将胸前数十本残书一一批注明白,则是无量幸甚!"于是,朝于斯而夕于斯,他进入了一种忘我的也自得其乐的创造境界。三十二岁完成《水浒传》的批点之后,四十四岁开始写作《杜诗解》,五十岁评析《西厢记》,其间还批点了《孟子》《左传》的部分篇章,以及部分唐人律诗和欧阳修词。此外,他还编辑评点了一部《天下才子必读书》,现在通行的《古文观止》,就是沿袭、窜改了金圣叹此书,其中不少评语,就是对金圣叹的直接抄袭而据为己有。总之,金圣叹大约顶多只完成了原定工程的一半,未及全部杀青却被"清"杀,时年仅五十三岁。短促的一生,辛勤的劳作,丰厚的成果,馈赠这样珍贵的精神遗产给后人享受与传承,这已是十分难得的了。这种杰出人物在如恒河沙数的人群中,如同尘沙中闪亮的黄金,何况他还释小雅,解古诗,还有一部有血有泪的《沉吟楼诗稿》,如果他对于典籍的评点是对后人的厚赠,那么,他的其他诗文就有如额外附送的"花红"。

金圣叹,是一位卓异的文学家和文艺理论批评家。其评点继承和发展了中国点评文学这一文学批评的样式与传统,在文学批评与文学鉴赏方面留下了许多精湛的见解,远非今日某些为权势为金钱为私情的所谓文学批评可比。金圣叹也是一位民间的思想家,思想家历来多出自草野江湖而非庙堂神殿,庙堂之士多是侍从之臣,养尊处优,唯命是听,他们的思想多是"皇化"的和"模式化"的,如上朝时手中的笏板;而草野之人深知民间的疾苦,百姓的呼声,站在"草根者"的立场而非"权势者"的立场,思想新鲜而自由,如原野上不羁的晨风。金圣叹在文学评点中表现的思想,具有强烈的原始民主观念和近代启蒙色彩。他提倡"庶民议政",颇似今日所谓之"舆论监督",他宣称"从来庶人之议,皆史也",他认为"庶人不敢议而又议,何也?天下有道,然则庶人不议也",其思想之解放,其霸才与雄笔,可与顾炎武之主张恢复清议、黄宗羲之主张议天子之非相映生辉。对于封建政权,他认为人民有权评议甚至抨击,而其上的封建皇权呢?他持有的是否定的倾向。正如民间俗谚所云之"上梁不正下梁歪",金圣叹认为"乱自上作","小苏学士,小王太尉,小舅端王。嗟乎!既已群小相聚矣,高俅即欲不得志,岂可得哉","端王"即宋徽宗,即此可知他的锋芒所向。他的结论和预测是:"嗟乎,天下者朝廷之天下也;百姓者朝廷之赤子也。今也纵不可限之虎狼,张不可限之馋吻,夺不可限之儿肉,填不可限之溪壑,而欲民之不畔,国之不亡,胡可得也!"如此胆大包天,颇不合于其时的主流意识形态的规范,难怪他的著作没有一本收入钦定御制的《四库全书》,而且多被禁毁。作为文人,他还借司马迁创作《史记》而大加发挥,要求"写作自由",认为"下笔"是"文人之事"与"文人之权",而"君相虽至尊,其又乌敢置一末喙乎哉",如此"自由化"的言论,在他之前可谓得未曾有。金圣叹虽生于三百多年前的清代,但时至今日,某些文人与艺人不但未能与时俱进,还在热衷"颂圣",所谓"康乾盛世""雍正王朝""千古一帝",大量炮制歌颂清代皇帝的小说与影视剧,与金圣叹当时所达到的思想高度相比,相去何止云泥?

三

金圣叹批点《西厢记·拷艳》一折,连举三十三项惬意快心之事,连呼三十三次不亦快哉,这一灵唇妙舌的粲花之论,以后不知吸引多少文人才士纷纷效颦而效"金"。林语堂在其名著《生活的艺术》一书的英文版中,全文引用了金圣叹赌说的快事,内销转出口,以致这一佳话也为碧眼黄髯儿所熟知,美国报界甚至曾举办大型征文,要求西文的读者模仿东方的金圣叹,文章纷至沓来,甚至连七十岁的老妪也欣然应征,效应颇为轰动。金圣叹赌说快事之时,尚只有二十九岁,入清之后,蹉跎岁月,生计艰难,精神愈加苦闷,他不仅无复当年的快意豪情,而且在五十三岁的壮年即遭杀身之祸。他腰斩《水浒传》后五十回,表现了他的洞见卓识和叛逆精神,清王朝对他的斩杀,显示的却是封建极权制度的野蛮与残酷。命途多舛,奇才不售,被扼杀的是他宝贵的生命,被扼杀的也是他必然还要写出的更多的锦绣文章,这才是"中国文坛无可弥补的重大损失",也令古今的有心人同声一叹!

惨祸的缘起是:顺治十七年(1660)任维初任吴县县令,当年苏州一带发生灾荒,富庶之地成了重灾之区,但他仍然催粮逼税,暴敛横征,而且滥施刑法,次年正月又监守自盗,贪污三千多担平仓粮米,又将亏空转嫁给百姓平民,于是激起民愤。正好清世祖顺治皇帝福临驾崩,康熙即位,州县学的学生一百余人,散发揭贴(即今日的传单),哭于文庙,向上请愿,要求驱逐并惩治贪官酷吏任维初,闻讯而聚的群众达千余人。这是一场正义的反贪污腐败的群众运动,平日血性慷慨的金圣叹也参与其中,组织并带头游行,书写《哭庙文》与讽刺任维初的杂文《十弗见》。官官相护,抚臣朱国治与任维初沆瀣一气,以震惊先帝之灵而目无朝廷等等罪名,将金圣叹等十八人逮捕处死,家产抄没入官,妻与子流放苦寒的东北。金圣叹赴死之前,写信给家人说:"杀头,至痛也!籍没,至惨也!而圣叹以无意得之,不亦异乎?"他是愤懑不平的,他是本来无罪也至死不服罪的"罪犯",如他的《狱中见茉莉花》一诗:"名花尔无玷,亦入此中来。误被童蒙拾,真宰雨露开。托根虽小草,造物自全材。幼读南容传,苍茫老更哀。"虽然也有人为他叫屈,如后来的诗人袁枚,但直到过了许多年月,清王朝寿终不正之寝之后,后世的公论才予以平反,认定这是一场反对贪官的风潮,是正义的运动,是所谓"辛丑冤狱"。

人生一世,草木一春。人生之旅行将结束之时,一剧既终即将下场之际,许多人都有临终之言。如谭嗣同就有《狱中题壁》一诗与"有心杀贼,无力回天。死得其所,快哉快哉"的豪言,秋瑾就有"秋风秋雨愁煞人"的苦语。"恕我不起来",这是美国二十世纪大作家海明威生前的遗言,身后以之作墓志铭,豁达而风趣。而法国大作家司汤达的墓碑上,镌刻的是他自撰的意大利文墓志铭:"米兰人亨利·贝尔安眠于此,他曾经生存、写作、恋爱。"在生命的倒计时之中,在走向刑场之前,金圣叹最后的三首诗,是分别

写给儿子和亲友的,是他寄给后世读者的没有地址的信:

与汝为亲妙在疏,如形随影只于书。
今朝疏到无疏处,无着天亲果宴如?
——《与儿子雍》

东西南北海天疏,万里来寻圣叹书。
圣叹只留书种在,累君青眼看何如?
——《临别又口号遍谢弥天大人谬知我者》

鼠肝虫臂久萧疏,只惜胸中几本书。
且喜唐诗略分解,庄骚马杜待何如?
——《绝命词》

　　三首诗同一韵脚韵字,可见都是写于一息尚存也仅存之时,最见金圣叹真实的心迹。这位以书以写作为生命的书生啊,真是三句不离本行。他的儿子金雍,是他引以为傲的"世间真正读书种子",金雍长成以后,也曾帮助父亲著书,如《贯华堂选批唐才子诗》,就有金雍的襄助催促之功。如今天人永隔,他不禁为儿子设想:失去了父亲,果真还能安乐自如吗?英雄气短,儿女情长,舐犊之情溢于言表。金圣叹的妻与子均被流放于东北的宁古塔,即今日吉林省宁安县,金雍十年后曾回乡一行又重返戍所。人生已成苦旅,何尝还会有半点欢愉?金圣叹当然有见及此,"累君青眼看何如",他希望理解他和其著作的人能够照顾他的儿子,这真是声泪俱下的托孤之言。但在封建极权统治之下,风暴来时,许多读书人却或出卖灵魂,或摇尾乞怜,或落井下石,或避之唯恐不及,即使有同情者也是爱莫能助。金雍十年后重返北方,吴江诗人沈永令不避利害,作诗送别,其中有"关河历尽风霜白,岁月移来鬓影苍。塞外只今书种在,凭谁笔札问中郎"之句,这就已经十分难得了。至于金圣叹自己呢?世间的功名利禄情仇恩怨,已如《庄子》指陈的"鼠肝虫臂",早已置之不计了,只可惜完成了评点的只有《水浒传》与《西厢记》,唐人律诗也只略作了分解评说,尚未竣工的杜诗、尚未开工的《离骚》《庄子》和《史记》怎么办呢?天地悠悠,唯此为大,生命的现钞即将化为冥钞,自己的生命诺言也变成了空头支票,怅恨之情,溢乎墨楮,这种文学使命感与生死以之的敬业精神,真是可以感天地而泣鬼神。他被杀之后,有人感慨系之,假托金圣叹之仙魂拟诗:"石头城畔草芊芊,多少痴人城下眠。惟有金生眠不得,雪霜堆里听啼鹃!"可以告慰于金圣叹的是,致他于死命的贪官酷吏也并未得到善终,他被害后的第二年,朱国治罢去,韩心康代之,以"别案"将任维初斩于江宁之三山街。朱国治后来调任云南,狗改不了吃屎,贪渎如故。吴三桂叛清,"以刻剥军粮,将士积忿,乃脔而食之,骸骨无一存者"。真是善有善报,恶有恶报,不是不报,时候未到!

金圣叹遇难后,草草葬于苏州五峰山下之博士坞。因是朝廷命犯,妻子充军,故多年来其墓几乎无人祭扫,湮没于荒烟蔓草之中。抗战时期,日寇又于此修筑工事,墓地被完全破坏。我远去苏州,为的是倾听寒山寺唐诗人张继的钟声,也想去五峰山下凭吊金圣叹的魂魄。张继的钟声依然从唐朝穿山渡水而来,将我的心弦敲叩,三百多年前金圣叹的魂魄,却不知流落何方。他原居苏州绀桥巷,后来又一度迁居。今日苏州市海红坊海红小学内尚存他的"故居内院",现辟为"教师工作室",我曾前往凭吊。有人说,金圣叹有什么必要去"哭庙抗争"呢?他面对的是没有人性与法制的暴政极权,无异于以卵击石,如果留得青山,他会如愿完成他的创作计划,给后人留下更多的文化遗产,那该多好。真的如此吗?假设人能够死而复生,不知金圣叹以为如何?在他故居的走廊和小院中徘徊,我真希望再蓦然听到他的一声謦咳,半句吴音,让我惊喜交加地回过头来,向他捧上啊递上三百多年后的慰问与疑问。

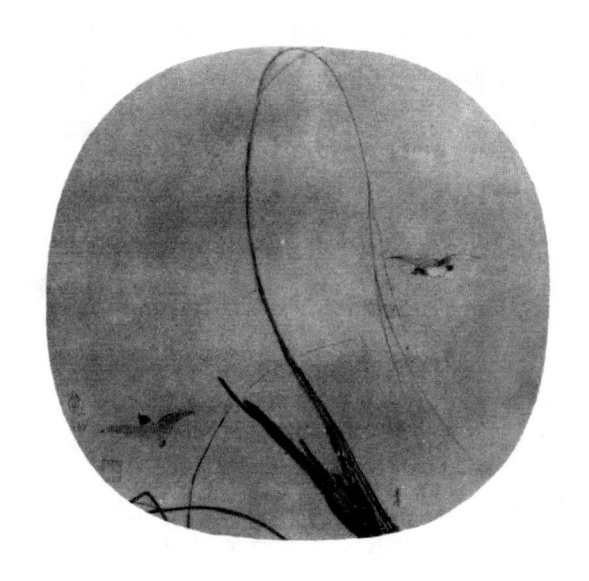

盛 世 悲 音

一

早在少年时代，我就听到过清诗人黄仲则的名字了，不过，比起如雷贯耳的李白和杜甫，他还只是一颗遥远而陌生的星辰，及至上大学读中文系，接触了他的一些作品，才近观到这颗星辰的光亮。而今遍历江湖，人生已老，再来细赏他的诗词，只感到他有如天边夕阳谢幕后暮色袭来时那悲凉凄丽的晚霞。

黄景仁，字汉镛，一字仲则，江苏武进（今常州市）人，生于乾隆十四年（1749），卒于乾隆四十八年（1783）。他是一位才高命薄的诗人，有如人间一支不可多得的名贵玉笛。谁家玉笛暗飞声？这支玉笛只吹奏了短短三十五个春秋，而且多是凄凉的曲调。

黄仲则所生活的时代，是所谓"乾隆盛世"，也即今日某些历史学家所津津乐道，某些文化人大歌特颂"雍正王朝"后仍然山呼万岁的"十全王朝"。在整个中国封建社会的历史上，"盛唐隆宋"才是黄金时代，而历时二百六十八年的清朝，在中国历史发展的链条中已没有任何进步意义。对外夜郎自大、闭关锁国,沿海一带资本主义萌芽的工商业尽被扼杀;对内屡兴文字冤狱,镇压任何自由的思想;统治集团本身则变本加厉地专制与腐败。这,是落后守旧而缺乏监督与制约的专制制度的必然恶果,因此,此时的中国不仅停滞不前,而且大大落后于已开始民主与科学的现代进程的西方。黄仲则生当如斯"盛世",从小就表现出超群逸伦的才华,九岁应学使者试,寓居江阴小楼,临试之时还拥被而卧,一同赴试的人叫他,他说我刚才得到"江头一夜雨,楼上五更寒"之句,想写完这首诗,不要来打扰我。由此可见他的早熟早慧。乾隆二十九年(1764),虚龄十六的他再应郡试,在三千考生中"冠其军",也就是第一名。如果生当今日,他早已提前进入名牌大学或名校的"少年班"了,而且前程无可限量。但后来连试"江宁乡试",因为他素来不喜制艺之文即趋时应命死板僵化的八股文章,考官们又有眼无珠,缺乏衡文识人的慧眼,他竟然一再落榜。本应高占鳌头却总是名落孙山,于是,一穷二贫三病串通勾结在一起,如影随形跟踪了他彗星般短促的一生。

  黄仲则是江苏人,但他却和湖南和我的故乡长沙有缘。那是乾隆三十四年(1769)之冬到次年夏秋,贫寒交迫老母待养的黄仲则经老师的好友郑虎文介绍,前往湖南进谒按察使王太岳,并在他的幕府中客居了半年。他由江浙而安徽而江西,入湘之后先登衡山,南下至耒阳凭吊传说中的杜甫之墓,写了一首律诗《耒阳杜子美墓》:"得饱死何憾?孤坟尚水滨。埋才当乱世,并力作诗人。遗骨风尘外,空江杜若春。由来骚怨地,只合伴灵均!"溯湘水而上至长沙,途中他还作有吊屈原、贾谊的《浮湘赋》。他将屈原和贾谊并论,将杜甫与屈原合祭,这,大约也有自己才华埋没生不逢辰的身世之感吧?

　　清代的官署,在今日长沙的旧城之内。我收藏有乾隆十四年(1749)编制的"长沙府疆域图",这大约是长沙现存最早的清代地图。按察使衙门的大略方位尚可推测,但却已无法在这张地图上按图索骥了。王太岳也是一位名士,颇为自负,但他却心折黄仲则的才华,黄仲则虽只是一介"秀才",王太岳已身为政府要员,但他还是礼贤下士,有作品总是向黄仲则请教,请其评定,黄仲则也绝不面谀,而是直言不讳。他虽然贫微,却一身傲骨,在长沙除了和曹以南交往,对其余庸官俗吏却"不通一语",时仅半年,即因落落寡合而离去。"十有九人堪白眼,百无一用是书生"(《杂感》),这就是黄仲则的自况白叹,如同一份通用的不会失效的身份证明,也常常为后代有才无命的书生们持有和使用。

　　我是土生土长的长沙人,身居历史名城,总为历史上曾有杰出人物作客长沙而自豪。"湘月窥帘,岳钟殷榻,半载长沙客",黄仲则当然就是其中的一位。我遍寻大街小巷,不仅已找不到他的任何遗踪,而且也再听不到他的一声叹息,半句长吟,只有他写于湘楚的一些诗篇,还长留在他的《两当轩集》里,歌哭于我的记忆中:

　　　声声血泪诉沉冤,啼起巴陵暮雨昏。
　　　只解千山唤行客,谁知身是未归魂?
　　　　　　　　　　　　　——《闻子规》

平湖八月浩无津，明月芦花思煞人。

纵使洞庭齐化酒，只宜秋醉不宜春！

——《湖上阻风杂诗五首》之一

诗人在湘云楚雨之间，听见出自蜀中的杜鹃的悲啼，由物及己，物我两融，油然而兴身世飘零之感。茫茫的洞庭湖水，即使都化为醇酒，也只宜秋日买醉而不宜春日品饮。"巴陵无限酒，醉杀洞庭秋"，黄仲则的诗，正是怀才不遇的李白之秋唱的遥远的回声。黄仲则与千年前的李白，命运有相同的轨迹，愁情属于同一个谱系，诗才也有前后一脉的传承。

诗祖诗孙，黄仲则本是原籍江西修水的北宋大诗人黄庭坚的后裔，除友人赠他的"山谷诗孙"的铜印，他自己也刻有"山谷之子孙"朱文图印一方。明代永乐年间，先祖迁居浙江武进即常州。常州历来是人文荟萃之地，乾嘉之际更臻鼎盛。诗有赵翼等人构成的"常州四子""毗陵七子"这样的作家集团，词则有以张惠言为首开创的"常州词派"，所以同时代的广东诗人黎简，曾艳羡说"常州天下称诗国"，而接踵而来的龚自珍，也说"天下名士有部落，东南无与常匹俦"，言外之意，连他的故里杭州都要逊让几分。读其诗而遥想其人其地，诗人的摇篮常州，常州的诗人故居，当然是多年来我所魂牵梦萦的了。

有一年早春时节，转道上海去南京忝列丁芒诗文研讨会，路经常州，便匆匆下车去圆多年旧梦。黄仲则的故居在"马山埠"，它虽然位于繁华的市中心区，却偏于东北隅，而且是一条古旧的至今仍然简陋的小巷。小巷的六十二号，即为诗人昔日的居停之所。这是一栋明代的建筑,已有五百多年,而黄仲则的卧室兼书斋"两当轩",则是西侧两间低矮的平房,颇为寒伧,一如诗人潦倒落拓的身世。只是如今旧居门口悬有白底黑字的说明木牌,"两当轩"三字上面书有"常州市文物保护单位"的字样。我在旧居的小院中徘徊,哪里还能听得到黄仲则的一声苦吟呢?我在小巷中踯躅,真希望时光倒流,黄仲则依旧青衫一袭,迎面而来,和我这个远来的湘人异代的读者,一叙当年湘中的并非如烟的旧事。

二

黄仲则出身虽也是书香仕宦之家,但到他出生时,家道已经沦落。祖父黄大乐,以岁贡生官高淳县学训导,黄仲则即诞生于高淳学署。四岁那年,父亲黄之埮去世,他随祖父回常州,居于白云溪上。十二岁时祖父去世,十二岁时胞兄黄庚龄撒手人寰,黄仲则和老母屠氏相依为命,自幼即饱尝生命的苦果。虽然幼年早慧,少年应童子试于三千人中突围而出夺得冠军,年轻时在安徽采石矶太白楼赋诗,无人能出其右,但却如同现代股市中之术语"高开低走",以后五应江南乡试,三应顺天乡试,均榜上无名。通过科举博取功名,乃至实现自己的人生价值与理想,是封建时代士人唯一的独木桥,此桥不通,其他一切免谈。从此,一穷,仕途不达;二贫,家徒四壁;三病,形销骨立。三方联手夹攻,黄仲则时方弱冠即早生华发了。

在黄仲则瘦弱的胸膛中,并不是没有风发雷奋的雄心壮志,并非没有自负与自强的胜概豪情。十八岁游学扬州,他写有一首

《少年行》：

> 男儿作健向沙场，自爱登台不望乡。
> 太白高高天尺五，宝刀明月共辉光！

这首诗，就颇有唐人的气概，使人想起盛唐之音，想到王维、杜甫等人所写的同题诗章。即使道路坎坷，穷愁潦倒，黄仲则也没有酸寒之气，而只有愤懑之情，傲然之态，"长铗依人游未已，短衣射虎气难平"(《杂感四首》)。他有时不免想到豪气干云自称"天生我材必有用"的李白，从他所景仰的前人那里汲取精神的力量："忽然破涕还成笑，岂有生才似此休？"(《途中遘病颇剧怆然作诗二首》)，"此去风尘宜拭泪，如今湖海合生才"(《别稚存》)。但是，天厄才人，黄仲则在"乾隆盛世"时所唱的，大多还是与当时的主旋律不协调的怨曲与悲歌。乾隆三十八年(1773)，黄仲则此时还只有二十四岁，他的名作《癸巳除夕偶成二首》，就诞生在该年除夕之夜的灯光与星光里：

> 千家笑语漏迟迟，忧患潜从物外知。
> 悄立市桥人不识，一星如月看多时。

> 年年此夕费吟呻，儿女灯前窃笑频。
> 汝辈何知吾自悔，枉抛心力作诗人！

上下人天，神交冥寞，这两首诗正是所谓以乐景写哀，以哀景写乐,一倍增其哀乐。诗人拈出了"忧患"二字,这使我想起了中国文人的"忧患意识"这一优秀的人文传统,也思接中外,忆起公元前希腊悲剧作家欧里庇得斯《残篇集》中的名言:"谁推测得好,谁就是好预言家。"黄仲则的"忧患",是他个人的同时也是时代的。所谓"乾隆盛世",表面上一派形势大好,燕舞莺歌,如同乾隆自己的御制诗所说"翠蓝火结平安字,丹碧烟擎富贵花",实际上两极分化严重,贫富对立尖锐,民不聊生,危机四伏。大臣龚辉吉上乾隆的遗奏就曾有言:"目下虽有丰享豫大之形,实为民穷财尽之日。"也正如黄仲则其他诗作所说,"芳草远粘孤骑没,绿杨低罩几家贫"(《春日楼望》),"侧闻天上朝星辰,谁知人间茹冰炭"(《送春三首》之三),"我曹生世良幸耳,太平之日为饿民"(《朝来》)。可见黄仲则潜从物外所感知的"忧患",更深层次的是时代的危机。他无力回天,更命途多舛,只能以诗作为精神的宣泄,痛苦的歌吟,生命的寄托。写此文时,正好看到香港凤凰台的脱口秀节目,主持人说当今"最苦恼的人"是贪官污吏的老婆,"最无聊的人"是娱乐记者,"最失落的人"是作家和文学青年,因为在越来越商业化和功利化的社会,没有多少人要读真正的文学作品。黄仲则的"枉抛心力作诗人"之语,其中也确有后来鲁迅所说的"文章如土欲何之"的感慨,作为一位真正的以诗为生命的诗人,却反讽自己"枉抛心力",这是何等刻心剜肺的沉痛与凄怆?"莫因诗句愁成谶,春鸟秋虫自作声"(《杂感》),"千载后谁传好句?十年来总淡名心"(《寄怀》),长留天地作秋声,诗人对现实已经绝望,心的死灰中再也燃不起新的火焰,但他对自己的作品仍然充满了信心和希望,他知道自己属于未来。

在那个"避席畏闻文字狱，著书都为稻粱谋"的时代，许多文人在为统治者涂脂抹粉歌功颂德，许多文人在风花雪月歌舞升平，许多文人在摹唐仿宋一心复古。黄仲则的生死之交，诗人洪亮吉(稚存)，曾说黄仲则之诗是"咽露秋虫，舞风病鹤"，后来的张维屏意见有所不同，他说"黄生抑塞多苦语，要是饥凤非寒虫"。而我以为，黄仲则的诗是沉沉黑夜中的一朵星光，是千部一腔中别调独弹的一声异响，是灰暗的时代画布上夺目眩神的一道异彩，是烈火烹油鲜花着锦的"盛世"里真实动人的一曲悲歌。它表现了封建极权制度下优秀知识分子普遍的悲剧命运，它的"穷愁悲苦"的歌吟，不仅是古典诗歌这一传统主题完美的表现，也是对所谓盛世的尖锐反讽与冷嘲。这，需要出自肺腑的真情，也需要真正的艺术家的勇气。

三

在贫困凄苦的生活中，只有山水与爱情，才是暂时疗治抚慰黄仲则心灵创痛的两剂良药。

黄仲则读万卷书，也行万里路，是一位酷爱游历名山大川的诗人，在这一方面，他似乎也继承了太白遗风。洪亮吉就说他"踪迹所至，九州历其八，五岳登其一，望其三"，并且说他二十二岁时，已"揽九华，陟匡庐，历洞庭。每独游名山，经日不出。值大风雨，或瞑坐崖树下，牧竖见以为异人"，可见他对山水的全身心投入，游赏自然景观时的独立特行。山水，是他精神的避难所，也是他灵魂的栖息地。他从湖南游历归来，据说"诗益奇肆"，可见奇山胜水也有助于他诗思的孕育与升华。

　　杭州西湖,黄仲则当然是心向往之的了。他十九岁时应江宁乡试,就曾顺便一游杭州,这是他的杭州初识,以后还曾多次重来,写了不少歌咏杭州特别是西湖的诗篇。咏唱西湖,唐代诗人白居易早已领唱于前,但自北宋的苏轼《饮湖上初晴后雨》和南宋的杨万里《晓出净慈寺送林子方》之后,历代诗人虽吟咏不绝,但都难以后来居上,而黄仲则咏西湖的绝句,似乎可以与苏轼、杨万里秋色平分,如果不能平分,至少可以略分西湖的湖光山色:

　　远山如梦雾如痴,湖面风来酒面吹。
　　不见故人闻旧曲,水西楼下立多时。
　　　　　　　　　　——《湖上杂感》

　　剩有狂奴占寂寥,烟中舟子自相招。
　　放舟今夜谁边宿?只向水香多处摇。
　　　　　　　　　　——《问水亭》

　　湖上群山对酒尊,无山无我旧吟魂。
　　不须剪纸招魂去,留伴梅花夜月痕。
　　　　　　　　　　——《冬日过西湖》

　　诗人写西湖,融入了自己的整个灵魂:对湖山的赞美,对友人的怀想,对美好境界的向往与追求,而在这种追求与赞颂中,荷香梅洁,正反衬了人间的恶浊尘世的肮脏。"制芰荷以为衣兮,集芙蓉以为裳"(屈原),"何方可化身千亿,一树梅花一放翁"(陆游),黄仲则远绍的,正是中国诗祖与中华国士的神韵、节操与馨香。

乾隆四十年(1775)夏,客居寿州(今安徽寿县)的黄仲则二十六岁,主正阳书院讲席,写有一首题为《雨后写望》的七绝,可以和以上写西湖的诗互参:

弥空水气自魂魂,雨过长淮已到门。
七十二川流合处,一条清颍不曾浑!

淮河有许多支流汇聚,而最大的支流是颍水,在寿县之西五十里处流入淮河。正阳关恰位于合流之处,黄仲则于此眺望淮颍二水。夏日雨后,长淮水涨,首先写水势浩大水气空蒙的景象,继之状众水汇流的洋洋大观,结尾既是眼前景象的写实,也是自己高洁孤傲的人格的象征。清者自清,浊者自浊。"沧浪之水清兮,可以濯吾缨;沧浪之水浊兮,可以濯吾足",如果生于二百年前,我真想询问黄仲则:你写"一条清颍不曾浑"时,屈子的诗句是否正在中国诗歌的上游将你召唤?

爱情,是中外文学的永恒母题。早在两千多年前的《诗经》中,爱情的多声部的乐曲就已经开始鸣奏,而从它的第一篇《关雎》里,即使时隔两千多年,我们仍可听见钟鼓与琴瑟的乐音,从黄河那不知名的河洲水畔隐隐传来。可以说,在中外文学的浩荡长河中,以爱情为题材的优秀作品,是永远也不会凋谢的耀眼动心的波浪。黄仲则感情极为丰沛,当然也有对爱情的刻骨铭心的体验,应该有不少抒写爱情的篇章。他在逝世之前,已有作品二千余首,后来却多有散失,而刊印他的诗集题名《悔存斋诗钞》的翁方纲,虽是黄仲则的朋友,但他却是考据家与金石学家,提倡以学为诗与以理为诗的"肌理诗说",以这种"指导思想"而操选政,他就删除了黄诗之半,而且"凡涉绮语及饮酒之诗皆不录入"。所谓"绮语",那就是我们今日所说的爱情诗了。有如梵高的弟媳辛苦地收集和保存梵高的作品,幸而黄仲则的孙媳吴氏节衣缩食,艰苦备尝,广搜遗文佚诗,刊行《两当轩集》流传至今。虽也只得诗一千余首,但其中就有黄仲则的"绮语"。篇数固然不是很多,至少却如同观赏一幅特出的锦绣,让后世的读者不止看到局部的图案,同时也能欣赏到全幅的美景,领略诗人思想感情的全部丰富性与多样性。

　　黄仲则留存至今的爱情诗,至为可惜的是多乎哉不多也,劫后余灰,只剩下《秋夕》《感旧四首》《绮怀十六首》等不多的篇章。诗歌创作深受黄仲则影响的郁达夫,三十年代曾作小说《采石矶》,实有加上想象描述黄仲则在宜兴氿里读书时的一番恋情。洪亮吉曾记写他"美风仪,立俦人中,望之若鹤。慕与交者争趋就君,君或上视不顾",用今天的语言,他的相貌和风度都很"酷",是一位清俊潇洒的"帅哥",何况美人之光,可以养目,才子之文,可以养心,他还那样富于诗才,咳唾珠玉,同性者都想争着和他结交,何况蕙质兰心的异性?乾隆三十年(1765),黄仲则补博士弟子员,读书于宜兴氿里。他本来少年英俊,才子多情,自然就有情窦初开的少女向他抛以秋波和青眼。《感旧四首》,就是他多年以后对年轻时的那段罗曼史的回忆,极尽悱恻缠绵之致。黄仲则留下来的情诗多为律诗,而非他最擅长的绝句。前人曾说绝句就是

"截句",亦即截取律诗之半,现援引其二与其三两首如下:

唤起窗前尚宿酲,呼鹃催去又声声。
丹青旧誓相如札,禅榻经时杜牧情。
别后相思空一水,重来回首已三生。
云阶月地依然在,细逐空香百遍行。

遮莫临行念我频,竹枝留浣泪痕新。
多缘刺史无坚约,岂视萧郎作路人?
望里彩云疑冉冉,愁边春水故粼粼。
珊瑚百尺珠千斛,难换罗敷未嫁身!

山盟虽在,锦书难托,何况诗人旧地重游时,使君有妇,罗敷有夫,前尘已渺,心事成空,唯有此恨绵绵天长地久的忆念。黄仲则的爱情诗,当然在艺术上远承了李商隐"无题"诗的一脉清香,甚至也采取了七律的格式,但却不像李商隐的诗那样多用典故,晦涩难明,其作品更具自传的性质,而其情之真与痴,似乎并无不及而又过之。萧条异代不同时的两位诗人的爱情诗啊,堪称中国古代文人情诗中的双璧。

黄仲则的爱情诗,不是写"薄情",也不是歌"艳情",更非隋朝的"宫体诗"或唐诗人韩偓的"香奁体",今日一些新诗作者将肉麻当有趣的所谓"下半身写作",更是徒然败坏诗的名誉。黄仲则的组诗《绮怀十六首》,如同纷呈的珠玉,这是他乾隆四十年(1775)客居寿州教书时的作品,据说他写的是与一位表妹的生死之恋。我且随手拈来，观赏其中一二珠玉的圆满与温润：

几回花下坐吹箫？银汉红墙入望遥。
似此星辰非昨夜，为谁风露立中宵？
缠绵思尽抽残茧，宛转心伤剥后蕉。
三五年时三五月，可怜杯酒不曾消！

这是组诗的第十五首。诗人在十五月圆之夜，影只形单，想起从前的恋人的十五年华，往事只堪哀，对景难排。"似此"句有李商隐《无题》诗"昨夜星辰昨夜风，画楼西畔桂堂东"的余绪，"缠绵"句也有李商隐《无题》诗"春蚕到死丝方尽，蜡炬成灰泪始干"的遗响，但却仍是黄仲则心灵的宛转之悲歌，艺术的独到之创造。全诗特别是颔联，当时就得到读者的激赏，而今日的流行歌曲《昨夜星辰》，一开始就是"昨夜里昨夜里星辰已坠落，消逝在遥远的银河"，从中不也可以听到李商隐和黄仲则诗的袅袅余音吗？

《绮怀十六首》中第二首是："妙谙谐谑擅心灵，不用千呼出画屏。敛袖挡成弦杂拉，隔窗掺碎鼓丁宁。湔裙斗草春多事，六博弹棋夜未停。记得酒阑人散后，共搴珠箔数春星。"结句所抒写的少年恋情，何其纯真、高洁与芬芳！后来的龚自珍十分欣赏黄仲则的诗，"为数春星贪久立，苍藓上，印鞋弓"（《江城子·自题〈羽陵春晚〉画册，改〈隔溪梅令〉之作》），"梦回处，摘春星、满把累累"（《梦玉人引》），可见黄仲则的名句，如何使他心有灵犀而一点相通。而《绮怀十六首》中的最后一首，则是悲怆沉痛的变奏，凄婉哀伤的交响：

露槛星房各悄然,江湖秋枕当游仙。
有情皓月怜孤影,无赖闲花照独眠。
结束铅华归少作,屏除丝竹入中年。
茫茫来日愁如海,寄语羲和快着鞭!

"结束铅华归少作",黄仲则的情诗以才人之笔叙说真事,抒写真情,绮艳而清华,没有肉麻之词,脂粉之气。他回首前尘,追怀旧迹,不禁感慨人生道路之多艰。在忧愁如海、痛不欲生之余,只盼时间早些飞逝,生命早日结束。"吾令羲和弭节兮,望崦嵫而勿迫",屈原珍惜时光,唯恐迟暮,那固然可以激励有志之士,而"茫茫来日愁如海,寄语羲和快着鞭",黄仲则恰恰相反,他是伤心人别有怀抱,《两当轩集》中这一至伤至痛之语,表现的是封建时代下层知识分子的普遍命运,也能令今天的我们更加珍惜青春与人生。我以乡音啊湘音吟诵黄仲则那些呕心沥血的诗篇,不禁唏嘘不已。余亦能高咏,斯人不可闻,我的高诵低吟啊,黄仲则他还能听到吗?

四

"痛饮狂歌负半生,读书击剑两无成"(《重九后十日醉中次钱企卢韵赠别》),在封建末世功名与权力的舞台,始终没有黄仲则哪怕并不显赫的位置,和哪怕可以略展才能的机会。他多年来只得浪游幕府,奔走四方,像一朵孤独的漂泊的云,像一盏在风中流浪的蒲公英。后来,在江南草长莺飞之日,他终于离邦去里,远赴遥远的北方,远赴政治与文化中心的燕京。"自怜诗少幽燕气,故作冰天跃马行",在《将之京师杂别》组诗里,他说他是要去体验北方的风光与生活,盼望自己的胸襟与诗境都能得到雄伟壮丽的江山之助,但更主要的却是"词人畏说中年近,壮士愁看落日低",希望到那里能改变自己的命运。他在京师八年的浮沉,可说是相当于今日所谓的"京漂一族"。人生如果是一只股票,本应高开高走的他,这也是触底反弹的最后一搏了。

黄仲则特别孝顺母亲,他以前浪游四方,大半也是为了获得升斗之资来奉养高堂,他的北上京华,何尝不也是如此?其《别老母》一诗写道:

搴帏拜母河梁去,白发愁看泪眼枯。
惨惨柴门风雪夜,此时有子不如无!

恋母之情,这也是中国文学历久而长新的主题,黄仲则化用唐诗人刘长卿"日暮苍山远,天寒白屋贫。柴门闻犬吠,风雪夜归人"(《逢雪宿芙蓉山主人》)的诗语,寄托自己铭心刻骨的恋母之情与愧疚之意。今日的读者读来也仍不免黯然神伤,瞿秋白在他的文章中就曾引以自况。别母亦复别妻,黄仲则的《别内》则说:

几回契阔喜生还,人老凄风苦雨间。
今夜别君无一语,但看堂上有衰颜。

读这首诗，我不禁想起一百余年后，谭嗣同从湖南浏阳北上变法，也写过一首《戊戌北上留别内子》："娑婆世界善贤劫，净土生生此缔缘。十五年来同学道，养亲抚侄赖君贤。"一位是绝代才人，一位是无双国士，但他们的椿萱之情与所托之事何其相似。才人与国士，都有相同的寸草之心啊！

黄仲则在京城前后羁留约七八年，其间曾迎接母亲与妻儿北上，后来因生计艰难复又送他们南归。冠盖满京华，斯人独憔悴。黄仲则虽早有才名，在京城更是名动公卿，但长时间内却仍是青衫一袭，朝扣富儿之门，暮随肥马之尘，残杯与冷炙，到处潜悲辛。同是天涯沦落人，他的境遇与千年前的杜甫何其相同。正是此时，他写了《都门秋思》律诗四首，一时传遍都城。其中之一是：

五剧车声隐若雷，北邙惟见冢千堆。
夕阳劝客登楼去，山色将秋绕郭来。
寒甚更无修竹倚，愁多思买白杨栽。
全家都在风声里，九月衣裳未剪裁！

据说陕西巡抚毕沅读到这组诗，也许是他自己也是一位文士吧，十分赞赏，认为可值千金，先寄五百金促其西游。毕沅堪称慧眼识人，雅量重才，留下了一桩官场与文坛的佳话，而"全家都在风声里，九月衣裳未剪裁"，更是名诗中的名句，让当时的读者铭记心头，让后世的读者写进文学史里。

乾隆四十一年（1776）平定金川，乾隆东巡还京，黄仲则献赋于天津，但仅录为二等，授"武英殿签书官"，日常工作就是在四库馆任缮录的差使，相当于后世的"文书"。两年后按例得到"主簿"这一末秩，因毕沅之助加捐"县丞"在京候选。"县丞"，是县级佐贰之官，相当于今日的副县长。但即使是这样一个士大夫所不屑的微职，他也没有补过实缺到任，人称"黄二尹"，也是空头的。寥落高才，侘傺不遇，正如洪亮吉去西安时《将出都门留别黄二》一诗所云："抛得白云溪畔宅，苦来燕市历风尘。才人命薄如君少，贫过中年病却春。"也正如他自己在《东阿项羽墓》一诗中所说："美人骏马应同恨，多少英雄末路人。"黄仲则滞留京城，不但没有"利好"消息，而且因为债台高筑，债主们纷纷相逼，他只好于乾隆四十八年（1783）春抱病出都，去陕西投靠那位"爱才下士"的毕沅。途中作诗两卷，但《两当轩全集》中仅余数首。如《核桃园夜起》：

梦回小驿一灯红，四面腥吹草木风。
身似乱山穷塞长，月明挥泪角声中。

诗人夜宿于井陉道上的"核桃园小驿"，虽时在春日，但凄怆悱恻之情，低回掩抑之感，使得纸上已是一片秋声。待到他辗转到达山西之南的运城，已然羸体支离，最后病逝于友人、河东盐运使沈业富的官署，只留下数堆残稿，几件破衣，一具薄棺，无穷遗恨。洪亮吉得知他病剧之讯，日夜急驰七百里从西安赶来后，一代高才已撒手人寰。一生一死，交情乃见，洪亮吉不负友人之托，扶柩归葬常州故里。他与黄仲则的友人左杏庄之挽联分别是：

噩耗到三更，老母寡妻惟我托；
炎天走千里，素车白马送君归。

潦倒三十年，生尔何为，合与沙场同朽质；
凄清五千首，斯人不死，长留天地作秋声。

黄仲则的故居已经凭吊，他的墓地在哪里呢？从北国的中条山下回到江南水乡，地方志与年谱均记载在阳湖永丰西乡永宁庵前的"黄氏先垅"。但两百年风雨沧桑，地名几经变换，原址也渺焉难寻。为纪念黄仲则逝世二百周年，一九八二年，有关方面和黄仲则的后人专程察访，于当时的红旗公社卫星六队的北环小学附近，找到了湮没的黄仲则墓址，并重新立碑为记。待到我异地远来，从城内故居到城外墓地，只见郊原上阡陌纵横，绿树成荫，高压电线凌空飞越，乡村公路车辆奔忙，在白墙青瓦的民居与书声琅琅的校舍之旁野地上，孤寒着一块简陋的白色石碑，上书"清诗人黄仲则先生之墓"。墓地别无他物，只有野花萋萋，荒草离离。冰冷的墓碑凄凉了我的望眼，而墓中人那不朽的诗句啊，却永远燃烧在我的心间。我不由想起当代旅居羊城的好朋友名诗人李汝伦，这位东北汉子对江南才人黄仲则自幼心仪，"羡其才，怜其困，痛其早逝"，初中时发表的文章《秋窗随笔》，曾引黄仲则"全家都在风声里，九月衣裳未剪裁"之句。他大半生多灾多难，所以就更加与黄仲则的诗相近相亲，未能和我一起来常州寻访凭吊，我只好在墓前吟诵他的《读〈两当轩集〉三绝句》，几根红烛，一炷清香，权当两百年后我们共同的祭奠：

少年迷入两当轩，汩汩心源亦泪源。
回首柴门凋白发，并刀无刃剪饥寒。

采石矶凝太白愁，吟声封贮醉仙楼。
重观天忌滕王阁，来吊伤心万古流。

空闻跃马踏冰天，联袂扬帆载泪船。
似此星辰添露冷，悄然人去月如烟。

剑 气 与 箫 声

龚自珍,这位敲响了中国近代史门环的杰出思想家,也是中国古代诗歌天宇上最后也最灿烂的一颗星辰。我在人间仰望他的星辉,也有几十年岁月了。然而,以前多次杭州匆匆来去,竟不知城东的马坡巷就是他的诞生之地,一九九〇年元旦于马坡巷建成"龚自珍纪念馆"的消息,我也一无所闻,真是愧对前贤。不仅是我,大约连许多杭州人对此都懵然不知吧。难怪至今未曾谋面的广东番禺友人何永沂君,在其《点灯集》中有写于一九九九年的《杭州行》,其一就是感慨系之的《寻访龚自珍纪念馆》:"大街横巷觅多时,十问途人九不知。市井已忘真国士?我来倾倒定公诗。"

时至不久前的一个春日,我重到杭州,才得以请杭州的诗人董培伦做导游,带我穿过车如流水马如龙的闹市红尘,在马坡巷那一条小巷里去寻觅大诗人的遗踪,重温他冠绝当时也名传后世的奇丽瑰玮的诗句,隔着二百年的苍茫岁月,观赏那依然横空的凛凛剑气,倾听那依然悱恻的袅袅箫声。

一

　　生于乾隆五十七年(1792),卒于道光二十一年(1841),千古文章未尽才,龚自珍享年只有短短的五十岁,而且"一夕暴卒",死因至今成谜。但他这位杰出的思想家与文学家,横空出世在历史的晨昏线上,站在送旧迎新的新旧时代之交,回眸以往,"才"无旁贷地充当了中国古代诗人才华横溢的殿军,书写了中国古代诗史辉煌的最后一页;瞻望未来,"责"无他让地担当了近代思想的启蒙者的先锋,预言了虽然朦胧却已遥遥在望的新世纪的曙光。西方一位哲人在论意大利诗人但丁时,曾说他"是中世纪的最后一位诗人,同时又是新时代的最初一位诗人"。中国的龚自珍,不也正是如此吗?

　　龚自珍生当清王朝由盛转衰的历史转折时期。到十八世纪上半叶,所谓的"康乾盛世",已经成了徒供追怀与自慰的梦幻泡影,清王朝此时所唱的,已是江河日下的哀歌。外有列强联合入侵,内有吏治极端腐败,贫富极其不均,农民起义此起彼伏。在龚自珍逝世的前一年,"鸦片战争"爆发,清代历时二百七十年,列强以鸦片的芬芳与炮火的硝烟,共同为清代的后七十年也为中国自封建社会进入半封建半殖民社会,赠送了其居心叵测的贺礼。吏风与士风腐败,现实百孔千疮,民族面临危急存亡之秋,华夏处于风雨飘摇之中。然而,满清统治集团却仍然只贪图眼前的逸乐享受,歌舞升平,醉生梦死,如一驾老态龙钟破旧颓败的马车,在弄权与腐败的年久失修的道路上,加速向寿终正寝的终点奔驰。

知识分子并不一定就是时代的思想家与政论家,但时代的思想家与政论家,一定是时代最清醒最先进最勇敢的知识分子,他们才真正是时代的慧眼与良心,铁肩与号角。龚自珍就是这样,他出生于由学者而官宦的清华门第,父亲龚丽正精通史学与经学,著有《国语补注》,在龚自珍八岁时就授之以《文选》;母亲段驯是诗人,著有《绿华吟榭诗草》,在儿子幼时即教他习诵吴梅村等人的诗作,那深宵不寐的星光与灯光,就是龚自珍诗兴与诗才最早的光源。"莫从文体问高卑,生就灯前儿女诗。一种春声忘不得,长安放学夜归时",三十二岁时母亲逝世,他写的《三别好诗》追怀旧事,情见乎辞。外祖父段玉裁是乾嘉之世著名的文字学家,其注释的《说文解字》誉满当时,他不仅为龚自珍传道授业解惑,在七十九岁的高龄,还勉励时年二十二岁的龚自珍说,要"勿读无益之书,勿作无用之事","努力为名儒,为名臣,勿愿为名士"(《与外孙龚自珍札》)。龚自珍年少时即才华焕发,十二岁作《水仙花赋》,雄奇而哀艳,他的业师宋璠十分赞赏,认为比古代的神童如唐代的李邺等人,有过之而无不及。然而,具有这样良好的家庭教育与不世出的才华,龚自珍却屡试不第,仕途蹭蹬。心怀拯世济民之想,目击天下四方之忧,他幸而未能成为给帝王效劳的名臣,也未能成为完全的名儒与名士,而却成了名震当时与后世的思想家、政治家与文学家,星斗其文,光辉不灭,至今都令人追怀与仰望。

龚自珍同时代的许多文士浑浑噩噩,大唱其"四海晏清,天下升平"的赞歌,充当"颂诗班"的角色而仍然洋洋自得,而一般的学者,也纷纷钻进故纸堆中考订"虫鱼",为"文治武功"的清朝"盛世"装潢门面,而具家学渊源又深受前辈思想家影响的龚自珍,却心系苍生,情寄安危,忧心民瘼国是。其《咏史》诗说:"金粉东南十五州,万重恩怨属名流。牢盆狎客操全算,团扇才人踞上游。避席畏闻文字狱,著书都为稻粱谋。田横五百人安在,难道归来尽列侯?"上层人物追金逐粉,钩心斗角,官僚权贵与幸臣门客把持财政,贵族子弟高踞要津,统治者在政治和思想领域实行高压,一般文人都战战兢兢,著书立说不关国计民生,更不敢指陈时弊。吟到恩仇心事涌,江湖侠骨已无多,这,就是龚自珍对现实的深长叹息,对时局的深邃观照,对弊端的深刻批判。他的《己亥杂诗》中第八十三与第一百二十三两首诗,反映的正是世上疮痍,民生疾苦,仁者心肠,志士怀抱,至今读来仍令人心为之热:

只筹一缆十夫多,细算千艘渡此河。
我亦曾糜太仓粟,夜闻邪许泪滂沱!

不论盐铁不筹河,独倚东南涕泪多。
国赋三升民一斗,屠牛那不胜栽禾!

字里行间,抒发的是对劳动人民苦难的同情,揭露的是统治者穷奢极欲贪得无厌的榨取,更令人心血如沸的,是受纳税人之赐而享受俸禄的龚自珍的自惭与自责,"身无疾病思田里,邑有流亡愧俸钱"(韦应物),古往今来的官员,有多少人有这种反省意识和忏悔心理呢?

今日十分热门的"改革"一词,早在一百多年前就已经出现在龚自珍的如椽之笔下了。风起于青苹之末，山雨欲来，他见微知著，预言"改革"是当局唯一的出路，否则必然被历史所淘汰，被后起者所取代。公元一八一五年（乙亥）和公元一八一六年（丙子），龚自珍年过弱冠不久，他在北京写了十一篇系列政论文章，统称《乙丙之际箸议》，宣传他革新变法的主张，对封建社会的政治、经济、文化、司法、吏治等方面的丑恶黑暗，进行了全面的抨击。他以天下为己任，纵论国家兴亡之计，警告当局要革新时政，"与其赠来者以勋改革，孰若自改革"。警钟为谁而鸣？早在近二百年前即倡议"改革"，这岂止是空谷的足音，更是时代的号角，警世的洪钟。

在写作《乙丙之际箸议》之后三年，龚自珍和友人游览北京陶然亭，题诗于亭之粉壁。此诗收录在《杂诗，己卯自春徂夏，在京师作，得十有四首》之中，序列为十一：

楼阁参差未上灯，菰芦深处有人行。
凭君且莫登高望，忽忽中原暮霭生！

陶然亭，在京师城南右安门内，先农坛西侧，今日陶然亭人民公园内。此亭系清工部郎中江藻于公元一六九五年所建，取白居易"更待菊花家酿熟，与君一醉一陶然"诗意，名为"陶然亭"，京中人称"江亭"。亭前一望的水草丛生的低洼之地，名"南下洼"。由午后至黄昏，龚自珍游览临眺，诗的前两句写陶然亭近处具体的小景色，后两句却宕开一笔，表现出的却是时代的大忧患。黄昏与夕阳，在中国诗歌中大体上是象征没落的原型意象，龚自珍也十分喜欢以此象征江河日下的国势，如"秋气不惊堂内燕，夕阳还恋路旁鸦"(《逆旅题壁，次周伯恬原韵》)，"夕阳忽下中原去，笑咏风花殿六朝"(《梦中作》)，均是如此。有人说，诗人都是寓言家，如英国诗人雪莱在他的名作《西风颂》中，写下了"西风啊，如果冬天来了，春天还会远吗"的名句，后人称之为"天才的预言家"。当然，在这样的"诗人"之前，应该加上"真正的"或"杰出的"字样，正如俄国大诗人普希金所说："真正的诗人有责任唤醒世人。"生当末世，许多人还懵然昏然甚至怡然陶然之时，"忽忽中原暮霭生"，龚自珍就已经发出国将不国的预言，预见清王朝日落西山的必然命运了，这时他才二十七岁，这是何等洞烛先机的慧眼和无与伦比的胆识！近人徐珂所编《清稗类钞》博采清人文集笔记，广搜清代掌故轶闻，说及他的相貌，其中有句是"目炯炯如岩下电"，龚自珍，真是目光如炬亦如电啊！

五十年代中期我在北京求学，也曾和不识愁滋味的同学少年一游陶然亭。当时，对龚自珍在此所题的上述之诗茫然不知，所以更无追怀之情，凭吊之想，而今识尽愁滋味，熟谙自珍诗，不仅前贤已杳，自己也早已人在江南。不知何时有缘再到京华，专程去陶然亭捡拾起少年的足印和龚自珍遗落在那里的诗句？

二

龚自珍乃不可多得的天纵之才，加之有得天独厚的文化教养，品、才、学、识四者俱备，年轻时即名满东南，是他那个时代的顶尖级人物。同时代的李慈铭就称他为"霸才"，而同是清代思想家、改革家魏源为其文编集，在《定庵文录叙》中称其"自成宇宙"。赢得生前身后名,在他们之后,黄遵宪、梁启超、柳亚子等人,对龚自珍的评价都极高。近现代之交的"南社"诗人柳亚子,推崇他"三百年来第一流,飞仙剑客古无俦",而唐弢在《鲁迅全集补遗续编》的"后记"中,也曾追忆鲁迅生前"特好定庵诗",沈尹默的《追忆鲁迅先生六绝句》,也特别提出鲁迅"喜学定庵诗"。我曾在冰心的客厅见到梁启超为她手书的条幅,"世事沧桑心事定,心中海岳梦中飞",也是集龚自珍之句。由此可见他的深远影响,其人虽已殁,但犹如夕阳虽然已经落山,霞光却仍久久燃烧于天际。

作为时代的一流人物,本应该有宽广的天地让他一展宏图,有宽阔的舞台让他大展身手,然而,就像骏马羁于厩下,没有原野可以一骋千里之足;就像雄鹰困于笼中,没有长天可以一搏万里风云。科举这条羊肠小道,几乎是封建时代知识分子仕进和施展抱负的唯一途径,龚自珍十九岁进入科场,历经四次考试,十年后才得中举人,此后连考六次,才于又十年后得中进士,然而却是三甲的第十九名,并非名列前茅,而是差一点又名落孙山。这是主考者的有眼无珠呢?还是素有狂名的龚自珍放言高论,触犯时忌,早已令人侧目?也许二者兼而有之吧。总之,闲曹冷署,七品京官,相当于现在多如牛毛的处级干部,根本无法施展他的经国济世之才。龚自珍在《己亥杂诗》中论及丰才啬遇的诗人舒位和彭兆荪,说他们"如此高材胜高第,头衔追赠薄三唐",大约也包含了自己无穷的身世之感吧?

前面说过,龚自珍是他的时代的预言家。在官场,他属于"弱势群体"中的一员,于时代,他却是无人可以比肩的强者。他没有弱者的自卑,而只有强者的自信。在《明良论》这组文章中,他针对吏治的腐败,指出"士不知耻"是"国家之大耻",抨击论资排辈的用人制度的种种弊端,甚至认为君主制度是所有社会弊病的总根源,锋芒所向,直指封建帝王。在四十八岁辞官南归途中,他的《己亥杂诗》第七十六首就曾经写道:

> 文章合有老波澜,莫作鄱阳夹漈看。
> 五十年中言定验,苍茫六合此微官。

位卑未敢忘忧国,诗人目光如炬,对西方殖民主义者和东方沙俄帝国侵略中国忧心忡忡,怀有高度的警惕,写有《西域置行省议》与《东南罢番舶议》二文。这不是一般的地理纪闻和历史考证,而是时代的先觉与预言,但当局却不予采纳。五十年后,龚自珍的纸上预见都一一成了中国土地上的现实。骏马嘶风,有谁知道那志在千里的雄心与壮志?警钟长鸣,有谁愿意听并听得懂预言者的钟声?

龚自珍呼吁和主张改革,他的医国之方包括伸张士气,保持天下之士的羞耻之心;平均财富,勿使贫富差距过于悬殊;改革科举选拔制度,破格录用人才等。他从对官场的认识和自己的切身体验出发,提出要培养和重用真正国于民有用的人才。早在《上大学士书》中,他就提出了其"人才学"的根本观点:"自古及今,法无不改,势无不积,事例无不变迁,风气无不移易——所恃者,人才必不绝于世而已。"当时的科举制度弊病丛生,大批有识有志之士都进不了官场,而官场讲究论资排辈与人身依附,品格刚直之士更难脱颖而出,往往是庸物奴才身居高位,发号施令,而英才俊士则沉沦下僚,噤口吞声。如同龚自珍在《咏史二首》之一中所说:"猿鹤惊心悲皓月,鱼龙得意舞高秋。"《己亥杂诗》第一百二十五首,他更是慨乎言之:

九州生气恃风雷,万马齐喑究可哀。
我劝天公重抖擞,不拘一格降人才!

诗人南归时途经镇江,见到上万人祷告祭祀向神求福祈雨,道士请他撰写设坛祭祀之文,别有怀抱的他有感而发,写下了这首大气磅礴而渴求变革的诗篇。"风雷",本指自然现象,这里却是指雷厉风行的政治变革与摧枯拉朽的变革激情。龚自珍的诗多次咏赞了"风雷",如"眼前二万里风雷,飞出胸中不费才",如"著书不为丹铅误,中有风雷老将心",如"狼藉丹黄窃自哀,高吟肺腑走风雷。不容明月沉天去,却有江涛动地来。"上述诗章抨击极权制度禁锢思想,钳制言论,以言治罪,扼杀人才,因而导致社会死气沉沉,呼唤社会变革,呼唤进行社会变革的各种有用之才。"狂言重起廿年喑","人材毕竟恃宗工",这种时代的最强音,不仅如鼓角震撼当时,如怒潮传扬后世,也如警钟警示今天。

"可怜闲杀栋梁才",这是龚自珍所欣赏赞扬的前辈诗人舒位的诗句。舒位是自咏,不也可以视为对龚自珍这种无双国士的他咏?林则徐与龚自珍可称世交,因龚自珍的父亲龚丽正与林则徐在道光二年(1822)同时被召见问对,有同官之谊。林则徐应是龚自珍的前辈,但因龚自珍仅小他七岁,又多有往还,所以他们又是好友。林则徐衔命出都南下禁烟,龚自珍赠他一方石砚,砚背刻王羲之的《快雪时晴帖》，龚自珍又以"快雪时晴"为主旨作砚铭相赠，勉励林则徐禁烟雷厉风行，大功告成，扫除阴霾，还中华以朗朗乾坤。此砚一直追随林则徐左右，林则徐贬往新疆时也一路随行。砚石上刻有他的亲笔绝句：

　　定盦贻我时晴砚，相随曾出玉门关。
　　龙沙万里交游少，风雪天山共往还。

小小的石砚，深深的友谊。其实，道光十八年（1838），林则徐以钦差大臣的身份赴广东禁烟，龚自珍就曾欲随行。次年，龚自珍的《己亥杂诗》第八十五首写道：

　　故人横海拜将军，侧立南天未蒇勋。
　　我有阴符三百字，蜡丸难寄惜雄文。

对故友的拳拳之意，对民族的殷殷之心，报国无门的苦闷，怀才不遇的抑郁，尽在寥寥的二十八字之中。林则徐离京时，龚自珍就写过《送钦差大臣侯官林公序》，表达他关于禁烟和抵御外国侵略的意见。林则徐南下途中细读此文，其激情、挚谊与胆识令他感动无已。他在复信中说道："责难陈义之高，非谋识宏远者不能言，而非关注深切者不肯言也。"至于龚自珍欲随其南下参与禁烟大计受阻的原因，复信中也隐约透露了消息："弟非敢沮止旌旆之南，而事势有难言者。"这里的所谓"事势"，大约是龚自珍惊世骇俗的狂放言行，伤时之语，骂座之言，得罪了当朝掌权的达官贵人。满朝文武大臣,除少数比较开明者外,不是他的反对派,就是他的镇压者。友人魏源曾担心他为锋芒毕露的诗文所累,他的回答是虎豹去其爪牙,何异于绵羊?宝剑折其锋刃,与破铜烂铁何异?宁无榜上功名,也不变节易志。从他留传至今的三百多篇文章中,篇篇可见铮铮风骨。友人庄绥甲曾去信劝他修改《乙丙之际箸议》,以免得罪当道,遭人诬陷,他回以一诗:"文格渐卑庸福近,不知庸福究何如?常州庄四能怜我,劝我狂删乙丙书。"(《杂诗,己卯自春徂夏,在京师作得十有四首》之二)自嘲亦以自励。龚自珍不仅报国无门,还被罚俸一年,为免遭更大的迫害,只得匆匆辞官南归,连家属都不及携带。生不逢时,明珠投暗,古往今来许多有大才而又独立特行者,他们的命运为什么大都如此呢?

三

有如名牌产品的注册商标,"剑"与"箫",大约是龚自珍的至爱,在他的诗作中,是联袂出镜频率最高的两个原型意象。读龚自珍的诗词,你的眼前,会飞舞勇者的寒芒四射的闪闪剑光,令人联想到他狂放不羁的性格和建功立业的强烈愿望;你的耳畔,会传来情者缠绵悱恻的箫声,令人联想到他怀才不遇的悲怨和柔情似水的惆怅。

在大自然中,暴风雨之后有清明的晴霁,崇山峻岭中有柔婉的清溪。在人类生活中,有金戈铁马的战斗生涯,也有花前月下的柔情旖旎。一位杰出之士往往也是如此,作为时代先驱,他当然秉赋了天地间的烈火狂飙风云叱咤,作为多情种子,他当然也有柔肠百转菩萨低眉。无情未必真豪杰,怜子如何不丈夫？阳刚之气与豪放之势,幽怨之情与哀婉之意,剑气与箫心,构成了龚自珍诗作的二重奏。"剑气",是思想家,政治家凌厉无前的批判锋芒,是热烈奇瑰的浪漫主义精神气魄；"箫心",则是才人名士出自肺腑的哀艳痴情,是如泣如诉的个人天地的感情体验。龚自珍大半生从十四岁到四十岁的诗作,他曾手编"勒成二十七卷",然而却大都毁失,不复可寻,幸而流传至今的诗作大约还有六百首左右,包括后期的大型绝句组诗《己亥杂诗》三百一十五首在内,均显示了他自己所说的"亦狂亦侠亦温文"的风标。

龚自珍诗作中的"剑气",我已在前文中略事涉及。他的"箫心"呢？"气寒西北何人剑？声满东南几处箫"(《秋心三首》),"一箫一剑平生意,负尽狂名十五年"(《漫感》),"来何汹涌须挥剑,去尚缠绵可付箫"(《又忏心一首》),"怨去吹箫,狂来说剑,两样消魂味"(《湘月》),"沉思十五年中事,才也纵横,泪也纵横,双负箫心与剑名"(《丑奴儿令》),在龚自珍的诗词中,除了"一天幽怨欲谁谙？词客如云气正酣。我有箫心吹不得,落花风里别江南"(《吴山人文徵沈书记锡饯之虎邱》),和《长相思二首》之二中说"箫一枝,笛一枝,吹得春空月堕时。月中人未归"之外,往往是"剑""箫"对举。龚自珍诗中的"箫",那痴意柔情与婉约风格,与他的爱情密切相关。古往今来的大诗人,有几个没有写过自恋与他恋的情诗呢？

"少年哀乐过于人,歌泣无端字字真",龚自珍,是一位感情真淳、强烈而外向的诗人,他的烈烈的阳刚之气,在他所倾心的异性面前往往转化为婉婉的儿女之情。按现代医学的观点,他的"力比多"极强,"力比多"一词源于拉丁文,狭义是指人类与生俱来的性欲与精力,广义则指人的生命力与创造力。《己亥杂诗》,原是龚自珍四十八岁时从北京返回江南故乡途中的自传式组诗,时间为道光十九年己亥(1839),由当年农历四月二十三日起笔,至同年十二月廿六日止,得诗共三百一十五首,平均一天一首有余,而且多是佳作。这种原始生命力与艺术创造力,本就十分惊人了,在这一大型组诗中,情诗就占了六十二首,约五分之一。其中编号为一八二至一九七的十六首,作者注明"以下十有六首,杭州有所追悼而作",悼念的是一位杭州女子,据说是他青梅竹马的潘姓表妹,青年时代的恋人,心中永远的伤痛。这一段罗曼史的正式发生,是在道光六年(1826),当时龚自珍有一首《梦中述愿作》:"湖西一曲坠明珰,猎猎纱裙荷叶香。乞貌风鬟陪我坐,他身来作水仙王。"然而,由于长年在外漂泊,错过了归期,"秋风张翰计蹉跎,红豆年年掷逝波",待到有一年回到杭州,所恋的人已经因病去世,但"艺是针神貌洛神"的恋人,遗赠他以亲手绣制的"汗巾钞袋枕头衣",这些都是贴身之物,其深情远意可想而知。龚自珍当时就已经痛彻心腑了,十三年后南归家乡,此情可待成追忆,他更情难自已地写下了十六首哀感顽艳的挽歌,有如献祭在表妹坟头的十六个花环。《己亥杂诗》中标号为第一九〇首者是:

昔年诗卷驻精魂,强续狂游拭涕痕。
拉得藕花衫子婢,篮舆仍出涌金门。

往事如烟,诗人强拭啼痕,想重温昔日同游的温馨旧梦,但伊人已杳,他只得拉着恋人的小婢,坐着轿子一同穿过涌金门,前去曾与恋人游赏过的西湖。但这种重游旧地凭吊当年的人生感慨，想必许多读者都曾经体验过吧？在这十六首诗中，最后的标号为第一九三、一九四、一九六、一九七的几首也十分深婉感人：

　　小婢口齿蛮复蛮，秋衫红泪清复清。
　　眉痕约略弯复弯，婢如夫人难复难。

　　女儿魂魄完复完，湖山秀气还复还。
　　炉香瓶卉残复残，他生重见艰复艰。

　　一十三度溪花红，一百八下西溪钟。
　　卿家沧桑卿命短，渠侬不关关我侬。

　　一百八下西溪钟，一十三度溪花红。
　　是恩是怨无性相，冥祥记里魂朦胧。

睹物思人，诗人睹逝者之婢女而思逝者，更见情何以堪。写恋人的灵魂完美，秀气钟灵，表达的是天长地久此恨绵绵的死别之情。前两首诗的格式，《全唐诗》归入词类，名《字字双》，而北宋李昉等人编辑的《太平广记》引《灵怪集》，也引用了此集所载的"床头锦衾斑复斑，架上朱衣殷复殷。空庭朗月闲复闲，夜长路远山复山"一诗，龚自珍之作，是深情与才力并具的再创造。而后两首中的"溪花红"与"西溪钟"的重言复唱，"钟"之凄凉与"花"之红艳的强烈对照与反衬，更是荡气回肠地抒发了他心灵深处的巨痛沉哀。

年轻时的欢愉与痛苦依然在心头萦回,如同绮丽却不免凄然的朝霞;十三年前的伤逝有如昨日,好像没有痊愈的伤口。多感多情的龚自珍在南归途中,又遭遇了一场热烈的刻骨铭心的爱情。乙亥元年(1815),龚自珍从北京回杭州的中途经过清江浦(即袁浦),即今日之江苏省清江市,在一次宴会上邂逅了佳人灵箫。席间限韵赋诗,抽签定韵,龚自珍竟然无巧不成书也不成诗地抽到"箫"字。"箫",关乎他年少时就喜爱的箫,也巧合眼前的意中人灵箫,于是他灵思泉涌而作三绝句,以记其惊艳之逢,即《己亥杂诗》中的第九十五首至第九十七首:

> 大宙南东久寂寥,甄陀罗出一枝箫。
> 箫声容与渡淮去,淮上魂须七日招。

> 少年击剑更吹箫,剑气箫心一例消。
> 谁分苍凉归棹后,万千哀乐集今朝。

> 天花拂袂著难销,始愧声闻力未超。
> 青史他年烦点染,定公四纪遇灵箫。

回到杭州不久,龚自珍于当年九月起程北上迎归居京的眷属。用今日的语言,四十八岁的他已经"坠入了爱河",无法泅泳而出,九月二十五日至十月六日在袁浦逗留十天,如痴如醉地与灵箫共度朝朝暮暮。西方文艺复兴时期,意大利的薄伽丘写有赞美生命而抗议禁欲主义的名著《十日谈》,龚自珍在袁浦十天中写下二十七首《寱词》。"寱"是"呓"的本字,"寱词"即梦中呓语,他自云这十天"大抵醉梦时多醒时少"。加上分手后在离清江浦三十五里的"渔沟镇"的二首,十月十日在"顺河道中"的一首,以及重返杭州后的六首,他共为灵箫写了三十九首情诗,均见于《己亥杂诗》。作为男性诗人,龚自珍对灵箫一见倾心,当然首先是她的美貌与气质:

云英化水景光新,略似骖鸾缥缈身。
一队画师齐敛手,只容心里贮秾春。

绝色呼她心未安,品题天女本来难。
梅魂菊影商量遍,忍作人间花草看?

"仗酒祓清愁,花销英气",是南宋词人姜夔《翠楼吟》中的名句,龚自珍对此语颇为喜爱,曾请篆刻家丁龙泓刻印。灵箫虽然是风尘女子,但却有英锐之概,也许是她美貌而具英气令龚自珍分外钟情,而龚自珍在对她的赞美之中,也表现了自己的风云之气与壮志未酬的豪情。这种爱情诗,当然就飞动一股豪气侠情,而不至于沦为庸脂俗粉:

风云材略已消磨,甘隶妆台伺眼波。
为恐刘郎英气尽,卷帘梳洗望黄河!

眉痕英绝语谡谡,指挥小婢带韬略。
幸汝生逢清宴时,不然剑底桃花落。

除了以上种种,他们大约还有许多共同的话题,彼此的灵魂得以交流,不然就难以"谁分江湖摇落后,小屏红烛话冬心",在冬日之夜作倾心之谈了。下面的引诗可以作证:

身世闲商酒半醺,美人胸有北山文。
平交百辈悠悠口,挥罢还期将相勋。

平日众人之间的交往,多是虚与委蛇,投其所好,或是功名利禄,庸俗不堪,所谓"酒逢千杯知己少,话不半句投机多"是也。南齐孔稚珪有名文《北山移文》,讽刺原来隐居后来出山追求功名利禄的庸俗之徒,而龚自珍与灵箫互诉生平,灵箫居然也熟知孔稚珪之文,同样鄙视官场,同情隐逸,和龚自珍同一怀抱,这,当然使得龚自珍更加视她为红颜知己。

然一朝邂逅再度相聚之后,龚自珍终于要北上去迎接亲眷,他预想南归之时仍然要重经旧地,将情何以堪,何况这是他平生所未有的感情遭际,并非现代的爱情快餐,逢场作戏。男儿有泪不轻弹,只因未到伤心处。他渡过黄河,在泗阳县最大的市集"众兴集"赋诗再寄灵箫:

明知此浦定重过,其奈尊前百感何?
亦是今生未曾有,满襟清泪渡黄河!

这首诗,是墨汁和着泪水写成的。两个月后他从北方南归,

"重到袁浦,问讯其人,已归苏州闭门谢客矣。其出处心迹亦有不可测者"。灵箫的出红尘而归隐,也可见她对这一番情缘的看重。

龚自珍的情诗,感情真挚而强烈,是灵魂与生命的投入,非一般的泛情与滥情可比。它与以前文人爱情诗的大不相同之处,是有浓烈的自白与自传的色彩,而非虚拟、隐晦或代他人立言。现代英美诗宗艾略特认为,情诗"乃是公开向你吐露的私语",龚自珍的情诗正是如此。同时,在摧残人性压抑个性的封建社会中,在壮志难伸令人窒息的境遇里,正如龚自珍自己所说,"设想英雄垂暮日,温柔不住住何乡",这差不多也是他唯一可以表现自己的活力的方式,也是他摆脱精神孤独的方式。他后来终于去吴县为灵箫脱籍,迎归自己的羽琌山馆。台湾诗人余光中在《龚自珍与雪莱》的比较文学长文中,曾辟有"柔肠篇"专论龚自珍的恋爱与情诗,他说:"一位大作家的心灵有很多面,私己的一面尤见其真。我们要认识的定庵,不仅是魏源的畏友,也是段驯的儿子,灵箫的情人。"在其散文近作《山东甘旅》中的"黄河一掬"一节中,写自己初见黄河的百感交集,也曾引用龚自珍"亦是今生未曾有,满襟清泪渡黄河"句。诗人知音,知音诗人,龚自珍有知,也该为百余年后有这样的知己而抚髯一笑吧?

今日杭州城东马坡巷内,有一座具有江南风格的建筑,曲院回廊,小桥水榭,人道是龚自珍的故居,现辟为"龚自珍纪念馆"。此巷宋代地处城外,毗邻马院,故名曰"马婆巷",明代易名马坡巷。龚自珍在世之时,故宅即已易主,他回杭州时曾来此凭吊,有"从此与谁谈古处,马婆巷外立斜阳"之句。一百多年后我远道而来,凭吊龚自珍的凭吊,但纪念馆已暂借给某单位办美院高考复习班,只有耳房里还有一星半点的展品可供观看,但即使立尽斜阳,整个下午参观的游客也只有董培伦和我两人,据说平日也是门庭冷落,与娱乐和休闲场所的热闹天差地别。这种门庭冷落车马稀的景况,似乎各地皆然,我去过浙江金华的艾青纪念馆,湖南浏阳的谭嗣同故居,长沙的贾谊故居和黄兴故居等等,都莫不如此。"没有伟大人物出现的民族,是世界上最可怜的生物之群;有了伟大人物而不知拥护、爱戴、崇仰的国家,是没有希望的奴隶之邦",郁达夫《怀鲁迅》中的这一警语重上心头,久久挥之不去,在春雨霏霏之中,在一代先贤的故居的庭院,在他击剑吹箫的不朽诗句的遗韵里。

千秋不死的英魂毅魄

　　湘东北万山丛中的名城浏阳，我去朝拜已经不知多少回了，这并非因为那里有大围山与浏阳河等山水，以自然景观而言，中国超出它们的名山胜水不知还有多少；也不是因为其地有名闻遐迩的烟花爆竹，烟花亮丽，爆竹喧阗，但毕竟只是光耀刹那或响亮一时。我去朝拜浏阳，或二三友人结伴偕行，或一人孤身独往，除了浏阳是我所尊仰的胡耀邦的故里，还因为在一百多年前那风雨如晦的时代，在中华民族的危急存亡之秋，在新旧世纪交接的时刻，那里的群山峻岭推出了"中国二十世纪开幕第一人"（梁启超语），谭嗣同。

　　谭嗣同，中国近代史上的奇男子，中华民族的伟丈夫。烈火狂飙，是他的名字；松魂桂魄，是他的名字；银汉星斗，是他的名字；不废江河，是他的名字。浏阳北正街他的故居，才常路他的纪念馆，城外牛石乡山上他的墓地，我多少次追怀凭吊他的遗踪往事，多少回高歌低咏他的杰句华章，顶礼伟大的英烈，扼腕造化的弄人，感喟民族的多艰与人世的沧桑。

一

　　早生于谭嗣同一百余载,而享年和谭嗣同竟然相同的黄仲则,是清王朝所谓"乾嘉盛世"诗国天空的一颗彗星。他的好友洪亮吉,在《北江诗话》中称他的诗如"咽露秋虫,舞风病鹤",在《黄君行状》中又说他"平生于功名不甚置念,独恨其诗无幽并豪士气,尝蓄意欲游京师"。一七五六年,黄仲则时年二十七岁,起程北上远去京城。这固然是穷困潦倒的诗人寻找出路,也是希望自己的创作得到雄浑壮丽的江山之助。他在《将之京师杂别》中写道:"自嫌诗少幽燕气,故作冰天跃马行。"在这一方面,百年后的谭嗣同比他幸运多了。

　　一八七七年,谭嗣同的父亲谭继洵由京官外放甘肃巩秦阶道。他先携十三岁的谭嗣同由北京返回浏阳故里——这是谭嗣同第一次回到家乡,次年再带其赴甘肃上任。万水千山,当时交通不便,通讯落后,加之中原与西北连年干旱,瘟疫流行,他们的长途跋涉可谓甘苦备尝,幕客与仆人死去十余人。谭继洵也中途卧病,数月后的初秋才到达兰州。少年谭嗣同在这一征途中的历练与观感如何,我现在已不得其详了,但却仍然有幸读到他存留到今的最早作品,那就是他此行时年十四岁之作《潼关》:

　　　　终古高云簇此城,秋风吹散马蹄声。
　　　　河流大野犹嫌束,山入潼关不解平!

潼关，在陕西省潼关县之北。这座雄关险隘，是东来西往的交通要道，也是自古兵家必争之地。古来多少英雄志士在此出出入入，多少才子奇人在此挥毫赋诗。谭嗣同这位未来的英雄，一出手便不同凡响。关隘风屯云集，气象雄浑，踏破崇山峻岭的马蹄声被秋风吹散，不仅可见时令与行程，而且颇有振衣千仞的风神与气概。后两句分写山河，浩浩荡荡的黄河在原野上奔流还嫌局促与拘束，而潼关境内尽是崇峰险岫，不知平坦为何物。这是写景，也是谭嗣同自抒怀抱，他以冲决网罗要求自由的豪情，以勇往直前争取解放的气魄，向千古雄关交上了一份出色的少年答卷。这份答卷，和杜甫的《潼关吏》等名篇一起，珍藏在潼关的心中。

读万卷书，行万里路。在这一次初征之后的十年间，谭嗣同在兰州与浏阳之间五度往返，足迹遍及大河上下，长江南北，并远去西北之新疆与东南之台湾，行程合计八万余里，如他自己所说："堪绕地球一周。"谭嗣同的壮游并非为了创作，在跋山涉水之中，他了解风土民情，体察民间疾苦，物色英雄豪杰，同时也磨炼了自己不屈不挠的意志与坚毅顽强的性格，张扬了凌厉无前的任侠精神，在社会现实与时代思潮交相激荡之下，他的思想也由偏于保守而趋于激进。在一个大雪纷飞的冬天，他曾单人独骑，"间道疾驰，凡七昼夜，行千六百里，岩谷阻深，都无人迹，载饥载渴，斧冰作糜，比达，髀肉狼藉，濡染裤裆。此同辈之目骇神战，而嗣同殊不觉。"从给友人沈小沂的信中，可见少年谭嗣同的英雄气概，也可见这位后来的非常之人，当年所做的非常之事。同时代众多的平庸之辈，只能遥望他一骑绝尘所扬起的尘土！

谭嗣同曾在丁丑年(1877)除夕撰写两副联语:"谁将侠气留天地;别有狂名自古今","除夕月无光,点一盏灯替乾坤生色;今朝雷未动,击三通鼓代天地扬威"。他当时年仅十三岁,真是所谓"少年心事当拏云"了。在此之后的一八八九年,二十四岁的谭嗣同由兰州去京师途中,经过今河北省井陉县西北井陉山上之井陉关,曾赋《井陉关》一诗以抒自己的侠气狂情:

平生慷慨悲歌士,今日驱车燕赵间。
无限苍茫怀古意,题诗独上井陉关!

战国时的燕赵之地,在今河北、山西及河南省北部。韩愈《送董邵南游河北序》曾说"燕赵古称多慷慨悲歌之士",燕赵之地与豪杰之士的关系,由他作了流传后世的界定。谭嗣同虽是南人,却生长于北京,在那里度过童年与少年,而且他娴于技击,任侠使气,一介布衣,心忧天下。他自撰的书房联语即是"家无儋石,气雄万夫"。当驱车燕赵实地来游而赋诗时,一开篇既是对历史上慷慨悲歌之士的遥远怀想,也是当仁不让的当下自许。九年后,他以鲜血呐喊以生命高唱的,不就是一首令今日热血未冷的读者仍怆然神伤凛然气壮的慷慨悲歌吗?独立苍茫,廓然怀古,他在此诗之前作的五律《出潼关渡河》,结句就是"为趁斜阳渡,高吟击楫歌"。中流击楫,是晋代祖逖的故事,后世作为有志澄清天下的同义语。谭嗣同那无限的怀古抚今之意,他当时不可能在有限的文字中为我们一一说明。今天,我们不是可以根据他的思想去寻索,回溯他的行踪去想象,参照他的生平行事去证明吗?

井陉关我至今无缘一访,但青年时代远谪西北,在西去东回的列车上,却多次与潼关擦肩而过。车过潼关,我耳边轰响的,是火车的千轮飞转;我心中敲响的,却是谭嗣同诗中被秋风吹散的马蹄之声。

二

一条浩荡的长河,有它最早的源头;一株苍郁的大树,有它最深的根系。湖湘文化的源头与根系,当是两千多年前的屈原和他的作品。谭嗣同是近代湖湘文化最杰出的代表之一,他也曾从屈原和他的作品中吸收养分,曾吮吸湖湘文化那源远流长的乳汁。

远古的《诗经》是北方文学,或者说中原文学,"汉之广矣,不可方思,江之永矣,不可泳思"(《周南·汉广》),湖北的汉水是《诗经》的最后的边疆。湖南当时荒凉偏僻,远在它的歌声之外。数百年后勃然而兴的《楚辞》是南方文学,或者说边缘文学。《楚辞》的代表作家屈原,其政治活动与文学生涯都在湖北与湖南,他对美政理想的执着追求,虽九死其犹未悔的顽强意志,为自己的信念而敢于任事勇于献身的精神,作为湖湘文化积极的内核与本质,像一炷永恒的心香,为一代又一代真正的志士文人所传承。谭嗣同出身于书香之门,簪缨之族,少年时代即饱读诗书,并开始写诗,对于屈原及其作品,当然曾馨香顶礼,去他所缔造的诗国做不止一次的神游。"后皇嘉树,橘徕服兮。受命不迁,生南国兮。深固难徙,更壹志兮。"南国之橘的坚贞品格,既是客观物的写实,也是人格美的象征,该如同红宝石一样照亮了谭嗣同年轻的眼睛,像火焰一般燃烧在他的心房吧?《谭嗣同全集》的编者蔡尚思与方行先生曾说,有位李鸿球先生告诉他们,谭嗣同早年对于《史记》与《王勃集》都有很精彩的眉批,数十年前曾见此二书"藏于大岸周家",后来周宅被毁,两书不知流落何处。珍贵的遗墨不可复见,令人永怀遗憾。谭嗣同对屈赋应该也有许多心得,他虽没有读屈原的专门诗文传世,但其诗作却不止一次提到屈原。一八八八年,二十三岁的谭嗣同从兰州返回湖南途中,写有五律《洞庭夜泊》:"船向镜中泊,水于天上浮。湖光千顷月,雁影一绳秋。帝子遗清泪,湘累赋远游。汀洲芳草歇,何处寄离忧?"无罪而致死曰"累"。此诗前四句写景,后四句触景生情,抒发对含冤负屈而死的屈原的追怀。谭嗣同兄姐各二人,均享年不永。一八九〇年谭嗣同在浏阳故里,怀念他早逝的母亲与兄姐而作悼诗《湘痕词八篇并叙》,诗题中的"湘痕",也是取湘夫人泪洒斑竹成痕而为屈原所歌咏过的人事。

早在一八八五年冬天,时当弱冠之年的谭嗣同从浏阳再赴甘肃兰州,途经陕西省商洛县之武关。战国时秦楚以武关为界,当年楚怀王被秦昭王诓骗而客死于秦,就是在武关被绑架勒索的。谭嗣同过此作有《武关七绝》一首:

横空绝磴晓青苍,楚水秦山古战场。
我亦湘中旧词客,忍听父老说怀王。

此诗的关键句是"我亦湘中旧词客"一语。"湘中旧词客"当然是指屈原,谭嗣同加之的"我亦"一词,分明是以屈原自励自况。不过,虽自云"旧词客",但他毕竟是新时代的"新人",而且时隔数年后即成为近代中国资产阶级维新派的主要人物,激进的爱国者和民主主义革命家。联系到已近尾声的满清王朝的腐败统治,从诗中,我们也可隐约听到作者反对封建帝制和反清的革命思想的消息。这消息,当然要到他后来的皇皇专著《仁学》中,才变为"冲决君主之网罗"的振聋发聩的黄钟大吕之声,但如同满天霞彩,它的前身却是黎明前第一缕曙光。

时隔两年之后的一八八七年,谭嗣同又写了一首《画兰》。"画兰"即是"兰画",这是一首题画诗,也许是见到南宋遗民郑思肖的画兰之作而写。生于宋之末世元之初期的郑思肖,痛感国土沦丧,他画兰而不画土,自云"土已被番人夺去"。元人倪瓒《题郑所南》诗说:"秋风兰蕙化为茅,南国凄凉气已消。只有所南心不改,泪泉和墨写离骚。"谭嗣同此诗,大约是从郑所南的画与倪瓒的诗化出的吧:

雁声吹梦下江皋,楚竹湘舲起暮涛。
帝子不来山鬼哭,一天风雨写离骚!

"帝子不来山鬼哭",是反写,反《九歌·湘夫人》中的"帝子降兮北渚"与《九歌·山鬼》中的"既含睇兮又宜笑"而用之。这是暗喻屈原斯人已逝渺矣难寻,还是也寓指国势衰危,世事苍茫?"一天风雨写离骚",这风雨是自然界的风雨,也是时代的凄风苦雨,更是谭嗣同内心的烈风豪雨。谭嗣同生逢末世,亲历时艰,眼见满清腐败透顶而列强侵略日亟,他后来曾在《仁学》中表达了强烈的反清意识与民权思想,而此时赋诗追怀屈原,他的境界也早已超越了郑所南和倪瓒的遗民之思。非常之人方有非常之作,他是非常之人而别有怀抱啊!

三

一个高度集权的黑暗时代,可以令人恐惧,可以逼人消沉,可以命人屈服,也可以使人同流合污,助纣为虐,但是,它也可以磨炼和促使真正的人愈发坚强与伟岸。即使风雨如磐,也有雷鸣与电闪,谭嗣同,就是撕破黑暗王国的一道雪亮的电闪,就是报道破晓的一声惊世的雷鸣。

一八九四年是农历甲午年,这一年清朝与日本的战争称为甲午战争。这场战争的硝烟虽然早已散尽,但是它当时却以失败与屈辱烙印在满清王朝的额头,事后也铭刻在中国近代史册之上。一八八六年以后,日本以"富国强兵"为根本国策,进行了一系列政治与经济改革,这就是日本近代史上所美称的"明治维新"。不到十年,日本的国力和野心一起强盛,它所制定的"大陆政策",就是先取台湾和中国的藩属朝鲜,继而占领东北与蒙古,进而征服中国,最后称霸世界。当满清帝国与中华民族均处于危急存亡之秋,腐败的满清政府与慈禧太后仍然不知大难之将至,仍然只知搜刮民脂民膏寻欢作乐。一八九四年七月下旬,日本海陆两军入侵朝鲜,废去原来的朝鲜王而成立傀儡政府,中日战争已如箭在弦。然而,慈禧却一门心思张罗她的"六十大寿",挪用一千万两左右的巨额海军经费,重修西郊的废园清漪园,后来改名为颐和园,并且把持朝政,培植腐朽保守的"后党",压制主张变法与抗日的光绪皇帝和他的"帝党"。日本帝国如一支刚锻冶出炉的精钢利剑,政治腐败、科技落后的满清王朝,则像一张百孔千疮不堪一击的劣质盾牌,于是,在黄海之战中,中国的北洋水师几乎全军覆灭,日军继而水陆并进,攻陷辽宁的旅顺口和山东的威海卫等军事要塞,北洋水师至此已片甲不留,完全付诸东洋。

一八九五年,卖国而妄图苟安的满清政府,派遣李鸿章为全权大臣赴日议和,在马关春帆楼与日本首相伊藤博文、外务大臣陆奥宗光谈判,于四月七日签订了丧权辱国的《马关条约》,主要内容为中国割让辽东半岛、台湾和澎湖列岛,赔偿军费两亿两白银(当时全国税收总额仅四五千万两白银),开放沙市、重庆、苏州、杭州为通商口岸,并允许日本开厂而产品免税。《马关条约》签订之日,正是全国举子聚集京师会试之时,这些当年的知识精英大都血气方刚,只消几粒火种,烈火就会熊熊燃烧;只消一阵疾风,海洋就会波涛澎湃,在名震士林的康有为、梁启超的鼓动带领之下,发生了中国近代史上著名的"公车上书"。虽然对此今日史学界有不同的看法与争议,但它毕竟表现了中国知识分子的参政意识和人格独立的初步觉醒,拉开了维新变法的序幕。

谭嗣同此时正在长沙。以前他曾去岳阳,设计打击倒运粮谷的奸商,组织船户运粮回乡,救济因湘东大旱而缺粮断炊的穷苦农民。这时,《马关条约》签订和公车上书的消息传来,他也不禁悲愤填膺,仰天长啸而壮怀激烈,《有感一首》从胸臆中奔迸而出:

世间无物抵春愁,合向苍冥一哭休。

四万万人齐下泪,天涯何处是神州!

旧时代文人喜欢吟咏春愁秋恨,但大都是个人的小我的抒情,如山间的小溪,庭院的池塘,而谭嗣同的"春愁"则是大我之民族情怀的抒发,它是春日签订不平等条约的国愁,如大江的呜咽,如怒海的澎湃。他当时给老师欧阳中鹄的信中,就说"及睹和议条款,竟忍以四百兆人民之身家性命,一举而弃之","近来所见,无一不可骇可怕,直不胜言,悲愤至于无可如何"。哭当长歌,长歌当哭,神州陆沉之痛,国土沦丧之忧,对当局卖国苟安之愤,于自己救国无门之悲,在谭嗣同博大的胸怀中,搅起了漫天风雨。梁启超在《谭嗣同传》中曾说:"时和议初定,人人怀国耻,士气稍振起。君则激昂慷慨,大声疾呼。海内有志之士,见其丰采,闻其言论,知其为非常人矣。""万里乘风去复来,只身东海挟春雷。忍看图画移颜色,肯使江山付劫灰?浊酒不销忧国泪,救时应仗出群才。拼将十万头颅血,须把乾坤力挽回!"(《黄海舟中日人索句并见日俄战争地图》)十年后,我们这位湖湘英杰的呐喊呼号,在江浙英雄秋瑾的上述诗作中,得到了频率共振的激越回声。

四

在大自然中,暴风雨之后也有清明的晴霁,万山磅礴之中也有潺潺流泻的清溪,大海上不仅有奔腾的九级浪,也有波平如镜的风光。在人类生活中,有烈火狂飙的英雄人物,有铁马金戈的战斗生涯,有灿如朝日的崇高理想,同时,也有花前月下的儿女柔情,登山临水的闲情逸致,友朋之间的把袂谈心。谭嗣同不也是如此吗?他愤世嫉俗,也笃于友谊;他忧国忧民,也友于兄弟;他感时伤世而常常金刚怒目,但也情深一往而不时菩萨低眉。

　　光绪皇帝载湉在他的老师翁同龢等人的扶助下,决心维新变法。其时谭嗣同在湖南协办时务学堂,成立南学会,举办《湘报》,发展工矿与交通事业,使封闭保守的湖南成为了"全国最富朝气的一省",其品格与声望已经随风远扬。康有为、梁启超、黄遵宪、谭嗣同等人,都得到侍读学士徐致靖的上书保举。他在保举谭嗣同的奏章中说:"江苏候补知府谭嗣同,天才卓荦,学识绝伦,忠于爱国,勇于任事,不畏艰难,不畏谤疑,内可以为论思之官,外可以备折冲之选。"一八九八年六月十二日,光绪皇帝下诏"速饬黄遵宪、谭嗣同二员来京,送部引见",谭嗣同其时患病已从长沙回浏阳休养,光绪帝又急急电催"迅速来京,毋稍迟延",地方督抚大员也亲函督请,谭嗣同只好抱病应诏。在几年来推行新政的过程中,谭嗣同迭遭保守腐朽势力的刁难攻击,北京更是风云险恶的漩涡中心,高处不胜寒,此去前景如何,殊难逆料。赴京之前,于佛学造诣颇深的谭嗣同写有《戊戌北上留别内子》,诗前有一小序:"戊戌四月初三日,余治装将出游,忆与内子李君为婚在癸未四月初三日,恰一十五年。颂述嘉德,亦复欣然,不逮已生西方极乐世界。生生世世,同住莲花,如此迦陵毗迦同命鸟,可以互贺矣。但愿更求精进,自度度人,双修福慧。"全诗如下:

　　　　娑婆世界善贤劫,净土生生此缔缘。
　　　　十五年来同学道,养亲抚侄赖君贤。

与此诗同时,他还有一副联语赠给夫人:

为人竖起脊梁铁,把卷撑开眼海银。

谭嗣同的夫人李闰,是长沙市望城县李篁仙之女。李篁仙系咸丰六年进士,授户部主事,工于乐府诗词。李闰生长于诗书家庭,知书达礼,而谭嗣同冰雪情操,著文反对纳妾,而且严以律己。他们仅有的一个儿子兰生早年夭折,但他和李闰仍然相敬如宾,伉俪情深。赴京前夜,据说他们夫妇俩灯前夜话,对弹谭嗣同亲制的"雷残琴"与"崩霆琴"。江湖多风波,道路恐不测,谭嗣同北上后,牵肠挂肚的李闰曾对月焚香,祈求远行的丈夫顺利平安。"如有厄运,信女子李闰情愿身代。"真是弱女子的真情,烈女子的至性!而谭嗣同在长沙写给李闰的信,称谓是亲切的"夫人如见",以"视荣华如梦幻,视死辱为常事"相劝勉,似乎有某种预感,而意欲让李闰有思想准备。以上所引的留别诗更有珍重与托付之意。果然,不久噩耗传来,李闰痛失良人,终日以泪洗面。她年年在谭嗣同的忌日悼亡赋诗,有悼亡诗一卷留于浏阳天井坡谭家祖屋,惜"文革"中被抄家而下落不明。流传至今的一首七律《悼亡》,今日读来仍然令人一洒同情之泪,而想见作者当年之痛断肝肠:"盱衡禹贡尽荆榛,国难家仇鬼哭新。饮恨长号哀贱妾,高歌短叹谱忠臣。已无壮志酬明主,剩有臾生泣后尘。惨淡深闺悲夜永,灯前愁煞未亡人!"

谭嗣同牺牲后,李闰自号"臾生",表示自己含悲忍辱暂且苟活之意。为了尊重和纪念先烈,她从他们原来的卧室中搬出,住到与谭继洵卧室隔天井而相对的房间里。李闰养亲抚侄,含辛茹苦,热心社会公益事业,创办了浏阳前所未有的女子师范学校,一九二五年逝世于大夫第,享年六十。大夫第厅堂之上原悬有"巾帼完人"的匾额,那是康有为与梁启超祝贺她六十寿辰合赠的,也于"千载难逢"的"文革"中被抄毁。李闰还悉心将谭嗣同的多种遗物,封存保管在阁楼之上,后来也不知所终,令人扼腕叹息。我多次去昔日的大夫第、而今的谭嗣同故居,每次总要在李闰的居室参拜,向她致以隔代的慰问与敬意。她安葬在谭嗣同墓地之侧的山冈上,黄土一抔,冷落荒凉。几年前李闰之墓已略加修葺并重新立了一块石碑,以后我每次去瞻拜谭嗣同墓,总要去其侧的山冈向李闰敬献一炷心香。这是出自我的至心,冥冥之中仿佛也是受了谭嗣同的嘱托,因为他们虽然近在咫尺,呼吸可闻,但谭嗣同却不可能起来,走到山坡那边去探望她了,如同当年李闰已经睡熟,而深宵秉笔不寐的谭嗣同走到床边去探望一样。

五

一八九八年农历七月初五,谭嗣同由浏阳而长沙而武汉而南京,经过大半个月的舟车劳顿,长途辗转,终于在这一天到达他三十三年前的出生地北京。这是他短促生命的最后一个驿站,也是他生命的起点与终点。半个月后的农历七月二十日(九月五日),载湉在勤政殿接见了谭嗣同,第二天就赐谭嗣同、杨锐、刘光第、林旭四人以四品卿衔,在军机章京上行走,参与新政事宜,并给四人一道密谕:"命竭力赞襄新政,无得瞻顾,凡有奏本,皆经四卿阅览,凡有上谕,皆经四卿属草。"可谓天将降大任于斯人也,如果变法维新成功,中国近百年的历史又当另是一番面目。

谭嗣同到京后,曾于七月十一日在北京崇文门外北半截胡同浏阳会馆给李闰一信,这大约是他给夫人的最后一函了。信的第一段是:"夫人如见:在鄂连寄数信,嗣于六月十六日起程,本月初五日到京,事之忙迫,殆不胜述。朝廷毅然变法,国事大有可为。我因此益加奋勉,不欲自暇自逸。幸体气尚好,精神极健,一切可以放心。此后太忙,万难常写家信,请勿挂念。"信的最后还说,"我十七八可引见。"然而,仅仅在光绪接见谭嗣同并俾以重任十余天之后,在谭嗣同力图建立一支亲兵劲旅并计划将来实行新式的君主立宪制度之时,慈禧太后及保守势力早已磨刀霍霍,于八月初九即九月二十四日发动宫廷政变,下令逮捕谭嗣同等人。星星之火尚来不及成为燎原之焰,就被那一帮祸国殃民的千古罪人扑灭了。

慈禧发动政变到逮捕谭嗣同之前,谭嗣同仍有时间并有好几次机会走避,但他先后力劝康、梁保全性命,而自己则决心以身殉道。他和梁启超诀别时的誓言,见之梁作之《谭嗣同传》,这是为大家所熟知的了:"各国变法,无不从流血而成,今日中国未闻有因变法而流血者,此国之所以不昌也。有之,请自嗣同始。"壮声英概,于百年后仍可令懦夫立志而壮士起舞。他的致康有为的狱中绝笔,至今仍不广为人知,其实读来同样使人热血如沸:"受衣带诏者六人,我四人必受戮;彼首鼠两端不足与语;千钧一发,惟先生一人而已。天若未绝中国,先生必不死。呜呼!其无使死者徒死而生者徒生也！嗣同为其易,先生为其难。魂当为厉,以助杀贼！裂襟啮血,言尽于斯。"康有为以后的种种表现,却大有负于谭嗣同的厚望,但谭嗣同则确实是千秋垂范的英雄人物,百代罕见的铁血男儿。他临刑前所书的"有心杀贼,无力回天。死得其所,快哉快哉",以及以血写成的《狱中题壁》,就是最好的证明:

望门投止思张俭,忍死须臾待杜根。
我自横刀向天笑,去留肝胆两昆仑！

历来对"两昆仑"多有歧解,我则认为一是自知必死的谭嗣同的自指,一是指他的好友唐才常。理由如次:唐才常与谭嗣同是同乡,少同学,长同志,而终生为生死之交,时人号为"浏阳双杰"。他们曾联名"受业门人唐才常谭嗣同仝禀"他们的老师,即后来的戏剧家欧阳予倩的祖父欧阳中鹄。有道是:"才常横人也,志在铺其蛮力于四海,不胜则以命继之。嗣同纵人也,志在超出此地球,视地球如掌上,果视此躯曾虮虱千万分之一不若。一死生,齐修短,嗤伦常,笑圣哲,方欲弃此躯而游于鸿濛之外,复何不敢为不敢说之有！一纵一横,交触共机括。"可见他们既生死相许,自当前仆后继,此其一;谭嗣同奉诏北上,即请唐才常去广州了解孙中山和他创办的兴中会的情况。在唐才常饯行的宴席上,谭嗣同口占一绝,全诗不存,尚有一联传于今日:"三户亡秦缘敌忾,勋成犁扫两昆仑。"(《戊戌北上才常饯行,酒酣口占》)此处之"两昆仑",自许而兼他(唐才常)许,这见于绝命诗"去留肝胆两昆仑"之前仅仅两月,是谭嗣同自喻并以喻唐才常的铁证,此其二;

谭嗣同牺牲后,亡命日本的唐才常的挽联是:"与我君别几许时,忽警电飞来,忍不携二十年刎颈交同赴泉台,漫赢将去楚孤臣箫声呜咽;近至尊刚十余日,被群阴构死,甘永抛四百兆为奴种长埋地狱,只留得扶桑三杰剑气摩空。"其感情之深沉悲壮,远在康有为的挽联之上。当年,梁启超问及谭嗣同的友人,谭的回答是"二十年刎颈交,绂丞(指唐才常)一人而已"。谭嗣同在给他人的信中,也说唐才常乃"嗣同学,刎颈交也。其品学才气,一时无两。平日互相劝勉者,全在'杀身灭族'四字"。唐才常给父亲的信中也说:"恒两人对坐,彻夜不寐,热血盈腔。"唐才常后来在武汉起义失败,有人劝他逃走。他和谭嗣同一样坚守以待,并说"予早已誓为国死"。他的《感事》诗有"剩好头颅惭死友,无真面目见群魔"之句,临难时则高歌"七尺微躯酬故友,一腔热血洒荒丘"之辞,这种生死以之的肝胆,真是人间罕有,此其三。

　　人生的痛苦,最莫过于一死而且是杀身的了;人生最大的考验,最莫过于舍生而取义的了。慷慨赴死易,从容就义难,把生路让给别人,把死亡留给自己,人中之英,人中之雄,莫过于谭嗣同这种英雄中的英雄了。数十年前,陈叔通就说过"嗣同天才轶荡,为六君子中魁杰,未留身以待,惜哉"。时至今日,也仍有人认为谭嗣同不应让一个老大的腐朽政权,夺去他年轻有为的生命,而且百年来中国历史进程缓慢,他的鲜血几乎等于白流。但不管如何,谭嗣同是人世间的奇男子,天地间的伟丈夫,永远为中华民族所纪念与尊崇,这是不待多言的。西哲叔本华说过:"如果以书籍来比喻人生,那么前四十年是本文,后四十年是注解。"享年只有三十三岁的谭嗣同,他连"本文"也远远没有写完,却令一代一代的有心人有志者去注释与拜读。

　　风萧萧兮浏水寒,壮士一去兮不复还。在庄严肃穆的谭嗣同墓前,背倚邑人宋渐元所作"亘古不磨,片石苍茫立天地;一峦挺秀,群山奔赴若波涛"联语的墓前石阡,我不止一次地高吟谭嗣同的《狱中题壁》一诗。我深信,尽管红尘滚滚,道德沉沦,物欲横流,但在浩浩长天与沉沉大地之间,在中华民族子孙后代的心上,仍然高翔着他千秋不死的英魂毅魄!

巾 帼 英 豪

一部中国诗歌史,是男性诗人群雄逐鹿的历史,在诗歌领地上,飞扬的尽是叱咤风云的雄风。南宋的李清照可谓一个异数,她掀开深闺的绣帘,由多灾的北国辗转流落到多难的江南,单枪匹马闯上文坛,以她不凡的身手压倒了无数的须眉,在诗史上树起了一座时间的风沙也永远无法磨灭的丰碑。在她之后,历史又沉寂了将近九百年,其间虽然也有不甘雌伏的女性诗人或词人想夺围而出,但她们柔弱的声音却始终无法穿透封建时代的重重铁幕,更不要说与男性作者争一日之短长了。直到晚清,也就是十九世纪末叶,在中华民族的危急存亡之秋,在世纪之交大动荡大变革以铁与血为二原色的宏伟背景上,鉴湖女侠横空出世,如平地一声永不消逝的沉雷,如出鞘的一支永不生锈的宝剑,如浩渺天穹一颗永不暗淡的星辰。

李清照是杰出的词人,秋瑾却不仅是杰出的诗人,而且是杰出的革命家。革命家,李清照是无法做到的,我们也不会去脱离时代强做类比。诗人与词人呢?秋瑾至少可以和李清照前后媲美。李清照是异军突起的先锋,秋瑾是跃马横刀的殿军;李清照寿高将近七十，秋瑾只度过了三十二个春秋，不及她的一半；李清照一生心力都交给了词章，秋瑾的短促年华却献给了革命。虽然她七岁时"偶成小诗"即"清丽可诵"，但后来在赠给女弟子徐小淑的和诗中，秋瑾就劝勉她"我欲期君为女杰，莫抛心力苦吟诗"。她自己何尝不是如此？李清照属于昨日，秋瑾属于明天；李清照令人低回，秋瑾催人奋发。秋瑾没有生活在"词"这一文学体裁如日中天的宋代，她的诗词，在艺术的某些方面也许还未达到李清照所占领的高度，但所表现的时代思想内涵与某种艺术境界，如果李清照能够回头，也只能歆羡地遥望她的飒爽英姿。

我钦佩李清照的才情，同情她晚年的沦落，何况我们还一笔不写两个"李"字，谁知道冥冥之中我们的"李"有什么渊源呢？但我更尊崇秋瑾烈火狂飙的精神与柏翠松青的品格。李清照出生在宋代北方的济南，于我是太遥远了，近代的秋瑾却曾与湖南结下不解之缘，使我这个湘人平添了一份亲切与亲近。

字璇（璿）卿号竞雄别署鉴湖女侠的秋瑾，原籍浙江绍兴，生于福建闽侯县。她在福建度过了她的童年，在绍兴度过了她的少年和生命的最后时光，却将自己的青春岁月分了一半给湖南。秋瑾的父亲秋寿南，一八九三年年初调任常德厘金局总管，后又调任湘潭厘金局总办。秋瑾随父西来，先后侍居于长沙、常德和湘潭。"昨日卿经贾傅祠，今朝依上定王台"（《踏青纪事》），"贾傅祠前载酒回，新声才赋管弦催"（《题郭炯白（宗熙）湖上题襟集即用集中杜公亭韵》），这就是出自她少女时代的清词丽句。定王台，是今日名扬三湘的长沙市图书馆和湖南图书城的所在地，而几近湮没的贾谊故宅，也已重修而旧地重光，这两处地方都是我这个浊世书生常去的流连之地。旧地重来,风光已异,怎能不触动我对时已百年的那位巾帼英豪的遥思远念?唐诗人刘禹锡贬谪的朗州,即今日的常德市,这座沅水傍城而过的历史名城,我是去过多次的了。每次去常德,除了刘禹锡作于斯时斯地的名作《秋词》来我的心头敲叩,秋瑾的《去常德舟中感赋》也总是不期而至:

一出江城百感生,论交谁可并汪伦?
多情不若堤边柳,犹是依依远送人。

非同一般人物而迥出流俗的智者勇者,总难免有一种独立苍茫的孤独之感,秋瑾此时虽是闺中少女,但她幼时所受的教育,已使她早有忧国伤时的怀抱了,她随父亲离开常德去湘潭时所咏的这首别离之诗,不仅可以看到她诗才初露,而且也可以感到她因缺少知音而弥漫心头的孤寂之情。一九〇四年初秋瑾东渡日本,次年之初便与常德桃源人氏的宋教仁相识,他们曾有多次长谈,并经宋教仁介绍见到了孙中山,以"山阴秋竞雄"之名宣誓加入同盟会。这,也算是她和常德的才俊之士一份迟到的因缘吧?

秋瑾去湘潭后,因父母之命媒妁之言嫁给了当地富商王黻臣之第三子字子芳的王廷钧为妻。王廷钧是百无一长的纨绔子弟,秋瑾可谓明珠暗投,用她自己的诗句来形容,就是"彩凤随鸦,囚徒入狱",就是"知己不逢归俗子,终身长恨咽深闺"。曾为秋瑾写过《侠骨与冤魂》一文的当代湘籍散文家王开林,曾经对我戏言说,要是秋瑾嫁给谭嗣同就好了,一为英雄一为英雌,年龄也相去不远,那真是天地间的"绝配"。这,当然是我们事后的一厢情愿之辞了。在湘潭,国事日非的时代风涛已在她心头激荡,个人生活的悲剧也使她心潮难平。她咏梅、咏菊、咏秋海棠,从那些咏物诗中,我们也可以窥见她心灵深处的某些消息:

本是瑶台第一枝,谪来尘世具芳姿。
如何不遇林和靖,飘泊天涯更水涯!

——《梅》

容易东篱菊绽黄,却教风雨误重阳。
无端身世茫茫感,独上高楼一举觞。

——《重阳志感》

栽植恩深雨露同,一丛浅淡一丛浓。
平生不藉春光力,几度开来斗晚风!

——《秋海棠》

所嫁非偶,对于一位风华绝代心雄万夫的女中人杰而言,其痛苦是莫可言状的。秋瑾除在给家兄秋誉章的信中诉说自己的心曲之外,就只能一一寄之于诗了。秋瑾咏梅的诗,有五题十四首之多。在以上几首诗中,梅的飘泊不遇,就是秋瑾由闽而楚所适非人的天涯沦落的写照,耽误了佳节的无端风雨,更触发了她的身世苍茫之感。秋瑾大约是因为自己姓秋吧,而春女多思,秋士多感,秋天又是传统文人志士悲秋的季节,所以她的诗词中写秋光秋色秋情秋韵之处特多。"秋风起兮百草黄,秋风之性劲且刚。能使群花皆缩首,助他秋菊傲秋霜",例如总共只有二十句的《秋风曲》,竟用了十二个"秋"字,而在上引的《秋海棠》诗中,秋瑾所咏叹的秋海棠不借春光之力而只顾与秋风抗争的形象,正是她独立图强的自我形象的写真。她后来能够视死如归舍生取义,早在这首诗中就透露了她高远的志士胸襟,坚贞的烈士怀抱。

一百年后,我和开林从长沙专程前往湘潭,小说家聂鑫森从株洲来会,在当地的文友刘剑桦君陪同下,去寻访秋瑾的故居。湘潭秋瑾故居,即市区十八总由义巷内"义源当",这是王家当年开设的当铺。故居系两层砖木结构,共十间,一九四四年日寇飞机轰炸时焚毁七间,剩下三间幸存至今,为市级文物保护单位。古朴的小巷七弯八拐,巷道中斑驳的麻石,巷墙上斑斓的苔痕,一齐来向你诉说时间的冷漠历史的沧桑。昔日王家的高门大户,只剩下一帧苍老的门楣,几间破旧的房子,挣扎着向有心的来访者作最后的说明与证明。我们低头寻觅,麻石巷道上已无法找到秋瑾的哪怕一枚足印,轻叩大门上那锈迹斑斑的门环,却分明听到历史的遥远的回声。

列强入侵,清廷误国,山河破碎,世道沉沦。时代的烈风在远处劲吹,历史的闷雷在天边轰响。一九〇〇年,八国联军进占北京,满清政府与之订立了丧权辱国的《辛丑条约》,中国赔款四万万五千万两,全国人均一两。消息传到湘潭,好像凝聚已久的火山,秋瑾伤时忧国的激情如熊熊烈火喷发而出,那火山口就是秋瑾前期诗作中独具一格的《杞人忧》:

幽燕烽火几时收?闻道中洋战未休。

漆室空怀忧国恨,难将巾帼易兜鍪!

囚徒终于破狱而出,凤凰终于振翅远翔。一九○三年,秋瑾远上北京,目睹国难时艰,又快读了梁启超主编的《新民丛报》,接受了更多的新思想的影响,在给胞妹闰珵的信中,她就曾说"任公主编《新民丛报》,一反以往腐儒之气。此间女胞,无不以一读为快,盖为吾女界楷模也"。加之王廷钧嫖赌无行,秋瑾终于与之公开冲突,并决心冲出封建腐朽的家庭樊笼。这一时期的诗作,以上述的《杞人忧》为起点,由个人而时代,由绣阁深闺而风雷激荡的世界,境界开始转为阔大与深沉,如《黄金台怀古》:

蓟州城筑燕王台,招士以财亦可哀。
多少贤才成底事,黄金便可广招徕?

战国时代的燕昭王,在今河北易县易水之南筑台,置千金于其上,延请天下才士,故名"黄金台"。秋瑾诗中的"黄金台",是后人追慕前人史迹而在北京朝阳门外东南所筑之台,旧时京师八景之一的"金台夕照"即指此处,今日北京金台路之名也是从此衍化而来。秋瑾居京时曾去黄金台游览,感而赋诗。有人说此诗反用黄金台招贤的历史典故,讽刺卖官鬻爵的清朝统治者,这一说法固然不错,但未免就事论事。我以为秋瑾对历史上传为美谈的黄金招士的否定,表现的正是她不同流俗的洞见卓识,显示了她豁达豪放的英风胜概和居高临下对待金钱的高贵品质。授予或拥有金钱,固然可从某一方面体现人的价值,但归根结底,不论古代或当今,金钱并不是衡量人生价值最高和最后的标准。同样,人才尤其是不世之才,岂是完全可以用金钱来罗致与羁縻的吗?秋瑾准备东渡日本,投身革命激流,王廷钧不但对她实行经济封锁,而且窃取她准备变卖而做川资的私蓄首饰。在艰难困顿之时,秋瑾听说户部主事王照因戊戌之变入狱,他们虽素不相识,秋瑾却托人将部分积蓄送入狱中,作为运动释放之资,并坚嘱不要将自己的姓名告知王照。待王照出狱后想登门道谢,秋瑾已去日本,他们终生缘悭一面,王照后来与人追怀往事,总不免泫然涕下。秋瑾自云"喜散奁资夸任侠",后来她投身革命,又曾多次捐献私蓄作为运动的经费,临刑之前,还向参与主审而同情她的山阴县知县李钟岳交代,官兵在逮捕她时搜走大洋三百元,钱一千文,这些钱要用来买粮食赈济贫民与灾民。英风侠骨,秋瑾如同巍巍高山,浩浩江河;今天官场商场文场上的贪鄙之徒相形之下,有如一抔黄土,一捧浊水污泥!

抗日战争胜利以后,我们举家从湘西的流亡道上迁回长沙,居住在黄泥街的双鸿里。虽少不更事,但长辈告诉我,双鸿里内以前曾有秋瑾的纪念祠堂,因为浙江候补道陈国栋力促杀害秋瑾,辛亥革命后,湖南同盟会将他的父亲——陈湜在双鸿里的宅第陈家花园改为"秋女烈士祠"。此祠后来毁于抗战时的"文夕大火"。而秋瑾的遗骸曾先后从绍兴、杭州迁葬于湘潭的昭山与长沙的岳麓山,九度迁移,最终按照她生前的愿望,归于西湖的西泠桥畔。在双鸿里那窄窄的麻石里巷中,我度过了自己的少年时代,虽然祠堂已湮,对秋瑾的生平行迹也不甚了了,但"鉴湖女侠"的英名早已在我幼小的心头挥之不去。及至中年,我偶然得到一本封面与内页均已泛黄却弥足珍贵的石印纪念册,那是民国初年即一九一一年长沙举行秋瑾烈士纪念会印行的秋瑾诗文集。"文革"以后,我将此册远寄绍兴的秋瑾故居珍藏,蒙故居管理部门复函驰谢。因以上种种原因,秋瑾的故居与墓地我虽久久身不能至,却是早已心神向往的了。

今年秋日,我终于一偿夙愿,从秋瑾诗文的劲风远韵中走出,远去西湖边她的墓地凭吊。绕墓三匝,不胜低回,然后踏上绍兴城南和畅堂十八号她的故居门前的四级台阶。塔山,仍然在故居后面展开它林木苍翠的屏风;鉴湖,依旧在离故居不远之处荡漾它永恒的清光。这是一座坐北朝南依山而筑的五进屋宇,在这里,秋瑾度过了她习文练武的少女时代和"我以我血荐轩辕"的最后时光。越过大门后面的天井,便是三间坐北朝南的正房。"英雄尚毅力,志士多苦心",东首餐室的墙上,悬挂的是秋瑾挚友吴芝瑛所书赠的对联,和秋瑾手持宝刀的照片,我久久注目,感慨系之。安徽旌德人吕碧城,与其姐吕湘、吕美荪被章士钊称为"淮南三吕,天下知名"。吕碧城入天津大公报任职,亦曾取名"碧城"的秋瑾,自京赴津探访。吕碧城数十年后在《欧美漫游录》中回忆说:"犹忆其名刺为红笺'秋闺瑾'三字。馆役某高举而报曰:来了一位梳头的爷们。盖其时秋作男装,而仍拥髻,长身玉立,双眸炯然,风度已异庸流。"我无缘拜会亲睹,只能想见她当年的英风胜概了。与餐室毗连的是秋瑾的卧室,不能入内,我只能伫立门口久久凭吊。古色古香的书桌据说是烈士用过的遗物,那上面还有她的手泽吗?桌上陈放的据说也是她使用过的文房四宝,还有两枚分别刻有"鉴湖雌侠""秋闺瑾印"字样的象牙印章,那上面还留有她的手温吗？可惜我只能远瞻而不能近观,更不能亲手摩挲而和先贤的芳泽相接。不,说"芳泽"未免用词不当而失敬于女中先烈了,我只能改用"英风""豪气"或者"劲节""冰操"之类的字眼。如同磁石吸住我的目光的,还有悬于卧室东墙上的一副小小的联语,定睛细望,写的是"云喷笔花腾虎豹;风翻墨浪走蛟龙",那是谁的手笔呢？落款看不分明。不过,也只有秋瑾这等巾帼英豪的卧室,才配得上这种豪情喷涌的诗句,也难怪这位奇女子的纤纤素手,不仅舞剑时"燿如羿射九日落,矫如群帝骖龙翔",舞笔时也是"来如雷霆收震怒,罢如江海凝清光"啊！古往今来的诗文,有的是以墨水写成的,有的是以泪水写成的,有的则是以血水写成的,当代芸芸女作家与男作家,究竟有多少人有秋瑾的学识才气？究竟有几人具备秋瑾的节操襟怀？而凡人如我,只有低首皈心。

在光明与黑暗、正义与邪恶、新生与腐朽的生死搏斗中,后者常常要占据上风,窒息黎明的晨曦,斫丧天地的英华。秋瑾与谭嗣同的遭遇不都是这样吗？本来是国士无双,然而却一时有两,他们一为英雄,一为英雌,他们文武双璧,他们英年早殒,实在有太多的相似与相同之处。"危局如斯敢惜身,愿将生命作牺牲",秋瑾曾经誓言"吾自庚子以来,已置生命于不顾,即不获成功而死,吾所不悔也"(见《秋瑾集》)。她还说过中国妇女还没有为革命流过血,请从我秋瑾开始。这与谭嗣同的心迹何其相似？战友徐锡麟举事失败,清廷发兵至大通学堂围捕秋瑾,许多人力劝秋瑾暂避,秋瑾却誓死不走,这和谭嗣同的事迹又何其相同？谭嗣同临行前留下了"有心杀贼,无力回天。死得其所,快哉快哉"的豪言,也许与"秋"有关吧。秋瑾被审时则借他人之酒杯,浇自己心中的块垒,她借用清代陶澹人《秋暮遣怀》诗中之句,写下了"秋雨秋风愁煞人"的苦语,李钟岳妥为保存而流传后世。它们语言有异,精神却又何其相通啊! 英雄已去,哲人其萎,即使百年之后,我仍不免感叹英哲的早殇天命,历史的步履维艰,民族的多灾多难,现实的积弊难除,苍茫百感,四顾悲凉!

　　秋瑾当年被拘押在典史署,典史署后有府山凭高俯瞰,见证了当年那一段痛史。三十年代之初,后人在府山的西南峰筑"风雨亭",取烈士的绝命词"秋雨秋风愁煞人"之遗意,亭柱刻有孙中山亲临浙江祭奠秋瑾烈士时所撰的一副挽联:"江户矢丹忱,感君首赞同盟会;轩亭洒碧血,愧我今招侠女魂。"孙中山还题有"巾帼英雄"的匾额。他所指的"轩亭"始建于唐,早已荡然无存,但它历来是绍兴的闹市中心,旧称"古轩亭口",即鲁迅在他的小说《药》中所写的"丁字街",今日贯通南北的解放路与府横街的交接之处。一九〇七年七月十五日凌晨四时,秋瑾于此慷慨就义,后人于一九三三年十一月在原地建成"秋瑾烈士纪念碑"。"风雨亭"我暂时无暇登临了,"古轩亭口"则一定要前去瞻仰。在一尘不染的金灿灿的秋阳中,镌刻有七个金色大字的纪念碑如一柄出鞘的宝剑,直指青天,碑身上铭刻的由蔡元培撰文于右任书写的碑文,在周围的车水马龙声中滚滚红尘阵里,仍在庄严地叙说着巾帼英豪的不朽往事。"身不得,男儿列,心却比,男儿烈",秋瑾咏刀咏剑之作颇多。我久久地伫立在纪念碑前,我绕碑座的石栏而徘徊,虽然我只是一个六根未净的凡夫俗子,但遥想近百年前发生在这里的那悲壮惨烈的一幕,秋瑾的必将流传

万世的诗章《对酒》,便像江潮一样在我胸中汹涌澎湃,像烈火一样在我心中熊熊燃烧:

  不惜千金买宝刀,貂裘换酒也堪豪。
  一腔热血勤珍重,洒去犹能化碧涛!

时 间 之 歌

时间与空间,与世间万事万物结下的是不解之缘。万事万物或存在或生存于一定的时空之中,特别是万物之灵的人,与它们缔结的更是短仅百年之内长则千古不磨的盟约。中国的哲人孔子,他下临逝川发出深沉的浩叹:"逝者如斯夫,不舍昼夜!"他叹问并探问的,正是波翻浪涌无始无终的时间之流。无独有偶,中外同心,在柏拉图之前的希腊哲人赫拉克利特,也有"人不能两次涉足同一河流"的名句。过了一千多年,西方的哲学家黑格尔提出的还是同样的问题,但似乎更具悲剧色彩,他说时间"犹如流逝的江河,一切的东西都被置身于其中,席卷而去"。

人的生命是短暂的,古人早就叹息过"生年不满百"了;人的生命是脆弱的,前人感慨"寿无金石固"就是明证;人的生命是不可重复的,在"鬓发各已苍"之后,不可能由白发再重返青涩的童年;人的生命是一次性的,送行的仪式上除了哀乐与眼泪,不可能去问"何日君再来"。人的生命也是偶然性的,作为个体的生命,在千千万万个稍纵即逝的机会中,是怎么有缘来到世间的呢?

生命短促,如昙花一现之昙花;时间永恒,像千秋万载的星空。中国古来的诗人与哲人,都为这一不解之谜而茫然而困惑,都为这一无法消解的矛盾而不安而痛苦。因此,以人的生命为中心的时间之歌,就成了中国诗歌永恒的主题。请让我掀开历史的已经降落的帷幕,去侧耳倾听前人虽然远去却永不消逝的歌声。

黄 昏 意 象

暝色入高楼。当我写下"黄昏意象"这令人悚然而惊的四个字时,暮色正像黑夜的一支衔枚疾进的先头部队,已经从天地间向我所暂住的城市合围。窗户未闭,四顾苍茫,室内已逐渐昏暗下来,暮色的尖兵已乘虚而入了。此时此刻,我蓦然回首我国古典诗歌绝句中的黄昏意象,是冥冥之中的巧合吗?

黄昏本是一种时间景象,是夕阳已经举行过葬礼,而天色将黑未黑的昏暗时分。汉乐府《孔雀东南飞》中的:"奄奄黄昏后,寂寂人定初",也许是古典诗歌中最早提到"黄昏"一词,指的就是这一特殊时刻。唐代,在李商隐之前,杜甫《咏怀古迹》有"一去紫台连朔漠,独留青冢向黄昏"之语,刘方平《春怨》有"纱窗日落渐黄昏,金屋无人见泪痕"之辞,段成式《折杨柳》有"凤辇不来春欲尽,空留莺语到黄昏"之句,都是指日落之后的昏暗不明之时。一年之中有四季,一天之中有早晚,"黄昏"乃白天的尾声,这一特殊的时间与氛围,自然被多愁多感的诗人赋予了与人之生命有关的象征意义,表现了人所共有的好景不长、人生短促的生命意识,使得黄昏不仅仅是一个自然时段,而且成了一个具有特定象征与生命内涵的"原型"。虽然曹植《赠白马王彪》中有"年在桑榆间,影响不能追"之句,是将"夕阳"作为"暮年"的最早的尝试,但就意象的完整与完美而言,这一首创之功,还是应归于晚唐诗人李商隐的《登乐游原》:

　　向晚意不适,驱车登古原。
　　夕阳无限好,只是近黄昏。

　　如多棱形的钻石面面生辉,一首好诗也常常具有多义而非单义,可有多解而非单解。李商隐此诗,有人解为叹唐祚之将沦,亦即叹息唐代国势的衰微;有人解作写黄昏前的夕阳美景,诗人是从正面来咏叹。我则以为前者是引申义,后者是变态义,而全诗原本与象征的意义,则仍是感叹时光之易逝与人生之易老。这首诗,是李商隐从东川返回长安后登郊外游览胜地"乐游原"而作,当时是大中十年(856)春天,时年四十五岁。唐人年过四十多自称"老",往往自比"衰翁",何况李商隐一生陷于牛(僧孺)、李(德裕)党争的漩涡之中,郁郁不得志,对于逝水流光更怀有特殊的敏感。他以"乐游原"为题的诗共有三首,另一首七绝是:"万树鸣蝉隔断虹,乐游原上有西风。羲和自趁虞泉宿,不放斜阳更向东。"表现的仍是青春不再年华易老的同一主题。两年之后的四十七岁,本是一个人的生命的盛年,按正常情况应是中天丽日,但李商隐那一轮提前西斜的夕阳,就已经在地平线上沉落了。

　　已是黄昏独自愁。一日的黄昏容易使人伤感,人生的暮年何尝不是如此?青春易逝,人生易老,时空无限,宇宙无穷,李商隐的《登乐游原》从诗题而言,本应重在写空间,但他着重描绘的"关键词",却是"晚""夕阳"和"黄昏"三个相近而意在重复的表时间的词,十分艺术地写出了普天下人人所共有的普遍时间情结,以典型的意境不平凡地表现了人生的常态常情,因而成为千古绝唱。虽然曹操的《龟虽寿》曾经高歌"烈士暮年,壮心不已",刘禹锡的《酬乐天咏老见示》也豪唱"莫道桑榆晚,为霞尚满天",精神极为可嘉,应予大力表扬与鼓吹,但那毕竟是生命的变态而非常态。那种变态当然是积极的,但英雄老去,志士途穷,美人迟暮,透露的仍然是不可逆转的无可奈何花落去的悲凉。

叹日月之不居,盼时光之倒流,诗人们竟然只好采用非常手段。"欲少留此灵琐兮,日忽忽其将暮。吾令羲和弭节兮,望崦嵫而勿迫"(《离骚》),屈原以宏大的气魄,对为太阳御车的羲和发号施令,不管他是遵命还是抗命;"吾欲揽六龙,回车挂扶桑。北斗酌美酒,劝龙各一觞"(《短歌行》),李白自己好饮,以己之心度龙之腹,企图以美酒去向为太阳驾车的六龙行贿。然而,即使"各一觞"也数额不大,力度不强,不知是否贿之有效?李贺痛感时日匆忙,生命迫促,"日寒月暖,来煎人寿",竟然在《苦昼短》一诗中,采取暴烈的方式,扬言"吾将斩六龙,嚼龙肉,使之朝不得回,夜不得伏,自然老者不死,少者不哭",真可谓少年气盛或血气方刚。但也许是过分飞扬跋扈出言不逊吧,远没有到生命的黄昏时候,而是在二十七岁如日中天的少壮之年,他就在鼓乐声中被召去了天上的白玉楼。当代的诗人余光中呢,他年轻时双管齐下写了许多青春气盛的诗文,但刚到五十岁,他就写了题为《黄昏》的诗,六十岁以后,诗中就有越来越浓重的黄昏意识,如《在渐暗的窗口》的开篇,"在渐暗的窗口赶写一首诗／天黑以前必须要完成／否则入睡的时候不放心／只因暮色潜伏在四野／越集越密,吞并了晚霞／暧昧的窗口已受到威胁／雪净的稿纸恐将不守／像谣传即将放弃的孤城。"这是写实,也是象征。余光中说"蓝墨水的上游是汨罗江",其实,在他的血管里,岁月向晚时,也回荡着李商隐的涛声。

逆 旅 意 识

世上的芸芸众生,不仅生活在一定的时间之流中,也呼吸在一定的空间之居里。这空间小而言之就是窄窄的居室,大而化之就是茫茫的天地。混沌初开,乾坤始定,《易经·屯》说"天造草昧",说的就是天地之始的原初状态。到了《诗·小雅·正月》之中,先民们就开始歌颂天地之大了:"谓天盖高,不敢不局;谓地盖厚,不敢不蹐。"这就是"天高地厚"一词最早的出典了,宛如远古时代的青铜器。

天之所覆,地之所载,覆深履厚,就是人类所赖以生存的空间。封建时代的人缺乏独立精神与民主意识,感激皇恩浩荡,竟然把无私的天地称之为"皇天后土"。在古代诗歌中,鲜卑族的《敕勒歌》将"天"比为"穹庐":"天似穹庐,笼盖四野。天苍苍,野茫茫,风吹草低见牛羊。"对于地,则来不及"好有一比"。将天地合二为一,以比喻出之,而且是前所未有的新鲜而警策的比喻,叫人一见惊心,一读难忘,那要由天才诗人李白来完成。虽然在他之前,《老子》说过什么"天地之间,其犹橐龠乎",其意就是天地之间是一个"风箱",他未详说风箱的用途和作用,但后来俗语所云"老鼠钻进风箱里,两头受气",不知是否与它有什么历史渊源?汉代无名氏《古诗十九首》的"人生天地间,忽如远行客",说得就明确多了:人,犹如天地间远行的旅客。到了李白,他的《春夜宴诸从弟桃李园序》劈头就是:"夫天地者,万物之逆旅也;光阴者,百代之过客也。而浮生若梦,为欢几何?古人秉烛夜游,良有以也。"他认为,"天地"是世上万物包括人的"逆旅"——迎止宾客的旅舍,约相当于昔日的客栈,今天的宾馆,这真是既形象生动又触目惊心的概括。李白的时代没有摄影术,所以他没有"立此存照",但他同时代的铁杆李迷魏万先生,却曾记述他见到的李白是"眸子炯然,哆如饿虎",他那双明亮犀利的慧眼,看到的才真是人生悲剧的真谛。在他之后的白居易,在《送春》一诗中以"行客"喻人生,说什么"人生似行客,两足无停步;日月进前程,前程几多路",那只是"逆旅"的补充说明和后代回声了。

唐人写旅舍的名篇,有晚唐温庭筠的《商山早行》与《碧涧驿晓思》,但那还只是具体表现在旅舍早起与早行的情思,虽为佳篇,亦有"鸡声茅店月,人迹板桥霜"的名句,但还没有提升到形而上的层面,作时光飘忽、人生几何而美人迟暮的大幅度的艺术概括。最为出色的逆旅诗,历史还在等待。直至清代,先有王九龄的《题旅店》后有魏源的《晓窗》,才开了逆旅诗寄寓深远的人生感慨的新境界。王九龄是康熙年间的诗人,在清诗史上并无盛名,但他的《题旅店》确实是一颗不夜之珠:

晓觉茅檐片月低,依稀乡国梦中迷。
世间何物催人老,半是鸡声半马蹄!

"未晚先投宿,鸡鸣早看天",这是古代旅人普遍的心态与情态。如果是现在,晚上你不论何时,都可以凭路灯或霓虹灯店招的指引找到栖身之地,而不用担心一夕之宿会成什么问题,至于想早起赶车或赶飞机,只要你事先交代,服务员就会按时将你叫醒,用不着一夜辗转反侧,不时看表或早早地到庭院中去仰观天色。王九龄先生就不同了,他急着赶路,早上起来还神思恍惚,不知身在何处。文人总是积习难改,残梦依稀中还要诗兴大发,自我表现一番,将旅店的墙壁当成发表的场所。此诗特别是"世间何物催人老,半是鸡声半马蹄"两句,由乡思而人生,由片刻而长远,由具象而抽象,将生命的逆旅意识表现得警醒而独到。

  在古代,鸡鸣几乎是报晓的唯一信号,现代的计时器与报时器还远远没有诞生。"鸡既鸣矣,朝既盈矣",《诗经·齐风》中早就有《鸡鸣》之章,而在《郑风》的《女曰鸡鸣》中,也早就有"女曰鸡鸣,士曰昧旦"之句,而后者如果还只是对新婚男女缱绻之情的抒写,那么,西晋祖逖的"闻鸡起舞"的故事,那就是对志士的歌唱了。从古代到近代,鸡声与店招一样,几乎是逆旅的不可或缺的标志,如晚清著名的思想家、文学家魏源的《晓窗》:

  少闻鸡声眠,老听鸡声起。
  千古万代人,消磨数声里!

  此诗较之王九龄的《题旅店》,感慨与寄寓更为阔大深沉。由"少"而至"老"而至"千古万代人",由一个人而至千年万代所有的人,他们的生命岁月都"消磨"在报时的鸡声之中,诗人正是通过天地大逆旅的一扇窗口,写出了日月的匆忙,人生的短促,天地的永恒,蕴含了丰富的有关生命与人生的言外之意,让读者根据自己的阅历与想象去低回寻索。我每读此诗，总不免想起近代史上这位先贤与乡贤的开放胸襟，宏图远志，为他也早已消磨消逝在鸡声中而叹息。

现在，逆旅的鸡声，早已为壁上洪亮的挂钟之鸣桌上不甘寂寞的闹钟之响和腕上隐约的秒针之音所代替。日升月落，月落日出，现代人在外劳碌奔波，他们多半把自己交给了汽车的四轮飞驰与火车的千轮轰转，而不要再劳驾那得得的马蹄了，即使是波音、麦道之类的喷气机展翅凌空，也需要借助机轮在跑道上飞速运动的助力。李白的"五花马"和李贺的"蹇驴"，都早已宣告离休和退休了，"世间何物催人老？半是车轮半日轮"，我想与时俱进略改王九龄的诗句，不知他会不会欣然赞同？

黑　白　之　争

满头青丝，是少年的标志，青春的象征，盛时的徽记，而除了遗传性或原因不明的少年白头，白发则是衰老和年暮的警告，是无常向你示警，警告你生命已经走向秋天或竟然已是冬日了。中国人惊心于这种生命的警告，就将白发或白发老者称为"二毛"，《左传·僖公二十二年》："君子不重伤，不禽（擒）二毛。"晋代的才子潘岳写《秋兴赋》，也说"余春秋三十有二，始见二毛"，刚过而立之年就早生华发，这张警示的黄牌也未免过于提前或者说超前了。

芸芸众生都希望自己青春常在，盛年长保，可是生命却无法像蔬菜水果一样，藏在冰箱或冷库中去长时间保鲜，它是与时俱老的,任何祖传的保健之道与宫廷的回春之方,都无能为力。因此,一般人对白发都特别敏感,尤以诗人为最。大诗人李白的生命意识就特别强烈,对流光逝水分外敏感,他的《将进酒》一开篇,就高唱而低吟"君不见黄河之水天上来,奔流到海不复回,君不见高堂明镜悲白发,朝如青丝暮成雪","朝"与"暮"的时间词和"青丝"与"雪"这种表色彩的名词组合在一句之中,"青丝"变成"白发"的过程被极大地压缩,生命之短促于是立时可见。生命的精华与贵重,还是在于拥有青春,在于年富力强。英雄老去,佳人迟暮,总不免令人感伤。清代查为仁的《莲坡诗话》,与袁枚的《随园诗话》记载了一位不知名的女作者艳雪的两句绝妙好诗:"美人自古如名将,不许人间见白头!"读来真是令人低回。但是,不许人间见白头的,岂止是美人和名将?芸芸众生不也是大都如此吗?否则,各种名号的白发染青的染发剂,就不会红火于市场火爆于理发店,而只能成为滞销品而去投闲置散。

　　读书人大都有建功立业的愿望,有实现自己的人生价值的梦想,但流光容易把人抛,何况现实生活中的人生往往有许多曲折坎坷,绝非一帆风顺,即使在所谓"大唐盛世",也莫不如此。王维就有一首题为《叹白发》的诗:"我年一何长,鬓发日已白。俯仰天地间,能为几时客?惆怅故山云,徘徊空日夕。何事与时人,东城复南陌。"而李白除了《将进酒》中的警句,他的《秋浦歌》之十五更是咏白发的冠军之作,任何人的有关作品,都无法与它一较短长:

　　　　白发三千丈,缘愁似个长。
　　　　不知明镜里,何处得秋霜!

此诗作于天宝十三载（754），为李白从北方至南方客游安徽宣城秋浦之时，时年五十岁。今昔之思，盛衰之感，浩浩时空与渺渺生命之强烈反照，使得诗人的愁情如海浪江涛，轰然而作。"白发三千丈，缘愁似个长"，这是天才式的人生感喟，是连愁情也都分外豪迈的时间浩叹，非常人所能有，而"秋霜"之富于悲秋的传统意蕴的妙喻，更将生命的悲剧表现得分外动魄惊心。"四季倏往来，寒暑变为贼。偷人面上花，夺人头上黑"，这是唐末诗僧子兰《短歌行》中的妙语，虽然远没有李白那种气吞江海的气势，但他将时间喻为盗贼，这也真是他可以广而告之的首创。盗亦有道，这种盗贼不偷金银珠宝，却专门偷人的朱颜，盗人的黑发，让英俊少年变为白发老者，让绝代佳人变为鸡皮老妪。对世间的任何盗贼，都可设法追捕破案，而时间这种盗贼，则真是防不胜防，防无可防。且不要说现在流行的多种防盗门窗形同虚设，即使是刑侦部门无案不破的顶尖高手，他们对之也一筹莫展，岂仅是莫展一筹，纵然戒备森严，他们自己头上的黑发也不免屡遭偷盗哩！

因为社会贫富不均，贵贱对立，白发，除了是自然的时间所出示者外，有时也成为一种社会不公的象征。于是，我们就听到了杜牧对一位隐者的谆谆安慰，那是他的《送隐者》："无媒径路草萧萧，自古云林远市朝。公道世间惟白发，贵人头上不曾饶。"但是，后人和他唱反调的颇多，苏东坡就曾说"白发年来渐不公"（《和邵同年戏赠贾收秀才》)，他的学生秦少游当然师云亦云："白发偏于我辈公。"（《与李端叔游智海》)时至清代，归庄也说："元来白发无公道，似觉春风亦世情。"（《新春梳得白发》)，翁琦的《白发》一诗，似乎是想

为争论的双方做一番调解与总结,但他仍然倾向鲜明:

  朝来揽明镜,白发感蹉跎。
  毕竟无公道,愁人鬓畔多!

时光之易逝,逝水之不回,这是古今相同,人我一律,而愁人早生华发,多得秋霜,则是相同中的别异,常情中的变态。"事去千年犹恨速,愁来一日即为长"(《同崔邠登鹳雀楼》),唐诗人李益早就说过。在忧从中来不可断绝的人的心中,物理时间化为了心理时间,原本短促的生命似乎也变得漫长了。这倒使我想起了年轻时读过的一本外国小说的书名:《短促生命中漫长的一天》,以"矛盾语"或称"抵触法"构成的书名曾让我一见难忘,但作者的大名或者芳名却已不复记忆,真是苦苦追思作者名,可怜白发生!

青春情结

  青春,浩繁的词典中最美丽的词语,一年四季中最美好的季节,短促人生中最美妙的时光。在中国古典诗歌史上,青春闪亮登场,大约是在《楚辞·大招》篇之中吧。"青春受谢,白日昭只",青春的亮丽,白日的辉煌,遥启了杜甫《闻官军收河南河北》的"白日放歌须纵酒,青春作伴好还乡"的先声。
  青春是人生的黄金时代,如花之始开,如幕之初启,如翅之乍展,如日之方升。但是,"太阳下山明早依旧爬上来,花儿谢了明年还是一样的开。我的青春小鸟一去无影踪,我的青春小鸟一去不回来",仿佛只是弹指之间,青春即一去不返。借出的书本可以收回,典当的物品可以收回,遨游的风筝可以收回,巡天的飞船可以收回,逝去的青春能够收回吗?对于无法收回或回收的青春,这黄金中的足金,这岁月中的精华,中外不论是哲人还是诗人,不论是凡夫还是英雄,都无一例外地致以赞美之辞。古希腊的荷马,在史诗《伊利亚特》中早就放声歌唱:"啊,青春!你永远是可爱可亲的!"而古罗马政治家与哲学家西塞罗也曾经说过:"春天是自然界一年里的新生季节,而人生的新生季节,是一生中只有一度的青春。"在中国,汉代的无名氏早于《短歌行》中就慨乎言之:"百川东到海,何时复西归?少壮不努力,老大徒伤悲!"后来清人所编《唐诗三百首》中误认作者为杜秋娘的《金缕衣》,实际上是中唐时广为传唱而作者难考的一首歌词:"劝君莫惜金缕衣,劝君惜取少年时。花开堪折直须折,莫待无花空折枝!"那真是一阕永恒而令人警醒的青春与生命的奏鸣曲。而英雄如岳飞,在春雨潇潇栏杆拍遍之时,也要激励自己并激励时人与后人:"莫等闲、白了少年头,空悲切!"

但是,正如也曾放声赞美青春的莎士比亚所说:"青春时代是一个短暂的美梦,当你醒来时,它早已消失得无影无踪了。"的确,年轻时拥有韶华在抱的青春而又少不更事,那就像富豪拥有富可敌国的宝藏而自以为不虞挥霍,像私人银行家拥有价值连城的财富而自以为不惮支取,总以为花才含苞,鹰才展翅,朝阳刚刚出海,人生的帷幕刚刚升起,一切都还来日方长。谁知曾几何时,似乎只是转瞬之间,富翁已经沦为贫民,银行濒临倒闭,鲜花近于凋落,朝日化成夕阳,人生的舞台不久就要落幕,不管是豁达的"悠然"还是人之常情的"黯然",对于一去不回的青春,你都只能回首了。于是,中国的古典诗歌除了正面歌颂和呼唤青春,就是从反面来赞美和追怀青春了。如中唐诗人雍陶的《劝行乐》说:

老去风光不属身,黄金莫惜买青春。
白头纵作花园主,醉折花枝是别人。

诗人以"白头纵作花园主"为形象的描绘与补充,突出"黄金莫惜买青春"的主旨,反衬出青春的可贵,全诗的感悟性意境,让人思之不尽。

然而,即使是世人心目中其值贵重的黄金,难道就可以买到青春吗?金元之交的诗人元好问的《无题》说:

七十鸳鸯五十弦,酒薰花柳动春烟。
人间只道黄金贵,不向天公买少年?

花有重开日,人无再少年。自然界的美景良辰可以再来,而人生的青春时光却不可再得。元好问是自出机杼呢?还是有意和前人唱反调?他在前两句对春光的描写之后,出之以"人间只道黄金贵,不向天公买少年"的诘问式警句,如同攀山,他所攀登的高度远在雍陶之上,读者看到的当然别是一番登高望远的风光。附带一提的是,元代剧作家薛昂夫《[中吕]山坡羊·叹金身世》也说:"别金钗,捧金台,黄金难买青春再。"他生活的年代在元好问之后,其作品是不是受了元诗人的影响呢?

良时易失,青春难再,这是世人的共感,有志者的共识,诗人们最为敏感的共同话题。时间啊时间,一个人的一生,除了预算内和预算外的各项开支之外,就已经所余无几了。汉代的匡衡可以凿壁偷光,你到哪里去偷时光呢?莫说是一般的梁上君子,即使是传说中的大盗神偷,也只能徒唤奈何。反之,只有时光来偷你头顶的黑发,眼中的秋波,脸上的红颜。人生常常有意外之财,如突获厚赠,或幸中大奖,或股市赢利,但哪里能得到"时间"这种意外之财呢?少壮几时奈老何,众生往往只有在生命的时间大量亏损,或时间储备近乎赤字之时,才会不断地抚今追昔,叹老嗟卑,痛感已逝青春的弥可珍贵。于是,清代的屈复便遥承了元好问的一脉心香,他的《偶然作》令人心悸而魄动:

百金买骏马,千金买美人。
万金买高爵,何处买青春?

"百金""千金"与"万金","骏马""美人"与"高爵",层层递进而步步升级,而一个肯定句式的"买"字贯串其中,最后出人意料地逼出"何处买青春"一语,戛然而止,以不了了之,如同一记警世之钟,发聩振聋而余音袅袅,留给读者以广阔的思之不尽的余地。

中国有"有钱能使鬼推磨"的俗语,而西方也有"钱能使马儿奔跑"的口碑,但金钱果真是万能的吗?一寸光阴一寸金,寸金难买寸光阴,何况是光阴中的青春!何处买青春?同是清代诗人,姚燮的短诗《南门行》,强烈的对比似乎更令人心惊魄动:

黄金日多,年岁日少。
　　岁月如宝,黄金如草!

　　诗的中心意象是"黄金"与"岁月",贯串全诗的对比词是"多"与"少"以及"宝"与"草",长情短语,节促气盛,矛盾相激,富于张力,全诗表现了自觉而强烈的生命意识,是一曲青春与生命的言短意长的赞歌。
　　青春时代仿佛如同昨日,转瞬之间我已到了向老之年。一生与文字结缘的我,在夕阳西下之中,将古代那些与时间有关的诗作一一重温,我深切而痛切的感受乃是:

　　天地不老,时间永恒。
　　人生苦短,艺术长存!

后　　记

　　中国优秀的古典诗词,是中华民族文化土壤上永不凋谢的秋桂,许多树木都在时间之斧的砍伐下败落了,而它传扬的却是永恒的芬芳;优秀的中国古典诗词,是中国文学历史天幕上永不消失的彩霞,许多云朵都在时间之风的吹刮下消逝了,而它绚烂的却是永远的美丽。秋桂清芬,彩霞绚美,在社会越来越商业化功利化而人心也越来越世俗化荒漠化的当今,它也是润泽现代人浮躁心灵的清清泉水,是我们可以蓦然回首而灯火永不阑珊的温暖而宁静的精神家园。

　　在琐琐屑屑纷纷扰扰的日常生活中,在酒绿灯红人欲横流的滚滚红尘里,在快餐文化泡沫文学的重重包围之中,我常常抖落一身尘土,满耳喧嚣,遁入那永远与永恒的古典,沐浴那令人心肺如洗的高雅与清凉,和古代优秀诗人作灵魂的交流与古今的对话。专题散文集《唐诗之旅》《宋词之旅》《元曲之旅》和这本《绝句之旅》,就是这种对话与交流的历史回眸与现场记录。它们抒写了我对古典诗词个人的生命体验和人生感悟,而并非大同小异的课堂讲义和鉴赏文章;回望古典而心系当代,我力图贯通今古,开掘阐释说不尽的古典的当下意义与现代价值;我着力融汇学术与文学,让学术文学化而不再城府森严,令人望而生畏,让文学富于学术底蕴而提升自己的文化品格,为所谓"文化散文"或"学者散文"提供新的样品;我还梦想文体的创新,将山水游记、文学评论、诗词札记、文化随笔以及一般意义的散文等多种文体的因素熔于一炉,这种杂交的结果也许是非驴非马的四不像,也许是散文新文体或称"诗文化散文"的有益尝试与探索。

《彩笔昔曾干气象——绝句之旅》一书,原名《绝唱千秋——绝句文化大散文》,由长江文艺出版社出版,责编是惠我良多的友人黄义和先生。十年后,承人民文学出版社新版印行,总编辑管士光先生的公心厚爱,责编廉萍博士的尽心审读编排,责任校对刘佳佳女士的细心正讹纠误,令我铭感五中。新版今名,增补了旧作四篇,虽云旧作,实系新撰。我不会新潮的电脑,纯系旧派的手工,满纸烟云,难以辨识,幸得学生何琼华逐一打字,细心校正。秀才人情,谨此一并言谢。

逝水流年,人生易老,仿佛只是转瞬之间,便到了李商隐所嗟叹的向晚之年。但幸而还有白日相陪,还有青春作伴,还有同年和忘年的朋友与读者的激励,还有不肯交还的健笔在手中紧握,还有不灭的火焰于心中燃烧,还有慧眼公心的编辑家出版家的垂青,我相信我的文学旅程与征程远远还没有结束,前面还有新的挑战和新的风景。顾炎武有云:"苍龙日暮还行雨,老树春深更著花。"(《又酬傅处士次韵》)我愿以此铭之座右。

作　者
二〇一三年岁云暮矣于长沙